正史 영웅 三國志

강영원

권4

도서
출판 **생각하는 사람**

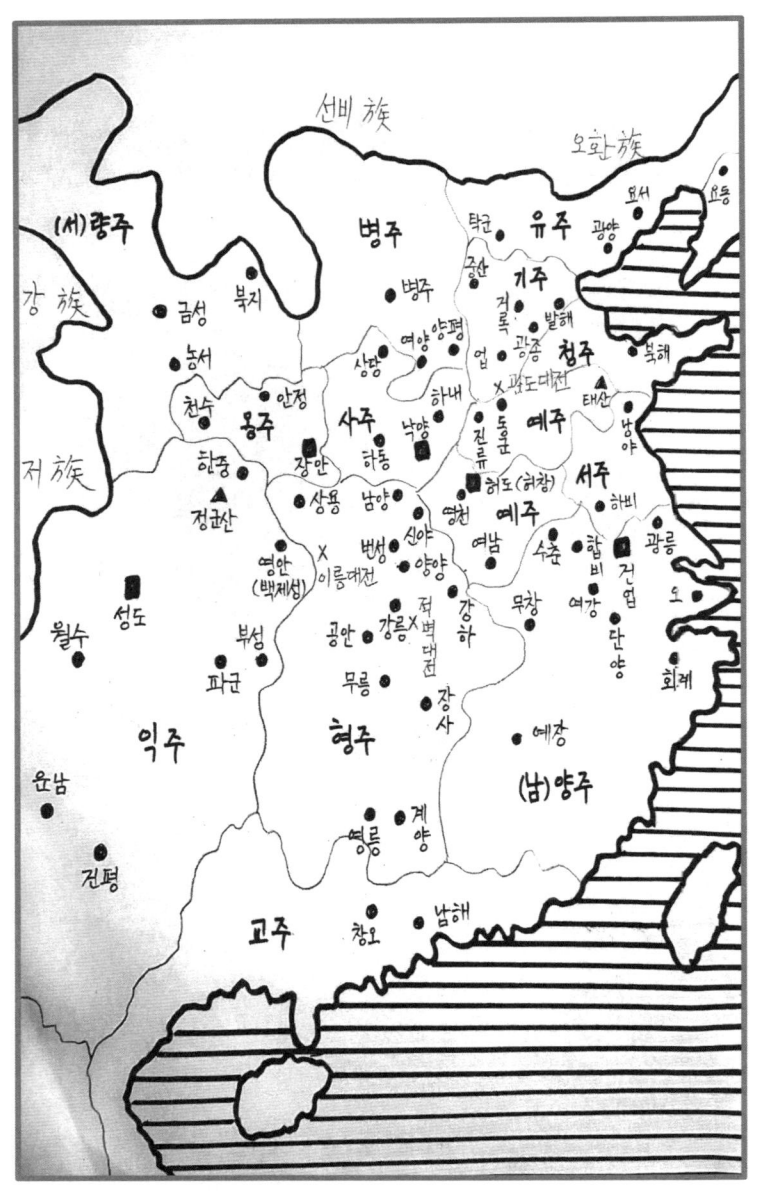

한 제국 13개주 지적도

강 영 원 (姜榮元)
서울 마포 출생

성균관 대학교에서 경제학을 전공하고, 同대학원에서 교통행정학 석사학위를 수여받은 후, 서울시립대학교 대학원에서 도시정책학 박사과정을 마치고, 도시의 신생, 성장, 성숙, 쇠퇴. 소멸 등 도시의 생(生)·멸(滅)을 한껏 그렸다가 지우고, 지웠다가 다시 그리기를 거듭하던 어느 날, 전원의 조용한 침묵에 매료되어 아름다운 전원생활을 구가하던 중. 어린 시절 어머니의 사랑을 가슴 깊이 간직하다가 어머니를 추모하고자 어머니의 어린 시절을 착안하여 갈뫼回想을 집필했다.

이후, '갈등의 自畵像' 등을 구상하면서 아버지를 추도하는 습작을 접하다가, 나관중 모태의 기존 삼국지 소설이 보이는 모순을 접하면서, 새로운 시대의 개념에 맞는 正史를 토대로 하여 영웅의 삶을 새로이 조명하고자, 현대사회의 시각과 관점으로 '正史 영웅 三國志'를 집필하기에 이른다.

저 자 소 개

  필자의 전공은 역사학이 아니었지만, 한국 역사와 동양 사학에 깊은 관심을 가지고 전공보다도 역사를 더욱 탐닉했던 적도 있었습니다.

  삼국지와의 인연은 어린 시절에 만화로 출간된 삼국지, 코주부 삼국지 등을 읽으면서 흥미와 재미에 빠져 밤잠을 설쳐가며 책을 읽었고, 중학생 시절에는 박종화 선생님의 삼국지를 몇 번이고 읽으면서, 관우와 장비, 조자룡, 여포 등의 무용담에 흠뻑 빠지기도 했습니다. 그후, 세월이 흘러 30대에 이르러서 다시 새로이 국내에서 출간된 나관중 本 삼국지 번역본 또는 편역본을 수없이 찾아 읽었는데, 그때에는 어린 시절에 느꼈던 감흥이 일어나기보다는 장수끼리 일기토를 벌이면서 승패가 결정되는 장면에서부터 의문점이 생기고, 여기저기에서 납득하기 어려운 새로운 의구심들이 마구 일어나는 것을 느끼게 되고, 그때부터 소설 삼국지에서 전개되는 의구심을 해소하기 위해 정사를 찾아 진수의 '정사 삼국지', 상지의 '화양국지', 진서, 촉서, 인물전 등을 읽게 되었습니다.

  그렇게 정사를 접하게 되면서, 청대 역사학자 장학성 선생이 말한 "나관중의 삼국지연의는 열 중 일곱이 사실이고, 셋이 허위"라고 평한 자체도 과한 평가라는 사실을 알게 되었습니다.

그런데도 나관중 本 삼국지 번역본 또는 편역본을 정사로 오인한 일반 독자들이 일상생활에서 이를 마치 역사적 사실인 양 여과가 없이 인용하는 것을 보고, 삼국지연의를 사실로 잘못 인지하고 있는 독자들에게 바로 된 정사를 알리면서도 현대의 감각에 맞는 새로운 개념의 삼국지 소설을 써야겠다는 생각을 하게 되었습니다.

동시에 삼국지를 사랑하는 독자 여러분에게 흥미도 제공하고, 잘못된 역사뿐만 아니라 만들어진 역사적 인물에 대해 바른 정보를 드림으로써, 실제로 있었던 역사를 통해 현실의 세계에서 인간이 행하는 처신과 세상을 사는 지혜를 얻게 하는 데 도움을 드리고자 하는 바람을 가지게 되었습니다.

2014년 9월부터 6년간 정사를 추적하면서 오랜 집필에 몰입한 결과, 드디어 2020년 3월 31일에 95% 역사적 사실을 근간한 소설의 집필을 끝내고(특히 등장인물에 대해서는 99% 정사에 입각한 인물상을 구현), 그 바탕 위에 작가의 독창성, 창의성을 가미하여 기존 삼국지 소설과는 전혀 다른 관점에서 접근한 신작을 완료하게 됩니다.

차 례

1. 조조의 형주정벌 전야(前夜)- 박망파 전투   9
2. 조조, 형주정벌의 대장정에 오르다   23
3. 천하 패권의 3대 전장- 적벽대전   51
4. 주유와 유비의 연합군에 대항하는 조인   105
5. 삼국의 이해가 얽혀 요동치는 강동   121
6. 조조의 천부적 용병술- 동관전투, 위수전투   143
7. 유비, 드디어 촉의 땅에 발을 들여놓다   173
8. 제1차 유수구 전투   183
9. 익주 공방전- 낙성전투   199
10. 제2차 유수구 전투와 유비의 촉 정복   219
11. 조조의 복황후 폐위와 한중의 장로 정벌전   233
12. 제2차 합비 공방전   245
13. 관우와 노숙, 익양에서 대치하다   255
14. 제3차 유수구 전투와 한중 공방전   263
15. 위, 동오의 평화공존 동맹과 양,번 공방전   329
16. 불세출 영웅 조조의 죽음과 한중왕 유비의 한   391
17. 황위를 선양받는 조비, 황제로 등극하는 유비   413
18. 천하 패권의 3대 전장- 이릉대전   429
19. 대위 황제 조비의 제1차 남정   471
20. 촉한 황제 유비의 죽음과 위황제 조비의 등오 남정   485

1.
조조의 형주정벌 전야(前夜)- 박망파 전투

1. 조조의 형주정벌 전야(前夜)- 박망파 전투

제갈량을 얻기 위해 융중(隆中)의 와룡강을 삼고초려한 후, 신야로 되돌아온 유비가 서로에게 군사의 자리를 양보하는 공명과 서서에게 공동으로 군사를 맡도록 청하며, 제갈량에게는 군수행정과 전략전술과 정책수립을 맡기고, 서서에게는 병사양성과 장수의 관리를 맡기면서 기반을 강화하기 시작할 무렵인 208년(건안13년) 1월, 조조는 낙양에서 업성으로 군무를 살피기 위해 이동한다.

조조는 이곳에서 수군을 조련하기 위한 호수를 조성하기로 하면서, '현무지'라 명명하고 이 호수에서 형주의 유표를 정벌하기 위한 만반의 준비를 갖추려고 박차를 가하고 있었다.

이때 박망과 호양, 무음 등 한수(漢水) 이북의 형주지역은 낙양, 허도와 지근의 거리에 있는 관계로 군사적으로 중요한 요충지로서, 형주자사 유표가 조조를 견제하기 위한 수단으로 유비를 최전방인 신야에 배치하여 조조와 대적시키고 있었는데, 조조가 대대적으로 형주 정벌전에 나서려 한다는 소문을 들은 유표는 유비에게 신야와 대척에 있는 남양을 선제적으로 공략하도록 청하고 엽에 주둔한다.

이에 미리 대비하여 조조는 하후돈을 대장으로 우금, 이전,

하후란을 부장으로 삼아, 유비에 대해 적극적 공세를 펼치게 하면서, 하후돈이 전선을 점검하기 위해 군사를 이끌고 박망에 접근하자, 유비는 급히 제갈량과 서서를 불러들여 대책을 논의하는데, 이때 처음으로 유비의 군사를 지휘하게 된 제갈량이 자신의 의견을 제시한다.

"신야에는 병력이 5천에 불과하여 대군을 이끌고 오는 하후돈을 상대로 전면전을 펼쳐서는 승산이 적다고 여겨집니다. 소장은 신야가 보유한 소수병력으로는 매복전을 펼쳐서 전투에 임해야 한다고 생각합니다."

"어떤 방식으로 매복전을 펼치려 하시오?"

"방망파로 오는 길에는 왼쪽에 예산(豫山)이 있고, 오른쪽으로 안림(安林)이라는 울창한 숲이 있으니, 이를 활용하여 하후돈을 예산과 안림의 골짜기로 끌어들여 복병으로 화공을 펼친다면, 어렵지 않게 하후돈을 섬멸할 수 있을 것입니다."

군사중랑장 서서도 제갈량의 화공을 적극적으로 지지하자, 유비는 두 군사의 뜻을 존중하면서도 성공 가능성에 대한 우려와 한편으로는 기대가 섞인 목소리로 재차 묻는다.

"과연 백전노장인 하후돈이 화공전에 쉽게 말려들겠소?"

제갈량이 의미심장한 말로 유비의 결단을 촉구한다.

"소신이 가지고 있는 전략과 전술은 무궁무진합니다. 주군의 배포와 신망에 따라 전략은 얼마든지 유연성이 있게 전개될 수가 있습니다. 만일 주군께서 장수를 통제할 정도의 최소한의 권한을 주신다면, 그에 합당한 전략으로 적병에게 그에 준하는 타격을 입힐 수 있을 것입니다. 혹여 주군께서 장군을 관리할 수 있는 정도의 어정쩡한 권한을 주신다면, 그것을 유연성있게 활용하는 전략으로 적병에게 또한 그만큼의 타격을 가할 수 있을 것입니다. 그러나 주군께서 소신의 군령을 따르지 않는 장군들의 생사여탈권(生死與奪權)까지 부여하는 등 전권을 하사하는 경우에는 그에 합당한 보답으로 대승을 선물로 선사할 수 있을 것입니다."

제갈량은 전투의 경험이 풍부한 관우와 장비 등 장수들이 백면서생으로 처음 전투에 임하는 자신을 무시하여 자신의 명을 따르지 않고, 동시에 전투에 임하여 예기하지 못한 돌발사태가 발생했을 경우, 장수 자신들이 경험한 경험칙에 따라 제갈량의 명에 따르지 않고 장수가 스스로의 유연성있는 전술로 임하게 될 경우, 제갈량 자신이 수립한 전략이 혼선을 빚게 될 것을 우려하여 유비의 결단을 촉구한 것이다.

유비 또한 제갈량을 얻기 위해 삼고초려를 할 당시, 관우와 장비가 자존심을 상하면서까지 고개를 숙인 일에 대해 내심 불쾌해하고 있다는 것을 알고 있기에 만일의 경우를 우려하여 제갈량의 요구에 무게를 실어 준다.

"모든 장수들은 군사의 지시를 추호의 차질 없이 이행하라. 만일 군사의 명에 따르지 않을 경우에는 장수들의 신상의 문제까지도 군사중랑장에게 위임할 것이다."

유비는 말을 마치고 전권을 위임한다는 의미로 지휘검을 제갈량에게 건넨다.

유비의 비장한 발언으로 장수들이 모두 긴장할 때 제갈량이 앞으로 나서서 장수들에게 작전명령을 내린다.

"소장은 신야를 지키면서 전반적인 전황을 점검하겠습니다. 주군께서는 즉시 서서 군사중랑장과 함께 병사를 이끌고 예산과 안림으로 가서 복병을 배치하십시오. 내일 저녁 적장이 병사를 이끌고 박망에 당도하여 군영을 세우면, 자룡은 2천의 병사를 이끌고 적장과 대치하시오. 적장 하후돈은 필시 소수의 병력으로 대치하는 자룡을 무시하여 크게 방심하는 탓에, 장거리 행군에 지친 자기 병사들을 편히 쉬게 하려고 군영의 경비를 소홀히 할 것이오. 관 장군은 하후돈이 자룡의 군사들에게 촉각을 세우며 대치하고 있을 때, 이 틈을 타서 1천의 돌격기병을 이끌고 하후돈의 배후를 돌아, 군영을 기습공격하고 최대한 많은 군막을 불태운 후, 하후돈이 군사를 정비하여 반격을 가하면, 적병과의 교전은 피한 채 곧바로 예산과 안림 출구 쪽으로 퇴각하시오. 자룡은 운장이 퇴각할 때 운장을 따라 골짜기 길을 지나 출구 쪽으로 이동하시오. 적장이 관 장군을 추격하면 장 장군은 2천의 보병을 이끌어, 예산과 안림의 입구를 틀어막고 적병을 통제하시오. 하후돈이 자룡과 관 장군의 기병을 무작정 추격하여 예산과 안림 골짜기 길로 진입하면, 주군께서는 매복병을 이끌고 통나무, 바위 등을 굴려 하후돈의 출구를 막고 화살과 강노로 공습하십시오. 그때 관 장군과 자룡은 신속히 방향을 되돌려 이들의 퇴로를 막도록 하시오. 그리하면 하후돈의 군사들은 예산과 안림의 입구와 출구가 막혀 급한 대로 안림의 울창한 숲속을 통해 대피하려고 할 것이오. 적병이 안림에 들어서게 될 때가 바로 적병의 참패가 결정지어지는 순간이 될 것입니다. 적병이 안림의 숲으로 뛰어들었을 때, 주군께서는 안림에 깔아놓은 건초와 화염물질에 불화살을 날려서 이들을 화공으로 섬멸하십시오. 그때 요행히도 화공에서 벗어난 적병들이 있으면, 주군과 관 장군, 장 장군께서 삼면에서 공격을 펼치도록 하십시오. 이리되면 하후돈은 방향을 잃고 어찌할 바를 모르다가 험한 산길을 따라 퇴각하게 될 것입니다."

제갈량이 전략을 제시하고 장수들이 작전계획을 이행한 얼마 후, 박망파에 당도한 하후돈은 자신의 앞에서 진형을 세우고 기다리는 조운의 군사들과 마주하게 된다.

하후돈은 조운이 소수의 병력을 이끌고 자신의 앞에 진형을 세우고 대치하자, 어이없다는 듯이 큰소리로 조운을 비웃으며 일갈한다.

"그대가 떠돌이 유비를 따라다니는 것은 외로운 혼이 귀신을 따라다니는 형국이다. 병마도 시원치 않은 상태에서 나를 대적하겠다니 참으로 가상하도다. 내가 그대의 가상함을 승상께 아뢸 테니, 그대는 즉시 항복하여 나를 따라 승상을 섬기도록 하라. 그리하면 그대는 크게 환대를 받게 될 것이다."

조운은 하후돈의 비아냥에 전혀 휘둘리지 않고, 하후돈이 더 이상 앞으로 나아가지 못하도록 견제에만 혼신을 기울인다. 하후돈은 조운이 소수의 병사로는 자신의 진형을 공략하지 못하리라는 생각을 하게 되자, 장거리 원정을 시행한 병사들에게는 휴식을 취하게 하는 것이 최우선적 과제라는 생각에 신속히 군영을 세우도록 명한다.

조운이 하후돈과 대치하여 이목을 집중시키고 있을 때, 관우는 돌격기병을 이끌고 배후를 돌아 인시(寅時:오전3시-5시)가 되기를 기다린다.

하후돈이 군영을 구축하고 병사들이 취침에 들어 곤히 잠든 새벽 인시가 되자, 관우는 돌격기병을 이끌고 하후돈의 군영을 급습하여 불화살을 쏘며 군막을 불태우기 시작한다. 유비에게 허를 찔린 하후돈이 즉시 군사를 정비하여 반격에 나서자, 하후돈의 군영을 뒤흔들어 놓은 관우는 잠시 대적하는 척하다가, 대군에게 밀리는 듯 위계를 부리며 곧바로 기병을 물리고 박망파 남쪽으로 퇴각하기 시작한다.

하후돈이 대군을 휘동하여 관우를 추격하려고 할 때, 이전이 황급히 하후돈을 만류한다.

"관우가 군영을 침투하여 계속 군영을 혼란케 할 수 있는데도 이유도 없이 물러났다는 것은 유비의 매복을 의심하게 하는 사안입니다. 박망파 남쪽으로 가는 길은 양쪽에 산과 숲이 있어, 길이 좁고 초목이 우거져 추격하기에도 용이하지 못한 지형입니다. 재고해 보십시오."

"설혹 유비가 매복을 세웠더라도 소수의 군사로 나의 대군을 상대하여 전면전을 펼치려 하겠는가? 지금은 적병이 후퇴할 때 쉴틈을 주지 않고 단숨에 적을 쓸어내야 할 때이외다."

"소장은 만일의 경우를 생각해서 본영을 지키겠습니다."

하후돈은 이전의 말을 듣지 않고 우금과 함께 관우를 추격하기로 하자, 매복을 우려한 이전은 하후돈의 뜻을 따르지 않고 본영에 남기로 한다. 대군의 위세를 믿은 하후돈은 퇴각하는 관우의 후방에 있는 조운의 보병까지 세차게 공략하기 시작한다. 한동안 하후돈의 대군과 싸우던 조운도 힘에 밀리는 척하며 관우의 기병을 따라 퇴각을 시작한다.

하후돈은 유비의 군사를 도륙하는데 재미를 붙였는지 좌고우면하지 않은 채 퇴각병들을 줄기차게 추격한다. 선봉에 선 하후돈을 따라 중군에서 관우와 조운의 군사들을 추격하던 우금은 예산과 안림의 입구를 들어서다가 갑자기 좁아지는 골짜기 길목에 접하자, 급히 하후돈에게 전령을 보내 퇴각을 건의한다.

"장군, 조금 전에 이전장군이 말했던 매복이 우려되는 지역입니다. 이곳은 화공의 우려가 있는 곳이니, 속히 퇴각을 취해야 할 것 같습니다."

우금이 화공을 우려하여 하후돈에게 퇴각을 청하지만, 하후돈은 유비의 군사들이 정신없이 도주하는 것을 보고 의기양양하여 막무가내로 전령에게 명한다.

"이 골짜기만 지나면 바로 신야성 앞의 박망파 언덕에 당도하게 될 것이니, 너는 곧바로 우금장군에게 그대로 강행군을 하여 곧바로 신야에 당도하도록 전하라. 설혹 복병이 있더라도 산과 언덕 숲의 골짜기가 깊지 않아, 소수의 병사를 희생하더라도 곧바로 골짜기를 벗어나 신야에 당도할 수 있고, 최악의 경우에는 아군이 반대편 숲속으로 들어가면, 유비는 숲에 가려 공세를 취하기가 어렵게 되노라. 그런 상황에서 도대체 대군을 이끌고 무엇이 두려워서 오던 길을 되돌아간다는 말이냐고 전하라."

하후돈은 그동안의 승세를 믿고 그대로 예산과 안림의 골짜기를 지나 선두의 일부가 출구를 벗어나는데 바로 그때, 예산에 있는 복병이 바위와 통나무를 굴려 출구를 막아버리고, 이와 때를 맞추어 유비가 연주포를 울리게 하자, 예산에 은폐해 있던 복병들이 골짜기를 향해 화살 공세를 펼친다.

골짜기에 갇힌 하후돈의 병사들이 화살 공세를 피하려고 예산의 맞은편 안림의 숲으로 한참을 들어갔을 때, 유비는 안림에 설치해 놓은 화염물질과 건초더미를 향해 불화살을 줄기차게 날리도록 명한다.

화염물질과 건초더미에 붙은 불길이 바람을 타고 하후돈의 병사들에게 옮겨붙어 수많은 병사들이 손상하자, 하후돈은 황급히 안림을 돌아 자신의 본영으로 되돌아가려고 할 때, 하후돈의 앞을 가로막은 관우의 기병과 조운의 보병이 골짜기를 빠져나온 하후돈의 군사를 향해 맹공을 펼치기 시작한다. 비록 하후돈의 병사가 관우와 조운의 병사보다는 수적으로 우세했으나, 크게 위기를 겪은 이들은 싸울 생각을 않고 도망치기에 급급해진다.

하후돈은 몰려오는 관우와 조운의 군사들에게 박망파에서 포위당하는데, 이때 하후란과 우금이 와서 하후돈의 포위를 풀어주고, 거꾸로 이들이 조운의 군사들에게 포위가 되는 형국이 빚어진다. 우금은 자신의 용력으로 간신히 포위를 풀고 도주하지만, 하후란은 조운의 군사들에게 생포되어 곧바로 조운에게 인계된다.

관우는 돌격기병을 이끌고 하후돈과 그의 기병을 추격하여 순식간에 수백의 기병을 주살하고, 하후돈의 뒤를 바짝 쫓고 있을 때, 본영을 지키고 있던 이전이 군영에 남아있던 군사를 총동원하여 하후돈을 구하러 몰려온다.

소기의 성과를 올렸다고 판단한 유비는 관우에게 하후돈의 추격을 멈추고 되돌아오도록 명한다. 하후돈의 추격을 멈추고 유비가 관우와 함께 되돌아오자, 조운은 생포한 하후란을 유비에게 인계하면서 동시에 그의 구명을 청한다.

"황숙께 간청합니다. 하후란은 소장과 같은 상산군 진정현 출신으로 그와는 한때 의형제를 맺었을 정도로 깊은 정리가 있습니다. 부디 하후란의 목숨을 구해주시어 법률과 병법에 밝은 하후란에게 군정을 맡기신다면, 소장과 하후란의 정리도 살펴주시는 동시에 황숙께서 구하는 인재도 얻으실 수 있을 것입니다."

조운이 유비에게 하후란의 구명을 청하자, 주변에서 조운에게 우려가 섞인 충언을 던진다.

"만일 하후란이 변심을 하여 주군께 폐해가 생긴다면, 장군은 어찌하려고 그리하시오?"

조운은 이미 단단한 각오를 굳히고 있었다는 듯이 자신있게 대답한다.

"그때는 소장이 스스로 수급을 내어놓겠습니다."

유비는 조운의 하후란에 대한 확고한 우정을 읽고 하후란을 수하로 거둔다. 유비는 조조가 탐색전으로 전개한 박망파의 전투에서 대승을 거두고도 조조의 군사와 소규모 전투로 일관할 뿐, 전면전으로 확산시키지 않고 견제와 균형을 이루며 변방에서 지키기만 한다.

그로부터 얼마 후, 유표는 깊은 병환을 얻으면서 유비에게 領형주자사를 맡기고, 변방의 경계를 철저히 지키도록 부탁하는데 얼마 후, 형주를 맡은 유비가 백성들에게 선정을 베풀어 민심이 유비에게 쏠리기 시작하자, 형주의 토착세력들은 유비를 본격적으로 견제하기 시작한다.

형주는 장강(양자강)의 중류에 위치하여, 풍부한 수자원과 수로를 통한 교역으로 경제가 번창하였기에 무역상업과 경제뿐만 아니라, 군사적으로도 매우 중요한 입지를 지닌 지역으로서 언젠가는 반드시 천하 쟁패를 위한 화약고로 비화가 될 여지를 지니고 있었다. 형주 북방은 후한 13주 중에서 중앙에 위치하여, 남방의 세력에게 북방의 세력이 침략할 경우에는 이들을 막을만한 천혜의 요새를 지니고 있었고, 남방의 세력이 북방을 정벌하기 위해서는 천혜의 요새를 끼고 최전선의 방어벽이 되는 지역이다.

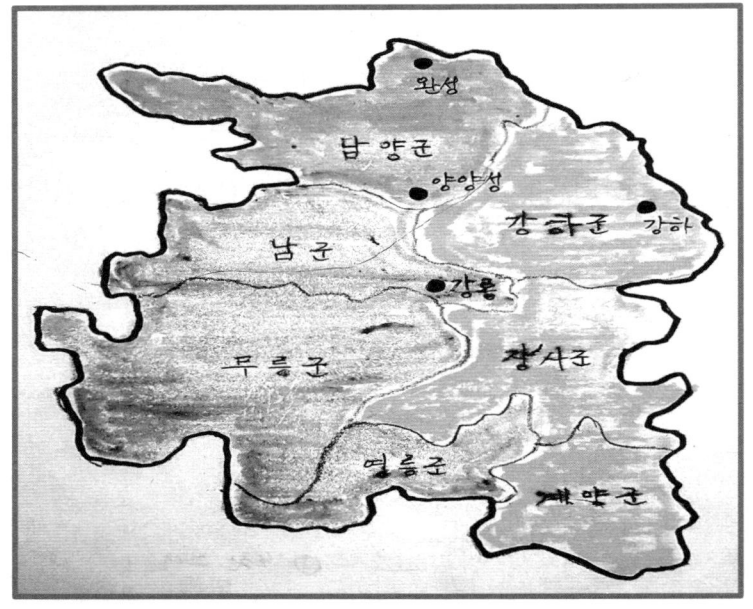

후한 당시 형주는 남양(완), 강하, 남군(양양, 강릉)의 형북 3군과 무릉, 영릉, 장사, 계양의 형남 4군으로 도합 7개군으

로 형성되어 있었으며, 동으로 남양주, 서로는 익주, 북으로는 중원과 화북으로 연결되는 평야지대로 동저서고(東低西高)의 지형이며 호수와 강이 밀집되어 있다.

형주의 치소는 원래 무릉에 있었으나, 유표가 형주자사가 되면서 양양에 치소를 설치하여 처음에는 양양이 다소 빈약했으나, 동탁의 장안천도로 시작된 중원의 혼란으로 피난민들이 형주로 대피하여 들어오면서 양양은 크게 발전했다.

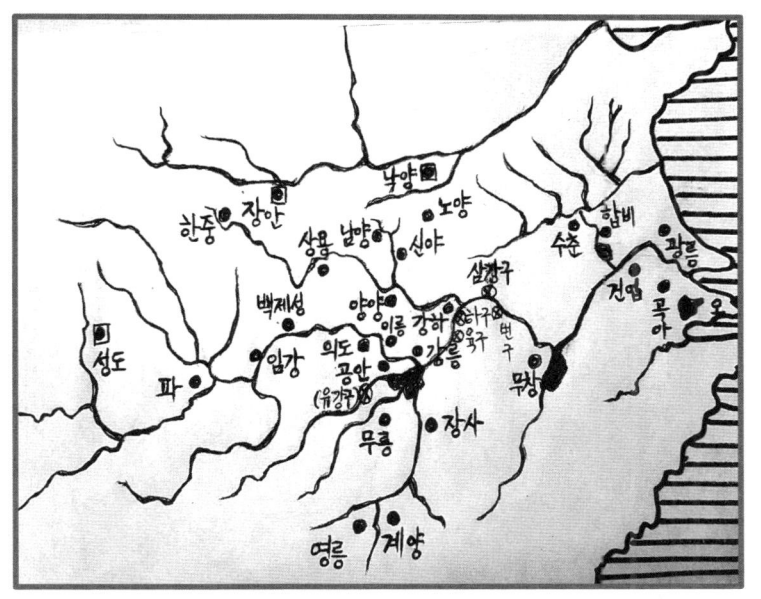

유표가 죽고 조조가 형주를 점령한 이후에는 양양이 손권의 강릉과 함께 형주의 중요한 거점이 된다.

양양은 강북, 촉, 강남의 교통을 잇는 유일한 거점이어서, 삼국시대 이래 중국의 역사에서 가장 중요한 요충지가 된다.

양양과 기각지세를 형성한 번성은 양양을 지키는 중요한 요충지의 역할을 한다. 강하는 강동으로 이어지는 요충지로 14개 현으로 구성되어 말릉이 건업으로 변경된 것과 같이 강하는 후일에 지명이 무창으로 변경된다.

남양은 완현에 치소를 두고 융중, 신야, 박망파 등의 38개 현으로 구성되었으며, 후한의 군(郡) 가운데 인구가 가장 많은 중요한 형주의 최북방으로서 사례, 형주, 예주의 경계에 있는 지역인데, 장안을 지키는 관문으로 중요한 무관은 남양 단수현 서쪽에 위치하여 군사적으로 북:낙양, 남:양양, 동:허창, 서:한중(상용), 북서:장안으로 이어지는 중요한 교통요충지이다. 형주의 다른 지역과 달리 낙양과 가까워서 문화적으로도 크게 발달했던 지역으로 남군과 함께 형주의 인물을 가장 많이 배출한 지역으로서, 후한의 광무제도 이곳을 기반으로 한황실을 다시 일으켰을 정도로 의미가 깊은 지역이기에 향후 위,촉,오 삼국은 남양, 남군, 강하가 있는 형주에서 가장 치열하게 싸우게 된다.

2.
조조, 형주 정벌의 대장정에 오르다

2. 조조, 형주 정벌전의 대장정에 오르다

1) 형주의 문무 관료, 유종에게 무조건적 항복을 강권하다

208년(건안13년) 6월에 이르러 조조는 조정의 전권을 독점한 후, 삼공(三公)제도를 폐지하고 스스로 승상(丞相)자리에 올라, 모개를 동조연(東曹掾)으로, 최염을 서조연(西曹掾)으로, 사마의를 문학연(文學掾)으로 삼아 자신의 정무를 측근에서 보좌하도록 한다. 조조는 정무를 보좌할 문신을 정비한 후, 오랫동안 구상했던 형주를 정벌하기 위한 용병에 착수하여, 가후를 군사로 삼고 그에게 형주를 정벌하고자 하는 계획을 밝힌다.

"군사, 고(孤)는 화북의 원소를 제거한 후, 형주의 유표를 정벌하기 위해 수차례에 걸쳐 하후돈과 조홍 등에게 접경지인 번과 신야의 방비를 탐색하게 했으나 유비의 경계에 막혀 성과를 거두지 못하고 있었음에도 그 당시, 고(孤)가 적극적으로 나서지 못했던 이유는 서량의 마등과 한수의 동향 때문이었소. 마찬가지로 이번에 형주를 도모하는 일에도 서량의 마등과 한수의 동향이 신경 쓰이는데, 어떤 대책을 강구하여야 이들에 대한 방비를 철저히 취할 수 있겠소?"

가후는 이미 조조가 형주 정벌전에 나서고자 하는 구상을 밝힌 순간부터 그에 대한 대책을 생각해 두었다는 듯이 어렵지 않게 전략과 전술을 제시한다.
　"투량환주(偸梁換柱:대들보와 기둥을 빼내어 서로 바꾸면 집은 쓸모가 없어짐) 전략을 펼치시면 어떻겠습니까? 마등과 한수에게 자신들의 위상에 맞는 직위를 내리고 입조하도록 명하면, 이들은 조정의 명을 받지 않았을 경우의 항명을 우려하여 어찌할 도리 없이 입조하게 될 것입니다. 서량의 대들보인 이들이 입조하는 순간부터 서량인들은 조정에 저항하여 반기를 든다는 것은 상상도 하지 못할 것입니다."
　조조가 기쁜 기색을 환히 드러내어 크게 웃으며 묻는다.
　"그러면 이들에게 어떤 벼슬을 주면 조정의 명을 기꺼이 따르겠소?"
　"한때 마등과 한수는 의형제까지 맺었으나, 지금은 서량의 주도권을 두고 사소한 일로 서로 반목하고 있습니다. 사례교위 종요를 파견하여 이 두사람이 화해하게 하고, 마등을 위위로 임명하며, 장남 마초를 편장군으로 차남 마휴를 봉거도위, 삼남 마철에게 기도위 직위를 내리면서 조정으로 불러들이면, 이들은 명을 거절하지 못할 것입니다. 한수에게는 자식들이 조정으로 입조하게 하는 대신 서량의 주도권을 준다면, 한수 또한 승상의 명에 따르게 될 것입니다."
　조조는 가후의 자문을 받아들여 마등에게 조정의 명을 전하자, 마등은 마지못해 장남 마초만을 서량에 남겨놓은 채 일가족을 이끌고 업성으로 이주한다.

한수 또한 자식을 조정에 입조시키고, 자신은 서량에 남아 서량을 관장하게 된다. 이로써 서량의 불안요소를 불식시킨 후, 조조는 조인을 총사령관으로 악진, 서황, 장료, 이전, 허저를 각각 대장으로 삼아 16만에 이르는 정예병사를 일으켜 형주정벌을 위해 박차를 가하기 시작한다.

얼마 후, 조조가 대군을 이끌고 형주정벌에 나설 것을 공표하자, 대경실색하여 갈피를 잡지 못하던 유표는 유비에게 신야와 번성의 방비를 맡기고 대대적으로 군수물자를 지원하기에 이른다. 하지만, 조조의 대규모 공세에 노심초사하던 유표는 8월에 이르러 갑자기 심장에 이상이 생겨 죽게 되자, 형주의 강력한 호족인 채씨 일족이 전폭적으로 유종을 지지하면서, 유종은 친형 유기를 밀어내고 유표의 후사를 이어 양양에 주둔하게 된다.

유기는 유종과 같은 부모인 유표와 진씨(陳氏)에게서 태어난 유종의 친형이지만, 계모인 채부인과 군사 채모가 채씨 조카를 유종에게 시집보내면서, 채씨 가문은 유종을 유표의 후계로 만들기 위해 장남 유기를 집중적으로 견제하여, 유기는 어느 순간부터는 신변의 두려움을 느끼게 되었다. 이에 유표가 타계하기 수개월 전, 유기는 자신을 지지하는 유비를 통해 자신이 살길을 찾기 위해 자문을 요청하는데 이때, 유비는 유기에게 제갈량을 만나서 자문을 구하도록 권유하였고, 제갈량은 자신을 찾아온 유기에게 '진문공(晉文公) 중이(重耳)와 신생(申生)의 고사'를 자문해 주었다.

즉, 진헌공(晉獻公)의 후처인 여융의 여희가 자신의 아들인 해제를 왕위에 올리려고, 진헌공과 태자 신생의 사이를 떨어뜨리려고 이간책을 펼치면서, 이에 넘어간 진헌공은 여희의 아들 해제를 위해 왕궁 안에 있던 태자 신생을 죽이는 사건이 일어난 반면, 위기를 인지하고 외지로 도피해있던 둘째 중이는 살아남아 진문공(晉文公)이 된 고사를 말해주자, 유기는 제갈량의 뜻을 알아듣고 자원하여 채모의 울타리에서 벗어나고자 황조의 죽음으로 공석이 된 강하(江河)로 내려가게 되었다. 그 후, 몇 개월이 지나 형주자사 유표가 타계하게 되지만, 채씨 일족은 이 사실을 유기에게 알리지 않고 형주의 호족들을 규합하여 유종을 후계로 세우는 일이 발생한다.

유종이 유표의 후사를 이은 지 불과 며칠도 되지 않아, 형주정벌의 장도에 올라 남하를 시작한 조조가 이미 완성에 당도했다는 소문이 돌자, 형주의 문무관료들은 두려움에 떨면서 유종에게 항복하기를 권유한다. 이에 대해 유종은 문무관료들의 뜻을 강력히 거부한다.

"내가 부친에게서 형주를 이어받아 영지를 넓히지는 못할망정, 곧바로 항복하는 것은 부친의 뜻이 아니라고 생각합니다. 여러분이 도와주시면 나는 얼마든지 조조를 막아낼 수 있을 것이라고 확신합니다. 부디 나를 도와주시기를 바랍니다."

이때 동조연 부손이 유종에게 묻는다.

"공자와 유비를 비교하면, 누가 더 낫다고 생각하시오?"

이에 유종이 대답한다.

"좌장군 유비가 나보다는 훨씬 능력이 낫습니다."

"유비에게 조조를 막으라고 해도 어려운데, 공자가 과연 조조를 감당할 수 있겠소? 설혹 유비를 앞세워 조조를 막아낸다고 하더라도, 그때부터 형주는 공자의 영지가 아닌 유비의 영지가 되는 것입니다. 우리가 살길은 양양 그리고 형주의 6개군을 들어 조조에게 바치는 것뿐 다른 방법이 없습니다."

고관인 부손이 무조건 투항을 권유하자, 이에 좌우에 늘어선 신료들도 한목소리로 강력하게 투항을 권유한다.

"투항만이 형주와 양양을 무사히 구원할 수 있습니다."

"나에게 생각할 시간을 주십시오."

유종은 관료들의 예봉을 피하고 시간을 벌기 위해 회의장을 빠져나온다.

당해 9월에 이르러 조조가 신야 인근에 당도하자, 형주의 토호들은 유비가 형주를 복속시킬 다른 꿍꿍이를 품고 있으니, 형주가 유비에게 넘어갈 위험이 있다고 헛소문을 내면서, 유비가 흑심을 드러내기 전에 빨리 조조에게 투항하도록 강권하며 유종을 더욱 강렬하게 압박한다.

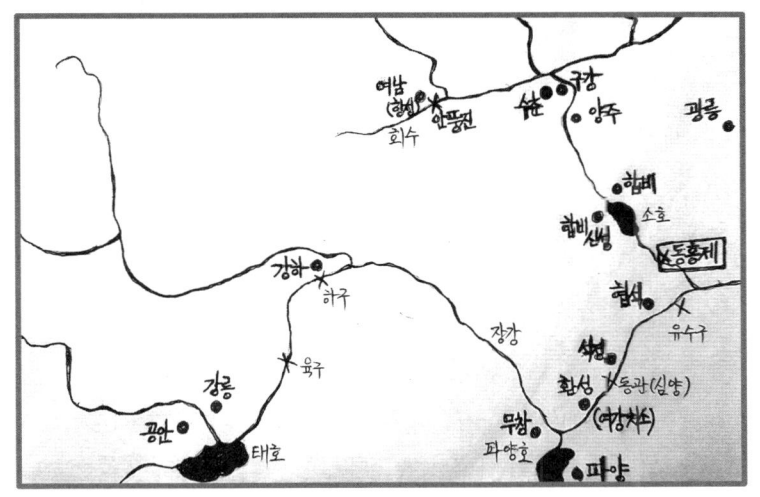

　유종이 생각할 여유를 얻기 위해 주어진 달포의 시간을 의미도 없이 허송한 후, 관료들은 조회를 청하여 유종에게 이번에는 확실한 결단을 내리도록 강권하는데, 유종은 끝내 결단을 내리지 못하고 주저한다. 이때 괴월이 나서 강력하게 투항의 논리를 펼치며 유종을 설득한다.

　"모든 인간사는 대세의 흐름을 따라 유연하게 진퇴를 결정할 수 있어야 합니다. 조조는 천하의 대세를 모두 장악하여 협천자의 기세를 드높이고, 자신의 뜻을 따르지 않는 자는 모두 역도로 몰아붙이고 있습니다. 공자께서 조조의 뜻을 따르지 않는 것은 천자의 뜻을 거스르는 것이 됩니다. 이러한 때에 공자께서는 자리에 오른 지 얼마 되지도 않아, 백성들의 민심을 집중시키지 못하고 있는데 어떻게 조조와 대적할 수 있겠습니까?"

"말씀은 옳으나 부친의 기업을 이은 지 얼마 되지도 않아 기업을 남에게 물려준다면, 천하의 이목을 어떻게 피하며 구천에 계신 부친을 어떻게 대할 수 있겠습니까?"

이때 조용히 주변의 분위기를 관망하던 왕찬이 앞으로 나서며, 투항을 원하는 관료들의 분위기를 대변하여 묻는다.

"자사는 조조에 비해 어떻다고 생각하시오.?"

유종이 왕찬의 질문에 응답한다.

"나는 조조의 발끝에도 다가가지 못합니다."

이에 왕찬이 유종에게 최후의 결단을 촉구한다.

"조조는 천하의 제일의 영웅으로서 천하를 운용하는 안목뿐만 아니라, 처세 및 용병과 병법에 능하고, 천하의 인재를 가리지 않고 중용하여, 주변에는 넘치고 넘치는 것이 인재입니다. 전장에 임해서는 일당만(一當萬)을 하는 장군이 차고 넘치고, 일당천(一當千)을 하는 장수가 헤아릴 수 없으며, 일당백(一當百)을 하는 졸병이 이루 말할 수 없을 정도입니다. 그는 소수의 군사로 천하를 평정했으며, 하북의 원소와의 전투에서는 세간에서 불가능하다는 예측을 뒤집고 천하의 대세를 장악했습니다. 이런 조조가 지금은 우리가 상상도 할 수 없을 정도의 모사와 장군, 장수 그리고 16만이라는 대군을 이끌고 형주정벌에 나섰는데, 과연 자사께서 그를 물리칠 수 있다고 보십니까? 모든 일에는 때가 있습니다. 자사께서 시기를 놓치면, 남는 것은 오로지 후회라는 말 한마디뿐 다른 어떤 말도 용인되지 않을 것입니다."

 결국 유종은 관료들의 뜻을 꺾지 못하여 투항을 결정하고, 유비와 유종이 전혀 알지 못하게 기습적으로 조조에게 부절을 바치기로 하면서, 조조가 완성에 당도하자 괴월과 왕찬 등을 보내 조조에게 자신의 투항을 통보한다. 이때 유종에게서 투항을 얻어낸 조조는 항서를 가져온 괴월을 한참 쳐다보더니, 옆에 있는 순욱 등에게 흡족한 표정을 지으며 말한다.

 "나는 이미 무너져가던 형주를 얻은 것보다 천하의 모사 괴월을 얻은 것이 더욱 기쁘도다"

 이에 주변의 참모들은 자신들도 책사로서의 자부심을 가지게 되며 스스로를 만족스러워한다. 이를 계기로 천하의 인재를 중시하는 조조의 진면목은 다시 한번 세간에 널리 알려지는 계기가 마련된다.

 괴월의 옆에는 천하의 기재인 왕찬이 함께 하고 있었다.

 왕찬은 어린 시절부터 재능이 뛰어나 길을 지나면서 지나친 비문의 글귀를 한 글자도 틀리지 않고 암송할 뿐만 아니라, 다른 사람이 두던 바둑판이 흐트러지자 이를 복기해주는데, 단 하나의 알도 틀리지 않고 복기해낼 정도로 기재였으나, 형주의 유표는 비루한 신체에 추한 용모를 지닌 왕찬을 중용하지 않고 있었다.

 왕찬의 재능을 알게 된 조조는 형주의 투항을 받아낸 후, 왕찬을 승상연으로 삼아 자신의 주변에서 보조하도록 하는 동시에 관내후의 작위를 제수한다. 조조의 인재 구현상(人才具顯想)은 천하에 더욱 각인되고, 천하의 인재가 조조에게 구름같이 몰려들어, 승우여운 고붕만좌(勝友如雲 高朋滿座:영웅에게는 인재가 구름같이 모이고 지위가 있는 사람에게는 자리가 많음)라는 말이 바로 조조를 두고 하는 말이라 해도 과언이 아니라는 평이 천하에 두루 퍼져나가고 있었다.

2) 유비, 10만의 부중과 함께 천리의 피난길에 오르다

유비는 조조가 남양 완성에 당도했는데도 양양으로부터 아무런 대비책이 시달되지 않자, 유종에게 사자를 보내 신속히 조조에게 대항할 대책을 다그친다.

이에 유종은 훈고학에 조예가 깊어 천하에서 추앙을 받는 송충을 보내, 자신이 투항했다는 사실을 유비에게 알리고 자신의 뜻에 따를 것을 권한다. 유비는 유종이 보낸 송충으로부터 투항의 변을 받게 되자, 크게 당황하여 투항의 변을 전하는 송충에게 칼을 빼어들고 대갈한다.

"내가 그대를 단칼에 베는 것은 간단하지만, 대장부가 신망이 있는 유교의 대가를 해하는 것은 수치라고 생각하여 살려주노라. 당장 돌아가서 유종에게 결국은 조조의 탑이 될 것이라고 전하시오. 내가 이런 위인들을 위해 대여섯 해 형주와 양양을 지키는 충견 노릇을 했다는 사실이 억울할 뿐이외다."

유비는 유종이 투항했다는 사실을 조조가 완성을 떠나 신야 가까이에 당도한 후에야 듣게 된 탓에 말로 표현할 수 없는 심한 배신감을 느끼며 유종을 격렬히 성토한다. 유비의 대다수 참모들이 이참에 유종을 쳐서 형주를 차지하라는 권유를 올리자, 유비는 깊은 사색에 잠긴다.

'양양에 있는 유종의 투항군과 신야에 접근한 조조의 본대

사이에 포위당한 형국이 되면, 생존이 어렵게 되리라. 지리적 요새인 강릉으로 이동하는 것이 스스로를 지킬 방책이리라.'

유비가 현재의 형세가 결코 자신에게 유리하지 않다는 판단을 내리는 때, 유비의 마음을 읽은 군사 제갈량과 서서가 이구동성으로 말한다.

"신야와 번성은 양양을 지키는 길목이지만, 유종이 이미 조조에게 투항한 지금은 오히려 양쪽의 공격을 받게 되는 함정이 됩니다. 조조가 박망파를 통해 군사를 내몰고 유종의 투항군이 협공해 올라오면, 우리는 최대의 위기를 맞게 될 것입니다. 신속히 강릉으로 가서 유기 공자와 합류하여 조조를 대비해야 할 것입니다."

유비는 제갈량과 서서의 뜻을 받아들여 주변의 권유를 물리치고 급히 강릉행을 택한다.

"유종을 쳐서 양양을 획득할 수는 있으나, 곧바로 밀어닥칠 조조의 대군을 상대할 힘이 없도다. 그뿐만 아니라, 유경승께서 생전 나에게 두 아들을 부탁했는데, 내가 그를 저버리는 것은 대장부가 행할 일이 아니다. 강릉으로 후퇴하여 조조가 강릉을 선점하기 전에 군사를 정비하고 조조를 대비해야 할 것이다."

유비가 강릉을 선점하려고 하는 이유는 강릉을 얻게 되면, 장강의 수로를 통해 강하의 유기와 연계할 수 있고, 형주의 숙련된 수군을 통해 조조의 대군을 대항하기 쉽다는 생각을 한 동시에 강릉에 거점을 두고 배후의 형남 4군을 수중에 넣으면, 얼마든지 조조를 견제할 수 있다고 생각했기 때문이었다. 반대로 조조가 강릉을 차지하게 되면, 이를 기반으로 형남 4군을 조조가 자신의 영향권 아래에 두고, 숙련된 형주의 수군을 활용하여 장강의 수로를 통해 동오를 정벌하는 대업까지 연결할 수 있다는 사실을 우려한 것이다.

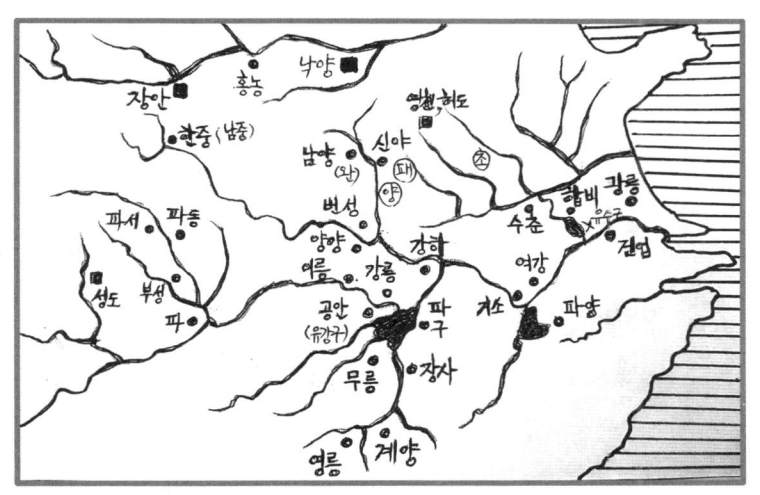

유비는 제갈량에게 시급히 피난을 지시하면서 긴급대책을 강구하도록 명한다. 이에 제갈량은 신야와 번성의 전역에 방을 붙여, '남녀노소를 불문하고 피난대열에 합류하고자 하는 사람은 즉시 대열에 참여하라'고 공시하고, 손건에게는 강변 나루로 가서 신속히 배를 준비하여 백성들이 무사히 강을 건널 수 있도록 조처하게 하고, 조자룡에게는 유비의 처자를 보호할 임무를 부여한다.

미축에게는 관료들의 식솔을 피난대열에서 보호하도록 지시하고, 미방과 유봉에게는 백성들이 피난행렬에서 불편하지 않도록 철저히 배려하도록 이른다.

드디어 유비가 피난대열에 합류한 수많은 백성을 이끌고, 신야에서 320여 리 떨어져 있는 양양을 지나면서, 그래도 미련을 버리지 못하고 최종적으로 유종과 면담을 청한다. 그러나 유종은 유비의 분노를 감당할 자신이 없어 유비의 면담에 응하지 않자, 양양 앞을 지나던 수많은 유비의 수하들은 분격하여, 유비에게 곧장 양양을 탈취할 것을 권하지만 유비는 이에 응하지 않는다.

유비가 양양성 앞을 지나가게 될 때, 조조가 1,2차에 걸쳐 서주를 정벌하면서 자행한 대학살로 치를 떨던 백성, 그리고 관도에서 생포한 병사 7만을 생매장한 조조의 악행을 증오하던 양양의 백성 등 10만에 이르는 인파가 조조에게 실제로 핍박을 받았던 서주, 기주 출신의 유력인사들의 선동으로 동요하여 유비의 피난길에 합류한다.

조조는 유비가 형주의 남군 강릉에 기반을 새로이 구축하고자 한다는 사실을 알고, 유비가 기반을 구축하기 전에 그를 도모할 필요성을 느껴 신속히 조순을 불러들인다.

"그대가 대장이 되어 경기병 5천으로 특수부대 호표기를 결성하고, 신속히 유비를 추적하도록 하라. 병서에 병귀신속(兵貴神速:병사를 움직일 때는 귀신같이 신속하게 해야 함)

이라 했다. 유비가 이미 오래전에 강릉을 향해 출발했다고는 하나, 호표기로 신속히 이동하면 필시 유비가 강릉에서 터를 닦기 전에 그를 도모할 수 있을 것이다."

　조순은 경기병 5천으로 호표기를 결성하고 하루 수백리를 달려 장판파까지 추격한다. 유비는 군사들과 함께 10만 부중과 치중 수천대를 이끌고, 하루 20리 속도의 느린 행보로 이동하여, 한달 가까이 되어서야 3백여 리 떨어져 있는 당양에 당도한다.

　유비는 이미 오래전에 백성들과 함께 출발하여 비교적 여유가 있게 부중을 이끌고 강릉을 향해 이동했으나, 10만의 백성이 움직이는 피난행렬인 탓에 워낙 느린 이동행보를 보이자, 만일의 경우 계획에 차질이 생길 것을 우려하게 된다.

　결국 유비가 별도로 관우를 유기에게 급파하여 수백척의 배를 이끌고 강릉 앞으로 와서 피난 행렬을 실어나르도록 미리 조처한 얼마 후, 조조가 보낸 특수기병 호표기는 유비의 무리가 강릉에 도달하기도 전에 남군 당양현까지 추격하여 5천의 기병이 무서운 기세로 유비의 무리에게 접근해 오자, 유비의 10만 피난대열은 잔뜩 겁에 질려 방향을 잃고 살길을 찾아 이리저리 사방으로 흩어진다.

　별다른 대비책이 없던 유비는 처자식도 챙기지 못한 채 몇몇 신료들과 함께 급히 피신한다. 이때 유비의 피난대열에 속해 있던 서서의 모친도 조조의 군사에게 붙잡혀 남양 완성으로 보내진다. 유비의 처자식을 호위할 책임을 지고 있던 조자룡은 난리 중에 유비의 처자식을 잃고, 헤어진 이들을 찾기 위해 수하에 남아있던 수십의 기병을 이끌고 오던 길을 되돌아간다.

한편, 조순의 호표기가 근접거리 장판파에 당도하여 위기에 몰린 유비는 장비에게 기병 20기를 이끌어 장판교(長坂橋)를 끊고, 조순의 호표기가 장판교(長坂橋)를 건너지 못하게 하도록 지시한다. 장비는 유비의 지시에 따라 장판교(長坂橋)를 끊은 후, 수상개화(樹上開花:나무에 꽃이 핀 것처럼 위장함) 전략으로 허장성세를 펼치고자 장판교 건너편에 1백의 기병을 배치시켜 말꼬리에 나뭇가지를 붙들어 매어 숲속을 이리저리 휘달리도록 지시한다. 기병들이 장비의 지시대로 숲속을 휘달리자, 장판교 건너 멀리 숲속에서는 먼지가 자욱하게 일며 수없이 많은 병사들이 이동하는 것처럼 보이게 된다.

얼마 후, 장판교 앞에 당도한 조순의 호표기는 장비와 근거리에서 마주하게 되는데 이때, 장비가 강물 가를 의지한 채 장판교 앞에서 두 눈을 부릅뜬 채, 조순의 호표기를 향해 호기롭게 호통을 친다.

"연인 장비가 여기 있다. 누구든지 죽고 싶은 자가 있으면, 어서 와서 내 장팔사모의 맛을 보아라."

지난날 관우로부터 장비의 용맹을 전해 들었던 호표기대장 조순은 잠시 주춤하며 한동안 대치하다가, 장판교 후면 숲에서 느껴지는 분위기가 심상치 않자, 곧 조조에게 전령을 보내 그동안의 전과를 보고하며, 조조의 다음 명령을 기다린다.

"유비의 피난대열 10만과 치중을 붕괴시킨 후, 장판교 앞에서 장비가 이끄는 매복병이 의심되는 상황에서 장비와 대치하고 있습니다. 소장이 장비와 복병을 상대로 싸우는 것이 좋은지 아니면, 대기하고 있는 것이 좋은지를 하교하여 주시기 바랍니다."

조순의 급보를 받은 조조는 조순에게 급히 전령을 보내 작전명령을 내린다.

"장비와의 전투가 중요한 것이 아니니 장비와 다투기를 피하고, 방향을 바꾸어 급히 호표기를 몰고 강릉으로 도망치는 유비를 추적하도록 하라. 나도 신속히 대군을 이끌고 강릉으로 행군할 것이다."

이때 유비의 처자식을 호위할 책임을 지고 있던 조자룡은 헤어진 이들을 찾기 위해, 수하에 남은 수십의 기병을 이끌고 전투 중에 헤어진 감부인과 아두를 찾아 나서, 이리저리 수소문을 한 끝에 겨우 이들을 무너진 토담 아래에서 발견한다.

조운은 감부인을 기병의 말에 태워 장비의 대열로 합류하도록 먼저 보내고, 자신은 갑옷을 끄르고 엄심경을 내려 아두를 가슴에 품고 달아나기 시작한다.

이때 호표기의 후미를 따라 이동하던 조조의 선발대가 조운의 일행이 있는 곳으로 몰려오자, 조운은 감부인을 무사히 빠져나가게 하려고 용담을 비껴들고 선발대의 앞길을 가로막아 선다. 수많은 조조의 선발대 기병이 조운을 포위하여 맹공을 퍼붓자, 조운은 수십의 기병을 상대로 힘겹게 대적하면서도, 감부인이 조조 선발대의 추적에서 벗어나 멀리 도망갈 수 있는 시간적 여유를 얻게 한다.

한참을 싸우던 조운은 감부인이 무사히 사정거리에서 벗어난 것을 보고, 말머리를 돌려 유비의 대열에 합류하려고 말에 채찍을 가하는데, 갑자기 말이 발을 헛디디어 그 자리에서 고꾸라지고 만다. 조조의 보병 수십명이 달려들어 조운을 포위하자, 조운은 청강검으로 달려드는 보병들을 정신없이 주살하더니, 순식간에 자신을 떠나지 않고 곁을 지키고 있는 애마에 올라타고 급히 내달리기 시작한다.

이때 중군을 이끌고 당양에 당도한 조조는 멀리서 이 장면을 지켜보더니 곁에 있는 조홍에게 묻는다.

"도대체 혼자서 좌충우돌하는 저 장수가 누구인가?"

조조의 물음을 받은 조홍이 조운에게 큰 소리로 묻는다.

"신들린 듯이 싸우는 장수의 이름이 무엇이냐?"

조운이 맞받아 큰소리로 대답한다.

"나는 상산(常山) 조자룡이다."

이 광경을 본 조조는 조운을 자신의 수하로 만들고야 말겠다고 생각을 하기에 이른다. 신이 들린 듯이 백만 대군(?)의 위세에도 굴하지 않고 싸우는 조운을 상대로 조조 군사의 행군이 늦어지자, 조홍은 긴급히 궁노수를 불러들인다.

"궁노수들은 지금 즉시 화살을 조자룡에게 겨누어 집중사격할 준비를 취하라."

이때 조조가 황급히 조홍의 명을 가로막는다.

"나는 저 장수를 나의 수하로 삼고 싶으니, 화살로 사상을 가하지 말고 사로잡도록 하라."

조조가 인재를 아끼는 마음은 늘 상 한결같았기에 조운은 조조의 인재구현 의지 덕분에 화살 고슴도치가 될 운명을 벗어나면서, 자신의 앞을 가로막는 조조의 군대를 거세게 몰아치니, 창과 칼은 헌 창, 헌 칼이 되어버린다.

조운은 칼날이 사라진 창, 칼을 버리고 조조의 군사에게서 빼앗은 창, 칼로 조조의 군사를 상대로 닥치는 대로 주살하니, 빼앗은 창, 칼이 수십이요, 빼앗긴 칼에 죽은 장수와 병사가 거의 1백명에 이른다.

이로써 역사 속에서 '조자룡 헌 칼 쓰듯이 한다'라는 말이 인구에 회자되어 오늘날까지 신화와도 같이 전해진다.

앞을 가로막는 수백, 수천의 조조의 군사를 상대로 닥치는 대로 창, 칼을 휘두르고, 세차게 말을 내달리는 조운의 갑옷과 갑주, 갑피에는 온통 선혈이 낭자했다. 우여곡절 끝에 포위망을 헤쳐 나온 조운은 잠시도 쉬지 않고, 유비와 합류하기 위해 유비의 피난행렬을 뒤좇아 맹렬히 질주한다.

조순의 호표기를 장판파에서 장시간 지체시키고 호표기가

물러난 후, 유비를 뒤쫓아 이동하던 장비는 적진에서 빠져나온 조운을 만나 함께 강릉을 향해 이동하기 시작한다. 이때를 즈음해서 장판교에 당도하여 조자룡의 처절한 혈전을 지켜보던 조조가 끊어진 장판교에 3개의 부교를 새로이 개설하고 대군을 이동시키자, 조조의 대군이 장판교를 건넜다는 보고에 두려움을 느낀 유비는 군사들에게 긴급한 지시를 내린다.

"우리는 샛길로 한진(漢津) 북쪽을 거쳐 일단 면양(면수의 북방)으로 간다. 면양까지 가는데 차질이 없도록 신속히 이동을 서둘러라."

장판교에 부교를 가설하여 대군을 이동시킨 조조는 유비가 한진에 이르기 전에 대군을 이끌고 유비가 이끄는 무리의 후미에 당도한다. 유비는 장비가 만인지적(萬人之敵)의 위세로 조순의 호표기를 막아내어 시간적 여유를 얻은 덕에 간신히 한진(漢津) 북쪽 가까이 까지 도피할 수 있었지만, 결국에는 조조의 대군에게 도륙당할 위기에 놓이자, 한진(漢津)강변으로 도주하다가 근접거리까지 다가온 조조의 선발대를 보고 크게 탄식한다.

"앞에는 큰 강이 가로막아 있고, 뒤에는 조조의 대군이 몰려오니 이를 어찌해야 할꼬?"

이때는 서서가 조조에게 사로잡힌 어머니를 구하기 위해 유비의 피난대열을 떠나 조조에게 귀의하고 난 후여서, 제갈량이 혼자서 대책을 수립하고 있었다.

"이제 면양이 조조의 수중에 넘어간 이상, 이미 강릉도 조조의 수중에 넘어갔다고 보아야 합니다. 황숙께서 강릉으로 갈 수 없게 된 이상, 장비장군께서는 전 병력을 집결시켜 한진나루로 들어서는 산길 길목을 꽉 틀어막고 진을 형성하여 조조의 대군을 방어하십시오. 조운장군께서는 일부의 병력을 이끌고 산에 올라 매복을 하되, 조조에게 산언덕에 매복이 있

다는 것을 눈치를 챌 수 있을 정도로만 은밀히 군사를 노출시키십시오. 조조가 한눈에 매복이 있다는 것을 알아차릴 정도로 노출을 심하게 하면, 교활한 조조는 금방 무중생유(無中生有)의 위계인 것을 알아차릴 것이기 때문에 복병을 거짓으로 확신하여 두려워하지 않고, 곧장 산의 모퉁이 길을 지나 한진나루로 추격해 올 수 있기 때문입니다. 조조가 산모퉁이에 매복병이 있는 것을 두려워하여야 모퉁이 길을 택하지 않고, 산길로 통하는 입구로 오다가 장 장군께서 협로를 틀어막고 있는 지점에서 대치하게 되면, 황숙께서 겨우 도피할 시간을 얻게 될 것입니다. 이렇게 시간을 벌어야 한진나루를 건너, 무사히 강하태수 유기에게로 도피할 수 있습니다."

제갈량의 계책을 따라 장비가 산길 협로의 출구를 틀어막고 도끼눈을 부릅뜬 채 한진을 지키고, 조운이 산모퉁이에서 은근히 매복을 의심케 하는 위계를 벌이자, 조조는 대군을 이끌고 한진으로 이어지는 산길 입구에 당도하여 척후병에게 매복을 살피도록 명한다.

이후 척후병으로부터 조운의 매복과 장비의 결전에 임하는 태세를 보고받은 조조는 방향을 틀어 강릉으로 신속히 내려가고자 한다. 이즈음, 관우는 강하에 가서 강하태수 유기를 만난 후, 유비의 일행이 탈 배를 얻어 한진으로 오는 덕에 유비는 무사히 면수를 건너, 강하태수 유기의 1만여 병력이 있는 강하 하구에 당도한다.

한편, 유표를 조문한다는 핑계로 형주의 형세를 관찰하고, 유표 사후인 형주의 변화를 염탐하던 노숙은 유표의 뒤를 이은 유종이 조조에게 항복했다는 소식을 들은 후, 형주로 향하던 길을 멈추고 강동으로 발길을 돌리다가, 유비가 당양에서 10만 피난민들과 함께 조조의 추격을 받고 있다는 소식을 듣고, 다시 방향을 돌려 당양으로 유비를 찾아와서 함께 강하의 하구까지 이동하며, 유비의 향후 계획과 의중을 살핀다.

"황숙께서는 장차 어찌하실 작정이십니까?"

유비는 자신의 가치를 손권이 어떻게 평가하는가를 알고자 짐짓 속내를 숨기며 말한다.

"나는 창오태수 오거에게로 갈 생각입니다."

유비의 속내를 모르는 노숙은 손사래를 치며 유비에게 향후 손권과 연합하는 것이 최선의 방책임을 주장한다.

"토로장군 손권은 뜻이 크고 웅대하여 현인을 존중하고 선비를 우대합니다. 이로 인해 장강 이남의 영걸들이 모두 귀부하여, 손책장군이 물려준 6개군인 여강, 구강, 단양, 예장, 회계, 오군을 더욱 강하게 일구었습니다. 게다가 트로장군은 수십만의 군사를 보유한 동시에 충분한 군량을 확보하고 있어, 조조에 대항하여 능히 황숙과 함께 대사를 치를 만합니다. 그런 토로장군과 일을 도모하려 하지 않고, 기대치도 없는 창오태수 오거에게 의탁하신다고 함은 천부당만부당입니다. 지금 황숙께서 취할 바는 강동으로 핵심적 책사를 브내 토로장군과 연합하여 함께 조조를 몰아내는 일입니다."

유비는 손권의 진솔한 속내를 간파하고 노숙의 뜻을 따르기로 한다. 유비는 강하의 악현에 진을 치고 번구에 주둔한 후, 제갈량을 사신으로 삼아 노숙과 함께 동오(東吳)로 가서 동맹을 결성하도록 지시한다.

이때, 촉에서는 익주자사 유장이 조조가 유종의 항복을 받아내고 손쉽게 형주를 얻었다는 소식을 듣고, 장송을 사신으로 파견하여 조조에게 복종하겠다는 의사를 전하려고 한다.

당시는 조조가 형주를 손쉽게 정복하고 동오를 굴복시킬 계책을 세우기 위해 골몰하고 있던 때여서, 외모가 비루하고 방탕하며 절제가 없는 장송이 너무 나대자, 조조는 장송을 겨우 영창군의 비소현령에 임명하여 박대하고, 자신을 대신해서 주부 양수가 장송을 응대하도록 지시한다.

주부 양수는 조조의 명을 받아 장송에게 연회를 베푸는데, 이 자리에서 조조가 지은 병서를 보여주자, 장송은 술자리에서 한번 훑어본 후 정확히 복기하는 재주를 보고, 양수는 그의 재능을 매우 귀히 여기고 조조에게 벽소를 권한다.

"익주별가 장송이 비록 외모는 비루하나, 식견이 높고 총명하며 사물에 대한 이치가 밝아, 주군께서 거두시면 큰 도움이 될 것입니다. 장송을 방치하여 박대하시지 마시고 한번 벽소하여 주심이 어떻겠습니까?"

조조는 양수의 청을 일언지하에 거절한다.

"지금은 동오를 정벌하느냐 못하느냐 하는 중차대한 기로에 놓여있네. 고(孤)가 그따위 비루한 인물과 벽소를 해야 할 정도로 한가하지를 않네."

결국 어떤 연유인지는 모르지만, 인재를 중하게 여기는 조조가 끝내 장송을 무시하고 벽소하지 않는다.

장송은 조조에게 푸대접을 받고 익주로 돌아오면서, 조조에게 당한 심한 모멸감에 치를 떨며 끓어오르는 분노를 참고, 유장에게 돌아와서 조조의 편협성을 고하며, 유비와 제휴하여 조조의 야욕을 분쇄시킬 것을 권한다.

"조조는 천하 쟁패의 야욕을 버리지 못해 결국에는 우리 촉을 침공할 명분을 찾으려고, 소신을 함부로 박대한 것으로 밖에는 달리 해석할 길이 없습니다. 조조와 현재로서는 최고의 대척점에 있는 유비와 동맹을 맺어야만 익주를 침공할 야욕을 가진 조조로부터 안전하게 파촉의 백성과 재산을 보호할 수 있을 것으로 생각됩니다."

유장이 장송에게 묻는다.

"유비와 동맹을 맺으려면, 사신으로 누구를 파견하는 것이 좋겠습니까?"

"익주에는 조조의 정욱과 곽가에 비견되는 외교가로 법정이 있습니다. 법정을 파견하면 차질없이 자사의 임무를 수행할 수 있을 것입니다."

유장은 법정을 정사로 부풍의 맹달을 불러들여 부사로 삼고 각기 병사 2천을 인솔하게 하여 강하로 파견한다.

　유비를 만난 법정은 유비와 담론을 벌이게 되는데, 이때 법정은 유비의 인물됨에 감탄하게 된다.

　"제가 많은 명사를 만나 보았으나, 좌장군과 같이 충의가 충만하고 애민정신이 투철한 명사를 본 적이 없었습니다. 익주는 익주자사 유장이 있으나, 그는 익주를 지킬 만한 위인이 되지 못하여 익주의 대신들과 백성들은 크게 우려하고 있습니다. 소장은 익주별가 장송과는 모든 익주의 문제를 함께 논의하는 사이인지라, 오늘 좌장군과의 담론을 소재로 익주별가와 깊이 있게 교감을 통해 보도록 하겠습니다. 때가 되면 좌장군께서 우리 촉을 구원해 주셔야 할 때가 올 것입니다."

　유비도 법정의 정세를 보는 눈과 깊이 있는 통찰력에 반해 이미 법정을 흠모하고 있었다.

　"감사합니다. 언제든지 불러주신다면 기꺼이 촉을 위해 혼신을 쏟아 붓겠습니다."

　유비와 교감을 통한 법정은 맹달과 2천명 병사를 강릉의 길목에 주둔시켜 조조와 대치하게 하면서, 강하의 유비를 도와 조조의 침공에 신속히 대적하도록 지시하고 촉으로 되돌아간 후, 유장에게 임무를 성공적으로 수행했음을 보고한다. 그리고, 곧바로 자사부를 나와 익주별가 장송을 찾아가서 유비와의 만남을 이룬 후일담을 논한다.

　"명불허전(名不虛傳) 바로 그대로입니다. 과연 유비는 웅대한 포부와 계책을 갖추고 있었습니다. 유황숙에 비하면 자사 유장에게는 우리의 안위를 맡길 만큼의 인물됨이 부족하다는 생각을 갖게 되었습니다. 향후 은밀히 유비를 추대하여 우리의 안위를 보장받도록 할 필요가 있을 듯합니다."

"나는 유비를 만나보지는 못했으나, 천하의 사람들이 평가하는 인물됨은 듣고 있습니다. 내가 가장 신뢰하는 효직이 직접 보고 느낀 인물평을 들으니, 이제 나도 효직과 뜻을 함께해도 후회가 없을 듯합니다. 은밀히 유비와 교류하여 우리의 뜻을 펼쳐보도록 합시다."

이들은 유비를 익주목으로 추대하기로 뜻을 함께하며, 유비를 추대하기 적당한 때를 찾기로 한다.

3.
천하 패권의 3대 전장 - 불타는 적벽

3. 천하 패권의 3대 전장 - 불타는 적벽

1) 유비, 제갈량을 동오로 보내 손권을 설득하게 하다

노숙과 함께 동맹을 결성하려는 목적을 가지고 동오의 손권을 찾아가는 제갈량에게 노숙이 당부의 말을 건넨다.

"와룡선생께서는 손권장군이 묻거든 조조의 군사가 백만대군에 이른다는 항간의 말에 현혹되지 말라고 말씀해 주시오. 주공이 백만대군이라는 말을 듣는 순간, 방향을 잡지 못할 것이 우려되기 때문이오."

제갈량은 노숙의 당부에 웃음으로 대신한다. 건업으로 돌아온 노숙은 제갈량을 역관에서 쉬게 하고, 자신은 손권이 개최한 대책회의에 참석하기 위해 관부로 들어간다.

손권은 관부에서 노숙을 기다리고 있다가 노숙이 나타나자마자 질문을 던진다.

"형주의 유표는 이미 죽고, 유종은 조조에게 투항했다고 하니, 조조의 다음 수순은 우리 동오가 아니겠소. 차후에 우리 동오가 나아갈 방향에 대한 모색을 충분히 강구해 보셨소?"

노숙은 손권의 채근을 들으며, 차분히 정신을 가다듬기 위해 손권에게 되묻는다.

"주공의 뜻은 어떠하십니까?"

"지금 그 문제를 논의하려고 관료들을 소집했소이다."

손권의 말이 끝나자마자, 내정 2인자인 군사 장소가 앞으로 나서며 의견을 제시한다.

"조조가 백만대군을 이끌고 협천자의 위세로 양양과 형주를 집어삼키고, 이제 백만대군으로 수로와 육로를 따라 동오로 출병하여, 장강 위에는 전선으로 뒤덮이고, 육로로는 서쪽으로부터 형주와 협중에서 시작되어 동쪽으로 기춘과 황주에 이르기까지 3백여 리에 걸쳐 군영으로 꽉 들어찼다고 합니다. 조조는 싸우지도 않고 형주를 점거하여 그 군사들의 사기는 하늘을 찌를 듯이 드높은 형국입니다. 이에 반해 우리 동오는 호족연합체로서, 4대 호족의 협조가 있어야만 조조를 상대로 싸울 수 있는데, 어느 대호족도 자신의 목숨을 담보로 싸우려 하지 않으니, 이런 싸움은 이미 대세가 결정된 것이나 다름이 없습니다. 조조가 동오에게 투항을 요청하면, 조조의 요청을 받아들여 백성의 안위와 사직을 보존하는 것이 순리라 생각합니다."

동오의 거두인 장소가 투항을 청하자 대다수의 신료들이 이에 동조한다.

"군사의 말이 옳습니다. 조조가 형주를 차지하여 장강의 수로를 장악한 이상, 육로와 수로의 이점을 모두 차지한 백만대군을 이긴다는 것은 불가능한 일입니다. 토로장근께서 투항할 적당한 때를 놓치면, 조조에게 투항하는 것이 아무런 의미가 없습니다."

대부분의 관료들이 투항을 청하자, 장소는 힘을 얻어 다시 자신의 뜻을 강력히 피력한다.

"주공께서 순순히 투항한다면 동오의 백성들이 모두 평안할 뿐만 아니라, 강동 6군이 모두 온전할 것입니다."

손권은 관료들의 대세가 투항으로 귀결되자 아무 말도 없이 일어나더니 밖으로 나간다. 이때 조용히 관료들의 분위기를 간파하던 노숙이 천천히 손권의 뒤를 따라 관부의 처마 아래까지 이른다. 손권은 조용히 뒤를 따르는 노숙의 의중을 알아차리고 노숙에게 묻는다.

"자경의 뜻은 어떠하시오?"

"토로장군의 뜻과 같습니다."

단도직입적인 노숙의 말에 손권은 매우 반가운 표정을 지으며 다시 묻는다.

"어찌 나의 뜻을 안다는 것이오?"

"군사를 위시한 여러 관료들의 의견은 토로장군의 대업을 그르칠 뿐입니다. 우리는 조조에게 항복하더라도 돌아갈 고향이 있고, 말단이라도 국가를 위해 일할 자리가 있으나, 조조의 입장에서 장군은 눈에 가시와도 같은 존재입니다. 장군께서 투항한다면, 조조는 장군을 겨우 후(侯)에 봉하여 자택을 한 채 내어주고, 말 한필에 수레 하나, 시종 두어 사람을 주어 은자의 생활을 영위하게 할 것입니다. 장군께서는 이를 감내할 수 있겠습니까? 저들의 말을 듣지 마시고 빨리 결단을 내리십시오."

"나의 생각이 자경과 같습니다. 자경이 이 사람보다 10년이라는 세월을 더 사셨으니, 나보다는 더욱 세상을 보는 안목이 넓지 않겠습니까? 다만 내가 우려하는 것은 조조가 화북을 평정하고, 곧이어 형주와 양양을 손아귀에 장악하여 그 기세가 하늘을 찌르니, 어떻게 이를 막아내느냐 하는 방법을 찾지 못해 고심하는 것입니다."

노숙은 손권의 말이 끝나자마자 기다렸다는 듯이 자신의 뜻을 전한다.

"제가 장군의 의중을 미리 간파하여 유비와 동맹을 맺고, 조조와 대적하기 위해 유비가 보낸 사자로 제갈량을 동오로 데려왔습니다. 제갈량은 유비의 군사로서 조조와 오랫동안 대치하고 있었기에, 조조의 허실을 정확히 간파하고 있을 것입니다."

손권은 기쁜 중에도 안타까움을 표명하며 입을 연다.

"좌장군과의 동맹을 확인하기 위해 좌장군의 와룡선생을 동오로 데려왔다고는 하나, 이미 좌장군 유비는 조조에게 쫓겨 하구로 피신해 있는데, 어떻게 우리와 연합하여 조조를 상대한다는 말이오?"

"비록 좌장군 유비가 조조에게 쫓겨 하구에 피신해 있으나,

아직 1만의 정예병을 보유하고 있으며, 강하의 유기도 1만의 수군을 이끌고 조조와의 전쟁에 개입할 준비가 되어있습니다. 그리고 파양호에는 수군을 조련하는 주유가 있으니, 그를 불러들이시어, 제갈량, 유비와 함께 전략과 전술을 철저히 구사한다면 얼마든지 조조를 물리칠 수 있을 것입니다."

손권이 노숙에게 되묻는다.

"자경과 나는 뜻을 함께하기 때문에 상관이 없지만, 극렬하게 반대하는 군사 장소 등의 반발은 어떻게 잠재울 수 있다는 말이오?"

노숙이 손권에게 방법을 제시한다.

"일단 좌장군 유비가 보낸 제갈량을 통해 조조에게 투항을 청하는 관료들을 설득시키고, 즉시 주유를 불러들여 전쟁의 당위성을 주창하게 하십시오."

이튿날, 손권은 노숙의 자문을 받아들여 파양으로 전령을 보내 주유를 건업으로 불러들이고, 동시에 제갈량을 관부로 초대하여 유비의 뜻을 알고자 한다. 이때 장소와 일부 관료들이 손권에게 나직이 고한다.

"유비 또한 간웅입니다. 그는 아직 세력이 없어 남에게 의탁하지만, 나중에 때가 오면 반드시 동오에 해악이 될 것입니다. 이번 기회에 유비를 제거해야 합니다."

노숙이 옆에서 이 말을 듣고 손권에게 정확한 현재의 정세를 고한다.

"주공께서는 손견장군과 손책장군이 동오의 호족을 누르고, 동시에 조정에서 임명한 지방의 관료를 제압하면서 세운 기반 위에서 동오를 승계받은 연유로, 엄밀한 의미에서 보면 황제로부터 직접 부여받은 통치권이 없습니다. 만일 조조가 협천자의 지위에서 주공께 통치권을 내어놓으라 하면, 이를 거부할 명분이 없어 자칫 잘못하면 역모로 몰릴 수 있는 명분상 약점이 있습니다. 이에 반해 유비는 천자로부터 직접 좌장군이라는 직위를 제수받았고, 동시에 조조를 제거하라는 황제의 밀서를 지니고 있기 때문에 장군의 명분상 최대의 약점을 방어해줄 실리가 있습니다. 지금 조조와 일전을 벌일 때에는 유비의 명분을 십분 활용해야 합니다."

노숙의 자문을 받아들인 손권이 제갈량을 관부로 부르자, 장소를 위시한 투항파들이 제갈량의 의도를 꺾기 위해 거세게 제갈량을 몰아치기 시작한다.

"나는 군사 장소외다. 그대는 어떤 근거로 동오와 동맹을 맺으면, 백만대군을 이끌고 온 조조를 물리칠 수 있다고 터무니없는 주장을 하는 것이오?"

"전쟁은 군사의 다소로만 결정되는 것이 아니고, 수없이 다양한 전략과 전술로 승패가 결정되는 것입니다."

"그렇게 말하는 그대는 좌장군 유비를 보좌하면서 아무런 저항도 하지 못하고 강하의 하구로 도주한 패장 현덕의 참모가 아니오?"

"소장은 양양을 점거한 후, 형주를 완전히 차지할 비책을 가지고 있었습니다. 그러나 유황숙께서 같은 황족인 형주자사의 영지를 빼앗는 것은 인의에 벗어난 일이라 하여 이를 포기하는 동안, 못난 신료들이 싸우지도 않고 형주를 조조에게 넘기는 바람에 후일을 도모하기 위해, 황숙을 모시고 강하의 하구로 가서 웅대한 계책을 세우고 있을 뿐입니다."

"그대의 말과 행동에는 너무도 큰 어폐가 있소. 그대는 자신을 관중과 악의에 견주곤 했다는데, 관중은 제환공(齊桓公)을 도와서 천하를 통일했고, 악의는 세력이 미미한 연나라를 섬기며, 제나라 70여 성을 함락시킨 절세의 영웅이외다. 그대는 초려에서 은둔하여 있다가 좌장군 유비에게 의탁하여 오늘에 이르렀으나, 작은 전투에서도 천하에 보여준 것이 없는데, 어찌 천하의 운명이 걸린 전투에서 그대와 좌장군을 믿고 조조와 대척을 이루어 영지의 존망을 맡기겠소? 공연히 실체도 없이 관중과 악의 운운하며 천하의 사람들에게 실망을 던지지도 말고, 허황된 꿈속에서 떠돌면서 웅대한 계책 운운하며 천하를 조롱하지도 마시오."

제갈량은 극렬하게 자신을 폄훼하는 장소의 말에도 얼굴색 하나 바뀌지 않고 당당하게 대답한다.

"참새가 짹짹거리는 소리에 대붕(大鵬)이 천리만리 날기를 멈추겠습니까? 모든 일에는 단계가 있습니다. 초기 유황숙께서 유표에게 의탁하실 때 병력은 기껏해야 1천여 명이었고,

장수로는 관우, 장비, 조운에 불과하여 그들의 수하에서 병사를 지휘할 장수가 어림도 없이 부족했습니다. 신야성은 궁벽하여 백성들과 군사들이 제대로 활동하기도 어려워 늘 힘들게 지내면서도, 어떤 누구도 유황숙을 탓하거나 등을 돌리지 않았습니다. 이는 유황숙이 거주민들에게 신망과 존경을 받았다는 징표입니다. 그런 열악한 환경에서도 조조가 형주를 정벌하기 위해 벌인 탐색전인 박망파와 백하의 전투를 모두 승리로 이끌었습니다. 유종이 조조에게 투항한 사실을 숨기는 바람에, 유황숙께서는 내막을 모르다가 갑자기 뒤통수를 맞게 되어, 조조를 물리칠 장대한 전략과 전술을 세우고도 강하로 피신할 수밖에 없었습니다. 이런 형국이었기에 무궁무진한 전략을 활용할 수 없었던 것이지, 결코 용병술이 부족하고 전략 전술이 없어서가 아닙니다. 천하의 초패왕 항우를 상대로 연전연패하던 한고조께서 해하에서 단 한 차례의 전투로 천하의 패권을 잡게 된 것도 군세의 우세함에 기인한 것이 아니고, 오직 남들이 생각할 수 없는 전략과 전술의 활용에 기인한 것입니다."

공명이 막힘이 없이 달변을 토해내자, 이번에는 우번이 끼어들어 공명을 질타한다.

"그대는 실속은 없으면서도 세치의 혀만 나불거리는데, 과연 그대는 천기(天氣)에 편승하는 조조의 기세를 느끼고 있는지 궁금하구려. 조조가 원소와 유표를 정벌하여 백만대군을 거느리고, 수하에 명장 수백을 휘동하고 장수가 수천에 이르는데, 입만 가지고 나불거리는 백면서생의 말을 믿고 어찌 조조를 대적하는 위험을 감수할 수 있다는 말이요?"

우번은 주역, 논어에 능통한 학자로서, 주역에 자신의 주석을 새로이 첨가할 정도로 뛰어난 학자이다. 그는 과거 손책에게 사냥을 하다가 화를 당할 것을 예견하여 일신을 조심할 것을 주문한 인물이고, 동시에 후일에는 주역을 풀어 관우가 도주할 지역을 정확히 찍어 관우를 사로잡아 죽이는데 일조한 인물이다.

"조조가 백만대군이라고 허황된 말을 천하에 퍼뜨리고 있으나, 이는 상대측에 허장성세를 펼치는 심리전에 불과합니다. 그리고 설혹 백만대군이라고 하더라도, 이들은 기주목 원소에게서 거둔 개미떼와도 같은 병졸들과 형주목 유표에게서 얻은 오합지졸로서, 백만이 아니라 그 이상이더라도 유황숙과 동오가 연합을 한다면, 얼마든지 조조를 격퇴시키고 천하를 안정시킬 수 있습니다."

우번이 제갈량을 비웃듯이 말한다.

"당양에서 가족도 건사하지 못하고, 피난대열을 따르던 10만의 백성과 수천, 수만의 치중을 전부 빼앗기고 한번도 계책을 부리지 못하고, 하구로 쫓겨가서 구차하게 강하의 유기에게 의탁해 있는 좌장군이 무슨 웅대한 계책을 가지고 조조를 물리칠 수 있다는 말이요. 말장난이 지나쳐도 너무 심하오."

"유황숙께서 수천의 병사로 조조의 백만대군을 상대하기에는 갑자기 당한 유종의 투항으로 전략과 전술을 펼칠 수가 없었으나, 당양에서 조자룡장군이 백만대군을 상대로 펼친 혈전이나, 장비장군의 장판파에서의 지략과 용맹은 익히 듣지 않으셨습니까? 그리고 관우장군이 펼친 한치의 오차도 없는 작전수행에 대해서 아시는 분이시라면, 결코 그런 폄훼는 가당치 않은 말씀입니다. 유황숙께서 하구에 의탁하는 것은 잠시 때를 기다리기 위한 궁여지책입니다. 강동은 지형적으로 유리한 요새를 가지고 있고, 장강의 험한 지세를 끼고 있으며 식량이 풍족하고 군대가 정예하게 정비되어 있어, 얼마든지 조조를 상대할 수 있습니다. 조조는 백만대군으로 1만도 되지 않는 유황숙의 군대를 섬멸하지 못하고 있는데, 동오의 정예병과 유황숙의 용맹한 군사들이 연합한다면, 조조가 어찌 연합군을 이겨낼 수 있겠습니까?"

우번이 선뜻 응대하지 못하자, 보즐이 끼어들어 말한다.

"선생은 춘추전국시대 소진이 합종책으로 진을 상대하고, 이에 대응하여 장의가 연횡책으로 춘추전국을 풍정한 외교사를 흉내 내어, 우리 동오를 세치의 혀로 설득하려고 오신 것입니까?"

제갈량이 보즐을 심하게 책망하며 말한다.

"선생은 소진과 장의가 외교가인 것으로만 알고 계십니까? 이들은 모두 당대의 전략가인 귀곡자의 제자로서, 소진은 두루 여섯 나라를 돌아다니며 재상을 지냈고, 장의는 진나라의 재상을 두 번이나 지내면서, 이들은 당시의 국제정세를 정치와 외교에 적응시켜 자국을 강성하게 만든 영걸입니다. 이들은 자국이 위기에 빠져있을 당시에도 강자에 고개를 숙이고 두려워한 적이 없으며, 약자를 우습게 여겨 함부로 대한 졸표 또한 아닙니다. 그런데도 동오의 신료들은 오히려 이들을 단순히 세치의 혀로 천하를 우롱하는 인사로 만들어, 이 공명을 비웃고 있으니 참으로 비탄을 금치 못하겠습니다. 조조가 백만대군의 허장성세를 세우며 거짓으로 띄운 동오정벌의 격문 한장을 보고, 싸워보지도 않고 영지를 천하의 역적 조조에게 냉큼 바치려 하니, 소진과 장의가 살아있다면 참으로 한심하다고 비웃을 일이 아니겠습니까?"

이때 설종이 끼어들어 질문을 던진다.

"사자는 조조를 어떻게 평가하시오?"

"그렇다면 선생은 조조를 어떻게 보시는지 다시 한번 되묻고자 합니다."

제갈량의 반문에 설종이 대답한다.

"춘추전국시대 이래 천하는 힘이 있는 자가 천하의 주인이 되었소. 작금 조조는 천하의 3분의 2를 점거하여 천하의 추이는 이미 조조에게 넘어가 있소이다. 그런데 좌장군과 사자는 천하에 기반도 없이, 천시를 얻은 조조를 상대로 달걀로 바위를 치는 무모함을 택하니 참으로 안타까울 따름입니다."

제갈량이 설종의 주장에 크게 격분하여 말한다.

"선생은 어찌 한나라의 녹을 먹는 사람으로서, 한황실을 농락하고 황제를 핍박하는 역적 조조를 추앙하는 말씀을 함부로 하십니까? 한의 신하가 된 도리로서 힘을 모아 조조를 물리치는 것이 신하의 도리가 아니겠습니까? 유황숙은 근본이 무너진 상태에서도 포기하지 않고, 끝까지 역적 조조를 멸하여 한황실을 다시 세우려고 혼신을 다 기울이는데, 이렇게 방대한 기반을 가진 동오의 신료들이 싸우지도 않고 영지를 조조에게 넘기려 한다면, 이 기업을 일으키신 손견장군과 손책장군을 향후 어찌 대하시려 합니까?"

제갈량이 손견장군과 손책장군을 언급하는 말을 끝내자마자 손권의 눈빛이 번득인다. 이 분위기를 힐끗 지켜본 신료들이 잠시 침묵을 지킨다. 잠시 후, 오나라 4대 호족인 고옹, 장온, 주환과 함께 오의 사성의 일환인 육손의 가문에서 육적이 앞으로 나서며 말한다.

"나는 육적이라는 사람으로 지금 주조연으로 있습니다. 선생의 주장이 하도 어이가 없어 한마디 하려고 합니다. 좌장군이야 동오와 연합하여 싸워서 패해도 잃을 것이 하나도 없지만, 우리 동오는 모든 것을 걸고 승부를 결해야 하는 절대절명의 위기입니다. 어찌 자기들의 입장만을 앞세워 상대를 곤경으로 몰아가려 하십니까? 좌장군은 자신이 황실의 후예라고는 하지만, 아무런 근거도 없이 이를 주장하면서 천하를 현혹시키며, 자가당착에 빠져 남들에게 한실에 대한 충성을 강요하는 것은 현사가 취할 옳은 처사가 아니라고 생각합니다."

"아! 그 유명한 회귤유친(懷橘遺親)으로 효성을 널리 천하에 알리신 그 육적이 아니십니까? 그대는 어찌 부모에 대한 효행은 알면서 황실에 대한 충성을 모르시는지요. 부모에 대한 효와 나라에 대한 충은 본디 같은 것이 아닙니까? 그리고 주조연은 유황숙께서 연합을 결성하여 패배하면 잃는 것이 아무것도 없다고 했는데, 이는 정말로 무책임하게 약자를 폄훼하는 발언입니다. 인간에게는 명예와 명성이 부귀영화보다도 중요한 것입니다. 이번 전투에서 황숙이 패배한다면 자신이 여태까지 쌓아온 모든 명예와 명성이 사라지는 것을 알면서도 적은 세력으로 역적 조조를 상대하고 있는 것입니다. 어찌 황숙께서 잃는 것이 하나도 없다고 폄훼하십니까?"

육적은 동오의 대호족 여강태수 육강의 아들로서 어려서부터 효행이 깊었고, 체력이 방대하고 박학다식하여 천문, 역법, 산술에 능해서, 자신보다 나이가 많은 봉추선생 방통과 우번과도 깊은 교의를 맺고 있었으며, 무엇보다도 청렴하고 성품이 올곧았다. 이런 육적이기에 자신이 실수했다는 생각으로 제갈량의 질책에 반문하지 못한다.

이때 엄준이 제갈량에게 큰소리로 항변한다.

"선생의 말은 모두 궤변일 뿐이오. 말은 그럴듯하지만 들어보면, 경전의 정론(正論)과는 동떨어진 내용으로 허점이 하나

둘이 아니외다. 이런 궤변으로 어떻게 동오를 설득하려 하시는 것이오."

"세상의 이치가 어찌 경전의 문구에 얽혀 있겠습니까. 경전은 경전으로서 하나의 근본적 가치가 있을 뿐, 오묘한 인간사의 이치는 현실에서 얻을 수 있는 것입니다. 고루한 선비들이나 경전의 글귀에 갇혀 세상의 변화를 읽지 못하고 있지, 넓은 세상의 변화를 읽는 인재들이 급변하는 정세를 어찌 글귀에 묻고 답을 구하겠습니까? 은의 재상 이윤, 주무왕을 도와 천하를 평정한 강태공 그리고, 장량과 한신이 평생 경전을 붙들고 씨름을 했다는 말을 들어본 적이 없습니다. 그들은 경전을 기본으로 삼아 세상을 운용하는 이치를 터득하여 이를 현실에 적용했지, 글귀 하나하나에 옳고 그름을 논했다는 말을 들어본 적이 없습니다."

제갈량의 논리가 유수와 같고, 한실에 대한 의지가 태산과 같아, 관부에 모인 관료들이 하나같이 반론을 펼치지 못한다. 이때, 장소가 다시 논쟁에 불을 지피려 하자, 손권이 담론을 멈추게 하고 제갈량에게 되묻는다.

"선생은 좌장군을 도와 조조와 여러 번 전투를 접해 보았을 것이오. 과연 조조의 용병에는 어떤 허실이 있는지를 알려 줄 수 있겠소?"

"조조도 인간인 관계로 허를 찔릴 경우가 있으나, 이런 약점을 허허실실 전략으로 잘 극복하는 절세의 전략가입니다.

그런데 바로 이점을 잘 활용하면, 조조보다 몇 수를 더 보고 공략할 수 있을 것입니다."

"선생이 동오의 신료들과 담론을 펼칠 때, 조조의 군사가 백만에 이른다고 했는데, 과연 조조의 군사가 백만이 될 수가 있겠소?"

제갈량이 정색을 하며 손권에게 반문을 한다.

"토로장군께서는 조조의 군사가 백만이라고 하면, 지레 겁을 먹고 영지를 넘겨주시겠습니까? 이런 마음가짐이라면, 결코 조조를 물리치기 어려울 것입니다. 그런 생각이라면 영지를 조조에게 바치십시오. 그러나 조조의 군사가 백만이 아니라 그 이상이라도 조조를 물리칠 의지가 있다면, 장군께서는 조조를 물리칠 수 있을 것입니다."

제갈량의 힐책에 가까운 질문에 손권은 자존심이 잔뜩 상하여 말한다.

"선생은 나에게 자신이 없으면 투항을 하라고 하는데, 그렇다면 군세나 인물이나 어림없이 부족한 좌장군은 어찌 조조에게 투항을 하지 않는 것이오?"

제갈량은 손권이 자신이 펼친 비하술책(卑下術策)에 빠져든 것을 기뻐하는 속내를 숨기며 말한다.

"유황숙은 영웅의 기질이 있을 뿐만 아니라, 천자로부터 조조를 제거하라는 밀명을 받들고 있어, 아무리 세력이 약해도 결코 역적 조조에게 항복하지 않을 것입니다."

제갈량으로부터 졸장부와도 같은 인물로 은유를 당한 손권은 불쾌한 감정을 억누르고 영웅의 결단을 과시하고자 한다.

"내가 조조와의 결전을 택한다면, 조조에게 쫓겨 하구에서 옹색하게 칩거해 있는 좌장군이 과연 군사를 이끌고 내게 힘이 되어줄 수 있겠소?"

손권이 유비를 무시하여 유비의 영향력을 반신반의하자, 제갈량이 단호한 어조로 일갈한다.

"가까운 시대의 일례를 살펴보더라도 원소가 군사력이 강해 백마장사 공손찬을 이겼습니까? 또한, 조조가 원소보다 국력이 강했습니까, 아니면 군사력이 강했습니까, 아니면 책사와 장수가 많았습니까? 원소를 이기는 것이 사실상 불가능하다는 세간의 예상을 깨고, 조조가 원소를 이긴 것은 열악한 환경 속에서도 원소와는 달리 독단과 독선을 버리고, 오직 승리만을 위해 주변의 모든 의견을 잘 받아들여 융화시킨 덕입니다. 원소는 조조보다 월등 많은 책사와 장수를 지니고 있었으나, 이들을 활용하지 못하고 집단사고(集團思考)를 획책하는 바람에 인재들이 아무런 역할을 하지 못했습니다. 그러나 조조는 원소보다 인재는 부족했으나, 있는 인재를 잘 활용하여 집단지성(集團知性)을 형성하는 용병으로 막강한 원소를 이겨낼 수 있었습니다. 이와 마찬가지로 비록 유황숙의 세력이 약하다고 하나, 가용할 수 있는 인재를 활용하여 최대의 집단지성을 일으킬 수 있는 영걸입니다. 게다가 강하 하구에서 황숙에게 생명을 바칠 준비가 되어있는 1만에 이르는 수군과 육군을 아직도 보유하고 있으며, 강하태수 유기 또한 1만의 병력을 이끌고 장군의 결단을 기다리고 있으니, 장군께서 결단만 내리시면, 유황숙은 조조보다도 더욱 뛰어난 전략전술과 융화된 민심을 결집하여 조조를 물리치게 될 것입니다. 유황숙과 토로장군께서 합심하면 역적 조조에게 강노지말(强弩之末:강하게 시위줄을 떠난 화살도 어느 시점에 가면 힘이 약해짐)의 계책을 얼마든지 구사하여 조조를 막아낼 수 있습니다. 조조가 형주정벌에 나서 오랜 시간을 보내면서 그 목표가 달성되었는데도 고향으로 돌아가지 않고, 더욱 욕심을 내어 극도로 피로해진 병사들을 이끌고 다시 동오를 정벌하려는 바람에, 조조의 군사들은 극도의 불만과 향수병으로 사기가 바닥에 떨어져 있습니다."

제갈량이 손권에게 긍정의 힘을 불러일으키자, 손권은 잔뜩 고무되어 결심을 굳히고자 관부를 빠져나가려고 한다. 이때 많은 관료들이 다시 손권에게 강력히 투항을 권유하고, 손권은 이들에게 한마디 말을 남긴다.

"내게 생각할 시간이 필요하니 그만 물러들 가시오. 최종적으로 파양에서 주유 도독이 오면, 도독의 의중을 듣고 최종적으로 결정을 내리겠소."

며칠 후, 주유가 건업에 당도하자, 장소를 비롯한 문신들이 주유에게 투항만이 동오가 살길임을 주지시킨다. 주유는 이들의 뜻을 받아들이는 척하면서 안심시키고 잠시 생각에 잠기는데, 정보, 황개, 한당 등 일단의 무신들이 주유를 찾아와서 조조와의 일생일대의 결전을 주장한다. 주유는 이들도 안심시켜 보낸 후, 곧바로 노숙과 제갈량을 초청해 만난다. 이들은 깊은 논의를 통해 조조와의 일전을 확인한 후, 주유가 손권을 만나는 자리에서 결전의 의지를 전하기로 한다.

이튿날, 손권은 노숙으로부터 파양에 있는 주우가 건업으로 입성했다는 전갈을 받고 주유를 대신회의에 불러들인다. 회의에 참석한 대부분의 신료들이 조조와의 전쟁을 반대하는 가운데, 주유가 조목조목 따져나가며 동오의 승리를 장담한다.

"아군에게는 이길 수밖에 없는 6가지의 이유가 있습니다.

첫째, 우리에게는 막강한 수군이 있어, 조조는 수전에서 우리의 수군을 대적할 수 없습니다.

둘째, 서량에는 아직도 마초, 한수와 같이 조조에 대한 절대적 저항세력이 있습니다.

셋째, 지금은 겨울철이어서, 조조는 군량의 운송과 마초 수급에 어려움을 겪을 것입니다.

넷째, 조조의 군사들은 먼 거리를 쉬지 못하고 원정한 여파로 체력이 소진되어, 시간이 흐르면 반드시 풍토병과 역병에 시달리게 될 것입니다.

다섯째, 조조는 아군에 비해 지형적으로 불리한 적벽과 오림이라는 장강의 상류 입지에 주둔해 있습니다.

여섯째, 조조는 자신의 육군과 형주의 수군을 단시간에 끌어모아, 아직 두 집단의 병사들이 한마음으로 융합이 되어있지 않습니다."

주유는 신료들에게 승리에 대한 확신을 불러일으키기 위해 격정을 토하고, 군사들의 사기를 진작시키려고 동오군의 강점을 부각시키며 승산이 있음을 강조한다.

주유의 주장을 끝으로 최종적으로 손권이 조조와의 일전을 선언하고, 문무관료들 앞에서 위엄을 과시하기 위해 칼집에서 칼을 뽑아들며 말한다.

"이제 나의 마음은 결정이 되었소. 이후로 투항을 청하는 자는 이 칼로 목을 베겠소이다."

단호한 어조로 말을 마친 손권은 빼어든 칼로 탁자를 내리쳐 탁자가 갈라지자, 자리에 모인 관료들은 아무도 이견을 말하지 못한다.

회견이 끝난 후, 제갈량과 노숙, 주유가 다시 만난 자리에서 제갈량은 주유에게 손권이 마음을 단단히 다지게 하도록 주지시킨다.

"도독은 토로장군께 가서 승리에 대한 확신을 다시 심어주어야 할 것입니다."

주유가 의아해하며 묻는다.

"토로장군께서 분명히 결전의 의지를 표명했는데, 굳이 내가 다시 찾아뵐 필요가 있겠소?"

"회의에서 결단을 내린 것은 결전의 의지일 뿐, 승리에 대한 확신은 아닙니다. 토로장군은 부친인 손견장군과 친형인 손책장군의 유업을 받아 이를 자신의 대에서 끝내면 아니 되리라는 사명감으로 결전을 택했으나, 아직 승리에 대한 확신을 지니지 못하고 있어 향후 어려움이 발생되면 마음이 약해질 수 있는 만큼, 우리는 미리 이를 예비해야 합니다."

제갈량의 조언을 받아들여 주유는 야밤에 다시 손권을 찾아가서 자신의 주장을 펼친다.

"노식과 제갈량의 의견을 종합하면, 조조의 군사가 백만이라는 것은 허장성세이며, 실제의 병사는 16만명 정도에 유표의 투항병 8만을 합하여 도합 24만 명이 최대일 것입니다. 소장에게 5만의 병사만 충당해 준다면 얼마든지 조조를 격파할 수 있습니다."

"조조의 눈치를 보는 강동의 호족들이 쉽게 동참하지 않는 관계로 5만의 징병은 어렵고, 3만명은 확실히 동원할 수 있을 것 같소."

주유는 손권의 말에 잠시 멈칫하더니, 즉시 손권에게 3만의 병력이라도 빨리 동원하도록 청한다.

이튿날, 손권은 주유를 좌도독, 정보를 우도독으로 삼고, 노숙을 천군교위로 삼고 황개를 부장으로 삼아, 3만의 병사와 주유가 이끌고 온 병사를 합쳐 함께 출정식을 열고, 조조를 척결하여 한황실을 재건하려 한다는 결연한 의지를 공표한다.

2) 조조는 탐색전에서 패한 후, 배를 연환으로 고정시키다

　동오에서 조조의 침략에 대비하여 갑론을박이 벌어지고 있는 208년(건안13년) 11월, 조조는 생각지도 않게 피 한 방울도 흘리지 않고 형주를 손쉽게 장악한 이후, 어렵게 출정한 병사를 허무하게 물리기에는 아쉽다는 생각을 굳히고 어차피 내친김에 강동정벌까지 강행할 구상을 하게 된다.
　결국 조조는 형주를 점령함으로써 장강의 중상류에서 수전의 유리한 지형을 차지한 이점을 살려, 강릉을 통해 장강을 타고 강동정벌을 위한 서막으로 남군을 점령한 후, 손권의 향후 동태를 살피기 시작한다.
　조조는 남군에서 가후, 순유, 정욱 등 책사와 조인, 악진, 서황, 장료, 이전, 허저 등 장수들을 이끌고 적벽으로 이동하여 동오의 움직임을 예의주시하며, 손권이 순순히 투항을 선택하도록 각종 허장성세와 위계를 벌인다. 그러나 최종적으로 손권이 유비와 동맹을 맺고, 주전파 주유를 좌도독으로 삼아 결전의 의지를 다지자, 조조는 동오와의 전쟁은 불가피함을 역설하며 동오 정벌을 결행할 의사를 내비친다. 이때 가후가 몇 가지 이유를 들어 동오와의 전쟁을 결사적으로 반대한다.
　"오랜 원정으로 병사들의 피로와 중압감이 누적되었고, 동시에 건강과 영양상태가 나빠져서 병사들이 쉽게 풍토병과

역병에 노출될 수 있습니다. 게다가 겨울이 곧 다가오게 되는데 겨울에 대비한 전투를 예측하지 못해 이에 대한 병사들의 준비가 전무합니다. 그뿐만 아니라 무리한 확전을 펼치면 예상외의 많은 천재지변이 발생할 우려가 있습니다."

그러나 조조는 손쉽게 형주를 얻은 승리에 도취되어 있었던 탓에 가후의 반대를 누르고, 16만의 정예병과 형주에서 접수한 유표의 8만 병사를 이끌어 남안의 적벽에서 대대적인 전투태세를 갖춘다. 이에 손권은 3만의 병사를 이끌고, 유비의 패잔병과 관우의 수군 도합 1만명과 유기가 지원한 강하의 1만 병사를 합쳐, 도합 5만의 전투병과 함께 양자강 남안의 적벽에서 일전을 결하게 된다.

한편, 제갈량을 건업에 보내고 번구에 머물면서, 손권의 대군이 오기를 목이 빠지게 기다리던 유비는 주유가 번구에 도착했다는 말을 듣고, 전령을 보내 안부를 묻고 만나기를 청한다. 그러나 유비의 청을 받은 주유는 전령을 통해 유비에게 전서를 건넨다.

"소장은 군임을 맡고 있어 관할지를 이탈할 수 없습니다. 좌장군께서 위엄을 거두어 내리고, 소장을 찾아주시기를 진실로 바라는 바입니다."

이 전서를 본 관우와 장비가 주유의 무례를 탓한다.

"이렇게 장유유서도 모르는 무례한 자와 어떻게 운명을 함께할 수 있겠습니까?"

유비는 반발하는 관우와 장비를 뒤로하고 주유에게로 간다. 번구에서 주유를 만난 유비는 조조의 수십만 대군을 상대로 겨우 3만의 병력만이 집결해 있자, 주유에게 노골적으로 실망을 드러낸다.

"조조의 수십만 대군을 상대하려면 최소한 10만의 병력은 있어야 무리가 없이 작전을 수행할 것인데, 불과 5만의 병력으로 조조와 대적하고자 하는 것은 너무 조조를 우습게 본 것이 아닌지요? 현재 강동의 입지를 보면 10만 정도의 동원은 가능할 수 있었을 텐데, 토로장군 손권이 강동에 미치는 영향력이 이 정도일 뿐 더 이상은 아니 된다는 것이요?"

유비의 힐난에 주유는 언짢은 표정을 지으며, 동오의 자존심을 살리고 자신의 능력도 과시하고자 큰소리를 친다.

"내가 토로장군께 3만의 병력이면 능히 조조를 물리칠 수 있다고 호언장담을 하여, 토로장군께서 급히 동원한 정예병입니다. 좌장군께서는 소장이 조조를 멋지게 격파하는 것을 지켜만 보십시오."

유비는 주유의 호언장담이 오히려 안심되지 않아 주유에게 달리 대책을 찾도록 청한다.

"장군의 기개는 잘 알고 있으나, 조조는 결코 간단한 상대가 아니오. 천군교위 노숙을 불러 함께 전략을 세웁시다. 천군교위는 시류에도 능하지만 용병에도 능해, 일반인이 생각하지 못하는 독단적이면서도 정확한 판단력으로 지금의 수세를 우세하게 바꿀 수 있는 전략을 세울 수 있는 인물일 것이오."

주유는 유비의 처세가 못마땅했는지 이번에도 유비에게 면박을 준다.

"천군교위도 토로장군의 명을 받아 현 위치를 떠날 수 없으니, 좌장군께서 천군교위와 상의할 일이 있으면 직접 찾아가십시오."

유비는 어쩔 수 없이 제갈량이 올 때까지 기다려 제갈량을 만난 후, 제갈량과 함께 노숙을 방문하여 조조를 격파할 전략을 세우기로 한다.

"천군교위께서는 3만의 병력으로 조조를 이길 수 있다고 보십니까?"

노숙이 냉정하게 분석한 결과를 말한다.

"반드시 이긴다는 보장은 할 수 없으나, 천시(天時)가 우리에게 오고, 지리(地理)의 이점(利點)을 우리가 잘 활용한다면 이길 수도 있을 것입니다."

이때 제갈량이 노숙에게 한마디 조언을 던진다.

"병서에 천시가 지리적 이점보다 못하다고 하며, 지리적 이점(地利)이 인화(人和)보다 못하다고 했습니다.(天時不如地利 地利不如人和). 가장 중요한 것은 인간의 융화인 만큼, 좌도독 주유에게 많은 사람의 의견을 듣고 용병에 참조하는 것이 지금과 같은 약한 군세에서는 마지막 기대할 수 있는 '신의 한수'라는 사실을 각인시켜 주십시오."

유비는 제갈량과 함께 하구로 돌아와서 조조의 수군을 상대로 장강의 물줄기를 지키기로 하고, 좌도독 주유와 우도독 정보는 번구를 지키며, 손권은 시상에서 1만의 수군을 이끌고 조조의 진입에 대비한다.

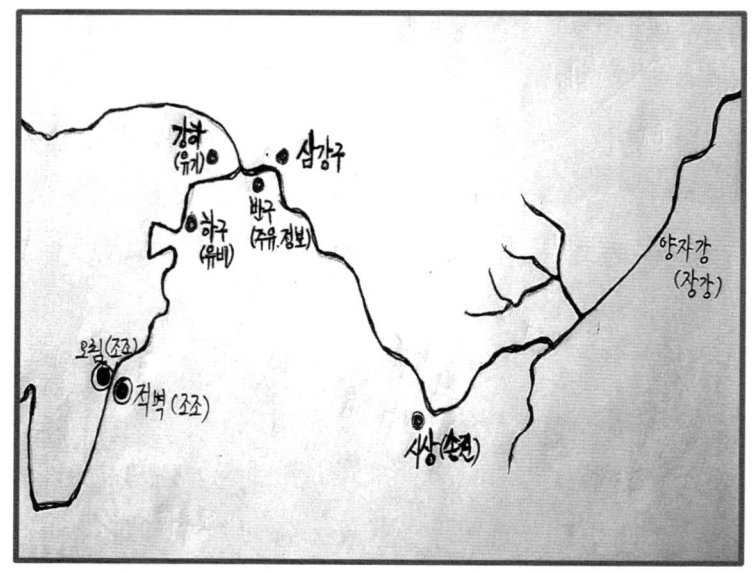

적벽에 수채를 구축한 조조는 동오의 수군에 대한 전략을 탐색하기 위해 채모와 장윤을 도독으로 세워 형주 수군을 선봉에서 이끌도록 하고, 자신은 후군에서 수전(水戰)에 임하는 상대방의 전략을 관찰하기로 하면서, 수백척의 배를 이끌고 물살이 굽이치는 하구 가까이 나아가자, 주유는 번구에서 감녕을 선봉으로 한당을 좌익, 장흠을 우익으로 하고, 자신은 후군에서 여러 척의 전선을 이끌고 출항한다.

적벽과 하구의 중간, 장강의 물길이 직각으로 꺾여 물살이 휘몰아치는 지점에서 대기하고 있던 감녕, 한당, 장흠은 조조의 수군이 탄 배가 급류에 흔들리면서, 조조의 수군들이 몸을 제대로 지탱하지 못하자, 전선을 향해 일시에 줄화살을 날려 조조의 수군들이 정신을 차리지 못하도록 하고, 몽충으로 전선들을 들이받아 전선의 균형을 잃게 한 후, 조조의 수군이 탄 배에 옮겨 타서 사정없이 그들을 주살하고는 다시 자신들의 배로 돌아온다.

곧이어 조조의 전선을 향해 불화살을 날리자, 조조의 수군은 전혀 대응할 채비조차 하지 못한 채, 수십척의 배가 침몰하여 수많은 수군이 수장을 당하는 일이 발생한다. 후군에서 이를 지켜본 조조는 채모에게 퇴각명령을 내린다.

조조의 전선이 후퇴하려고 하는데, 이번에는 배들이 하류에서 상류로 물살을 역으로 거슬러 올라가야 해서 속도를 내지 못하고, 뒤에서 추격하는 감녕, 한당, 장흠의 강력한 불화살 반격을 받으면서 졸지에 수십척이 다시 침몰하게 된다.

동오와의 첫번째 수전에서 대패를 당하고 수채로 돌아온 조조는 채모와 장윤 등의 수군 지휘관을 소집하여 전략회의를 개최한다.

"적병이 지형적으로 유리한 지역에 영채를 세우고, 험난한 물길을 활용하여 수전을 펼치니, 아군이 이를 극복하기가 여간해서는 쉽지가 않을 것 같소. 적장은 수로의 특성을 정확히 감지하여, 지형적 이점을 살리는 전략으로 계속 이어갈 것 같으니, 수군 지휘관들은 차분히 시간을 두고 적병의 수로를 돌파할 전략을 탐색하시오."

조조는 형주출신 수군 지휘관들에게 수군의 전술을 수립하도록 지시하고, 적벽의 본영으로 돌아온다. 조조가 본영으로 돌아간 이후, 채모와 장윤 등은 동오의 수군을 대항할 전술을 심도있게 논의하기 시작한다.

"아군이 적병에게 수전에서 참패한 가장 큰 원인은 작은 배들이 물살이 센 곳에서는 크게 흔들려서 수군들이 균형을 잡을 수 없었기 때문이오. 각 전선마다 고리로 연결하여 물살이 심한 곳에서도 배가 흔들리지 않게 고정시키는 작업이 필요할 것이오."

채모의 말이 끝나기 무섭게 장윤이 한마디를 거든다.

"배의 상판에서 수군들이 백병전을 펼칠 때, 아군은 감녕, 한당, 장흠의 일당백을 이겨내지 못하고 있습니다. 원인을 곰곰이 생각해보니 이들은 수없이 많은 수전을 겪으며 선상에서 백병전에 임하는 훈련을 많이 해 왔기 때문인 것 같습니다. 아군도 선상에서 벌어지는 전투에 대비한 훈련을 많이 쌓아야 할 것입니다."

채모는 수전에 임하는 전략회의에서 나온 의견을 정리하여 조조에게 알린다. 조조는 수군의 지휘관들이 제시한 의견을 받아들여, 강변을 따라 24개의 수문을 세우고 큰 배는 강가에 고리로 묶어 평지와 같은 훈련장으로 활용하고, 작은 배로 물길을 자유롭게 이동하게 하여 수군훈련에 차질이 없게 만든 후, 밤에는 각각의 선박마다 등불을 밝혀 대낮같이 환하게 수로를 밝히게 한다.

3) 꾀주머니 조조가 주유와 황개의 고육지책에 넘어가다

주유는 첫째 탐색전에서 대승한 후 저녁 무렵이 되자, 조조 영채의 움직임을 살펴보기 위해 직접 정찰에 나섰다가 장엄한 조조 진용의 광경을 보고는 넋을 놓고 감탄한다. 적벽의 수로는 말할 것도 없을 뿐 아니라, 오림의 강변에 길게 늘어선 3백리에 이르는 육지의 군영에서 끊임없이 이어지는 불빛과 군막을 보고, 주유는 잠시 숙연해진다. 주유가 영채로 돌아와 조조를 물리칠 계책을 마련하려고 고심하지만, 마땅한 전략이 떠오르지 않아 크게 낙심한다.

주유가 며칠간을 밤잠도 자지 못하여 얼굴의 피골이 상접해 있을 때, 주유의 부장 황개가 주유의 군막으로 와서 주유의 고민을 감지하고 있다는 듯이 묻는다.

"좌도독께서 이렇듯이 얼굴이 상하고 수심이 깊은 것은 무슨 연유입니까?"

"조조의 영채를 정찰하고 온 후, 결정적 한 수를 띄우지 않고는 오림의 전투가 쉽지 않겠다는 생각으로 고민을 한 때문인 듯합니다."

황개가 주유의 고민을 이미 알고 있었다는 듯이 획기적 전술을 제안한다.

"화공책을 쓰는 것이 어떻겠습니까?"

주유의 얼굴에 갑자기 화색이 돌더니, 주유는 이내 힘없이 고개를 숙이며 말한다.

"나도 조조의 적진을 둘러보고 화공을 생각했으나, 어떻게 화공을 행해야 할지 방법을 찾지 못하고 깊이 고심하고 있는 중입니다."

황개가 비장한 결심을 하고 찾아왔다는 듯이 말한다.

"내가 조조에게 투항의 의지를 전하고 조조가 나의 투항을 받아들이면, 내가 전투함 수십척에 기름을 잔뜩 뿌린 마른 풀과 장작, 화염물질을 싣고, 조조에게 투항하는 척하면서 조조의 연환으로 묶인 큰 배들에 충돌시켜 불을 붙이도록 하겠소이다. 이를 위해서는 좌도독이 중대한 결심을 해야 합니다."

주유가 조심스럽게 묻는다.

"조조가 장군의 투항을 사실로 받아들이겠습니까?"

"그래서 내가 좌도독께서 중대한 결심을 해야 한다고 한 것이외다."

"제가 중대한 결심을?."

주유는 나이가 자신보다 한참 많은 황개에게 최대한 예의를 갖추려 애쓰며 말한다.

"그렇소이다. 조조는 의심이 많아 내가 투항을 한다고 하더라도 쉽게 믿지 않을 것이오. 따라서 조조가 감쪽같이 속아 넘어가게 하려면, 좌도독은 나에게 가혹할 정도의 고육지책을 가해야 할 것이외다."

주유가 의아하다는 눈빛으로 황개를 바라보며 묻는다.

"무슨 고육지책(苦肉之策)을 가하라는 말입니까?"

황개가 굳은 결심을 한 듯이 담담하게 대답한다.

"좌도독께서 긴급히 전략회의를 개최하여 모든 장수들이 모여 있는 자리에서 전략을 발표하시면, 내가 그 전략에 대해 반발을 하겠소이다. 내가 심하게 반발하면 장군께서 항명으로 엮어 나에게 장형을 가하십시오. 이를 공개적으로 행하게 되면, 조만간 이 사실이 조조의 간자에 의해 조조에게 전해질 것입니다. 이것이 성공하면 조조는 나의 투항을 의심하지 않을 것이외다."

주유가 매우 걱정스러운 어조로 말한다.

"이일은 자칫 잘못하면 장군이 목숨을 바쳐야 하는 위험한 일입니다."

"나는 이미 3대에 걸쳐 동오의 손씨 가문에 큰 은혜를 입은 사람입니다. 내 한몸의 희생으로 동오가 살아난다면 이보다 큰 영광은 없을 것이외다."

주유가 황개의 목숨을 건 도박에 감탄하면서도 크게 걱정하며 다시 말을 건넨다.

"내가 손권장군을 대신하여 감사의 말씀을 올리겠습니다. 하지만 연세가 많으셔서 닥쳐올 고통이 엄청나게 심하실 터인데, 다시 한번 생각해보시지요."

황개가 한사코 자신의 뜻을 버리지 않자, 주유는 황개의 거룩한 뜻 받아들여 행하기로 하고 이튿날 아침. 주유는 짜여진 각본대로 장수들을 소집하여 작전회의를 주재한다.

"지난 전투에서 아군이 승리한 이후, 조조는 적진에서 꼼짝도 하지 않고 있으니, 이대로 가다가는 우리 동오의 경제를 살리는 핵심인 장강의 무역이 파탄이 나게 될 것이라고 합니다. 아군이 먼저 조조의 수채를 공격하여 전투의 흐름을 바꾸어야 할 것으로 생각합니다."

이때 이미 주유와 입을 맞춘 황개가 앞으로 나서며 거칠게 반박한다.

"아군이 먼저 조조의 수채를 공격한다는 것은 순리를 버리고 역리를 따르는 것이 됩니다. 이는 성공할 수 없는 작전으로 차라리 영채에서 계속 기다리느니만 못한 하책입니다."

주유가 계면쩍어하며 묻는다.

"어째서 이 작전이 성공할 수 없는 하책이라고 막말을 하십니까?"

"지금은 겨울로서 북서풍이 불고 있어 우리 전선은 역풍을 맞게 되고, 설상가상(雪上加霜)으로 하류에서 상류로 거슬러 올라가는 동안 힘이 다 빠져서, 군사들이 제대로 된 전투를 할 수 없을 것입니다."

"그렇게 말씀하시는 것은 장군께서 패배주의에 빠져있다는 것을 증명하는 장군의 억지입니다."

"제대로 된 전술을 제시하려는데, 이를 패배주의라고 하는 것은 지나친 처사라고 생각합니다. 아무리 상관이라도 할 말과 아니 할 말이 있는 법입니다. 지난날 나보다 한참 연배이셨던 손견장군께서도 좌도독과 같이 이렇게는 수하를 무시하지 않았습니다."

"장군은 항시 나의 작전에 반기를 들어왔습니다. 그동안은 3대에 걸친 공로를 인정하여 내가 참았으나, 이제부터는 절대로 참지 않을 것입니다. 더 이상 반론을 제기하지 말고 좌도독의 부장이라는 신분을 생각하여 자중하기를 바랍니다. 당장 수하의 수군에게 명하여 출항할 준비를 시키시오."

"나는 나의 수하들이 뻔히 예견되는 죽음의 길로 접어드는 것은 눈을 뜨고 볼 수가 없습니다. 재고해 주십시오."

주유는 참았던 화를 폭발시키려는 듯이 버럭 화를 내며 좌우에 명한다.

"그대는 나를 능멸하려 함이로다. 도부수(刀斧手)는 저자를 끌어내어 옥에 가두어라."

이에 반발하여 황개가 주유에게 큰소리로 꾸짖는다.

"그대는 나이도 어린 것이 도독의 자리에 올라 보이는 것이 없는 모양인데, 나는 일찍이 파로장군 손견태수를 모시고 강동에서 일어나서, 토역장군 손책을 도와 강동을 평정했으며, 지금 이 순간에도 토로장군 손권을 위해 혼신을 다 바치고 있는데, 그대는 그동안 무엇을 하다가 지금 나타나서 군권을 쥐었다고 함부로 월권하려고 하는가? 손견 파로장군께서도 전투에 임하기 전에는 많은 장수의 의견을 물어 다수의 뜻을 취했노라. 그대가 과연 파로장군보다 전략과 전술에서 우위에 있다고 생각하는가? 바른 전략과 전술을 제시하는 부장을 함부로 하는 지휘관은 이번 전투를 결코 승리로 이끌 수 없노라. 승리로 이끌 능력도 없으면서 애매한 병사를 사지로 몰아가느니, 일찍이 조조에게 항복하여 위기에 빠진 강동을 구하는 것이 그대가 할 일이 아니겠는가?"

주유가 격정을 참지 못하겠다는 듯이 살수에게 명한다.

"당장 저자를 끌어내어 명령불복종과 상관모욕죄의 명목으로 살수(殺手)에게 인계하여 당장 목을 쳐라."

이때 좌우에 포진한 감녕, 주치, 한당 등 손가(孫家)의 1세대들이 주유에게 간곡히 청한다.

"좌도독, 황개장군의 죄가 비록 크나, 그는 오랜 세월 동안 동오의 안정을 위해 혼신을 다해 노력해 왔소이다. 부디 분노를 가라앉히고 참형을 면케 해주시오."

이에 어리둥절해 있던 주변의 참모들이 이구동성으로 황개의 사면을 요청하자, 주유는 잠시 호흡을 가라앉히며 명령을 새로이 내린다.

"나는 황개의 죄를 용서할 수 없으나, 많은 참모들의 요청을 받아들여 참형은 피하되 군법은 지엄한 것이니, 황개를 장형(杖刑)에 처해 곤장 1백대를 쳐라."

좌우의 참모들이 주유에게 다시 간절히 청한다.

"좌도독, 장형으로 곤장 1백대를 때리면, 젊은 장수도 목숨을 잃을 수 있습니다. 형을 낮추어 주십시오."

주유는 이들의 청을 물리치고 황개에게 그대로 장형을 때리도록 명한다. 황개가 형틀에 묶여 곤장 50대를 맞더니 그대로 혼절한다. 볼기와 등짝의 온몸이 피투성이가 된 황개를 지켜보던 주변의 참모들이 더는 참지 못하고 주유에게 항의성으로 사면을 청한다. 주유가 주변의 분위기를 감지하여 형의 집행을 멈추게 하고, 그 대신 황개를 향해 일갈한다.

"그대의 죄는 결코 용서할 수 없으나, 그동안 그대가 동오를 위해 일해 온 공로와 많은 참모들의 청으로 나머지 곤장 50대는 그대가 하는 행동을 보아가며 다시 집행하겠노라."

주유가 본부 군막을 나가자, 주변의 장수들이 황개를 부축하여 장군 군막으로 옮긴다. 장군 군막으로 옮겨진 황개의 등짝과 볼기는 살가죽이 터져 곳곳에서 검붉은 피가 솟구치고, 속살이 드러나서 차마 눈을 뜨고는 볼 수 없는 참혹한 형상이었다. 황개는 군의의 치료를 받으면서도 여러 차례 거듭하여 혼절하자, 병사들의 안타까운 심정은 삽시간에 모든 영채에 전해지게 된다.

한편, 주유의 영채에서 조조를 격파할 각종 계책이 만들어질 때, 조조의 군사들이 주둔한 적벽(赤壁)의 수채와 오림(烏林)의 군영에서는 장강의 풍토병과 역병이 돌기 시작한다.

조조는 수채와 영채의 군사들이 하나둘 쓰러지기 시작하자,

참모들을 불러들여 긴급대책회의를 개최하는데, 이때 가후가 조조에게 군사를 물려 허도로 돌아갈 것을 주장한다.

"아군은 하구에서 탐색전을 벌여 패한 이래 지금까지 계속 동오의 군사들과 대치하고 있습니다. 특별히 수로를 장악할 묘책이 나오지 않고 있는데, 장강의 풍토병이 돌기 시작했으니, 이대로 장강에 더 머물다가는 큰 위기에 처할 수 있습니다. 가급적이면 빨리 환선탈각에 의한 퇴각을 구상해야 할 것입니다. 형주로 퇴각하여 형주를 지키면서 손권과 유비가 수비를 풀고 군사를 먼저 움직일 때를 기다리다가, 적진에 혼란이 일어나면 이들의 빈틈을 이용하여, 손자병법 허실편에서 말하는 '선전자치인 이 불치어인(宣傳者致人 而 不致於人: 적을 나에게 유리한 쪽으로 끌어들여야지, 적의 구도대로 끌리면 안됨) 계책을 구사하는 것이 최상이라고 생각합니다."

조조는 가후의 말을 듣고 옳다고는 생각을 하면서도, 버리기는 아깝고 취하기는 어려운 현실을 사이에 두고 고심한다. 조조의 심중을 읽은 서황, 악진, 장료, 이전, 등의 무장들은 가후의 주장을 반박하며 이견을 단다.

"지금 아군의 수영과 군영에 장강의 풍토병이 돈다고는 하나, 아직 크게 확산이 될 것 같지는 않습니다. 지금까지 어렵게 강릉을 점거하고 오림과 적벽까지 진출했는데, 여기서 물러서는 것은 너무도 아깝다는 생각이 듭니다. 조금 더 버티며 향후의 추이를 살펴보는 것이 좋지 않을까 생각합니다."

조조를 24시간 호위하는 허저도 장수들의 의견에 동조하여 조조가 무장들의 뜻을 놓고 크게 흔들릴 때, 가후가 다시 자신의 생각을 토로한다.

"승상, 신속히 군사를 물리지 않으면 향후 큰 낭패를 당할 수 있습니다."

가후의 주장에 정욱과 조엄이 동조하여 말한다.

"주공, 지금 아군이 형주로 돌아가면, 유비는 자신의 기반을 세울 입지가 없게 됩니다. 지금까지는 손권이 유비를 간웅으로 여겨서 제거하고 싶어도, 유비에 대한 필요성 때문에 유비와 손을 잡고 있으나, 주공께서 군사를 물리게 되면 손권은 유비의 가치가 없어지게 되어 유비를 저버릴 것입니다. 먼저 주군께서는 아군을 적병들로부터 안전하게 대피하게 하였다가, 향후 적진에 허점이 보이기를 기다려 공략하는 것이 좋겠습니다."

당대 최고의 전략가 가후의 주장과 함께 강직하고 냉철한 성격에서 나오는 정세분석이 정곡을 빗나간 적이 거의 없었던 정욱이 가후를 지지하고, 동시에 정확한 상황판단으로 사람들 간의 융화에 큰 재능이 있는 조엄이 가후의 의견에 동조하자, 조조는 무장들의 주장과 책사들의 이견 사이에서 크게 고심을 하기 시작한다.

이때, 동오에서 황개가 자신의 심복을 보내 조조에게 항서를 전달한다.

"승상께 소장 황개가 투항을 청합니다. 좌도독 주유는 편협하여 주변의 조언을 듣지 않을 뿐 아니라, 병법에서 말하는 기본도 모르고 이기지도 못할 선공을 취하려 하다가, 소장과 큰 불화를 겪고 이에 격분을 일으키더니 소장을 능멸했습니다. 이로 인해 소장은 이 이상은 주유와 함께할 수 없다는 생각에 이르러 승상께 투항하려고 하니, 승상께서는 소장의 청을 받아 주실 것을 청합니다."

조조는 자신의 심리 내부에서 갈등을 겪으며 퇴각 쪽으로 방향을 정하고 있는 와중에, 천금과도 같은 황개의 투항의사를 접하게 되자, 크게 고무되어 세작(細作)을 주유의 영채로 보내 사실의 진위를 정탐하도록 지시한다. 며칠 후, 주유의 영채에 침입하여 진위를 정탐하던 세작이 돌아와서 조조에게 정탐의 결과를 보고한다.

"황개가 승상께 고한 내용에 추호의 거짓이 없습니다."

조조는 세작에게 계속적으로 상황을 정탐하여 보고하도록 명하고, 자신은 황개를 활용하여 주유의 허실을 파악하고자 한다. 조조는 황개의 투항의사가 사항계(詐降計:거짓항복으로 상대편을 속임)에 의한 것이 아니라고 확신하게 되자, 황개의 투항을 받아들인다는 의미에서 황개에게 세작을 보내면서 자신의 뜻을 전달한다.

"황개장군과 함께 은밀히 의견을 교류하여 적장 주유를 물리칠 계책을 세우려고 하니, 되도록이면 적당한 날짜를 잡아

빨리 적벽의 수채로 투항해 들어오기를 요청합니다."

조조의 전서를 받은 황개는 곧바로 세작에게 자신의 밀서를 다시 전달한다.

"지금 당장이라도 치가 떨리는 주유를 피하려 하나, 아직은 북서풍이 심해 잘못 움직였다가는 역풍으로 인해, 승상께 당도하기도 전에 주유에게 군영을 탈영한 죄목을 받을 우려가 있어 잠시 기다리고 있습니다. 동짓날 즈음, 음양이 교차하여 동남풍이 불게 되는 날이면, 그때 핵심 수하들과 군선을 이끌고 승상께 투항하러 가겠습니다. 투항을 청하는 배의 위에는 청룡아기(靑龍亞旗)에 황개를 새긴 깃발을 올리겠습니다."

조조는 황개의 밀서를 받고 크게 기뻐하며 곧바로 세작에게 답서를 건넨다.

"지금 우리 수채에는 장강의 풍토병이 크게 번지기 시작했기 때문에, 투항에 이르는 시간이 오래 지연되면 손권을 섬멸시키는 작전에 임하여 시간적으로 쫓길 수가 있소이다. 매년 동짓날을 즈음하여 동남풍이 항상 불어왔으니, 올해도 기상에는 이상이 없을 것이오. 장군이 올 때쯤이 되면, 우리는 주변 일대를 횃불로 환하게 밝혀 장군이 수로를 따라 올라오는 데 추호의 어려움이 없도록 하겠습니다."

조조와 황개의 연통이 계속되는 동안에도 적벽과 오림에서는 풍토병이 창궐하여 조조의 군사들이 크게 고통을 겪는다. 이 정도가 되면 조조는 퇴각을 취할 만도 한데, 황개의 사항계(詐降計)에 속은 탓에 손권과 일대 대결전에 집요할 정도로 집착하면서, 조조가 가진 장점인 특유의 순발력과 세심한 주의력이 흐려진다.

이로 인해 조조는 자신의 영채에서 군사들이 겪는 고통을 일부러 모른 척하며, 황개가 당도하는 즉시 손권을 일격에 격파할 구상에만 함몰한다. 이렇게 조조가 노심초사하면서 황개가 투항하기만을 기다리던 중, 동짓날이 가까워지자 장강에 동남풍이 불기 시작한다. 이와 때를 맞추어 황개가 조조에게 밀서를 보낸다.

"승상, 소장이 수십척의 배에 소장의 수하들과 함께 그들이 먹기 위해 비축해 두었던 모든 군량을 싣고, 유시(酉時:오후 6시경)에 맞추어 투항하러 적벽의 수채로 이동하겠습니다."

조조는 황개의 거짓항서에 현혹되어 황개가 편하게 올 수 있도록 배려하려고, 주변을 횃불로 밝히고 황개의 군선이 자신의 수채로 들어오기를 기다린다.

4) 불타는 적벽

주유의 영채에서는 황개가 화공(火攻)을 위한 만반의 준비를 마치고 적벽을 향해 출발하자, 주유가 우도독 정보와 유비를 초청하여 함께 연합작전을 펼칠 것을 청한다.
"소장이 수전을 주도할 테니, 우도독께서는 적벽에서 수전이 벌어질 때, 적벽 방면에 있는 조조의 육군을 상대로 공략해주시면 어떻겠습니까?"
주유는 정보에게 조조의 육군을 공략하도록 주문하여 정보가 역할의 분담에 동조하자, 이번에는 유비에게 오림에서 지상전을 맡도록 역할을 분담한다.
"좌장군께서는 적벽에서 대대적으로 수전(水戰)이 벌어지면, 하구에서 군사를 이끌고 오림지역으로 이동하여 패주하는 조조의 군사를 지상에서 공략해주시길 바랍니다."
유비도 주유가 세운 역할의 분담에 기꺼이 동조함으로써, 주유는 정보와 유비와의 역할 분담을 끝낸 후, 주유 자신은 수하의 군사들을 총동원하여 적벽이 불바다가 된 후에 공략할 전술을 수립한다.
"한당과 장흠 중랑장께서는 일진을 이끌고 적벽으로 이동하시어 적벽의 수채에 불이 붙으면, 서쪽으로 나아가서 적진을 공략하시고, 주태장군과 진무 부장께서는 2진을 이끌고 적벽의 동쪽 방면으로 공격하십시오. 나는 본선에 승선하여 중랑장 서성, 능통, 여범과 함께 적벽으로 향해, 적의 수군이 항전할 것으로 예상되는 본채를 공략할 것입니다. 횡야중랑장 여몽은 부장 감녕과 함께 조조의 패잔병이 오림에서 화용으로 이동할 때, 좌장군 유비의 군사들과 힘을 합쳐 패잔병을 공략하시오. 우도독 정보장군께서 적벽 강변의 육지에 올라 항전하는 조조의 육군을 공략하면, 일진과 2진의 지휘관은 동시에 육지로 상륙하여, 함께 조조를 공격하도록 군사들에게 철저히 주지시켜주십시오."

주유는 각 부장들에게 각자의 임무를 부여하고, 황개가 거슬러 올라간 수로의 뒤를 따른다. 황개가 동남풍을 받아 순탄하게 적벽의 수채 가까이 접근하여 거의 2리 정도에 이르렀을 때, 수채의 문루에서 이를 흡족하게 지켜보던 조조에게 정욱이 갑자기 이의를 제기하며 외친다.

"주군, 황개가 수하들과 함께 비축된 군량을 싣고 온다고 했는데, 병사와 군량을 실었다는 배의 움직임이 너무 가볍고 속도가 생각보다 빠릅니다."

조조가 정욱의 말을 듣고 '아차'하는 순간, 이기 황개의 전선 수십척에는 불이 붙어 화염이 휩싸인 채, 적벽에 정박된 큰 배에 곧바로 충돌하면서 적벽에는 거대한 불길이 번지기 시작한다. 삼강에서의 불길은 때마침 강하게 불어오는 동남풍의 영향을 받아, 강변에 길게 늘어서 있는 군막에 불이 옮겨

붙더니, 주변 장강과 육지의 온 천지가 시뻘건 불길로 불바다를 이룬다.

황개가 위장된 화선(火船)으로 조조의 수채를 불길로 뒤덮은 후, 조조를 향해 수하의 군사들을 이끌고 육지로 돌격하려 할 때, 허저가 경비병들에게 명해 육지로 오르려는 황개의 무리를 향해 무수히 많은 화살을 날리도록 명한다. 이때 육지에 오르려던 황개가 유시(流矢)에 맞아 차가운 강 물속으로 빠지게 된다.

한겨울의 혹독한 강물의 한기(寒氣)를 온몸에 뒤집어쓰게 된 황개가 지나가던 배에 구원을 청해 간신히 구조가 되었으나, 전투에 여념이 없는 군사들은 황개를 구해 평상에 눕힌 채로 방치를 할 뿐 긴급조치가 없었다.

차가운 강물 속에서 구조는 되었으나 급격히 체온이 떨어지면서, 생사의 길을 오락가락하던 황개는 마지막 젖 먹던 힘까지 동원하여 큰소리로 구원을 청한다.

마침 그곳에서 수군을 지휘하던 한당이 황개의 목소리를 알아듣고 급히 황개에게로 달려와서, 추위에 떠는 황개의 옷을 벗겨 자신의 옷으로 갈아입히고, 어깨에 박힌 화살을 뽑아주는 등으로 적벽대전의 수훈갑(首勳甲)인 황개를 살려낸다. 전투가 거세게 벌어지는 동안, 조조가 올라서 있던 수채에도 불길이 순식간에 옮겨붙자, 허저와 우금, 이전이 조조를 호위하여 수채를 버린 채 황급히 적벽의 강변 육지로 피신한다.

한편, 적벽이 불길에 휩싸이며 유시(酉時)부터 시작된 전투가 해시(亥時)가 되도록 끝나지 않고, 적벽이 더욱 붉게 물들고 있을 때, 유비는 제갈량과 함께 주유와 약속한 역할분담을 기저로 조조를 공략할 작전을 구상하고 있었다.

이때 제갈량이 관우에게 작전명령을 지시한다.

"장군께서는 수하의 장수들을 이끌고 재빨리 하구에서 오림(烏林)으로 이동하여, 오림봉에서 벌판으로 좁어드는 길목을 정하여 매복하고 있다가, 패잔병들이 당도하거든, 조조 패잔병의 허리를 기습하여 병력을 섬멸시키도록 하십시오. 조조는 적벽에서 무사히 빠져나간다면, 인시(寅時:오전3시-5시) 즈음 오림에 당도할 것입니다."

관우가 전략을 받아 오림봉으로 떠나자, 이번에는 조운에게 임무를 부여한다.

"아문장군께서도 이미 알고 계시듯이, 조비는 오래전부터 오림의 서쪽 벌판에 군사를 배치하여 만일의 사태에 대비하고 있었소이다. 이 사실을 알고 있는 조조는 일단 강변의 험로를 피해, 오림의 서쪽 평지를 통해 화용도로 경유하여 강릉의 조인에게로 찾아갈 것이오. 아문장군의 임무는 조조가 적벽을 건너 오림으로 오거든, 이들이 평지를 통해 화용도로 진입하지 못하도록 오림 벌판으로 진입하는 협로를 막고, 조조를 백인산 쪽으로 진입하게 하면 될 것이오. 아둔장군이 이끄는 소수의 병력으로는 오림 벌판으로 진입하는 조조의 패잔병을 상대로 하더라도 대적이 쉽지 않을 테니, 무중생유(無中生有)계책을 펼쳐 허허실실을 역으로 활용하여야 하오. 장군이 백인산 계곡에서 아침밥을 짓는 연기를 내면, 조조는 오히려 백인산 계곡이 안전하다고 생각하여 그쪽으로 패잔병을 이끌고 이동할 것이외다."

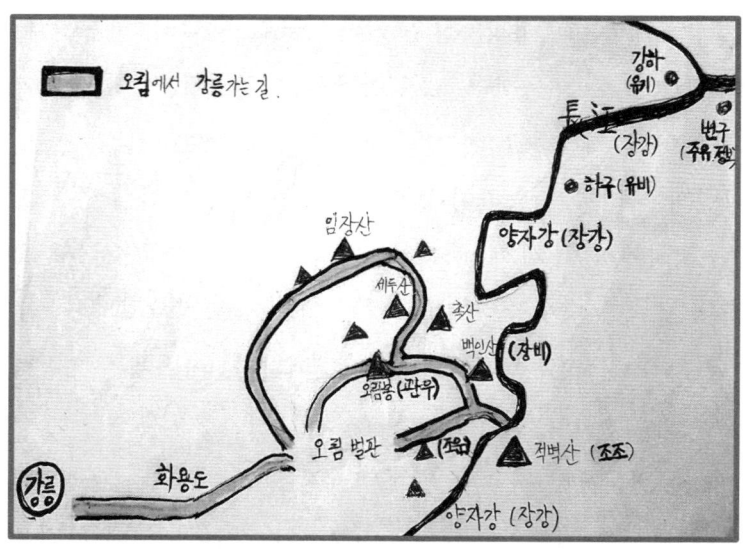

조운이 의아하다는 듯이 반문한다.

"조조가 백인산에서 피어오르는 연기를 보게 되면, 오히려 연기가 나지 않는 벌판 쪽으로 패잔병을 이끌고 가지 않겠습니까?"

제갈량이 웃으면서 조운의 질문에 답을 보낸다.

"조조는 간특하고 병법에 능해서 아군이 백인산에서 연기를 뿜으면, 오히려 아군이 허허실실 계책을 활용하여 백인산으로 자신을 오지 못하게 유도하고 오림 벌판으로 가도록 유인하려 한다고 생각하여, 오히려 병사를 이끌고 백인산으로 진입할 것이외다."

제갈량은 조운에게 무중생유(無中生有)의 허허실실 전략을 명한 후, 이번에는 장비에게 새로이 임무를 부여한다.

"장군께서는 조조가 적벽의 불길을 피해 강을 건너 오림으로 진입할 때, 백인산 계곡에 매복하여 있다가 기습을 가하여 적병을 분산시킨 후, 조조가 패잔병을 이끌고 관우장군이 계신 오림봉 쪽으로 도주하도록 유도하십시오."

제갈량은 장수들에게 임무를 부여한 후, 유비와 함께 주유가 펼치는 수전에 합류한다.

조조가 수채에서 대피하여 적벽의 육지로 이동했으나, 수채의 불길이 육군의 군영까지 휩쓸고 있어 군사를 수습하기가 불가능한 지경에 이르자, 조조의 일행은 오림으로 건너기 위해 적벽 강변에서 온전한 배를 구하려고 배회한다.

이때 정보가 이끄는 군사들이 육지에 있는 조조의 육군들을 추풍낙엽처럼 날려버리고, 조조의 일행이 있는 강변 가까이로 접근해 온다.

조조는 남아있는 군사들을 수습하려고 했지만, 조조의 군사들은 이미 풍토병과 역병의 영향으로 심신이 괴로운 가운데 지칠 대로 지쳐 억지로 몸을 지탱하던 상태였다. 이런 가운데 갑자기 몰아친 무시무시한 불길에 말려들자, 조조의 군사들은 공포의 도가니에서 헤어나지 못하고 제대로 싸움에 임할 수가 없었다. 잠시 후에는 수전을 성공적으로 펼친 서성과 능통, 여범이 조조의 일행을 향해 맹렬히 진격해 오자, 조조는 그야말로 풍전등화의 위기에 빠지게 된다.

이때 강변에서 배를 찾던 이전은 정욱이 이끌고 오는 조조의 수군을 조조에게로 안내하여, 조조의 일행은 동오의 우도독 정보가 사정거리 내로 접근하기 바로 직전에 배를 타고 오림으로 도강하기 시작한다.

조조가 오림으로 도강하여 다소 한숨을 들이쉬려고 할 때, 뒤에서는 한당, 주태가 육손과 합세하여 수군을 이끌고 오림으로 도강을 감행한다.

우금과 이전이 급히 패잔병을 이끌고 이들의 수군을 막는 사이, 조조는 허저와 정욱의 호위를 받으며 오림의 벌판과 백인산으로 접어드는 갈림길에 당도하는데, 이때 멀지 않은 거리에서 일단의 군사들이 몰려오자, 조조는 가슴이 철렁 내려앉아 급히 허저에게 수비를 명하고 그곳을 주시한다.

"주군, 안심하십시오. 문원과 문겸입니다."

조조는 장료와 악진이 패잔병을 이끌고 오는 것을 보고 크게 안도의 한숨을 내쉬며 그들과 합류한 후, 오림의 벌판과 백인산의 갈림길에 이르러서는 방향을 잡지 못하고 주저한다. 이때 백인산 골짜기에서 아침을 짓는 연기가 어렴풋이 피어오르자, 조조가 큰소리로 웃으며 도주할 방향을 제시한다.

"적군은 나를 오림 벌판으로 유도하려고 백인산에 복병을 숨겨놓은 듯이 무중생유의 계책을 펼치는데, 바로 허허실실의 꼼수를 두고 있노라. 전 병력은 백인산의 산길로 행군하라."

장료와 허저가 의아하게 생각하며 묻는다.

"백인산에는 적군들이 매복해 있는 것이 확실한데, 왜 그곳으로 방향을 정하시는지요?"

"이는 필시 제갈량이 펼친 전술이렷다. 병서에서 보듯이 허(虛)한 곳이 사실은 실(實)한 곳이고, 실(實)해 보이는 곳이 오히려 허(虛)한 곳이다. 제갈량은 허허실실(虛虛實實)로 나를 오림의 벌판으로 통하는 협로로 유도하려고, 백인산에 연기를 일으켜 유비의 군사들이 매복한 것처럼 위장한 것이다."

조조는 장수들과 군사들을 이끌고 백인산으로 접어들어 산기슭의 모퉁이에 이르자, 전염병에 걸린 상태에서 억지로 강행군을 벌이던 군사들은 동짓날의 칼바람과 굶주림, 피로에 지쳐 하나둘씩 쓰러지기 시작한다. 조조는 모퉁이 야트막한 빈터에 일행을 세우고 아침 식사를 준비하도록 명한다.

"군사들은 이곳에서 정지하여 아침 식사를 하고, 계속 행군하여 적병이 보이지 않는 오인봉으로 크게 돌아 화용도로 갈 것이다. 서둘러 아침 식사를 준비하도록 하라."

조조가 병사들에게 명령을 내린 후 잠시 쉬고 있을 때, 산등성이에서 갑자기 연주포가 울리더니 일단의 군사들이 우레와 같은 함성을 지르면서, 조조의 무리가 있는 산기슭을 향해 벌떼처럼 달려들기 시작한다.

"연인 장비가 예 있다. 내가 이곳에서 역적 조조를 잡기 위해 오랜 시간을 기다리고 있었노라. 조조는 당장 앞으로 나와서 목을 내어놓아라."

산기슭 빈터에 옹기종기 모여 앉아 솥을 걸어놓고 밥을 짓던 조조의 군사들은 느닷없이 나타난 장비의 공세에 깜짝 놀라 갈피를 잡지 못하고 우왕좌왕하기 시작한다.

"주군, 속히 말에 오르십시오."

군사들이 정신을 차리지 못하고 있는 와중에도, 허저는 경호대장의 직분을 잃지 않고 애마를 조조에게 건네며 빨리 대피하도록 조처를 한다. 조조가 허저, 정욱과 경호기병의 보호를 받으며 장비의 공세를 피하여 도주할 때, 장료와 악진, 이전, 우금이 조조가 무사히 대피할 수 있도록 장비의 보병을 상대로 앞길을 막아선다.

장비가 역병에 걸린 채 굶주림과 피로에 지친 조조의 군사를 '만인지적'의 괴력으로 몰아붙이는 바람에, 사기가 떨어진 조조 군사의 대열이 와해된다. 이런 와중에도 장료와 악진, 이전, 우금 4명의 용장들이 사력을 다해 장비에게 4면 공세를 펼치자, '만인지적' 장비도 한계를 느끼고 조조에 대한 추격을 멈추게 된다.

조조는 자신이 아끼는 애장들의 도움으로 겨우 오림봉의 입구에 당도하는데, 한참이 지나 당도한 4명의 용장과 허저를 제외한 장수와 병사는 겨우 수백에 이르는 소수만이 뒤를 따르고 있었다. 조조는 오림봉의 입구에 이르러 척후병에게 지형에 대해 다급하게 묻는다.

"이곳에서 오림의 벌판으로 가려면 어떤 길을 택해야 편하겠는가?"

"이곳에서 오림봉으로 통하는 25리의 협로를 가로지르면 오림의 벌판을 통해 화용도로 해서 강릉으로 진입할 수 있습니다. 이곳은 높고 가파른 절벽 옆으로 협로가 놓여 있는데, 땅이 깊이 파인 곳이 많아 통행이 자유롭지 못한 동시에, 겨울의 차가운 기온 탓으로 땅이 미끄럽고 지면의 굴곡이 심하여 한꺼번에 많은 병사들이 지나기 어려운 지형입니다. 반면 옆의 산기슭을 돌아 오림의 벌판으로 가려면, 험한 길은 없지만 몇개 산의 모퉁이를 돌고 돌아 며칠 행진을 강행해야 비로소 오림의 벌판에 접어들게 될 것입니다."

조조는 척후의 보고를 듣고 즉시 명을 내린다.

"식량도 이미 바닥이 나서 군사들이 굶주리고 있는데, 매서운 추위 속에서 산을 돌고돌아 며칠간을 더 강행군해야 한다는 것은 무리이다. 비록 험로라고 해도 빨리 오림봉을 지나는 것이 우리 모두가 살길이다. 전 병사들은 오림봉을 통과할 각오를 굳히도록 하라."

"주군, 만일 오림봉에 적병이 매복해 있다면 피할 방법이 없습니다."

"그 점은 우려할 것이 없노라. 산의 계곡이 높고 가파르다면 복병이 숨어있을 지형이 없다. 만일 복병을 세우려면 협로가 끝나서 오림의 벌판이 이어지는 입구를 막아야 하는데, 그렇게 된다면 오림에 주둔해 있는 후방군에게 신호를 올려 협공을 취할 전술을 세울 수 있노라."

조조가 험한 오림봉 협로를 가로지를 결심을 굳힐 즈음, 유비는 제갈량과 긴급히 전략회의를 열고 있었다.

"운장이 비록 오림봉에서 화용으로 이어지는 길목을 지키고는 있으나, 조조의 장남 조비는 적벽대전이 발발하기 이미 수개월 전인 9월부터 손쉽게 형주를 정벌한 데 도취하여 들떠있는 애비 조조에게 발생할지도 모를 만일의 경우를 대비해서 화용도(華容道)를 정비했고, 오림의 벌판에 후방군을 주둔시켜 후방의 방비를 든든히 구축하고 있었네. 조비는 조조가 적벽에서 패하여 오림으로 건너온 이후 오랫동안 행적을 드러내지 않아, 조인에게 조조의 행적을 추적하게 하였다고 하니, 조인은 필연적으로 화용현에서 자신이 말끔하게 정비한 화용도를 따라 오림봉으로 대군을 이끌고 오게 될 것이네. 자칫하면 운장이 조조를 섬멸하려다가 오히려 당할 수 있으니, 빨리 군사를 이끌고 강릉으로 이동하여 강릉에서 새로이 전략을 세워야 할 것으로 여겨지네. 우리가 오림과 화용도에서 조조와 대적하고 있는 동안, 주유는 이미 형주의 북방을 공략하여 형주 북방을 손아귀에 넣고 있는데, 이렇게 되면 우리는 실속이 없이 조조를 잡으려고 얽매여 있다가, 잘못하면 우리의 발을 디딜 터전까지 주유에게 깡그리 빼앗기게 될 것일세. 빨리 운장의 군사를 돌려 형북에 최소한이라도 우리의 터전을 마련해야 할 것이네."

유비는 제갈량과 충분히 의견을 교류한 후, 오림봉에서 조조가 당도하기를 기다리던 관우에게 강릉으로 군사를 재빨리 돌리도록 지시하고, 장비와 조운에게도 가급적 빨리 군사를 돌려 강릉에서 합류하도록 명한다.

유비가 관우를 강릉으로 급히 이동시키는 바람에 조조는 비교적 순탄하게 오림봉의 협로를 빠져나가게 되는데, 일부의 병사를 험로에서 잃었지만 대다수의 병사들이 무사히 계곡을 빠져나오자, 갑자기 자지러지게 큰 소리로 웃기 시작한다.

장수들이 깜짝 놀라며 조조에게 웃는 연유를 묻는다.

"주군, 그렇게 많은 고초를 겪으시고 겨우 계곡을 빠져나오기 시작했는데, 왜 갑자기 기분이 좋아지셔서 웃으시는지요?"

조조가 재미있다는 듯이 대답한다.

"유비는 항상 나와 자웅을 결하려고 하지만, 그는 언제나 나보다 여러 수가 모자라도다. 만일 유비가 계곡에 불을 질러 화공을 택했더라면, 나는 곤경에 처해 목숨이 경각에 이를 뻔했노라."

이때 강릉으로 군사를 물리던 관우가 뒤늦게 계곡에 불을 질렀으나, 이때는 이미 조조가 계곡을 빠져나간 후였다.

조조가 계곡을 빠져나간 조조가 계곡의 좌우를 둘러보더니 또다시 큰 소리로 간드러지게 웃으며 말한다.

"만일 유비가 조금 일찍 불을 질렀더라면, 우리는 화염에 휩싸여 단 한사람도 살아남지 못했을 것이다."

계곡을 빠져나간 조조는 조비가 만일의 경우를 대비하여 사전에 미리 화용도를 정비해둔 덕에, 조비가 보낸 후방군의 경호를 받으며, 큰 무리 없이 신작로로 정비된 화용도를 거쳐 강릉으로 퇴각할 수 있게 된다. 조조는 강릉에는 조인을 남겨 양양의 하후돈과 이릉의 조홍과 함께 형주를 지키게 하고, 장료에게는 합비를 지키는 총사령관을 맡기고, 악진과 이전을 부사령관으로 삼아, 동오의 손권에 대한 방비를 철저히 기하도록 조치하고 허도로 돌아간다.

4.
유비와 주유의 연합군에 대항하는 조인

4. 유비와 주유의 연합군에 대항하는 조인

조조가 적벽대전에서 대패하여 허도로 퇴각하기 시작한 즈음인 208년(건안13년) 12월, 손권은 주유와 정보에게 남군의 강릉을 공략하게 하여, 조인이 서황과 우금, 진교 등과 함께 버겁게 강릉을 수성하고 있을 때, 오림과 화용도에서 조조를 추적하던 유비는 주유가 남군을 점령하게 되면, 자신은 '닭 쫓던 개 지붕 쳐다보는 격'으로 설 땅조차 없어지게 될 처지에 놓이게 되면서, 자신의 기반을 얻기 위해서는 반드시 강릉을 차지해야 한다는 강박감을 가지게 되어 마음이 급해진다.

유비는 서둘러 군사를 주유가 있는 강릉으로 돌리더니, 강릉성을 공략하는 전투에서 성과를 올리지 못하고 애를 먹고 있는 주유에게로 와서 함께 공략할 것을 청한다.

"도독, 강릉의 조인은 보통의 용력을 지닌 명장이 아니오. 그래서 오랜 생각 끝에 도독에게 조금의 힘이라도 보태기 위해, 도독과 힘을 합쳐 강릉성 공략에 총력을 기울이고자, 조조에 대한 추적을 멈추고 강릉으로 회군했소이다."

주유는 유비에게 다소 불만스러운 표정으로 대꾸한다.

"좌장군께서는 총력을 기울여 조조를 생포하는 것이 최적의 배합이라고 생각하지 않으십니까? 소장은 좌장군께서 조조를 그대로 방류한 것은 전략상 큰 실책을 범한 것이라고 봅니다."

"도독의 말도 맞소. 그래서 우리가 오림과 화용도에서 조조를 대비하고는 있었지만, 이미 오래전부터 조비는 화용현에 대군을 배치하고, 만약의 경우에 대비하여 미리 조치를 철저히 마친 상태에서 조조를 도모하는 일은 결코 쉬운 일이 아니라오. 소수의 병사로 대군을 상대하다가 모든 것을 허사로 돌리기보다는 강릉을 공성하는 도독을 도와주는 것이 오히려 최적의 용병이라는 생각에 회군한 것이외다."

주유는 순간적으로 유비의 본심을 간파하고 유비를 쏘아보더니 쓴웃음을 짓는다.

'아마도 이는 제갈량의 간계일 것이다. 어차피 기반이 없는 유비의 힘으로는 중원을 도모하지 못할 것은 뻔한 이치이니, 조조를 도모하는 데 힘을 소모하는 것보다는 유비가 도약할 기반을 구축하게 하여, 끝까지 천하를 포기하지 않겠다는 유비의 속셈을 보좌한 것이리라. 무서운 유비의 야심과 꾀주머니 제갈량을 경계하지 않는다면, 후일 우리는 큰 곤혹을 치르게 될 것이다.'

주유는 이때부터 유비와 제갈량에 대한 경계를 더욱 강화한다. 주유는 유비의 행태를 고깝게 생각하면서도, 한편으로는 강릉을 공략하는 데 어려움을 겪고 있어서 최소의 지원군이라도 필요했던 만큼, 마지못해 유비의 합류를 받아들인다.

유비가 주유와 합류하여 강릉성을 포위하고 맹공을 펼치지만, 조인이 총력을 기울여 강렬하게 저항하면서 사태의 변화는 조금도 달라지는 것이 없었다. 주유가 고심 끝에 장수들을 불러 모아 새로이 대책을 구하고자 한다.

"과연 조인은 천인(天人:하늘이 내린 명장)이라 불릴만합니다. 대군으로 줄기차게 공성을 취하는 데도 전혀 무너질 기미는 보이지 않고, 오히려 우리 병사들의 희생이 적지 않으니 어찌 달리 방법이 없겠습니까?"

이때 제갈량이 때를 기다렸다는 듯이 말한다.

"천인(天人)이라 불리는 조인을 정공법으로 공략해서는 쉽게 강릉을 탈취할 수 없을 것입니다. 이런 경우에는 우회전법으로 강릉과 기각지세를 이루는 이릉을 공략하여 이를 탈취하면, 조인은 형주의 남군 전체가 위태해질 것으로 여겨 강릉의 군사를 빼돌려 이릉을 탈환하려고 할 것입니다. 이때 우리가 이릉을 철저히 방어하여 조인의 퇴로를 막으면, 조인을 사로잡고 강릉도 차지하는 일석이조(一石二鳥)의 성과를 취할 수 있을 것입니다."

주유가 제갈량의 계책을 인정했으나, 강릉성을 포위한 병사를 빼돌리는 경우 강릉성의 포위망이 붕괴할 것을 우려하여, 이릉성으로 군사를 증파하지 못하고 고심하기 시작한다.

그로부터 오랜 시간이 지난 후, 장비가 정예병 1천을 이끌고 강릉으로 합류하여 공성에 힘을 보태고, 얼마 후 조운까지 강릉으로 와서 속속들이 공성에 합류하자, 주유는 정예병사 1천여 명을 지원군으로 증파하여 감녕에게 보내며 이릉을 공략하도록 명한다. 주유가 집중공략의 물꼬를 이릉성으로 돌린 이후부터 유비의 군사들이 실질적으로 강릉성을 공략하는 주역이 된다.

주유가 감녕에게 1천여 명의 병력을 지원하여 조홍이 지키는 이릉성을 공격하도록 하지만, 조홍 또한 조조의 손꼽히는 명장이다. 주유는 성안에서 꼼짝하지 않고 성을 지키는 조홍의 이릉성을 함락시키는 것이 생각보다 만만치 않다는 생각에 이르자, 조홍을 성 밖으로 끌어내어 공략할 전략을 세우기에 몰두한다.

주유는 조홍을 성 밖으로 끌어내려고, 가치부전(假痴不癲: 일부러 어리석은 척함) 계책을 펼쳐 일부러 군사들이 경계를 소홀히 하는 전술을 시도도 해보고, 성벽을 타고 오르는 병사들을 비정예군으로 편성하여 용병의 허점을 드러내는데도, 조홍은 일절 반응을 보이지 않자 큰 고민에 빠져든다.

이때 제갈량이 강릉성과 이릉성의 전략적 연대를 위해 주유의 군영을 방문하여 면담을 요청한다. 그런데도 주유는 막사에서 나오지 않고 칩거해 있자, 제갈량은 주변에 있던 감녕에게 전투의 성과를 묻는다.

"지금 도독께서 이릉성을 줄기차게 공성하는데 기대만큼의 진척이 있습니까?"

감녕이 안타깝다는 표정을 지으며 대답한다.

"도독께서 수차례의 공성전을 펼쳤으나 아군의 피해만 속출하여, 일부러 아군의 약점을 보이며 전술의 변화도 시도해보는 등 적장이 성 밖으로 나오도록 하는 작전으로 바꾸었습니다. 그러나 적장이 전혀 반응을 보이지 않는 바람에 도독께서 크게 상심하고 계시는 듯합니다."

제갈량은 감녕으로부터 그동안의 경과를 듣고, 주유가 어떤 고민에 빠져있는지를 가늠하게 되자, 감녕에게 곧바로 제안을 올린다.

"장군은 도독에게 내가 조홍을 물리칠 계책을 지니고 있다고 전해주시오."

감녕이 군막에 들어가고 얼마 지나서, 주유가 군막에서 뛰쳐나와 제갈량을 반갑게 맞이한다.

"선생께서 군영에 와 계신 줄도 모르고 실례를 했소이다. 어서 막사 안으로 드시지요."

제갈량은 주유의 안내로 막사 안으로 들자마자 단도직입적으로 주유에게 묻는다.

"도독께서는 조홍을 밖으로 끌어내려는 계책이 먹히지 않고, 시간은 점점 흘러가니 초조해지는 바람에 고민하고 계시는 것이지요?"

"그렇습니다. 아군은 적벽대전에서 대승하여 사기가 높은 반면, 적병은 사기가 땅에 떨어질 대로 떨어져서, 전면전을 펼칠 수만 있다면 단시간에 적을 섬멸할 수 있을 터인데, 적장이 이에 응하지 않으니 시간만 자꾸 흘러가고 초조할 뿐입니다."

"조홍은 조조의 주변에 있는 기라성과도 같은 명장 중의 하나입니다. 그를 쉽게 보았다가는 낭패를 입게 될 것입니다. 그는 통상적인 전략으로는 속아 넘어가지 않을 명장이니만큼 금선탈각(金蟬脫殼)의 계책을 역으로 이용하십시오."

"군사께서 금선탈각(金蟬脫殼)의 계책을 역으로 이용하라고 하심은······"

"그렇습니다."

간단히 대답한 제갈량은 주유에게 귓속말로 자신이 구상한 전략을 펼친다.

이튿날부터 주유는 몇 차례에 걸쳐 이릉성의 공성을 펼치는데, 비정예병을 배치하여 공성에 많은 허점을 드러내고 아무런 성과도 없이 물러서기를 계속한다.

주유의 군사들이 몇 차례 무기력하게 공성을 벌이다가 진으로 돌아가기를 반복하던 얼마 후, 주유가 포위진을 풀고 군막을 걷어 퇴각할 준비를 시작하자, 조홍은 수하의 장수들에게 주유의 의도가 궁금하다는 듯이 묻는다.

"주유가 뻔질나게 공성을 펼치다가 갑자기 군사를 거두어 퇴각하려는 이유가 무엇인가?"

조홍은 정찰병을 파견하여 주유의 군막에서 벌어지는 군사들의 대화를 정탐하도록 지시하고, 정찰을 마치고 돌아온 정찰병으로부터 탐문결과를 보고 받는다.

"정찰에 의하면 주유는 계속된 이릉에 대한 공성에 실패하여, 지금은 이릉성 뿐 아니라 강릉도 전략상 큰 차질을 빚고 있는 바람에, 전략과 전술을 '선택과 집중'으로 바꾸어 강릉성을 집중적으로 공성하기로 하고 퇴각을 결정했다 합니다."

"그렇다면 왜 이릉성을 대상으로 하지 않고 강릉성을 집중공략의 대상으로 정하여, 강릉성의 군사를 퇴각시키지 않고 이릉성의 군사를 퇴각시키려 한다는 것인가?"

"강릉에는 대군이 있어 퇴각이 번거로운 반면, 이릉에는 소수의 정규군이 주력으로 배치되어 있어, 이릉의 군사를 이동시키는 것이 효율적이라는 판단하에 강릉을 집중공략의 대상으로 삼은 것 같습니다."

조홍은 정찰대장의 보고를 받은 후, 주유 군사들의 동태를 면밀히 살피다가, 주유의 퇴각이 실제로 착착 진행되는 것을 확인되자, 장수들에게 급히 작전명령을 내린다.

"동오군은 이른 아침부터 공성을 취하다가 포기하고, 곧바로 퇴각하기 위해 군장을 꾸리는 것으로 보아 강릉에 무슨 급한 사정이 있는 듯하다. 적병들이 휴식도 취하지 못하고 퇴각하는 만큼 누적된 피로에 찌들어 있을 것이니, 장수들은 이들이 피로에서 회복되지 못한 채 퇴각을 준비할 시기를 노려 급습으로 타격을 가하도록 하라."

조홍은 조순에게 동오군의 군영을 급습하도록 명을 내린 이후, 호위장군 우금에게 새로이 전술에 대한 질문을 던진다.
　"호위장군께서 보시기에 동오군은 조순장군의 습격을 받아 군영이 무너지면, 어디로 패잔병이 몰려갈 것 같소?"
　우금은 잠시 생각에 잠기더니 신중하게 입을 연다.
　"이릉에서 강릉으로 이어지는 길은 남쪽으로 벌판을 지나 산모퉁이를 돌아가는 우회로가 있고, 동쪽으로 산길을 따라 이동하는 지름길이 있는데 아마도 패잔병들은 산길을 택하여 급히 도주할 것 같습니다."
　"바로 그렇습니다. 호위장군 우금은 조순장군이 동오군을 급습하여 이들의 군영이 무너지고 곧이어 적병이 패주하여 동쪽 산길로 접어들기 전, 즉시 기병을 이끌고 산길의 입구를 막아 이들의 퇴로를 장악하시오. 나는 소수의 병사를 이끌고 성을 지키겠소."
　조홍의 명을 받은 조순이 일진의 정예병을 이끌고 동오군의 군막을 쳐들어가자, 퇴각을 준비 중이던 동오의 비정규군들이 갑작스럽게 들이닥치는 조순의 공격에 당황하여, 대항할 생각을 버리고 동쪽 산길을 향해 도주하기 시작한다.
　이와 때를 같이하여 우금이 산길의 퇴로를 막아서기 위해 기병과 정예병을 이끌고 신속히 이동하자, 성안에는 극소수의 비정규군이 남게 된다.
　멀리서 이 광경을 지켜보던 주유는 감녕에게 은폐시켜 두었던 수많은 정예특공대원을 이끌고 이릉성을 공략하도록 명한다. 감녕이 특유의 용력으로 성을 세차게 몰아치자, 조홍은 정예병이 없어 방책이 허술한 이릉성을 지키지 못하고 순식간에 성을 탈취당한 채 급히 성문을 빠져나간다.

주유는 이릉성을 점령한 후, 감녕에게 성을 수성하도록 지시하고 자신은 강릉성으로 군사를 돌려 유비와 함께 강릉성을 공략하는 일에 돌입한다.

이릉성을 빼앗긴 조홍이 강릉성으로 가서 조인에게 이릉성이 함락되었다는 사실을 알리자, 조인은 이릉이 무너지면 강릉의 방어는 순망치한(脣亡齒寒)이라는 생각을 하고, 5천의 병력을 이끌고 이릉성을 탈환하기 위해 출정한다. 이때 주유는 어렵게 쟁취한 이릉성이 조인의 출정으로 위기에 빠지게 되리라는 생각에 미치자, 재빨리 장수들을 불러들여 다수의 의견을 청취한다.

"지금 위기에 빠져있는 감녕장군을 그대로 방치한다면, 적장 조인이 이릉을 점거하는 것은 불 보듯이 빤한 일이오. 감녕장군도 구하고, 동시에 이릉도 지킬 좋은 대책이 없겠소?"

이때 여러 책사들과 장수들이 방임적 자세로 임한다.

"강릉을 공략하는 병사를 나눈다면, 강릉의 공성도 이릉의 수성도 모두 물거품으로 사라지게 될 것입니다. 안타깝지만 이릉을 수성하는 것은 감녕장군에게 맡기고, 도독께서는 강릉을 공성하는 것에 몰입해야 할 것입니다."

이에 여몽이 앞으로 나서며 강력히 반론을 펼친다.

"지금 도독께서 이릉을 포기한다고, 우리가 강릉의 공성에 성공한다는 보장이 없습니다. 장수들이 모두 이릉을 포기하라고 하지만, 소장에게 본진을 위태롭지 않게 하그도 얼마든지 이릉을 구할 수 있는 계책이 있습니다."

주유가 여몽의 주장을 반기며 묻는다.

"그 계책을 빨리 내어주시오."

"도독께서 부장 능통에게 본진을 지키게 하면, 그는 출중한 용력으로 적의 공격을 10일 이상은 막아낼 수 있을 것입니다. 부장 능통이 본진을 10일 정도 버티는 동안, 도독과 소장이 계책을 잘 세워 조인을 처리한다면, 이릉의 감녕장군을 구원하고 조인을 생포할 수도 있습니다."

주유가 흥미를 보이며 대꾸한다.

"장군이 그런 묘수를 가지고 있단 말이오?"

"애당초에 조인이 강릉의 주력을 빼돌려 이릉을 되찾으려 했을 때부터, 그는 강릉을 장기적으로 비우게 되면, 본성이 위태해질 것을 충분히 인지하고 있었을 것입니다. 그러나 이릉이 강릉과 기각지세를 이루지 않으면, 순망치한의 관계에 있는 강릉을 지키는 것이 어렵다는 사실을 골수 깊이 인지하고 있기 때문에, 조인은 별다른 묘수가 없어 이릉을 수복하려고 출병했을 것입니다. 따라서 조인은 단시간 내에 이릉을 점령하고자, 전방에는 정예병을 차출하여 포진시켰을 것이고,

그 연유로 후미의 경계가 소홀히 되어있을 것입니다. 이를 역으로 활용하여 아군이 이릉을 포위한 조인의 후미를 급습하게 되면, 이들의 대열이 크게 흔들리게 될 것이고, 이때를 놓치지 않고 이릉성 안에서 감녕장군이 군사를 이끌고 출성하여 조인을 협공하면, 아군은 대승을 거두게 될 것입니다."

여몽의 계책에 관심을 보이던 주유가 묻는다.

"좋은 계책이오만, 어떤 방법으로 조인을 생포할 수 있다는 말입니까?"

"비록 진교 등에 의해 천인(天人)이라고 찬사를 받는 조인일지라도 급작스럽게 기습을 당하면, 조인은 크게 당황하여 천인과 같은 용력을 발휘하지 못할 것입니다. 이런 상황이 되면 조인은 일단 대군의 추적을 피해 군을 수습하고자, 추적군의 손이 미치지 않는 강릉 북부의 험로로 도주할 것입니다. 도독께서 험로의 퇴각로에 쇠뇌와 활을 잘 다루는 궁노수로 무장된 복병 5백과 정예병을 매복시킨다면, 천하의 조인일지라도 퇴로가 막히게 되어 꼼짝달싹하지 못하고 붙잡히게 될 것입니다."

제갈량이 이에 동조하며 의견을 내어놓는다.

"좌도독과 여몽장군이 조인을 격파하게 되면, 조인은 강릉 북면의 험로로 도주하리라는 것은 소장도 확신합니다. 그때 유황숙께서 관우장군으로 하여금 퇴로를 차단하게 한다면, 조인을 생포하게 할 수도 있을 것입니다."

주유가 여몽와 제갈량의 계책대로 이릉을 포위한 조인의 후미를 급습하자, 조인의 대군은 순식간에 혼란에 빠져들게 된다. 이때를 놓치지 않고 감녕이 성안에서 군사를 이끌고 출성하자, 조인은 크게 패하여 강릉 북면으로 도주한다. 그곳에서 조인은 넓은 평지의 대로와 험한 산길의 협로 사이의 갈림길에 접하여 잠시 고민을 하게 되는데, 이때 부장 이통이 조인에게 강력히 권유한다.
　"소수의 도망병으로 대군을 맞아 싸우기는 어려움이 있는 만큼, 대군의 추적을 피하기 위해서는 평지의 대로보다는 협로를 취하는 것이 유리하리라 생각합니다."
　조인은 이통의 건의를 받아들여 기병 3백을 이끌고 협로를 택해 도주하기 시작하자, 제갈량의 계책을 따라 조인의 퇴로를 막아서서 기다리던 관우가 조인을 방책에 가둬버린다.
　조인이 산길의 계곡에 갇혀 사로잡힐 위기에 처해 있을 때, 기병을 이끌던 이통이 기병들을 말에서 내리게 하고, 이들을 이끌고 솔선수범하여 조인을 가둔 방책을 걷어내게 한다. 화살이 비 오듯이 쏟아지는 위험을 무릅쓰고, 이통과 기병들이 죽음을 불사한 용맹을 발휘하여 북쪽에 막아 놓은 퇴로를 돌파함으로써, 조인은 겨우 죽음의 골짜기에서 벗어나게 된다.
　강릉으로 돌아온 조인은 너무도 큰 충격을 받은 탓에 유비와 주유가 줄기차게 성 밖으로 끌어내려고 유혹해도 결코 반응하지 않고, 조인 특유의 괴력을 발휘하여 공성에만 주력하며 끝까지 성을 사수한다. 주유는 이릉성을 점거했음에도 강릉성이 쉽게 함락되지 않자, 직접 공성을 지휘하기 위해 성의 가까이에까지 접근하는 등 전투에 사활을 건다.

"여몽장군은 성의 동문을 공략하고, 부장 능통은 성의 서문을 공략하시오. 나는 장수들을 이끌고 남문을 상대로 공성장비를 총동원하여 남문을 격파하겠소. 좌장군께서는 만일의 경우에 대비하여, 성의 외곽에서 굳건한 포위망을 형성하여 포위망 후미가 무너지는 일이 없도록 도와주셨으면 합니다."

주유는 여몽과 능통에게 각자 임무를 부여하고 유비의 협조를 구한 다음, 자신은 남문에서 솔선수범하여 공성에 돌입한다. 조인은 주유가 강릉성의 삼면에서 저돌적으로 공략해 들어오자, 조조가 허도로 돌아가면서 위기에 처할 때 읽어 보라고 귀띔하며 자신에게 은밀히 건네준 봉투를 개봉한다.

"만일 강릉성을 수성하다가 위기에 봉착하게 되면, 공성계(空城計)를 응용하여 작전을 구상하도록 하라."

조인은 대책회의를 열어 장수들을 불러 모은 자리에서 조조의 혜안에 찬사를 보내며 작전명령을 내린다.

"횡야장군 서황은 안창정후 만총과 함께 지금 즉시 동문의 성루로 가서 여몽의 공성에 철저히 대비하시오. 여몽은 꾀가 많아서 위계를 부릴 수 있으니, 이에 넘어가지 않도록 각별히 주의하시오. 우금장군은 능통이 공략하는 서문 성루로 가서 철저히 성문과 성벽을 지키되, 능통의 용력에 잠시 밀리는 시늉을 하면서 수세를 철저히 취하시오. 나는 서문이 밀리는 양상을 띠면, 남문의 성루에 있는 병사들을 서문으로 지원하는 척하는 위계를 쓸 것이오. 조홍장군은 부장 조순과 지금 즉시 남문 성가퀴와 입구에 궁노수를 은폐시키고, 남문을 지키는 병사들이 서문으로 이동하는 척하여, 주유가 남문이 취약해진 것으로 착각하게 유도하고, 주유가 남문으로 입성하려고 가까이 접근하면, 그때 주유에게 집중적으로 궁노를 날려 주유를 도모하시오."

주유와 조인이 각각 형세에 맞는 용병을 통해 팽팽히 공수를 교차하던 중, 능통이 직접 진두지휘하는 서문에서 서황이 밀리는 형국이 벌어지자, 조인은 남문의 병사들에게 큰 소리로 명한다.

"조홍장군은 부장 조순과 장수들을 이끌고 즉시 서문으로 이동하여 횡야장군을 지원하라."

주유는 서문의 능통으로부터 상황을 보고받은 후, 남문의 강을 건너 파성퇴(坡城槌)와 당차(幢車)를 총동원하여 남문을 부수고 입성하려고 해자를 지나 성문으로 가까이 접근하는데 이때, 성가퀴에 숨어있던 궁노수들이 갑자기 모습을 드러내며 주유의 군사를 향해 줄화살을 날린다.

주유는 방심하고 성문으로 접근하려다가, 오른쪽 겨드랑이에 화살을 맞는 치명적 부상을 입고 말에서 떨어진다. 이때를 놓치지 않고 조인이 장수들에게 명령을 내린다.

"장수들은 속히 군사를 이끌고 나가 주유를 생포하라."

남문에 대기하고 있던 조인의 군사들이 쏟아져 나오자, 주유의 주위에 있던 장수들이 즉시 퇴각을 명하고, 주유를 말에 태워 군영으로 되돌아와서 급히 군의를 불러들인다. 군의는 즉시 주유 오른쪽 겨드랑이에 박힌 화살촉을 빼어내고 금창약을 바른 후 상처를 동여매며 신신당부를 한다.

"화살촉에 독이 서려 쉽게 쾌유하기 어려울 듯합니다. 과로를 피하시고 노기를 풀어야지 피로해지거나 분기를 이기지 못하면 몸에 열이 뻗쳐 상처가 도질 것입니다."

이후 주유는 강릉에 대한 공략을 늦추고 조인과 장기간 대치상태를 유지하게 된다. 조인의 군사들은 소수의 병력으로 주유의 수만 병력을 막아내면서 사기가 크게 고무되어, 계속되는 식량난으로 고통을 받으면서도 강릉을 굳건히 지키겠다는 각오를 다진다.

5.
삼국의 이해가 얽혀 요동치는 강동

5. 삼국의 이해가 얽혀 요동치는 강동

1) 손권, 거짓전서에 속아 합비에서 어이없이 물러서다

주유는 심한 부상에도 불구하고 반드시 차지해야 할 전략적 요충지인 강릉을 포기할 수가 없었다. 주유가 강릉을 포기하지 않고 끈질기게 조인을 강릉에서 붙잡아 두는 동안, 손권은 중원과 강남을 잇는 교통의 요지인 합비성을 차지하기 위해, 동오 호족들의 협조를 얻어 10만의 대군을 이끌고 친히 합비 원정길에 오른다.

합비는 전략적으로 강동의 손권이 내륙으로 진출하기 위해서는 반드시 점거해야 할 거점이지만, 적벽대전 이전까지는 조조의 위세에 밀려 손권이 감히 넘보지도 못하고 있었다.

그러나 손권은 조조가 적벽대전에서 대패한 후, 미처 조조의 군대가 정비되지 못한 이번 기회가 자신에게는 절호의 기회라는 생각을 하기에 이른다.

동시에 중원의 입장에서 보면, 합비는 조조가 이곳을 철저히 방어하기만 하면, 적벽에서의 대패에도 불구하고 파죽지세로 몰아붙이는 손권의 침략을 무력화시킬 수 있는 절대적으로 중요한 요충지였다.

당시 장강 이남에서 중원으로 가는 방법은 서주의 광릉을 거쳐 가는 해안도로와 합비를 거쳐 수춘으로 통하는 길, 강릉에서 출발해서 양양과 완으로 가는 3가지 길이 있었다.

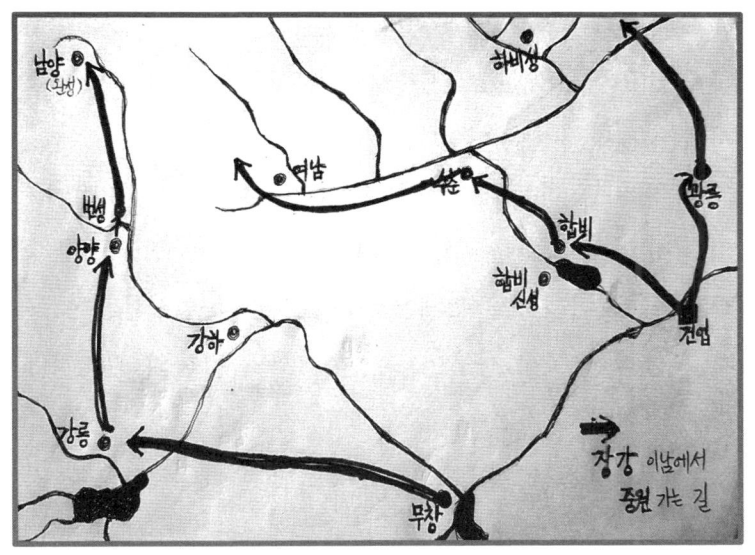

먼저 강릉을 통해 중원을 이르는 길은 워낙 방책과 장애가 확고해서 쉽게 선택할 수 없는 길이며, 서주 광릉을 거치는 해안도로는 해안의 주변이 습지로 덮여있고 측면이 노출되어, 상대편 군사들에게 집중적으로 공격을 받기 쉬운 지형이어서 군대가 이동하기에는 부적합한 길이었다. 반면, 합비는 거소, 유수구를 통해 장강에서 회수로의 진입이 가능한 요충지이다.

수군이 우월한 손권이 중원으로의 진출을 위해서는 합비, 수춘의 길을 확보해야 비수와 회수, 상수를 통해 수월하게 영천과 허창을 도모할 수 있고, 동시에 광릉의 북방을 통해 서주의 하비와 예주로 쉽게 진출할 수도 있어, 만일 손권이 합비를 점령하게 된다면 중원을 거쳐 화북으로 진출할 선택의 여지가 상대적으로 많아지게 된다. 동오 대호족의 협조 없이는 군사를 통일적으로 동원하지 못하는 동오의 호족연합체 수장인 손권이 중원으로 진출하기 위해서는 합비로의 진출이 당시에는 최적의 선택이었다.

또한, 합비는 강동의 주도인 건업과는 가까운 입지이며, 조조의 주도인 허창과는 멀리 떨어진 변방이라, 조조는 군수물자의 보급에 어려움을 겪게 되지만, 손권의 입장에서는 군수물자 보급과 군사적 동원이 수월하면서도 강동의 본거지에서 가까운 곳이어서 대호족들의 반발도 쉽게 무마할 수 있었다.

조조의 입장에서 합비를 둘러싸고 있는 회수 서쪽과 강하 북쪽은 산맥으로 둘러쳐져 있기 때문에, 회수 일대는 천혜의 방어선이자 강동을 공략하기 좋은 입지이다. 조조는 합비가 점령되는 순간, 회수 이남(회남)의 방책은 무너지고 손권에게 중원으로 진출할 길을 열어주는 계기를 제공하기 때문에, 합비의 방비에 혼신의 노력을 기울이지 않을 수 없었다.

친정길에 오른 손권은 호족연합체의 협조를 얻어 10만에 이르는 군사를 이끌고, 합비를 포위한 채 한달이 넘도록 맹공을 퍼붓는다. 이때 합비성의 조조 군사들은 남쪽지방에서 발생한 풍토병으로 인해, 손권의 공성에 대해 제대로 대항하지 못하고 있는데, 설상가상 맹렬한 폭우까지 쏟아지는 바람에 합비성이 무너질 위기에 처하게 된다. 그러나 위기는 기회로 통한다고 했던가?

이런 위기의 상황에 뜻하지 않던 기회가 찾아온다.

지난날, 조조가 임명했던 양주자사 유복은 선정을 베풀어 백성들에게 깊은 사랑과 신뢰를 받고 있었는데, 합비성이 함락될 절대절명의 위기상황에서, 이미 타계한 유복의 공덕을 잊지 못하는 백성들이 자발적으로 나서 성을 지키는데 합류한다. 백성들은 유복이 세상을 떠나기 전에 적의 침략에 대비해 준비해 두었던 두꺼운 거적을 활용하여 무너지려는 성벽을 덮고, 한창 전투가 벌어지고 있는 성벽 위에는 수성에 필요한 돌을 준비하여 쌓아 올리고, 뜨거운 물을 끓이는 등 병사들과 함께 처절한 저항을 계속한다.

백성들은 손권의 군사들이 야밤에 잠입할 것에 대비하여, 물고기 기름을 준비해서 이를 태워 성 밖을 훤히 밝혀 동오 군사들에 대비하는 등 치열하게 저항하며, 조조의 원군이 합비에 당도할 시간을 벌어들인다. 이렇게 군민이 협력하여 성을 지키고 있는 와중에 허도에서 급히 전서가 전해진다.

"성주는 전달된 전서를 보는 순간 자구책을 강구하라. 강릉 전투에서 치열하게 공방전을 벌이고 있는 탓에 승상께서 별 도리 없이 당분간은 기병 1천을 파병하는 것 외에는 별다른 조치를 취할 도리가 없노라."

조조의 전서를 접한 병사들과 백성들이 불안에 떨자, 성주

장제는 성민들을 안심시키기 위해, 전령을 3개조로 급조하여 전령들에게 거짓전서를 소지하게 한 후, 전령이 손권의 군영 주위를 배회하다가 일부러 손권에게 잡히게 하면서, 손권이 허위정보를 습득하게 한다.

"승상께서 보낸 기병 5천과 보병 3만5천이 오늘과 내일 사이에 합비에 도착할 예정이다."

손권은 장제의 공작으로 일부러 붙잡힌 조조의 전령을 통해 입수한 전서를 보는 순간 깊은 수렁으로 빠져든다.

그렇지 않아도 손권은 합비성의 군민들이 끈끈한 신뢰를 바탕으로 철저히 지키고 있는 성을 뚫지 못해 혀를 차던 중이었는데, 정작 4만에 이르는 지원병이 조만간 손권의 배후에 당도할 것이라는 속임수를 접하자, 이에 넘어가면서 앞뒤도 돌아보지 않고 퇴각명령을 내린다.

이로써 제1차 합비전투에서 대군을 일으킨 손권은 아무런 성과도 얻지 못하고 허위로 작성된 전서 하나에 의해 어이없이 퇴각하는 결정을 내리고 만다.

2) 유비는 강동에서 급속히 세력을 키우다

209년(건안14년) 12월, 치명적 부상으로 잠시 공성을 유보했던 주유는 손권이 합비전투에 임하여 합비성주 장제의 위계에 빠져 어이없는 퇴각을 취하게 되자, 강릉을 기필코 회복해야만 동오가 조조의 전횡을 견제할 수 있다는 압박감에 휩싸인다. 이에 주유는 지난 전투에서 얻은 치명상에도 불구하고, 잠시도 몸을 사리지 않고 강릉에 대한 공성에 맹렬하게 돌입한다.

성의 외곽에서는 유비가 굳건한 포위망을 형성하여, 이를 뚫지 못한 조인은 성안에 갇힌 채, 군수물자와 군량의 조달에 상당한 어려움을 겪는다. 그뿐만 아니라 성안에서는 의료품의 공급마저 막혀 부상자들이 사망하는 일이 빈번해지자, 조인은 야밤에 북문을 통해 강릉을 버리고 탈주하기에 이른다.

주유의 목숨을 담보로 한 뚝심으로 강릉을 차지하게 된 손권은 주유를 남군태수에 명하여 강릉을 치소로 변경한 후 주둔케 하고, 강하에는 치소를 사이에 두어 태수로는 정보를 임명하고, 여범은 평택태수로, 여몽을 심양현령으로 임명한다.

남군태수가 된 주유는 동맹의 대가로 유비에게 장강 남안의 땅을 내어주어, 유비가 유강구에 영채를 세우고 공안(公安)이라 이름을 짓자, 조조에게 항복했던 유표의 관료, 병사들이 유비의 공덕을 기려 유비에게로 돌아온다. 이로 인해 공안(公安)만으로는 늘어나는 백성과 군사들을 수용하기 어려워지자, 유비는 손권에게 도움을 청하는 협조공문을 보낸다.

"토로장군, 나는 투항하는 군사들을 충분히 수용하고, 백성을 나의 영지에서 안정시키기에는 영토가 터무니없이 부족하오. 토로장군과 우리가 합심하여 조조를 적벽과 오림에서 물리쳤으니, 장군께서는 이를 감안하여 내가 터전을 잡을 때까지 나에게 형주의 일부 영지를 조금 더 빌려주기를 바라오."

동오의 대다수 신료들이 유비의 청을 반대하지만, 노숙은 손권에게 유비의 청을 받아들이도록 강력히 권한다.

"조조의 침략을 경계하기 위해서는 좌장군 유비를 적극적으로 활용해야 합니다. 유비에게 강남의 일부 영토를 내어주고, 그에게 우리의 최전방을 맡기는 것도 힘 안들이고 우리의 영토를 지키는 좋은 전략입니다."

손권이 노숙의 말을 따르려 하자, 이번에는 주유가 강력히 반론을 제기하고 나선다.

"유비는 영웅적인 자태를 지니고 있어, 결코 남의 식객으로 있을 인물이 아닙니다. 더욱이 제갈량과 같은 천하의 참모가 있고, 관우와 장비처럼 곰과 호랑이 같은 명장이 포진하여 언젠가는 자신의 날개를 펼치려고 할 것입니다. 유비에게 천하를 다툴 기반이 될 만한 영토를 내어주어서는 결코 아니 됩니다. 기반을 얻은 유비가 제갈량, 관우, 장비, 조운 등과 함께 도약한다면, 마치 교룡에게 비와 구름을 주게 될 뿐만 아니라, 하늘로 박차고 치솟는 척목까지 만들어 주는 격이 되어 결코 주군의 연못 속에 가두지 못할 것입니다."

주유의 거센 반발로 인해 결국 유비는 새로운 영지를 얻지 못하게 된다. 유비는 어쩔 수 없이 차선책으로 유표의 장남 유기를 형주목으로 상표하여, 형주의 상징적 주인으로 인정받게 하는데 그로부터 얼마 후, 형주목으로 상표된 유기가 병사하면서 유기의 세력은 자연히 유비에게 흡수된다. 유비의 수하들은 유기의 수하들과 합심하여, 유비를 형주목으로 추대하려고 손권에게 동의를 구한다. 손권이 책사들과 제장을 불러 들여 유비의 문제를 다시 논의하기 시작하자, 주유가 앞으로 나서서 자신의 주장을 펼친다.

"토로장군께서 유기의 형주목 취임을 인정한 것은 상징성의 차원에서 인정했었던 것입니다. 이제 유기가 작고하여 유기의 주변 인사들이 유비에게 이를 승계시키려 할지라도, 장군께서 쉽게 유비의 형주목 취임을 승인하여서는 아니 될 것입니다. 유비를 형주목으로 승인하는 것은 장군께서 스스로 목을 조이게 될 위험성을 받아들이는 중대한 사안입니다."

편장군 주유 등의 장수들이 유비에게 형주목을 승인하는 것을 반대하자, 노숙은 새로운 관점에서 이를 반박한다.

"편장군께서는 이미 형주의 양양, 신야, 완, 강하를 제외한 형주 북부의 태수들을 장군의 심복들로 임명하여 지배권을 장악하고 있습니다. 이러한 이유로 지난날 유표의 장자 유기에게 형주목을 인정했어도 실제적 지배권은 장군께서 장악했었고, 단지 유기는 상징적인 형주목에 지나지 않았습니다. 이번에도 좌장군 유비를 형주목으로 인정하더라도 달라질 것이 아무것도 없을 것입니다. 장군이 형주에서의 장악력을 지니고 있는 한, 유비 또한 장군의 식객에 불과합니다. 이번 계기로 좌장군 유비를 활용해서 황제에게 상표하는 형식을 통해, 주유 도독께서는 行거기장군 겸 서주목을 받아내는 것이 최상의 선택일 것입니다. 이를 통해 중원에 대한 진출의 의지를 굳건히 할 때, 최대한 큰 실익을 얻을 수 있으며 이렇게 하면, 손유동맹의 결속 또한 더욱 공고해질 것입니다."

당시 동오에서는 주유가 무서운 기세로 영토를 확장해 나가고, 많은 장수들이 주유의 품 안으로 속속들이 들어가는 중이었다. 손권은 주유의 세력이 팽창하는 것을 우려하던 중이어서, 노숙의 조언을 받아들여 주유를 경계하고자 하는 의도로 유비의 형주목 취임을 묵인한다. 유비는 손권이 반대하지 않고 묵인하는 분위기 속에서 옛 유기의 측근 형주 관료들의 추대를 받는 요식행위를 통해 형주목에 취임한다.

이때부터 유비는 반객위주(反客爲主:객이 때를 기다리다가 주인이 됨)의 전략으로 형주목이라는 상징성을 최대한 활용하여, 형주의 옛 신하들을 결집시키는 수단으로 삼아 형주에서의 영향력을 극대화시키는 작업에 성공한다.

이를 기반으로 유비는 자력으로 형남 4군을 공략하여, 조범의 계양군, 유탁의 영릉군, 김선의 무릉군을 자진하여 받아내는 방법으로 영지를 확장한다.

이때 장사태수 한현이 자진하여 투항하면서 수하장수 황충이 유비의 측근으로 편입하는 계기가 된다. 동시에 여강의 뇌서가 부곡민 수만을 이끌고 유비에게 의탁을 청하면서, 유비는 형주에서의 영향력이 한층 강화된다.

유비는 영릉태수에 학보, 장사태수에 요립, 계양태수에 조운을 임명하고, 자신은 무릉에 주둔하며 군사 제갈량에게 3개 군의 부세를 총괄하게 한다. 동오의 누구도 예상하지 못했던 상황이 이렇게까지 펼쳐지자, 주유는 급히 손권에게 유비를 견제해야 한다는 전서를 올린다.

"지금 좌장군 유비는 경구에 당도해있습니다. 급속히 팽창하는 좌장군 유비를 견제할 수 있는 가장 좋은 방법은 그를 경구에 붙잡아 두어 화려한 궁전을 지어주고, 미인들과 진귀한 보석으로 치장된 환경 속에 안주할 수 있도록 하여 향락에 빠지도록 해야 합니다. 관우와 장비는 유비에게서 떼어내어 각각 다른 곳에 배치하여 소장이 그들을 관리하게 한다면, 능히 주군의 뜻을 이룰 수 있을 것입니다."

여범까지도 주유의 뜻에 동의하자 손권은 잠시 흔들리는 듯했으나, 이내 유비에 대한 자신의 판단을 기준으로 주유의 조언을 물리친다.

"유비는 결코 그런 방법으로 속박을 가할 수 있는 범인이 아니오. 영웅을 맞이하여 힘을 합쳐 최대한 활용할 수 있을 때까지 조조의 침공을 막는 것이 효과적일 것이오."

손권은 주유의 조언을 물리치며, 유비의 급속한 팽창을 인위로 견제하는 방법을 택하는 대신, 주유의 조언을 바탕으로 한 미인계를 유연하게 채택하여, 20대의 여동생 손부인을 49세의 유비에게 보내는 혼인동맹으로 유비를 견제하기로 한다.

3) 촉을 놓고 유비와 손권은 동상이몽을 취하다

210년(건안15년) 9월, 손견의 조카인 손유와 함께 서천을 공략할 계획을 세웠던 도독 겸 편장군, 남군태수 주유는 촉을 정벌할 계획을 실행에 옮기고자, 강릉을 출발하여 파구를 통해 형주의 북방을 거쳐 촉으로 이어지는 원정길에 오른다.

주유는 남군 강릉성을 공성할 당시 입은 치명적 부상에도 몸을 사리지 않고 강행군하던 중, 파구에 이르러 극심한 과로를 이기지 못하고 갑자기 쓰러진다. 주유는 오랜 병간에도 불구하고 몸이 회복될 기미를 보이지 않자, 자신의 임종이 다가왔음을 인지하고 급히 손권에게 전령을 보내 유언을 전한다.

"거기장군께서 천하를 다투시려거든 안으로는 사심이 없는 노숙을 후임으로 삼으시고, 밖으로는 유비를 철저히 경계하셔야 뜻을 이룰 수 있을 것입니다. 소장은 먼저 떠나가지만 거기장군께서 이 2가지 유언만을 잘 간직하신다면, 소장이 없어도 장군께서는 능히 천하를 차지할 수 있을 것입니다."

손권은 주유의 유언을 따라 노숙을 주유의 후임으로 정하고, 남군태수로는 백전노장의 정보를 임명한다. 노숙은 주유가 죽은 이후 주유가 취했던 촉으로의 진출 계획을 손유동맹에 의한 방어적 구도로 바꿀 것을 요청한다.

"주유도독은 강릉을 통해 익주로 진출하여 조조와 대적하는 천하이분지대계(天下二分之大計)를 구상하였으나, 주유도독이 사라진 지금은 익주로의 진출이나 양양을 공략하는 것은 현실적으로 많은 어려움에 봉착해 있습니다. 이제는 현실에 맞는 전략으로 변화를 시도해야 합니다. 지금 이대로 우리가 강릉을 점거하고 있으면, 조조의 육군이 강동을 침공했을 때, 동오의 군사들이 유비의 공안을 방비해 주는 형국이 됩니다. 유비에게 강릉을 넘겨주어 조조를 방비하게 하고, 유비로부터는 장사를 넘겨받아 아군이 장강을 배경으로 하는 수군 중심의 방어선을 구축한다면, 조조에 대비한 거대한 전선의 부담도 줄이고 강동의 방비를 효과적으로 더욱 튼튼하게 할 수 있을 것입니다."

"그렇다면, 내가 중원으로의 진출을 포기하라는 것이요?"

"물론 강릉은 대규모 원정부대를 뒷받침할 수 있는 군사적 요충지이지만, 강릉을 통해 촉을 공략하는 전략을 변경하는 이상, 조조에 대비해서 강릉을 방비하려 할 때, 거기장군께서 지불해야 할 경제적 손실이 또한 적지 않습니다. 지금은 부담을 줄이고 국력을 비축하였다가, 다시 힘을 기른 후 중원으로 진출해야 할 때입니다. 큰 부담을 떨치고 중원으로 진출하기에 합당한 지역이 있습니다. 바로 합비입니다. 장군께서 비록 1차 합비전투에서는 성과가 없이 물러났지만, 이를 경험으로 삼아 합비를 다시 공략하여 차지하게 된다면, 합비를 통해 필요할 때는 언제든지 중원으로 진출할 수 있습니다."

손권은 노숙의 자문을 받아들여 유비에게 자신의 뜻을 전하고, 이에 유비는 제갈량 등의 책사들과 관우, 장비, 조운 등을 불러들여 손권의 통보에 대한 답을 구한다.

"거기장군이 나에게 남군 강릉을 빌려주고 대신 장사를 건네받고자 제안했는데, 여러분의 의향은 어떠하시오?"

"황숙께서 융중대 계획을 실현하기 위해서는 익주에서 형주로 통하는 남군 서쪽의 의도군과 대규모 원정대가 안심하고 북진전략을 펼칠 수 있는 강릉을 확보해야 합니다. 이번 기회에 거기장군 손권이 이를 제안했다는 것은 황숙에게는 행운이 온 것입니다."

제갈량 등 모사들과 장수들이 손권의 제안에 찬성하자, 유비는 재빨리 손권의 뜻을 받아들인다. 손권은 남군 강릉을 유비에게 빌려주면서 정보를 강하태수로 임명하고, 노숙에게는 장사군의 일부를 맡겨 한창태수로 삼아, 유비가 넘겨준 육구에 주둔하게 한다.

남군 강릉성에 입성한 유비는 남군의 관리들을 직접 접견하여, 그들의 능력을 간파하는 대로 그에 합당한 직위를 내리는 등 대다수의 관리들을 차례로 면접한 후, 마지막에 남군에서 공조로 일하고 있는 방통을 접견하는 순서가 되어 묻는다.

"그대는 어떤 보직에 있으며 이름은 어떻게 되시는가?"

방통은 장고 끝에 신중하게 대답하는 성품이었다.

유비의 질문을 받은 방통은 평소의 성품 그대로 깊은 생각에 잠겨있는 듯 한참을 뜸 들이다가 조심스럽게 대답한다.

"소신은 남군 양양 출신으로 남군에서 공조의 임무를 수행하는 방통이라 하옵고, 자는 사원(士元)이며 항간에서는 봉추라고도 부릅니다."

유비는 지난날 수경선생 사마휘로부터 봉추에 대한 언급을 들은 일이 있어 한층 관심을 가지고 다시 묻는다.

"그대가 봉추선생이시오? 지난날 내가 수경선생으로부터 그대에 대한 인물평을 들은 일이 있었는데, 오늘 이렇게 만나보게 되어 진실로 감회가 새롭소이다. 수경선생께서는 와룡과 봉추, 두사람 중 한사람 만을 만나도 천하를 얻을 수 있다고 하였는데, 과연 그 말이 제대로 평가된 사실이라고 자신하시오? 그대는 자신과 공명을 비교하면 누가 더 뛰어나다고 생각하시오?"

방통은 인물 자체가 순박하고 꾸밈이 없으며, 인물을 평가할 때에는 언제나 상대방을 높이 평가하는 특이한 성품의 소유자이다. 방통은 한참 뜸을 들이더니 비로소 입을 연다.

"소신을 와룡에 비유하시면 와룡이 한참 속상해할 것입니다. 소신은 와룡의 그림자에도 따라가지 못할 정도의 인물입니다."

유비는 별로 중요하지도 않은 질문에도 한참 굼뜬 방통의 행태를 보면서 몹시 답답해하며 다시 묻는다.

"그렇다면 자경(노숙)에 비하면 어떻다고 생각하시오?"

"노숙 자경에 비교한다면 자경의 발뒤꿈치에도 따라가지 못할 것입니다."

유비는 그 외에도 변변치 않은 몇몇 인물에 비유를 시켜도 방통은 예의 그 겸손한 답변을 계속 이어가자 크게 실망하여 잠시 생각에 빠져든다.

'봉추에 대한 세간의 평가는 크게 잘못된 것이로다. 생김새부터가 시골 농부같이 순박하고 둔탁하게 생겨, 봉추는 비록 진실한지는 몰라도 격변기에 대사를 논하기에는 부족한 인물이로다.'

유비는 방통을 계양군 뇌양현령으로 보내는데, 불과 1백여 일이 지나지 않아 뇌양현의 관리와 현민들이 방통을 탄핵하는 상소가 올라온다. 유비는 대로하여 장비에게 방통을 면직하는 공문을 건네며 말한다.

"아우는 지금 즉시 봉추선생이라고 스스로 후대하며 자가당착에 빠져있는 소인배를 잡아들여 면직하고, 현양현 관리들의 기강을 바로잡도록 하라."

장비가 유비의 명을 따라 뇌양현으로 가서 방통을 불러들여 문초를 하기 시작한다.

"너는 한 고을의 수장으로서 현민들의 생활이나 안전을 보호할 생각은 하지 않고, 부임한 이래 여태까지 직무를 태만하였으니, 일단 직위에서 물러나서 평민으로서 대기하고 있다가 직무를 태만했던 것에 대해 내리는 징벌을 받도록 하라."

방통이 장비의 말에 어이가 없다는 듯이 되묻는다.

"제가 직무를 태만히 행하였다는 증거가 어디 있소이까?"

"그러면 어찌 현민들의 현안의 문제를 하나도 처리하지 않고 1백여 일을 방치하고 있었느냐?"

"이 손바닥만도 못한 고을의 현안을 잠시 유예하였기로서니, 무슨 큰 난리라도 난 듯이 그러십니까?"

방통은 곧바로 현리들에게 영을 내린다.

"그대들은 그동안 밀린 공문서와 현민들의 송사들을 모두 가져오라."

현리들이 방통의 지시로 공문서를 가져오자, 방통은 순식간에 공무를 처리하는데 한치의 빈틈도 없이 마무리를 짓더니, 이번에는 송사에 얽힌 사람들을 하나하나 불러들여 일사천리로 처결하는데 모든 이가 이의를 제기하지 못할 정도로 완벽했다. 방통이 1백여 일의 공무를 처리하는 데 걸린 시간이 반나절도 되지 않아 말끔히 끝나자, 옆에서 지켜보던 장비 이하의 감사관들이 크게 감동한다.

방통은 공무를 완결지은 후 자신의 향리로 돌아간다. 너무도 감동하여 할 말을 잃은 장비는 유비에게 돌아가서 사실을 그대로 고한다. 장비가 유비에게 방통의 사건에 대해 보고할 때, 마침 손권과 유비의 변함없는 동맹을 논의하던 제갈량과 노숙이 장비의 보고를 듣고 유비에게 묻는다.

"봉추선생을 뇌양현의 현령으로 보내셨었습니까?"

유비가 면구스러워 아무 말도 하지 못하자, 제갈량과 노숙이 이구동성으로 말한다.

"봉추선생은 생각이 깊어 얼핏 보면 둔탁한 것 같지만, 둔탁함 속에 예지를 숨기고 있고, 자신을 낮추는 겸양 속에 자신에 대한 자부심을 지니고 있습니다. 그는 촌구석에 있을 소인배가 아닙니다. 즉시 큰물로 불러들여 측근에서 보좌하게 해야 할 위인입니다."

유비는 자신의 경솔함을 깨우치고 방통을 강릉으로 불러들여 치중종사(治中從事)로 임명하더니, 얼마 후에는 그의 군략을 인정하여 제갈량과 같은 군사로 삼는다.

한편, 손권은 유비에게 강릉을 맡겨 동오의 스문장 역할을 떠넘긴 얼마 후, 주유가 자신에게 유언으로 남긴 파촉의 정벌을 위해 유비에게 전서를 보낸다.

"최근 한중의 장로가 조조의 사냥개가 되어 익주를 노리고 있다고 합니다. 익주가 조조의 수중에 떨어지면, 그다음은 형북과 동오가 대상이 될 것은 자명한 사실입니다. 나는 장군 손유를 선봉으로 삼아 익주를 평정하려고 하는데 좌장군의 생각은 어떠하신지요?"

손권의 전서를 받은 유비는 제갈량을 비롯한 책사를 불러들여 대책을 구한다.

"나는 이미 촉의 장송과 은밀한 협약을 맺어, 익주로 진출할 계획을 세우고 있는 이 시점에 손권이 익주를 정벌하고자 하는 야심을 드러내니 어떻게 대처하는 것이 좋겠소?"

제갈량이 한동안 생각에 잠기더니 자신의 생각을 밝힌다.

"이는 손권이 촉을 정복할 자신이 없음에도 황숙을 촉으로 보내 유장과 싸우게 하고, 형주 북부를 자신이 취하고자 하는 가도멸괵(假道滅虢:괵나라를 치기 위해 우나라의 길을 빌려 달라고 청하고 우나라까지 취함)의 계략일 뿐입니다. 손권이 결코 우리의 형북 땅을 넘어 촉으로 진출할 수 없게 해야 합니다. 황숙께서 촉으로 향하는 길목인 강릉을 차지하고 힘을 키우기만 하면, 시간이 지나면서 촉은 결국 황숙의 차지가 될 것입니다. 손권의 뜻을 받아들여서는 절대로 아니 됩니다."

군사 방통과 형주주부 은관이 군사 제갈량의 뜻에 적극적으로 동조한다.

"만약 주공께서 동오의 선봉으로 촉으로 출정한다면, 손권의 속임수에 넘어가 형주의 북부를 내어주게 될 것입니다. 손권의 실력으로는 결코 촉을 점령할 수가 없습니다. 주공께서 손권에게 전통을 보내 '손권을 도와주고 싶지만, 아직 북형주의 안정을 취하는 일에 시간이 필요하여 쉽게 군사를 일으킬 수 없다'고 하면, 손권은 굳이 주공을 뛰어넘어 홀로 촉을 취할 수 없을 것입니다. 진퇴지계(進退之計:나아가고 물러서기를 적절히 구사)를 잘하면, 가히 주공의 뜻을 이룰 수 있을 것입니다."

유비는 책사들의 뜻을 정리하여 손권에게 전서를 보낸다.

"한중의 장로는 진심으로 조조에게 충성하고 있지 않기 때문에 결코 장로는 조조에게 복종하지 않을 것입니다. 촉의 지형이 워낙 험악하여 거기장군이 촉으로 무리하게 출병한다면, 군사대열이 1만리에 이르게 되어 효율적으로 군사작전을 펼치는 것이 불가능할 것입니다. 이때를 틈타서 조조가 형주와 동오를 공략하면 장군과 나는 치명타를 입게 될 것입니다."

유비의 강력한 반발에도 불구하고, 손권이 손우를 선봉으로 삼아 수군을 촉으로 출병시키려 하자, 이에 반발하여 유비는 손권에게 최후의 통첩을 날린다.

"거기장군이 굳이 나의 뜻을 거스르고 출정을 한다면, 나는 천하의 신의를 잃을 수 없는 관계로 응당 머리를 풀고 입산할 것이오."

유비는 강력히 반대의사를 표명하며 관우에게 남군 강릉, 장비에게 남군 자귀, 제갈량에게 남군에서 병사를 무장시키게 하고, 자신은 무릉군 진현에 주둔하여 길목을 막고 무력시위를 벌인다. 유비의 반발에 직면한 손권은 건업으로 수하들을 불러들여 대책 마련에 고심한다.

"유비의 반발이 극심하니 이를 어찌하면 좋겠소?"

이때 측근들이 유비에 대한 강력한 응징을 청한다.

"떠돌이 유비를 지금 이렇게 보호해주고 있는 사람이 누구인데, 유비가 이다지도 무례한 행위를 벌이는지 도저히 이해가 가지를 않습니다. 당장 유비를 응징해야 합니다."

이때 노숙이 황급히 나서더니 자신의 견해를 밝힌다.

"유비의 행위는 용납할 수 없는 무례임에는 틀림이 없습니다. 그러나 우리는 현실을 직시해야 합니다. 애초에 우리가 촉을 정벌하는 데에는 손유장군을 선봉으로 삼는 척하면서 실제로는 유비를 선봉장으로 하여 유비의 형주 북군을 전선의 앞장을 세우려 한 것인데, 유비가 이토록 반발하여 주군에게 등을 돌린다면, 우리의 손실을 최소화하고 촉을 정벌하려는 계획에 차질을 빚게 됩니다. 이런 때를 노리고 있는 조조가 손유동맹이 깨진 틈을 비집고 동오로 침공을 하게 되면 속수무책이 될 것입니다."

손권은 두 부류의 이견 속에서 한동안 고심하더니, 조조를 현실적인 위협으로 보고 촉에 대한 정벌을 포기한다.

6.
조조의 천부적 용병술- 동관전투, 유수전투

6. 조조의 천부적 용병술- 동관전투, 위수전투

1) 조조, 동관에서 마초에게 위기의 순간을 접하게 되다

210년(건안15년) 중원에서는 조조가 황위를 찬탈하려는 야심을 드러내고 있다는 유언비어가 돌기 시작하고, 이즈음 조조의 측근에서 추진하는 조조에게 위공을 책봉하자는 주장과 구석의 특권을 부여하자는 건의에 대해 순욱이 반대하면서 민심이 흉흉해지자, 조조는 저 유명한 구현령을 공포하며 순욱 등이 반발하는 위공 책봉과 구석 특권으로 인한 천하의 반발을 희석하고자 한다.

"신분의 고하를 막론하고 재능이 있는 사람이면, 인격과 품행에 문제가 있어도 여부를 가리지 않고 인재로 등용한다. 천하가 평정이 되지 않아 인재가 시급한 때인데, 모든 면에서 나무랄 데 없는 청렴한 선비를 찾아 인재를 등용하려 한다면, 언제 그런 선비를 찾아내어 이 혼란한 천하를 신속히 수습할 수 있겠는가? 제환공이 다시 와도 이 국난을 쉽게 수습할 수 없을 것이다."

조조는 동시에 술지령을 공포하며 자신의 뜻을 전한다.

"나는 황제로부터 수여를 받은 4개 현의 3만호 가운데 3개

현의 2만호를 황제에게 반환하고, 결코 제위를 찬탈할 흑심이 없음을 천하에 공표한다."

조조가 구현령과 술지령을 공포했음에도 불구하고 흉흉해진 민심이 가라앉지 않자, 조조는 민심을 외부로 돌릴 필요성을 느끼고 211년(건안16년) 3월, 한중의 장로를 토벌한다는 명분으로 종요를 선봉으로 삼아 대군을 일으킨다.

이때를 기점으로 서량에서는 마초가 한수 등 서량의 관중십장(關中十將)군벌들을 초청하여 조조의 흑심을 규탄하며 자신의 견해를 밝힌다.

"지금 조조가 한중을 토벌한다는 것은 명분일 뿐, 궁극적으로는 우리 서량을 겨냥하는 것이라는 생각이 듭니다. 서량에는 10만에 달하는 정예의 대군이 있는 관계로, 조조의 출정에 대비하여 속히 서량의 군사를 총동원한다면 얼마든지 조조의 침략을 물리칠 수 있을 것입니다."

한수가 마초의 주장에 대해 이의를 제기한다.

"자네는 너무 예민하게 받아들이는 것이 아닌가?"

한수의 대답이 너무도 안이하다는 생각이 들었는지, 마초는 정색을 하며 한수에게 대답한다.

"지난날, 원담과 원상 형제가 곽원과 고간을 파견하여 삼하(三河:하내, 하동, 하남군)를 침공했을 때, 조조의 독군종사 종요가 소장의 부친을 설득하여 소장은 그의 수하에서 곽원과 고간을 상대로 평양현에서 싸운 일이 있었습니다. 그때 소장은 유시(流矢)에 다리를 맞아 큰 부상을 입은 상태에서도 분전하여 이들을 물리쳤는데 이때, 종요는 서량의 분열을 조장하려고 '한수를 쳐서 제거하면 소장에게 간의대부를 준다'고 한 일이 있었습니다. 물론 소장은 종요의 이간책에 넘어가지는 않았으나, 이것이 관동사람들은 믿지 못할 족속들이라는 것을 입증하는 일례입니다. 이번에도 조조는 서량의 군벌을 속여 정벌하기 위한 서전으로 삼으면서도, 서량의 군벌인 관중십장(關中十將)의 눈을 돌리기 위해 한중의 장로를 거론하는 것에 틀림이 없습니다. 조조의 가도벌괵의 계략입니다."

이에 서량의 관중십장(關中十將) 군벌들이 조조가 서량을 겨냥할 것이라는 두려움을 느끼고 동요하자, 한수는 마초의 주장에 동조하면서도 쉽게 결단을 내리지 못하고 되묻는다.

"조조는 한중의 장로보다도 우리를 껄끄럽게 생각하는 것은 확실하지만, 지금 나의 자식들이 조정에 볼모로 잡혀있는데, 내가 반기를 들면 조조가 내 자식들을 가만히 두겠는가?"

"우리가 순순히 조조의 징발에 응하더라도 조조는 결코 우리를 용서하지 않을 것입니다. 우리가 조조에게 대항해서 이기지 못한다면, 결국에는 우리도 죽고 볼모로 잡힌 사람들도 똑같은 꼴을 당하게 될 것입니다. 그렇다면 우리라도 살고 보아야 합니다."

"자네의 말이 일리는 있으나 어떻게 자식을 버릴 수 있다는 말인가?"

"장군, 소장의 부친도 위위(9경의 하나로 궁궐수비대를 총괄하는 벼슬)를 받고, 두 동생 마휴와 마철이 각각 봉거도위와 기도위로 임명되어 업성으로 불려가 있습니다. 소장은 편장군과 도정후로 제수를 받았으나, 관중사람들을 믿지 못해 조정에 들지 않고 있습니다. 이런 열악한 상황에서도 소장은 조조와 싸우기로 결심했습니다. 소장은 부친을 버리고 장군을 부친으로 모시겠으니, 장군께서도 자식을 버리고 소장을 자식으로 삼아 주십시오."

한수는 마초의 끈질긴 설득에 넘어가서 마침내 조조에게 대항하기로 결정하자, 서량의 군벌들 또한 조조의 야심을 의심하고 굳게 연대하여, 마초와 한수를 중심으로 후선, 정은, 이감, 장황, 양흥, 성의, 마완, 양추 등이 10부로 한실에 대한 반란을 일으킨다. 이들 서량군벌 관중십장(關中十將)이 연대하여 동시에 반란을 일으켜 하수, 동수 일대를 점거하는 바람에, 홍농, 풍익의 많은 현읍이 동조하면서 관중이 어수선해진다. 마초와 한수를 위시한 관중십장이 하수, 동수 일대를 점거한 후, 황하 서쪽에 있는 총병력을 동관(潼關)으로 이동시키자, 민심이 반군에게 쏠릴 것을 우려한 조조의 측근들이 조조에게 긴급히 대책을 건의한다.

"사태의 발원지를 속히 징벌하지 않고 방치를 한다면, 곧바로 천하에 확산이 되어 걷잡을 수 없을 지경에 이르게 될 것입니다."

이때 하후돈이 앞으로 나서며 청한다.

"소장이 마초와 한수를 징벌하여 단숨에 수급을 베어오겠습니다."

조조가 장수들을 향해 심각한 표정을 지으며 말한다.

"팽두이숙(烹頭耳熟)일세. 근본을 정리하면 곁가지는 자연스럽게 정리가 되게 되어있지. 지금과 같이 조정과 변방이 시끄러울 때, 고(孤) 자신은 조금도 동요하지 않는다는 것을 보여주어야 민심이 수습될 수 있을 것이야. 그러기 위해서는 고가 친히 대군을 이끌고 원정에 나서 위엄을 보여주어야 천하의 이목이 고에게 쏠리고, 이로 인해 부화뇌동하여 흔들리는 졸표들에게 엄중한 경고를 전하게 될 것이네."

천하에 위세를 보임으로써 주변에서 알아서 복종하게 하는 심리적 계책으로, 조조가 장대하고도 준엄한 출정식을 벌인 후 친히 대군을 이끌고 친정에 나서자, 조정과 변방의 혼란을 틈타 조조의 빈틈을 노려 다른 뜻을 펼치려던 세력들이 일거에 숨을 죽이게 된다.

친정을 나선 조조가 동관(潼關)에 대규모 병력을 집결시키고, 이에 대항하여 마초와 한수를 위시한 서량의 군벌 관중십장이 황하 서쪽의 동관에 전군을 집결시키자, 조조는 마초와 한수가 세운 영채를 상대로 대치하며 서황에게 긴급명령을 내린다.

"장군은 부장 주령과 함께 하동의 포판진을 건너 황하 서안을 급습하여 군영을 구축하도록 하라. 장군이 포판진을 건너 하서에 군영을 구축할 때까지 고(孤) 자신은 암도진창(暗渡陳倉)계책을 구사하여, 황하와 위수가 만나는 지점의 북안에서 황하를 건널 듯이 적병을 붙잡아 놓는 위계책을 펼칠 것이니, 그때를 놓치지 말고 장군은 하수(황하) 서안에 있는 관중십장을 위구로 몰아내도록 하라."

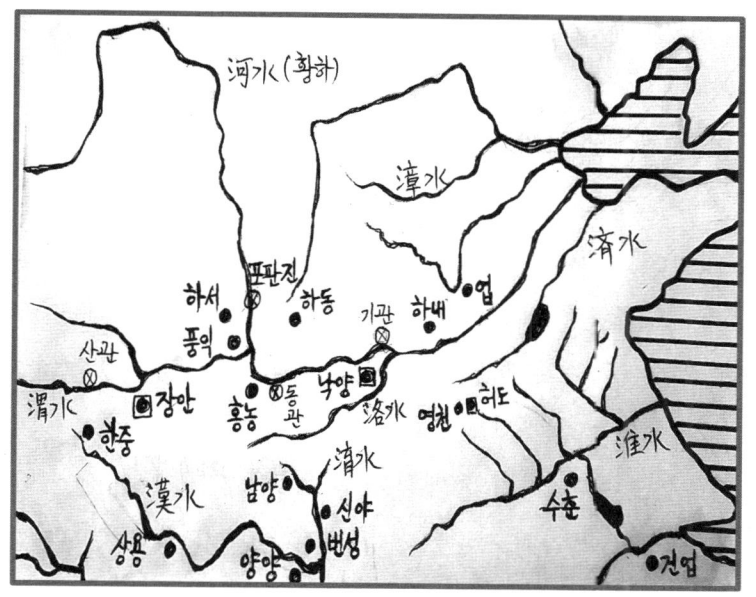

조조가 암도진창 전략으로 마초의 군사들을 황하 교접의 북안으로 관심을 끌어모아 두는 동안, 서황은 황하 서안을 기습적으로 공략하여 마초와 한수를 제외한 관중십장을 서안에서 몰아내고, 마침내 주둔지를 잃은 이들 관중십장은 궁여지책으로 군영을 위구로 옮긴다.

황하의 서안을 계책대로 장악한 조조가 황하를 건너 포판진에 주둔하며, 서쪽의 하수를 건너려고 군사들에게 도강할 준비를 명령할 때 즈음, 진(津)의 건너편에서 조조 군사의 움직임을 관찰하던 마초가 한수에게 긴급히 건의를 올린다.

"조조가 곧바로 동관을 공격하지 않고 배와 뗏목을 준비하는 것으로 보아 아마도 하수를 건널 준비를 하는 것 같습니다. 의부님께서 조조가 하수를 건너지 못하도록 하고 위수 북쪽에서 방어를 취하면, 조조는 하동의 식량이 다 소진되어 20일 이내에 퇴각할 것입니다."

한수가 마초의 계책에 반론을 펼치며 거절한다.

"아닐 세. 병서에 '적병이 도강할 때에는 절반쯤 도달할 때까지 기다렸다가 공격하라' 했네. 적병이 안심하고 하수를 건너게 하여, 하수의 한가운데 이르렀을 때 몰아붙이는 것이 대승을 거둘 수 있는 묘수일세."

마초는 한수가 자신의 계책을 받아들이지 않자, 병사 1만여 명을 이끌고 독자적으로 조조의 도강을 막기 위해 출병한다. 조조는 장수들과 호상에 앉아 강을 건널 배를 기다리던 중, 갑자기 마초가 기보 1만을 이끌고 조조에게로 접근해 오자 예기치 않던 기습에 깜짝 놀란다.

마초가 방덕과 마대를 이끌고 조조에게 전속력으로 다가가는 바람에, 마초의 공격을 받을 수 있는 가시거리에 들게 된 조조는 호상에서 급히 애마에 올라타고 도주하기 시작한다.

마초가 조조의 앞길을 막고 있는 장수와 군사들을 낙엽 쓸어 내듯이 순식간에 해치우고 조조의 애마 가까이 접근하자, 조조는 어지러이 혈전을 벌이는 양측 군사의 틈 속에 끼어 몸을 숨기고 달아나기 시작하는데, 이때 조조를 발견한 마초가 큰소리로 외친다.

"역적 조조를 처단하라. 붉은 투구와 붉은 전포, 붉은 갑옷을 입고 달아나는 자가 조조다."

깜짝 놀란 조조는 붉은 투구와 전포를 벗어 던지고 급히 강변을 향해 내달린다.

이때 마초가 또다시 소리를 지른다.

"투구를 벗어젖히고 긴 수염을 바람에 날리며 말을 달리는 자가 조조다."

조조는 당황하여 긴 수염을 잘라버리자, 이번에는 병사들이 마초를 향해 이구동성으로 외친다.

"편장군, 조조가 수염을 잘라버렸습니다."

마초가 다시 큰소리로 외친다.

"수염을 짧게 잘라버린 자가 역적 조조이다."

조조는 급히 두건을 풀어 턱을 감싸고 정신없이 달아나는데, 끝까지 추격해온 서량의 군사들이 어느 순간 조조의 애마를 둘러싸기 시작한다. 조조가 맥이 탁 풀려 한숨을 내쉬고 있을 때, 조조의 행방을 수소문하던 장합이 조조를 발견하고는 서량 군사들의 포위망 속으로 뛰어든다.

"주군, 소장이 마초의 군사들을 상대할 테니, 주군께서는 빨리 허저장군이 마련한 배로 대피하십시오."

장합이 소수의 기병을 이끌고 마초와 서량의 군사들을 막아서면서, 조조에게 피할 수 있는 시간적 여유를 만들어 준다. 조조는 장합이 마초와 숨 막히는 혈전을 벌이는 사이, 포위망을 빠져나와 서량 군사들의 추적을 받으며 강변을 향해 전속력으로 달아난다.

이때 조조가 위기에 처한 것을 발견한 병마관리 책임자인 정비는 포전인옥(抛磚引玉:미끼로 상대를 유혹함) 전략을 흉내 내어 관리하려고 잡아두었던 소와 말을 일시에 풀어낸다. 서량의 군사들이 소와 말에 정신이 팔려 추적이 주춤해질 때, 조조는 허저가 구해온 배에 재빨리 올라타고 뱃사공에게 긴급히 대피명령을 내린다.

"서량의 기병궁수들이 강변으로 접근했으니, 속히 이들의 사정거리에서 벗어나도록 하라."

조조의 명을 받은 뱃사공이 속히 노를 젓기 시작했지만, 마초의 기병들이 워낙 빠르게 추적한 관계로 조조는 이들의 화살 사정거리에서 벗어나지를 못한다.

마초의 기마궁수들이 소낙비 쏟아내듯이 화살을 쏘아대니 배에 있는 병사들이 추풍낙엽처럼 쓰러지고, 조조도 화살의 사정거리에서 자유로울 수 없었다.

노를 젓던 사공이 화살에 맞아 쓰러지자, 배가 중심을 잃고 강물 위에서 뱅글뱅글 돌면서 제자리걸음을 하기 시작한다.

허저가 황급히 두 무릎 사이에 키를 끼워 방향을 잡고, 왼손으로 말안장을 들어 날아오는 화살을 막으면서, 오른손으로는 노를 저어 가까스로 하수를 건넌 덕에 하수를 건너 안도의 한숨을 쉬게 된 조조는 고슴도치가 된 허저의 말안장을 보고 쓴웃음을 지으며 말한다.

"호치 장군이 아니었으면 장군의 말안장 대신, 내가 고슴도치가 될 뻔했구먼."

허저가 송구스러운 듯 조조에게 고개를 숙이며 대답한다.

"조금 더 안전하게 주군을 모시지 못해서 주군께 송구스러울 뿐입니다."

조조는 허저에게 감사의 말을 전하고 곧바로 주변에 의문을 제기한다.

"고가 위기에 처했을 때, 갑자기 방류된 소와 말의 덕으로 고가 겨우 적병의 추적에서 벗어날 수 있었는데, 도대체 어찌 된 영문인가?"

이때 병마관리 책임자인 정비가 우쭐대면서 앞으로 나선다.

"소졸이 승상 어른의 위기를 보고 임기응변으로 말을 풀어 이들의 관심을 돌려놓으려 했습니다."

조조가 껄껄 웃으면서 입을 연다.

"고가 이번에 동향사람의 덕을 톡톡히 보았구먼. 자네를 전군교위로 승진시키겠으니, 다음 전투에서도 그와 같은 전술을 다시 한번 멋지게 시도해 보게."

조조는 공을 세운 사람에게는 반드시 그 대가를 지불함으로써 그들이 전장에서 최대한의 잠재력을 발휘하게 하는 뛰어난 용병술을 지닌 전략가이다. 조조는 자신을 위기에서 구해준 장수들에 대한 포상을 마치고, 군사를 이끌고 하서를 점령한 서황에게로 이동을 시작한다.

서황은 포판진을 건너 황하 서안의 서량의 군사들을 위구로 몰아내고 주둔해 있었던 관계로, 우여곡절 끝에 하수를 건너온 조조가 위수를 무사히 건널 교두보를 마련해 주는 작전에 전혀 어려움이 없었다.

조조는 별다른 탈이 없이 위수의 남단에 본영을 세우게 되고, 이에 대비하여 마초를 위시한 서량의 군사들이 황하로 위수가 유입되는 하서의 강변 입구에 군영을 세우고 조조와 장기간 대치하게 된다.

한동안 마초와 위수와 하수의 교접지점에서 대치해 있던 조조는 대군의 장점을 최대한 활용하기 위해 속전속결을 구상한다.

"마초의 군사들이 하수 포판진에서 나를 혼쭐나게 몰아붙인 일로 사기가 높아져 있다는 것을 확인했다. 나는 마초의 군사들에게 허허실실의 병법을 구사하여 이들을 밖으로 끌어내어 일거에 섬멸하기로 작전을 변경했노라."

하후돈장군은 부장에게 명하여, 병사 중 일부는 배에 올라타고 위수로 들어가서 은밀히 부교를 설치하게 하고, 서황장군은 일부의 병사를 이끌고 야밤을 이용하여 위수의 남쪽으로 이동하고 위영을 구축하게 하라. 위영을 구축할 때는 수레와 목책, 녹각으로 어설프게 설치하여, 적병들이 쉽게 위영의 안으로 잠입할 수 있도록 공성계를 구상하라. 적들은 반드시 위영을 구축하는 아군을 야밤에 기습할 것이다. 위영이 세워지면, 위영의 군막 안에는 방화물질과 마른 섶을 채워 놓고, 병사들을 인근의 야산 숲으로 숨겨 철저히 은폐시키도록 하라. 동시에 동쪽과 서쪽의 위문을 지키는 경비병은 소수의 노병으로 배치하여 일부로 경계를 느슨히 하게 하고, 남문과 북문은 정상적으로 병사를 배치하되, 병사들은 위영을 세우느라 피로한 기색을 역력히 드러내도록 연기하게 하라. 마초는 노병이 있는 동문과 서문에는 의심을 품고, 오히려 남 위문과 북 위문을 택해 이곳의 경계병이 피로해질 시간을 기다렸다가, 때가 되었다고 판단이 되면 이곳을 통해 적병들이 군영을 들이치게 할 것이다. 이들이 위영 안으로 들어온 후에는 남, 북의 위문에서 경계를 서던 경비병들은 위문을 내어주고 신속히 위영의 밖으로 빠져나와, 위문 앞에 놓여 있는 녹각과 목책에 불을 질러 위문을 막도록 하라. 허저장군은 위영의 동쪽과 동북쪽 야산에 배치한 복병을 활용해서 군막 안으로 불화살을 날리다가, 위영을 빠져나온 적병이 있으면 인정사정을 보지 말고 주살하도록 하라. 나는 작전이 진행된 이후 서쪽 위문에서 허저장군과 함께 서문을 철저히 봉쇄하여, 적병이 동문과 남문, 북문으로 도주하도록 유도하겠노라."

조조가 장수와 병사를 배치한 얼마 후, 마초는 조조의 허허실실을 눈치채지 못한 채, 새벽 축시(丑時)경에 군사를 이끌고 조조의 영채 근처에 잠입한다. 마초는 척후병에게 위영의 경계를 살피게 한 후, 위영의 경비상태를 보고받고 방덕과 마대 등의 장수들에게 명한다.

"조조가 동쪽 위문과 서쪽 위문에 노병을 배치하여 경계가 느슨하게 한 것은 어찌 보면 조조의 위계전술일지도 모른다. 마대 아우는 남문을 통해 군영으로 침투하고, 중랑장 방덕은 북문을 통해 기습적으로 군영을 들이쳐라. 나는 두 장수가 군영에 침투해서 서문의 경계병들이 이동할 때, 서문을 통해 군영으로 침투할 것이다."

마초가 세운 전술에 따라 마대와 방덕이 위문을 들이치자, 마초의 기습에 놀란 남,북 위문의 경비병이 도주하기 시작하고, 손쉽게 군영에 들이닥친 마초 등은 군막의 병사들을 주살하기 위해 군막의 문을 열어젖히는데 이 순간, 군막을 향해 무수한 불화살이 날아들어 군막에 배치한 화염물질에 불이 붙어 위영 전역이 불바다가 되고, 동,남,북의 위문 앞에 있는 녹각과 목책, 짚더미에도 불이 붙어, 조조의 군영은 쥐새끼 한마리 빠져나가지 못할 정도로 완벽한 화도(火島)가 된다.

"조조가 파놓은 함정이다. 전 병사들은 속히 불바다에서 빠져나갈 길을 찾아라."

마초의 군사들이 우왕좌왕하면서 불지옥에서 헤매던 중, 위영의 서문이 다소 불길이 약한 것을 발견한 중랑장 방덕이 마초를 향해 소리를 지른다.

"편장군, 서문의 불길이 다소 약해 보입니다. 군사들을 그곳으로 이끄십시오."

방덕의 주문에 따라 군사들이 대거 서문으로 굴리자, 마초를 생포하기 위해 서문에서 지키고 있던 조조는 허저에게 특명을 내린다.

"그대는 마초가 위문을 나서는 즉시 지체하지 말고 공격하여 생포하도록 하라."

허저가 서문에서 마초가 나오기를 기다리던 중, 방덕이 일단의 패주병을 이끌고 위문을 빠져나와 허저에게 공격해 와서, 방덕의 공격을 받은 허저가 방덕과 대적하고 있는 사이, 마초는 마대와 함께 그 뒤를 빠져나와 안정의 벌판을 향해 힘차게 말을 달리자, 조조가 하후돈에게 급히 명을 내린다.

"그대는 빨리 마초를 추격하여 저 놈을 잡아들여라."

조조가 하후돈에게 명을 내린 후, 다시 전투가 벌어지는 현장으로 돌아와서 허저가 난전 속에서 만난 방덕과 일기토를 벌이는 장면을 보다가 깜짝 놀란다.

"아니, 마초도 용력이 대단하지만, 그 수하의 장수 중에도

저런 용장이 있다는 말인가? 저 장수가 과연 누구인지 즉시 알아보도록 하라."

가후가 서량에서 방덕과 함께 지냈던 일을 반추하며 조조의 질문에 응대한다.

"중랑장 방덕으로 자를 영명이라 하는데, 서량주 남안군 환도현 출신으로 양주종사 시절부터 마등을 섬겼습니다. 원상의 애장 곽원을 일기토를 벌여 주살한 공로로 중랑장 겸 도정후에 봉해진 이후에도 계속 마초를 섬겨 지금에까지 이르고 있는데, 서량에서는 마초에 버금가는 용장이라는 평을 받고 있습니다."

허저의 대군에 포위되어서도 조금도 위축됨이 없이 천하의 맹장 허저를 상대하는 방덕을 보고, 조조는 인재에 대한 욕심이 생겨 허저를 불러들이기로 한다.

"북을 울려 허저를 진지로 불러들이라."

조조가 방덕을 생포하려고 허저를 불러들여 전술을 바꾸는 틈을 이용하여, 마초는 패잔병을 이끌고 안정 방면으로 도망치는 데 성공한다. 조조가 방덕에게 부상을 입히지 않고 생포하려고 전술의 변화를 시도한 덕에, 방덕은 온몸이 피투성이가 된 채로 자신을 둘러싼 조조의 군사들을 도륙하고 마초에게로 되돌아간다.

2) 조조, 위수전투에서 마초와 한수에 대한 이간책을 펼쳐 서량의 군벌을 물리치다

211년(건안16년) 윤 9월, 조조가 군사를 이끌고 남쪽으로 내려와 위수를 건너자, 조조에게 큰 패배를 맛본 마초 등이 산과 요새를 배경으로 견벽거수(見辟擧守:성에 틀어박혀 수비에만 몰입함) 전략으로 일관한다.

이로써 전장이 소강상태로 접어들자, 서황이 지루함을 느낀 탓인지 조조에게 진언을 올린다.

"진(津)을 건너는 척하면서 매복병을 대기시켜, 이들 복병으로 마초의 군사를 습격하여 격파하는 것이 어떻겠습니까?"

조조가 서황의 건의를 받아들여 허허실실(虛虛實實)과 포전인옥(抛磚引玉)전략을 내어놓는다.

"진(津)앞에는 노약한 병사를 중심으로 배치하고, 강을 건널 배를 건조할 때는 아군의 나태함을 적에게 적나라하게 노출시키도록 할 것이며, 진(津)의 후방 야산에는 정예부대와 궁노수를 배치하라. 전군교위 정비는 적군이 노병을 경시하여 마구잡이로 공격할 때, 지난 동관전투에서와 같이 일시에 마구간의 소와 말을 있는 대로 방류하라. 서황장군은 적병들이 소와 말을 전리품으로 노리고 무장이 풀어질 때, 야산에 매복한 정예부대와 궁노수에게 명하여 적병을 일시에 공략하라."

조조의 지시에 따라 병사들의 배치가 완료되어 각자 임무를 수행하고 있을 때, 마초가 서량의 군사들을 이끌고 진(津)의 정면으로 몰려온다. 배를 건조하던 조조의 노병들이 두려움에 떨며 오합지졸이 되어 흩어지자, 전군교위 정비는 포전인옥(抛磚引玉)전략대로 잡아두었던 소와 말을 일시에 풀어낸다. 서량의 군사들이 소와 말에 정신이 팔려 무장이 해제될 지경에 이를 때, 진(津)의 후방에 매복해 있던 서황의 정예병이 날쌔게 달려들어 서량의 군사들을 도륙하기 시작하자, 마초는 일순간 넋을 잃고 있다가 겨우 살아남은 병사들에게 퇴각을 명한다.

"병사들은 즉시 퇴각하여 각자 알아서 군영으로 돌아오도록 하라."

마초는 겨우 패잔병 수백을 이끌고 강의 상류로 돌아 군영으로 되돌아간다.

이때 조조가 승기를 몰아 위수를 도강하려 하는데, 마초가 최후의 발악으로 기병을 중심으로 궁노수, 보병을 총동원하여 강력히 저지하자, 조조는 욕금고종(欲擒姑縱:궁지에 몰린 쥐가 고양이를 공격함)을 우려하여 군사를 돌려 위수 남안으로 되돌아온다. 동년 윤 9월 말 초겨울의 날씨로 기온이 급격히 떨어지면서, 조조가 위수의 남안에 보루를 쌓으려 하나, 지질이 모래로 되어있는 탓에 보루를 쌓지 못하고 크게 고심하기 시작한다.

이때 누규가 조조의 군막으로 찾아와서 쌈박한 의견을 제시한다.

"위수 남안의 지질이 나빠 보루를 쌓기 어려운 반면, 모래를 포대에 담기 좋으니 모래를 담은 포대에 물을 부으면, 윤 9월 초겨울의 차가운 날씨 탓에 모래가 얼게 되어 벽돌의 대용으로 활용할 수 있을 것입니다."

조조는 누규를 치하하여 말한다.

"과연 자백의 머리는 꾀주머니로다. 당장 병사들에게 명하여 모래포대에 물을 부어 얼린 다음, 그 모래포대로 성벽을 쌓도록 하라."

조조는 하룻밤 사이에 위수 남안에 얼음성을 축조하고, 다시 강을 건너 군사를 이끌고 마초의 진형으로 나아간다. 조조가 하룻밤 사이에 위수 남안에 굳건한 얼음성을 쌓고 대대적인 공격에 착수하자, 마초와 한수가 깜짝 놀라 얼굴을 마주보며 동시에 입을 연다.

"과연 조조는 귀신인가? 밤사이에 모래더미로 보루를 구축하다니....."

마초와 한수가 어안이 벙벙한 상태에서도 조조의 진형을 마주하여 총공세를 펼치기 시작한다. 하지만 양측이 치열하게 공방전을 펼치는 동안, 상호 간 군사적 피해만 지속적으로 생길 뿐 어느 한쪽도 눈에 보이는 가시적 성과가 나타나지 않고 시간만 덧없이 흐르자, 조조는 마초와 한수의 공세에 일절

응하지 않고 마초를 격파할 전략을 모색하기 위해 장기간 고심한다. 이때 가후가 조조의 막사를 찾아와서 자신이 구상한 전략을 소상하게 제시한다.

"승상, 지금 서량의 군벌들 사이에는 이상한 기류가 확산되고 있습니다. 서량에서 군벌을 움직이는 두 축(軸)은 한수와 마초입니다. 소신은 서량의 기질과 사정을 잘 알기 때문에 이들의 속성을 잘 활용하고 틈새를 끼어들어 사이를 갈라놓으면, 맹주의 틈바구니에서 방향을 잃은 관중십장(關中十將)이 혼선을 빚어 서량의 군벌은 와해가 될 것입니다. 병법에서 말하는 금적금왕(擒賊擒王:우두머리를 정리하면 수하는 자연히 정리됨)의 전략을 펼치면, 승상께서는 엄청난 대승을 이끌 수 있을 것입니다."

조조는 가후의 이간책을 활용하여 마초와 한수의 관계를 떼어놓을 계획을 세운다. 이 시기에 마초와 한수는 지루하게 이어지는 전투에 진력이 나고 있는데, 식량난까지 겹쳐 관중십장들이 동요하기 시작하자, 오랜 고심의 끝에 이들과의 협의를 거쳐 화의의 뜻을 조조에게 전한다.

"승상, 이제 전투가 소강상태에 접어들어 양측이 모두 지쳐있는 것 같습니다. 승상께서 서량의 영토만 확실히 보장해 준다면, 한수와 마초, 우리 두 사람은 관중십장을 설득하여 아무런 조건도 없이 강화에 임하겠습니다."

조조가 군사회의를 열어 한수와 마초의 뜻을 전하자, 장기간 마초와 한수 사이의 이간책을 구상하던 가후가 조조에게 자신의 책략을 펼친다.

"마침내 이들이 서로 반목하게 할 계책을 만들 수 있는 시기가 도래한 듯합니다. 승상께서는 이들의 강화요청을 받아들이시어, 승상께서 경호장수 한 사람만을 동반할 터이니 한수는 마초를 경호로 대동하여 단기필마로 강화회담에 임하자는 뜻을 전하십시오."

가후는 여기까지 공개적으로 말한 후, 조조에게 귓속말로 회담에 임해서의 전략을 피력한다. 조조는 가후가 말을 마치자마자 흡족하다는 표정을 지으며 고개를 끄덕인다.

조조가 관중십장이 보낸 강화요청에 대해 답장을 보낸 이틀 후, 마초는 한수를 경호하며 협상장소에 먼저 도착하여 조조를 척살할 준비를 마치고 있을 때, 조조가 허저의 경호를 받으며 협상장소에 도착하게 된다.

조조를 척살할 만반의 준비를 갖춘 마초는 조조에게 행동을 개시하려는 순간, 조조의 곁에서 도끼 눈을 부릅뜨고 잠시도 빈틈을 주지 않는 허저의 위세에 눌려 가벼이 행동으로 옮기지 못한다. 마초와 허저를 멀리 후미에 세우고 단기필마 협상에 들어간 조조는 가후의 계책대로 군사에 대한 담론은 삼간 채, 서로의 신변잡기와 사사로운 잡담으로 일관한다.

"장군은 나와 동년배로 한때는 청류파에서 같이 활동을 했었는데, 오늘날 이렇게 반목을 하게 되다니 시대가 원망스럽소. 장군의 부친과도 나의 부친은 같은 시기에 효렴에 천거되어 조정에서 깊은 우의를 맺었었고, 그러나 이제는 모두 흘러간 옛이야기가 되어버렸소이다."

한수는 한참을 기다려도 조조가 군사협정 및 평화협상에 대한 발언을 일절 하지 않자, 조조에게 조급한 모양새를 드러내며 말한다.

"승상, 너무 오랜 시간을 마상에서 과거의 추억과 신변에 관한 말씀만 하셨는데, 이제는 평화협상에 관한 이야기를 시작하시지요."

조조는 한수의 말은 들은 체도 하지 않으며 자신의 말만을 계속 떠벌인다.

"우리가 지난날 낙양의 조정에서 의좋게 지냈던 시절이 참으로 그립소. 이제는 백발이 휘날리기 시작했으니 언제 태평세월이 돌아와서 그 시절과 같이 술잔을 기울이며 유유자적한 시간을 보낼 수 있겠소?"

한수가 조조의 대화 방향을 돌리기 위해 조조에게 화답하는 척하기 위해 큰소리로 웃으며 말한다.

"낙양에서 본초, 자장, 맹덕 등과 지냈던 청년 청류파 시절이 참으로 보람이 있었던 듯하오. 그때가 참으로 그립기도 하지만, 벌써 본초 등 많은 인재들이 이미 사라졌으니 안타까울 뿐이오. 그건 그렇고 향후 승상과의 평화협상은....."

조조는 한수가 말을 마치기도 전에 한수의 말을 끊더니, 큰

소리로 웃으며 평화협상과는 전혀 상관이 없는 엉뚱한 말만 해댄다.

"우리 그때를 다시 기리며 건강하게 몸을 보존합시다. 그럼 며칠 후 다시 만나기로 하고, 그때 지난날 맺었던 옛정이나 회복하도록 합시다."

조조는 군사에 관한 일체의 이야기나 협상에 대한 어떤 언질도 주지 않고 오랜 시간을 잡담으로 일관하며, 말을 마치자마자 한수와 헤어져 본영으로 돌아간다.

조조와 한수의 화기애애한 분위기를 멀리 떨어진 후미에서 지켜본 마초는 회담이 잘 진행되는 것으로 여기고 편안한 마음으로 한수에게 묻는다.

"회담은 잘 진행되었겠지요?"

한수는 계면쩍다는 듯이 대꾸한다.

"협상에 대한 언급은 없이 지난 시절에 함께 청류파 활동을 하던 지난 시절에 관한 이야기와 경사에서 함께 지내던 이야기 등만을 이야기하고 그냥 헤어졌다네."

"협상에 관한 대담은 전혀 없었습니까?"

"내가 협상에 관한 언급을 하려고 해도 조조가 전혀 말할 기회를 주지 않으니 어쩔 도리가 없었네."

"의부님, 후미에서 두사람이 서로 박장대소하며 대화하는 것을 들었는데, 그것이 의미하는 것은 과연 무엇입니까?"

한수는 아무런 성과도 얻지 못한 자신이 면구스러웠던지

아무런 대꾸를 하지 못한다. 이때부터 마초의 의심은 깊어지기 시작하더니, 이튿날 관중십장이 모인 자리에서 마초가 한수를 집중적으로 성토하기 시작한다.

"의부님께서 조조와 아무런 소득도 없이 화기애애한 시간을 보냈다는 것은 우리로서는 이해가 되지를 않습니다. 관중의 사람들, 특히 조조는 권모술수에 능해 그가 어떤 궤변으로 의부님을 현혹하였는지를 우리가 전혀 알 수가 없잖습니까?"

한수가 답답하다는 듯이 인상을 찌푸리며 대답한다.

"조조가 며칠 후에 다시 만나기로 했으니, 그때는 우리가 원하는 결과를 얻어 오겠네."

며칠 후, 한수가 관중십장과 함께 조조의 연락을 학수고대하던 중, 조조는 군사 가후와 함께 작성한 서신을 은밀히 한수에게 보낸다. 조조가 친필로 작성한 서신에는 일부러 중요한 대목을 지우거나 고쳐 쓴 흔적이 많아 한수도 무슨 뜻인지 알아보지 못하고 의아해하고 있던 찰라, 마초는 조조가 한수에게 은밀히 서신을 보냈다는 첩보를 듣고 부리나케 한수에게로 온다.

"의부님, 조조가 은밀히 의부님께 밀서를 보냈다고 하는데, 저도 함께 볼 수 없겠습니까?"

한수는 아무 뜻 없이 조조가 보낸 서신을 마초에게 건네며 혼잣말로 지껄이듯이 말한다.

"밀서는 무슨 밀서란 말인가?"

한수가 건넨 서신을 펼쳐본 마초는 단도직입적으로 따진다.

"이것이 밀서가 아니면 무엇입니까? 군데군데 지우고 고쳐서 의부님을 빼고는 도무지 알아볼 수조차 없는데, 이것이 밀서가 아니란 말입니까? 밀서가 아니고서야 어떻게 이렇게 고친 흔적이 많습니까?"

한수는 크게 당황하여 대꾸한다.

"나도 이런 황당한 서신이 건네져서 의아해하고 있었네."

"의부님은 더 이상 우리를 속이지 마십시오. 지금 당장 관중십장을 소집하여 내가 오해하고 있는지, 의부님이 우리를 속이는 것인지 규명을 해보아야 하겠습니다."

마초가 관중십장을 불러들여 한수의 서신에 대해 집중적으로 성토를 가한다.

"의부께서 조조로부터 이런 터무니없는 서신을 받았다고 하는데, 조조가 이런 알아보지도 못할 서신을 은밀히 보냈겠습니까? 이것은 의부께서 조조와의 밀약을 숨기려고 중요한 부분을 지우고 고친 것으로 밖에는 보이지를 않습니다. 소장이 잘못 생각하여 오해하고 있는지를 여러분 관중십장께서 일깨워주시기를 바랍니다."

관중십장이 조조에게서 받은 서신을 보는 순간, 모두가 조조와 한수 사이에 밀약이 있다는 의심을 품게 된다.

"마초장군의 말이 추호의 틀림도 없는 것 같소."

마초가 관중십장에게 한마디 말을 덧붙인다.

"지난날 사례교위 종요는 조조의 명으로 나와 저 사람과의 이간책을 펼치려고 나에게 한수를 제거하면 조정에 고위직을 제수하겠다고 제안한 적이 있었습니다. 관중의 사람들은 이같이 사악합니다. 당시 소장은 종요의 이간책에 빠지지 않고, 저 사람과 함께 상의하면서 종요의 간특한 술수를 물리친 일이 있습니다. 조조는 나에게 이간책을 펼쳐도 내가 넘어가지 않을 것을 알기에, 저 사람을 통해 우리를 제거하려고 술수를 부리는 것이 너무도 확연합니다."

한수는 황당한 사태를 접하게 되자 황급히 변명을 해댄다.

"이것은 여러분의 오해일 뿐이오. 조조와 다시 협상에 임하여 나의 결백을 밝히겠소."

이때 마초가 칼을 빼어들고 한수를 향해 외친다.

"그대의 말대로 조조와의 재협상을 기다리는 동안, 쥐도 새도 모르는 눈 깜빡할 사이에 우리의 목숨이 날아갈 터인데, 어느 세월에 재협상을 기다리라는 것인가?"

마초가 칼을 빼어듦과 동시에 마초의 부장들이 칼을 빼어들자, 순간적으로 한수와 한수의 부장들이 칼을 빼어들고 경계를 펼친다. 이런 살벌한 순간이 펼쳐지자, 두패로 나뉘어 갑론을박하던 관중십장들이 양측을 중재하여 일촉즉발의 위기는 모면하고, 한수는 현장을 벗어나기 위해 재빨리 경호병을 이끌고 막사로 돌아간다. 마초도 곧바로 막사로 돌아가서 군사를 휘동하여 한수를 공략할 준비를 갖춘다.

조조는 반간계가 성공하여 서량의 관중십장의 지휘체계가 무너지기를 학수고대하며 기다리다가, 드디어 마초가 한수를 공략하는 것을 확인하고는 장수들에게 명한다.

"제장은 격안관화(隔岸觀火)전략으로 임하라. 이들의 내분이 가시화하여 스스로 자멸할 때까지 기다렸다가, 때가 무르익었다고 판단이 되면 단숨에 서량의 군벌들을 쓸어버릴 채비를 갖추도록 하라."

조조의 명을 받고 마초와 한수의 충돌을 기다리던 하후연, 서황, 장합 등은 마침내 이들이 군사행동으로 격돌하여 서로 싸우다가 자기 위영으로 되돌아가는 때를 놓치지 않고 마초의 군대를 공격한다.

마초는 방덕, 마대와 관중십장의 군벌인 양추, 성의와 이감과 협심하여 대적하던 중, 성의와 이감은 서황에게 붙잡혀 처형당하고, 마초는 장합에게 패해 관중십장 양추, 그리고 방덕과 마대를 이끌고 서량으로 도주한다.

한수를 공격하여 서량으로 몰아낸 조조는 곧바로 방향을 바꾸어, 서량으로 도주하기 시작한 마초를 추격한다. 마초는 조조의 끈질긴 추격을 피해 다시 서융으로 달아나지만, 조조는 지체하지 않고 끝까지 추격하여 안정까지 당도한다. 이곳에서 조조는 하후연, 장합에게 새로이 임무를 부여한다.

"그대들은 안정성을 포위하여 양추를 도모하라. 마초와 한수는 투항하더라도 믿을 수 없으나, 양추의 경우에는 투량환주(偸梁換柱:대들보를 뽑아내어 기둥으로 대체함)로서 마초가 없으면 반역할 위인이 아니니만큼, 양추가 투항을 청하면 투항을 받아들이라. 나는 끝까지 마초를 찾아 제거하겠노라."

얼마 후, 안정성을 포위하여 양추를 압박하던 장합으로부터 양추의 투항 사실을 보고받은 조조는 최측근인 양추를 잃은 마초와 서량주 안정군 벌판에서 대치한다. 이때 승기를 잡은 조조가 마초를 세차게 몰아치면서 최후의 결전을 펼치려 하지만, 마초의 부장 방덕의 현격한 용맹으로 쉽게 마초를 섬멸시키지 못한다.

바로 이때 업성에서 조조에게 급보가 전해진다.

"소백이 기주의 하간에서 반란을 일으켜 기주의 민심이 흉흉해지고 있습니다. 승상께서 직접 강력하고도 빠른 대처를 세우셔야 할 듯합니다."

조조가 군사 가후에게 자신이 취해야 할 방향을 묻는다.

"군사는 내가 어떻게 처신하는 것이 현재 상황에서 가장 효율적 결과를 추출할 수 있을 것으로 생각하오?"

가후는 조조의 질문에 우회적으로 답한다.

"마초는 이미 날개가 떨어진 독수리입니다. 다시는 날지 못할 것입니다."

조조는 날개가 떨어진 마초를 섬멸하는 대신, 새로이 위협이 된 소백의 반란을 평정하고자 회군을 결심한다. 이때 서량 별가 양부가 조조에게 처절하게 간언을 올린다.

"마초와 한수는 끈질기게 독립을 외치는 인물입니다. 마초에 대한 방비를 철저히 하지 않는다면, 이들은 조만간 서량의 군벌과 백성을 선동하여 다시 천하를 혼란으로 몰아넣을 것입니다. 이번 기회에 마초와 한수를 제거해야 할 것입니다."

조조는 양부의 말에도 일부 동감했으나, 일단은 소백이 일으킨 반란을 진압하는 것이 시급해져 어쩔 도리 없이 기주로의 회군을 강행한다.

관중을 평정하고 허도로 돌아온 조조는 기주에서 일어난 소백의 난을 진압하러 출병하기 직전, 마초와 한수의 반란에 분개하여 마초의 아버지 마등, 동생 마휴와 마철, 그리고 한수의 아들 등 2백여 명을 참살한다.

7.
유비, 드디어 촉의 땅에 발을 들여놓다

7. 유비, 드디어 촉의 땅에 발을 들여놓다

조조가 마초와 한수를 몰아내고 관중을 평정했다는 정보를 듣고 두려움을 느낀 익주자사 유장이 촉의 신료들을 불러들여 대비책을 강구한다.

"조조가 마초와 한수 등을 평정했으니, 한중의 장로를 회유시키면서 다음에는 우리 익주를 침공할 것인데, 하루속히 대비책을 마련해야 할 것 같소이다."

익주별가 장송이 앞으로 나서며 자신에게 대비책이 있다는 듯이 결기를 보인다.

"조조는 천하무적입니다. 조조가 한중의 장로를 복속시키고, 한중의 무한한 자원을 이용하여 촉을 공략한다면, 누구도 대적할 수 없을 것입니다. 오직 유비만이 조조를 대적할 수 있습니다. 유비는 자사와도 같은 유씨 종친인 동시에 용병에 능할뿐더러, 조조와는 하나의 하늘 아래 함께할 수 없는 영걸입니다. 유비라면 조조의 야욕을 분쇄시킬 수 있을 뿐만 아니라, 촉에서 자사를 항시 괴롭히며 분란을 일삼고 있는 방희와 이이가 변심하여도 능히 진압할 능력을 갖추고 있어, 촉의 국방을 믿고 맡겨도 될 만한 위인입니다. 유비를 촉으로 불러들여 익주의 변방을 지키도록 청해 보심이 어떻겠습니까?"

이때 주부 황권과 종사 왕루가 완강히 반대한다.

"유비를 받아들이심은 촉을 그대로 유비의 입에 틀어넣어 주는 것입니다. 지난날, 유비가 서주의 도겸에게 의탁했던 당시부터 조조에게 의탁했던 당시, 형주의 유표에게 의탁했던 당시까지 유비를 식객으로 받아들였던 이들 모두가 유비를 경계했던 사실을 잊어서는 아니 됩니다."

"그대들은 애매한 논리로 도와줄 사람을 폄훼하지 마시오."

별다른 대책이 없는 유장은 장송의 뜻을 받아들여 유비와 동맹을 맺도록 추진한다. 유비는 사신으로 남군에 찾아온 법정을 맞아들여 환영연을 성대히 열고 담론을 벌이기 시작한다. 반나절 이상을 유비와 담론을 벌이던 법정은 어느덧 유비의 인품에 매료되기 시작하더니, 연회가 끝날 무렵에는 법정이 스스로 유비의 입장이 되어 은밀한 계책을 상신한다.

"좌장군의 영명한 재주로 익주자사 유장의 나약함을 도모하십시오. 익주의 고굉(股肱)인 장송은 유장이 가장 의지하는 중신으로 결정적 시점에 좌장군을 위해 내응할 것입니다. 그 후, 촉의 풍부한 자원을 바탕으로 험한 지세를 잘 활용한다면, 촉은 좌장군이 대업을 이루는 데 힘이 될 것입니다. 기회가 올 때까지 기다리며 한중의 장로와 조조로부터 익주를 보호해주시다가 때가 오면 힘을 합쳐 촉의 땅을 차지하십시오."

유비는 법정의 의견을 별다른 답변이 없이 묵시적으로 받아들인다. 유비는 법정을 통해 전달된 '장로의 위협으로부터 익주를 지켜달라'는 유장의 요청에 응답하여, 형주에는 제갈량과 관우를 남기고 방통과 여러 장수들을 이끌고 원정길을 떠난 며칠 후, 유비가 법정과 함께 익주 광현군 부현에 도착하자, 유장은 기보 3만여 명을 이끌고 직접 마중 나와서 성대한 환영연을 베풀고, 기분이 흡족해진 유장이 대취하여 유비에게 호의적으로 자신의 의중을 밝힌다.

"고(孤)는 좌장군께서 촉을 구원할 영웅으로 믿고 있습니다. 수하 신료들에게 오직 좌장군만을 믿고 의지하라는 엄명을 내렸으니, 좌장군께서는 전력을 다해 촉을 도와주시기를 바랄 뿐입니다."

유비가 유장에게 근엄한 표정을 지으며 화답한다.

"익주목의 기대에 추호의 어긋남이 없도록 하겠습니다."

환영연의 분위기가 절정에 이르러 분위기가 화기애애해지자, 추이를 지켜보던 장송이 법정에게 은밀히 밀지를 보낸다.

"지금이 익주목을 도모할 때인 것 같으니, 좌장군에게 적당한 시점에 익주목을 제거하도록 권하시오."

법정이 유비에게 장송의 밀지를 전하지만 유비는 응대하지 않는다. 이때 옆에 있던 방통이 법정의 밀지를 보고 유비에게 행동으로 나설 것을 권한다.

"지금이 유장을 도모할 적기입니다. 이 회담으로 유장이 해이해진 틈을 타서 유장을 사로잡으면, 황숙께서는 피 한방울 흘리지 않고도 익주를 손에 넣을 수 있습니다. 형주는 오랜 전란으로 황폐해져 사람과 물자가 고갈되었으며, 동으로는 손권, 북으로는 조조가 있어 장기적 형세를 펼치기에 어려움이 있습니다. 그러나 익주는 천혜의 지형적 방책으로 인해 그동안의 전란으로부터 자유로울 수 있었던 덕에 살림은 부유하고 백성은 강성하며, 호구수 백만에 사부병마(四部兵馬)로 교류가 좋아 금은보화가 넉넉하니 대사를 이룰 만합니다."

이에 유비가 단호하게 거절하며 자신의 뜻을 밝힌다.

"지금 내게 있어 화합할 수 없는 자는 오직 조조뿐이오. 조조가 급하면 나는 너그럽게, 조조가 가혹하면 나는 덕성스럽게, 조조가 속임수를 쓰면 나는 정공으로, 매번 조조와 반대로 하여 천하의 민심을 얻어왔소. 지금 나의 욕심 때문에 천하의 신의를 잃는 일을 할 수는 없소. 더구나 지금은 남의 영지에 갓 들어온 처지라, 촉의 백성들에게 아직은 신망을 얻지 못하고 있소이다."

유비는 군사 방통의 제안을 정중히 뿌리치지만, 방통이 집요하게 자신의 뜻을 피력한다.

"천하의 이치는 형편에 따라 대응할 뿐, 오직 한가지 길만 있는 것이 아닙니다. 약한 자를 거두고 강한 자를 공략함은 춘추오패에도 있던 일입니다. 역리로 취하되 순리로 지켜 대사를 이룬 후, 의리로 보답하여 대국(大國)에 봉해준다면 어찌 신의에 위배가 되겠습니까? 오늘 황숙이 촉을 취하지 않으면 향후 어려움이 생길 것입니다."

正史 영웅 三國志 177

유비는 방통의 뜻을 알아들었지만 아무런 답변을 주지 않고 묵묵부답으로 일관한다. 이런 일련의 일을 모르는 유장은 연회가 끝난 후, 유비를 行대사마, 令사례교위로 허도조정에 추천하고, 유비는 유장을 行진서대장군, 令익주목으로 황제에게 추천한다.

　며칠 후, 유장은 유비에게 3만여 명의 군사와 군수물자를 지원한 후, 백수군을 지휘하여 장로를 도모하도록 청하고 성도로 회군한다. 유비가 건네받은 병사와 풍부한 군수물자를 보유하고 광한군 가맹에 도착했을 때, 유장은 유비에게 속히 한중의 장로를 공격하도록 청한다.

　"좌장군께서 가맹에 당도하신 것을 감사드립니다. 조만간에 한중의 장로를 몰아내어, 익주의 백성들이 안심하고 생업에 몰입할 수 있도록 힘을 써 주시기 바랍니다."

　유장의 요청에 대해 군사 방통은 유비에게 은밀하게 반대의 의사를 개진한다.

　"주군께서는 아직 군사가 정비되지 않아 자칫 잘못 장로와 대적했다가는 여태까지 쌓아놓은 전부를 잃을 수 있습니다. 지금은 익주 백성에게 주군의 덕을 보이고, 이들이 주군의 인망을 흠모하게 만드는 것이 최우선적 과제입니다."

　유비는 방통의 자문을 받아들여 관망만을 한 채 군사를 움직이지 않고, 오직 익주 백성의 민심을 얻는 일에만 혼신을 쏟으면서 시간을 보낸다.

이때 손권은 장굉의 권유에 따라 211년(건안16년)에 이르러 수도를 말릉(건업)으로 옮기고, 유비가 익주로 들어가 장로와 긴 대치를 하는 동안, 여동생 손부인으로부터 한통의 전서를 받는다.

"오라버니, 저는 유황숙과 결혼한 이후 2년이 되도록 제대로 된 부부의 정을 쌓지 못했습니다. 거의 매일 밤을 독수공방하면서 지내다가 최근에는 황숙께서 촉으로 원정을 떠난 후에는 너무도 길고 긴 밤을 보내는 탓에 참을 수 없는 향수병으로 크게 고통을 겪고 있습니다. 동오로 돌아가서 고향의 향취를 맞고자 하오니, 부디 거절하지 말고 받아 주시기를 간청합니다."

사실 손권의 여동생 손부인은 손권이 정략적으로 혼인을 추진한 탓에, 유비에 대한 애정도 없이 형주 석수현 수림산 거처에서 유비와 신접살이를 시작하여 지내고 있다가 그 후, 자신을 두려워하는 유비와 따로 떨어져, 공안 잔릉현의 고성을 수리하여 별거에 가까운 생활을 하고 있었다.

유비가 익주로 떠나기 전 공안에 기거할 때에도 유비는 시중을 드는 시녀 1백명에게 무기를 들고 시립하게 하는 손부인에게 시해를 당할 것을 우려하여 손부인을 꺼려했던 탓에 둘의 사이는 항상 불편한 관계였다.

이런저런 이유로 제갈량은 유비가 손부인에게 변고를 당할 것을 항상 우려했었고, 법정은 교만하고 포악한 손부인이 그녀를 시중드는 시종들과 함께 자주 법을 어겨, 유비에게 손부인을 다시 동오로 보내도록 권유하는 바람에 유비는 골치를 앓고 있었다. 어차피 유비와 애정을 쌓지 못한 손부인은 유비가 촉으로 떠나 더욱 정이 멀어지자, 오라버니 손권에게 고향으로 돌아가기를 간청했던 것이다.

손부인이 손권에게 전서를 보낸 며칠 후, 손권으로부터 고향을 방문하라는 전갈을 받은 손부인은 자신을 시중들기 위해 동오에서 데리고 온 시종과 관리들에게 동오로 돌아갈 지시를 내리고, 유선을 데리고 장강의 나루터로 가서 동오로 향하는 배에 올라탄다.

이때 손부인의 동향을 매일 점검하던 제갈량은 손부인이 아침 일찍 유선을 데리고 장강의 나루터로 갔다는 보고를 접하고, 급히 조자룡에게 명하여 손부인의 행적을 뒤쫓도록 명한다. 조자룡은 수하들에게 지시하여 나루터를 수배하다가, 손부인이 유선을 데리고 장강 하류로 내려간다는 보고를 받자마자 곧바로 제갈량에게 전한다. 이에 제갈량이 급히 전군에 명을 내린다.

"장강을 지키는 전 병사들은 즉시 장강을 봉쇄하고, 자룡은 속히 손부인과 유선 공자를 찾아 공안으로 모셔오시오."

조운이 제갈량의 지시를 받아 손부인의 행적을 뒤쫓던 중, 공안의 협구에서 장강을 지키는 수군들에 의해 억류되어있는 손부인을 발견하고 곧바로 손부인의 배로 옮겨 타며 묻는다.

"부인께서는 어디로 행하시는 중이신가요?"

"나는 너무도 무료하여 고향을 잠시 다녀오려고 유선과 함께 동오로 가는 중이오."

"제갈 군사의 지시 없이는 어느 누구도 장강을 마음대로 통행할 수 없습니다."

"황숙의 부인이 향수병이 도져 고향을 가려고 하는데, 황숙 외에 누구의 허락을 받으라는 말이요?"

손부인이 막무가내로 버티자 조운이 침착하게 대답한다.

"주군께서 부재중에는 모든 사람이 군사의 통제를 받도록 지시하였습니다. 부인께서도 이를 따르셔야 합니다."

"나는 그 지시를 따를 수가 없소이다."

조운이 억지로 배를 돌리려 하자, 손부인을 시중드는 시종들이 조운에게 달려들기 시작한다. 조운이 칼을 빼어들고 시종들이 접근하지 못하도록 경계를 하는 동안에도 배는 장강의 물길을 따라 한없이 하류로 흘러내려 간다. 이러는 사이 공안을 떠난 배가 한참 동안을 장강의 하류로 흘러내려 장강의 육구 가까이에 다다를 즈음, 장비가 10여 척의 배를 이끌고 조운이 손부인과 대치하고 있는 배를 가로막아 세운다.

"부인께서는 공안으로 돌아가셔야 합니다."

"나는 이미 고향으로 돌아가기 위해 오라버니에게 전서까지 보냈는데, 그대들이 나를 막는다면 오라버니의 분노를 일으키게 될 것이오."

장비가 완강히 버티는 손부인에게 최종적으로 통보한다.

"소장이 제갈 군사에게 이미 지시를 받아왔습니다. 만일 손부인께서 굳이 강동으로 가시려거든 막지 말되, 다섯 살짜리 어린 유선 공자는 어떤 일이 있어도 황숙께서 보호해야 하므로 반드시 모셔오라는 지시가 있었습니다. 부인께서는 공자를 순순히 내어주시고 고향으로 가시는 것이 어떻겠습니까?"

"유선은 내 아들인데 어미가 돌보지 않으면, 누가 어미만큼 돌볼 수 있겠는가?"

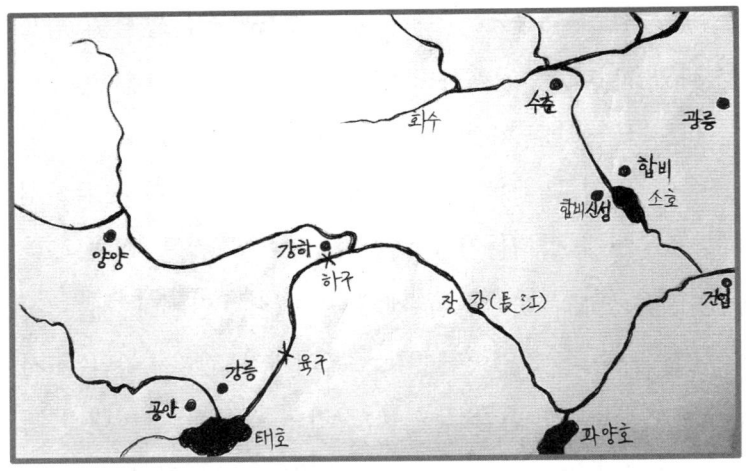

손부인이 끝까지 완강하게 버티자, 조운과 장비는 10여 척에 타고 있던 군사들을 손부인의 배에 올려 시종들을 제압하고 유선을 장비의 배에 옮겨 태우고 공안으로 돌아오고, 손부인은 유선을 조운과 장비에게 돌려준 채로 자신이 동오에서 데리고 온 시종과 관리만을 이끌고 손권에게로 되돌아간다.

8. 제1차 유수구 전투

8. 제1차 유수구 전투

헌제의 부인 복황후는 지난날, 환관 목순을 통해 국구 복완에게 '황제께서 동승을 죽인 조조를 제거하시기를 바라고 계신다'라는 밀서를 보낸 적이 있었다.

복완은 복황후의 밀서를 이행할 자신이 없어, 이 밀서를 간직만 하고 보관하고 있다가 순욱과 자신의 처남 번진에게 보여주고 209년에 타계하고 말았다. 밀서를 접한 후 두려움에 떨던 복완의 처남 번진은 이 사실을 조조에게 고변하여, 조조는 은밀히 이에 대비하면서 복황후와 순욱의 동태를 계속적으로 관찰하고 있었다.

한동안 순욱은 복완으로부터 밀서를 접한 사실을 숨기고 있다가, 오랜 시간이 지나서야 조조가 어느 정도 낌새를 채고 있다는 것을 인식하고, 업성으로 전령을 보내 복황후의 밀서에 대해 우회적으로 고변한다.

"복황후는 자식을 낳지 못했으며, 성정이 포악하여 그 아비에게 흉악한 음모를 표명했습니다. 마땅히 승상의 따님을 황후로 삼고 대신 복황후를 폐하셔야 합니다."

이미 오래전부터 복황후의 밀서 음모를 알고 있던 조조는 순욱를 업성으로 불러들여 엄히 묻는다.

"왜 그대는 일찍이 이 사실을 고변하지 않았소?"

조조의 송곳과도 같은 날카로운 질문을 받은 순욱은 깜짝 놀라며 대답한다.

"저..저..이전에 이미..이미.말씀을 올린 것으로 생각합니다."

순욱이 횡설수설하자, 조조가 화를 내며 소리를 지른다.

"이와 같은 큰일을 내가 잊을 리 있겠는가?"

"자..세..히..생각해, 보니, 소신이 착각한 것 같습니다. 아마도 마초의 일로 격무에 시달리시는 승상을 우려하여 말씀을 올리지 못한 것 같습니다."

조조가 더욱 격노하여 꾸짖듯이 되묻는다.

"관중이 평정된 후에는 왜 알리지 않았소?"

순욱은 조조에게 머리를 숙이며 사죄한다.

"일찍 고변하지 못한 점에 대해 죄를 청합니다."

조조는 순욱이 자신을 위공에 책봉되는 것을 반대하던 순간부터 가졌던 순욱에 대한 불신이 더욱 깊어져 가고 있었으나, 복황후와 연계된 일이어서 주변에는 알리지 않고 계속 복황후와 순욱의 처리문제로 고심하게 된다.

이런 상황이었기에 조조는 자신이 손권을 정벌하기 위해 유수구로 친히 원정을 결심하면서, 순욱을 견제할 요량으로 그를 출정에 합류시키고자 헌제에게 주청한다.

"폐하께서 상서령 순욱을 원정에 합류하도록 윤허하여 주십시오."

헌제는 조조가 자신까지도 의심한다는 느낌을 받자, 크게 긴장하며 조조에게 되묻는다.

"승상께서 그냥 상서령을 원정에 데려가면 되는 것을 왜 짐에게 윤허를 받으려 하시오?"

"외조의 수장인 승상이 황제의 직속기관인 내조의 최고위 상서령을 폐하의 윤허도 없이 참전시키는 것은 도리가 아니라고 생각하여 폐하의 윤허를 구하는 것입니다."

"사실상 승상이 최고의 권력자이신데, 굳이 짐의 윤허를 받을 필요가 있겠소? 승상의 뜻대로 하시오."

"성은이 망극하옵니다. 상서령을 광록대부 지절로서 군사에 참여시켜 함께 출정하도록 하겠습니다."

조조가 212년(건안17년) 10월, 순욱과 함께 원정길에 동행하여 수춘에 이르렀을 때 순욱이 병을 얻게 되자, 조조는 순욱을 수춘에 머물게 하고, 얼마 후 순욱에게 복용할 약품을 함지에 담아 보낸다. 순욱이 함지를 열어보니 함지에는 아무 것도 들어있지 않았다. 한참 생각에 잠기던 순욱은 조조의 뜻을 알아차린 후, 독약을 마시고 스스로 목숨을 끊는다.

조조가 40만 대군을 이끌고 남양주 유수구에 당도하여, 유수오를 공격하면서 제1차 유수구 전투가 발발한다.

유수구는 소호에서 흘러나오는 유수와 장강의 합류점이며, 손권과 조조의 세력이 국경을 넓히려면, 충돌할 수밖에 없는 경계지역에 해당하는 곳으로 적벽대전의 패배 이후, 양자강 (장강) 이남의 통제권을 상실한 조조가 동오를 공략하려 할 때에는 최우선적으로 공격목표가 되는 지역이다. 이 지역의 전략적 가치를 알고 있는 손권은 사전에 조조의 공격에 대비하여 여몽에게 유수오를 세우도록 조처해 두었었다.

이같이 중요한 전략적 요충지 유수구에 조조가 40만 대군을 이끌고 출정한다는 소문을 듣고 깜짝 놀란 손권은 급히 유비에게 도움을 청하자, 유비는 손권의 요청을 받고 손권을 지원해야 할 필요성을 인식하여 유장에게 군사적 지원을 요청한다.

"조조가 손권을 정벌하게 되면, 곧이어 형주를 통해 익주로 공격해 올 것이오. 반면 장로는 한중에 틀어박혀 있기 때문에 익주에는 당분간 위협이 되지 않을 것이니, 먼저 형주의 유수구로 가서 조조를 물리치고, 손권을 구원한 후에 다시 촉으로 돌아오겠소. 일만의 병력과 넉넉한 군수물자를 요청하오니 지원해 주시면 반드시 보답하겠소."

그동안 유비가 장로를 정벌하는 일에는 아무런 성과도 보이지 않고, 자신의 물적 인적 경비만을 축내더니 손권을 지원하러 익주를 떠나려 하자, 유장은 생색내기용으로 겨우 4천의 병력과 유비가 요청한 군수물자의 반만을 지원하며 홀대하기에 이른다. 유장의 홀대를 심히 불쾌하게 생각한 유비는 출정식에서 병사들에게 불만을 토로한다.

"익주목 유장은 엄청난 군량과 재물을 창고에 쌓아두고도 그동안 장로의 침략으로부터 촉을 지켜준 황실의 동족에 대한 보상에는 인색하니, 익주목 유장은 더는 나와 함께 할 위인이 아니로다. 나는 익주목과의 동맹을 끊고 이대로 형주로 가서 손권을 구원하리라."

유비가 조조와 대적하고 있는 손권을 지원하기 위해 유수구로 군사를 돌리려 하자, 당황한 장송이 측근에게 밀서를 써서 유비에게 전하려고 한다.

"이 사람이 은밀히 유장의 축출을 추진하여, 이제 유장을 제거할 모든 준비가 완료되었는데, 갑자기 좌장군께서 동오로 돌아가신다면 거사를 다시 준비해야 합니다. 강동으로 돌아가는 계획을 재고해 주시기 바랍니다."

장송이 밀서를 하인에게 건네려는 때를 맞추어, 장송의 형인 광한태수 장숙이 우연히 장송의 집을 들렀다가 이러한 사실을 알게 된다.

광한태수 장숙은 가문에 화가 미칠 것을 우려하여, 눈물을 머금고 동생 장송의 모반 기획을 유장에게 고변하자, 유장은 장숙에게 향후의 대처 방안을 묻는다.

"광한태수께서는 내가 이 문제를 어떻게 처리해야 할 것으로 보십니까?"

"일단은 소리장도(笑裏藏刀)전략을 펼치십시오. 아우 장송의 모반 사실은 외부에 알리지 말고, 유비를 일단 안심시키셔야 합니다. 유비는 아우의 사태를 모르고 있으면, 반드시 전령을 보내 손권을 지원하러 간다는 전문을 보낼 것입니다. 이때를 노려 양회와 고패, 두 장군을 유비의 군영으로 보내 조용히 유비를 암살하도록 밀명을 내리십시오."

유장이 장숙의 조언을 받아들여 장송의 모반에 대해 함구하지만, 세상에 영원한 비밀은 없는 법이다. 얼마 지나지 않아 이 사실이 유비에게 전해진다.

장송의 거사 기획으로 발생된 자신과 유장과의 반목을 알게 된 유비는 긴급히 대책회의를 개최한다.

"익주별가 장송이 유장을 축출하려던 거사가 찰각이 나서, 유장이 크게 격분한 모양이오. 이제 유장은 나를 주적으로 삼아 전쟁을 선포하고, 나에게 딸린 병사를 돌려달라고 할 텐데, 내가 어찌 대처하는 것이 좋겠소?"

이때 방통이 유비에게 유장을 상대할 수 있는 3가지 계책을 설파한다.

"주군께서는 일단 유장을 적으로 느끼지 않게 표정을 관리하여 유장을 안심시켜야 합니다. 그런 연후 취할 3가지 계책 중에서 최상책은 은밀히 정예병을 뽑아 유장의 본거지인 성도를 기습하면, 평소 방비를 태만히 한 유장을 도모할 수 있을 것입니다. 중책으로는 주군께서 행장을 꾸려 형주로 되돌아가는 듯이 보이는 것입니다. 그리하면, 유장의 명장인 백수도독 양회와 고패가 주군을 배웅하러 올 것이니, 이때 이들을 사로잡아 그들의 군사를 취하고 성도를 도모하는 것입니다. 마지막 하책은 형주로 돌아가 훗날을 도모하는 것입니다."

유비는 방통의 계책 중에서 중책을 택하고 유장에서 서신을 보낸다.

"유장 익주목의 은혜로 여러 해를 촉에서 잘 지냈습니다. 동오의 손권장군이 조조의 위협을 받아 어려움에 처해 있는 관계로, 본인은 유수로 군사를 이끌고 출병하려 합니다. 부디 해량하여 주시기를 바랍니다."

유비의 서신을 받은 유장은 애장(愛將) 양회와 고패에게 명하여 유비를 도모할 만반의 준비를 갖추도록 지시한다. 미리 대비책을 마련해둔 방통은 출정식 연회를 열고 양회와 고패를 초대하고 주연을 베푼다. 유비를 촉의 최고 위험인물로 여기고 있던 양회는 가슴에 비수를 지니고, 적당한 시점에 유비를 도모하려고 한다. 이런 낌새를 차리고 있던 유비는 연회의 도중 양회의 가슴에 숨겨져서 번뜩이는 비수를 발견하고, 양회를 바라보며 자신의 보검을 밖으로 꺼내 들고 말한다.

"백수 도독의 비검이 아름다운데, 나 또한 훌륭한 비검이 있으니 서로 꺼내 비교합시다."

양회가 비수를 꺼내 유비에게 건네자, 유비는 이를 손에 넣고 양회를 향해 겨누며 말한다.

"너는 소인배로서 감히 우리 유씨 종실을 이간시키려 모의를 하느냐?"

유비는 양회의 반문이 나오기도 전에 양회의 목을 찌른다. 이를 신호로 방통은 유비의 졸백 출신으로 용맹이 뛰어난 위연에게 양회의 군사를 접수하게 하고, 황충에게는 고패를 주살하고 그의 군사들을 취하도록 한다.

얼마 후, 유비가 양회와 고패를 주살했다는 보고를 받은 유장은 장송을 능지처참하고, 유비에게 보내지던 모든 지원을 끊는 동시에 유비를 주적으로 규정한다.

유비는 양회와 고패의 목을 벤 후, 황충을 선봉으로 삼아 유장이 지원해온 병마와 군수품을 가지고 거꾸르 유장을 축출하는데 돌입하여, 맨 먼저 면죽의 이엄에게로 진격한다. 유장의 명으로 면죽을 지키던 이엄은 싸울 생각도 없이 군사를 이끌고 유비가 보낸 황충에게 투항한다.

면죽을 무사히 통과한 유비는 연전연승하며 낙현성 인근에 이르러 군사들을 위무하고자 대연회를 개최하며, 군사들에게 술과 고기를 베풀고 춤과 음악을 즐기며 박장대소하자, 방통이 주위의 시선을 의식하여 이를 좋게 보지 않다가 곧이어 유비에게 고한다.

"남의 나라를 침공하여 양측에서 수도 없는 군사들이 희생되었는데, 이를 즐거워하는 것은 어진 이가 할 일이 아닌 듯합니다."

유비가 술에 취해 흥을 즐기다가 방통의 쓴소리에 대로하여 소리를 지른다.

"주나라의 무왕이 주를 토벌하며 앞에서는 노래를 부르고, 뒤에서는 춤을 추었다고 하니, 무왕은 현인이 아니었다는 말이요? 당장 일어나 나가시오!"

유비의 질책을 들은 방통이 비틀거리며 물러난다. 방통이 물러난 얼마 후, 곧바로 자신의 경솔한 행위를 후회한 유비가 다시 방통을 불러들여 묻는다.

"조금 전의 사태는 과연 누가 잘못되었던 것이오?"

"군신이 모두 잘못한 일입니다."

유비가 호탕하게 웃으며 말한다.

"앞으로도 지금과 같이 군사의 소신을 확실히 펼쳐 나를 깨우쳐주시오."

유비는 이 일이 벌어진 이후로 방통을 신뢰하는 마음이 더욱 깊어진다.

213년(건안18년) 1월, 조조는 장강을 건너 서쪽에 주둔한 손권 선발대의 군영을 깨부수고, 도독 공손양을 포획한 후 유선을 만들어 중주를 건너려고 한다.

이때는 유비가 익주에서 벌어진 사태로 형주의 유수구 전투에 군사를 지원하는 것이 어렵게 된 시점이었기에, 손권은 강동토호들의 협조를 얻어 징발한 7만의 군사를 이끌고 유수구로 출정하지만, 조조의 육군이 강한 반격을 가해오며 도하를 시도하자, 손권은 위기의식을 느끼고 황급히 전략회의를 소집한다.

이때 육손이 산뜻한 전술을 제시한다.

"조조의 육군이 강력히 도하를 시도하면, 아군은 조조의 군사들을 강변에서 강력히 저지하다가, 힘에 밀려 도주하는 척하며 천천히 후퇴하게 합니다. 서황이 도하에 성공한 선봉대를 이끌고 하류까지 진격해 갈 때, 우리는 하류에 미리 대비시킨 수군이 강을 따라 올라가서 뒤를 이어 도강하는 조조 군사의 후미를 끊게 하고, 수군과 육군이 협공하여 서황의 선봉대를 공격하면 대승을 거둘 수 있을 것입니다.'

손권은 육손이 펼친 전술에 따라 유수구 하류에 미리 수군을 대비시킨 후, 서황이 강한 반격을 가하면서 드하를 시도하자, 힘에 밀려 도주하는 척하며 군사들에게 퇴각하도록 지시한다. 이를 계기로 도강에 성공하여 뭍에 오른 일부의 조조의 군사들이 사기가 오를 대로 올라 물 불을 가리지 않고 손권의 군사들을 추격할 때, 하류에서 대기하던 막강한 손권의 수군들이 강을 따라 올라오며, 서황의 후발로 출발하는 나머지 군사들이 도하를 하지 못하도록 막아서며 서황의 군사를 둘로 갈라놓는 데 성공한다.

이들은 강변에 상륙한 서황의 군사들에게 쫓겨 강변에서 퇴각하는 척하다가 갑자기 역격으로 돌아선 동오의 육군과 함께 방향을 돌려 서황의 군사들을 포위하고 협공을 가하자, 조조의 3천여 병사들은 후방의 지원을 받지 못하면서 투항하는 자들이 속출한다. 도하작전에서 크게 패한 서황은 군영에서 꼼짝도 하지 않고, 손권이 펼치는 어떠한 도발에도 응하지 않고 새로운 전략을 구상하는 데 몰입한다.

이런 가운데 승세를 탄 손권 또한 조조의 본영을 격파할 묘안을 찾으려고 고심하자, 육손이 다시 묘수를 던진다.

"강변에 길게 늘어선 조조의 영채 앞으로 배를 몰고 강을 따라 이동하면, 조조 군영의 궁노수들이 배를 향해 궁노를 마구 날릴 것입니다. 아군은 이들의 화살 공세를 받아도 아무런 대응을 하지 않고 서서히 유세하다가 본영으로 돌아오기를 반복하면, 조조는 나중에 속임수에 놀아난 것을 알고 보람도 없이 무수한 궁노를 손실한 것에 대해 후회할 것입니다. 이리 되면 조조의 군사들은 사기가 크게 저하될 것입니다."

손권은 육손의 조언을 채택하고, 여몽에게 명하여 수백척의 배에 병사를 태운 채, 강변에 길게 늘어선 조조의 영채 앞으로 배를 몰고 장강을 따라 이동하도록 한다. 손권의 배가 군영 앞으로 다가오자, 조조 군영의 궁노수들이 배를 향해 무절제하게 궁노를 날린다. 조조 군사의 군영을 향해있는 배의 우측에 화살이 무수히 꽂혀 배가 우측으로 급격히 기울어지자, 이번에는 배를 반대편으로 돌려 마치 강변으로 건너려고 배를 이동시키듯이 한다. 조조의 군사들이 손권 군사들의 도하를 막기 위한 방어행위로 계속 화살을 날려, 좌측에도 무수히 많은 화살이 꽂히면서 배가 균형을 잡자, 손권은 배를 몰고 강을 따라 유유히 사라진다.

이 사실을 보고받은 조조는 감탄을 아끼지 않는다.

"그야말로 절묘한 무중생유(無中生有)전략이로다. 과연 강동의 책사들이 이런 정도의 지략을 가지고 있다면, 결코 전쟁이 쉽지만은 않을 것이다. 당분간 장수들은 손권의 도발에 응하지 말라."

이후에도 조조의 군사들이 군영에서 꼼짝하지 않고 수비에만 임하자, 손권은 직접 수군을 이끌고 조조가 주둔하고 있는 유수구로 항해한다. 유수구를 지키는 수장이 이를 조조에게 보고하고 손권의 항해에 대항하여 전투를 갖추려 하자, 조조가 선박의 배열 등을 살펴본 후 긴급히 제지하기에 이른다.

"전투태세를 풀고 경계에 철저히 임하라. 이는 손권이 아군의 기강과 군율을 살피고자 함이니 절대로 응하지 말고, 아군의 질서정연한 군율을 적에게 과시하라. 아군의 기강에 빈틈이 보이지 않으면, 손권은 전투를 포기하고 철수하게 될 것이다. 병법에 군사들이 철수할 때는 반드시 빈틈이 보이니, 이때를 노려 공격하라고 했다. 수장은 경계를 풀어 적군이 방심하고 후퇴할 때를 기다렸다가 단숨에 손권의 수군을 섬멸시키도록 하라."

조조의 군사들이 동오 수군들의 항해를 계속 예의주시하며 관찰할 때, 손권은 5,6리를 항해하면서 조조 군영의 경계를 살펴보더니, 본진으로 돌아가기 위해 철수를 알리는 북을 울린다. 이때를 신호로 조조가 군사들에게 엄명을 내린다.

"이제 나의 공격명령이 떨어지면, 일시에 손권의 수군을 향해 총공격하라."

조조의 군사들은 조조의 공격명령을 기다리는데 이때, 손권이 북을 다시 3차례 두드리게 한다. 이것을 신호로 손권의 배들이 조금도 흔들림 없이 일사불란하게 본진을 향해 철수하자, 조조는 크게 탄식하여 말한다.

"손권 중모가 이렇게까지 성장했구나. 아들을 낳으려면 응당 중모 같아야지. 유경승의 아들들은 이에 비하면 개돼지와 같도다."

조조의 그늘에서 의탁하여 지내는 유표의 차남 유종은 이런 소문을 전해 듣고 한없이 창피함을 느낀다.

한동안 수비를 하며 군사를 정비한 조조는 유수구를 공격하기 위해 다시 유수오로 군사를 이끌고 내달린다.

여몽이 유수오의 길목인 계곡의 양측에 복병을 배치하고, 유수오 앞의 해자에 물을 가득 채운 후 유수오의 사방에 군영을 포진시킨다. 조조가 전력을 다하여 이를 돌파하려고 하나, 워낙 군사들이 정교하게 배치되어 있어 이를 뚫지 못하고 장기간 유수오 앞에서 대치하게 된다.

양측 군사들이 성과없는 소모전으로 세월만 흘러가고 모두 잔뜩 피로해질 무렵, 213년(건안18년) 3월경이 되어 늦봄의 비가 쏟아져 내리기 시작한다. 방어로 지친 손권이 공격에 회의를 느끼고 있는 조조에게 전서를 보낸다.

"양측이 서로 티격태격하는 사이, 늦봄의 큰비가 내리기 시작하여 소호가 흘러넘칩니다. 양측 모두 더 이상의 전투가 불가능하니 승상께서는 이제 그만 떠나십시오."

조조도 소호에 홍수가 지는 바람에 유수의 둘이 범람하여 군영을 유지하는 것이 힘들다고 느끼던 차에 손권의 전서를 받고 깊은 고민에 빠져든다.

"중모가 상호간 동시에 퇴각하자고 하는데, 아군도 퇴각해야 할 시기가 온 것은 맞는 것 같소. 그러나 아무리 금선탈각(金蟬脫殼:매미가 누에의 틀에서 빠져나가듯이 단계적으로 병력을 후퇴시킴)의 묘를 교묘하게 살리더라도 퇴각에는 허가 생기는 것이 자명한 일이오. 문제는 손권이 아군의 철수에서 생기는 허를 노려 후미를 기습할 것이 걱정되는그려."

조조의 수하장수들도 더 이상의 전투는 불가하다는 생각은 하고 있었으나, 손권의 진정한 의도를 몰라 입을 다물고 있었다. 조조가 공격할 의사도 없이 철수도 하지 않는 어정쩡한 상태를 지속하자, 손권은 조조에게서 돌아온 사자의 전언을 통해 조조의 의중을 파악하려고 할 때, 여몽이 손권에게 조조의 심리상태를 분석하여 고한다.

"아마도 조조는 퇴각 때의 혼란을 틈타 아군이 공격할 것을 두려워하는 듯합니다."

"나도 장군의 생각과 같소."

손권은 다시 조조에게 전서를 보낸다.

"소장이 먼저 퇴각하려고 해도 승상이 떠나지 않으면, 소장은 배후가 안심이 되지를 않아 퇴각하지 못하고 있습니다."

손권의 전서를 받은 조조는 측근들에게 웃으면서 자신의 생각을 밝힌다.

"중모도 지금 많이 지쳐있는 듯하오. 중모의 뜻을 알았으니 이제 안심하고 군대를 철수합시다."

조조가 아무런 조건도 없이 군사를 돌려 중원으로 철수하자, 손권은 향후 유비의 도움이 없이 독자적으로도 조조를 상대할 수 있다는 자신감을 얻는다.

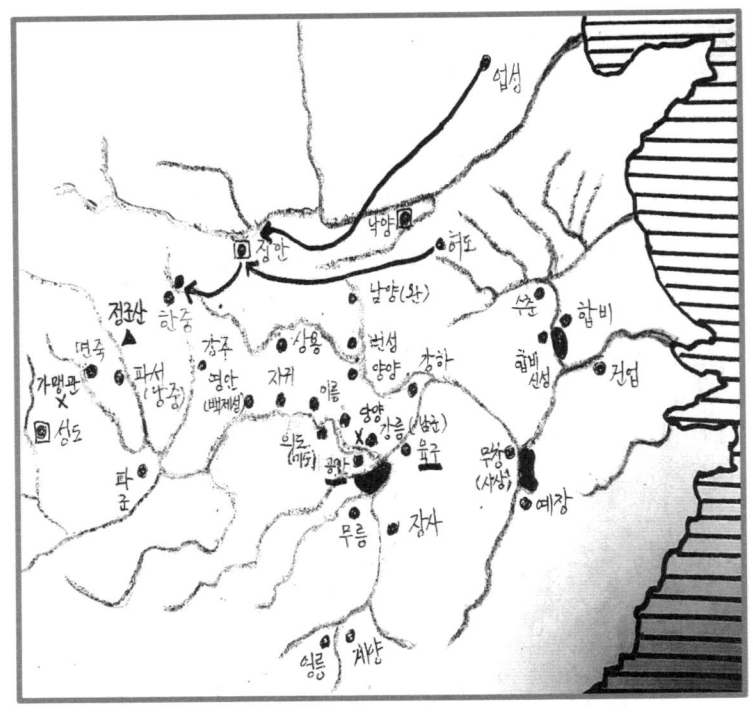

9.
익주 공방전 - 낙성전투

9. 익주 공방전 - 낙성전투

조조가 손권과 유수구에서 자웅을 겨루고 있는 동안, 익주에서는 유비가 승승장구하며 주변의 군현을 차례로 정복하고 성도 인근의 낙현에 당도한다. 유장의 장남인 성주 유순과 종사 정탁은 유비가 군량을 얻지 못하도록 하려고, 유장에게 견벽청야(堅壁淸野:자신은 성에 의지하고 주변을 초토화시켜, 적병이 의지할 곳이 없도록 함) 전략을 제시한다.

"파서와 재동의 백성들을 내수와 부수의 서쪽으로 모두 내몰고, 그곳의 창고와 들판의 곡식을 모두 불태운 뒤, 보루를 높이고 해자를 깊게 판 채 수비에 전념하는 것이 최상책입니다. 저들이 싸움을 걸어도 응하지 않고 방치를 하면, 적군은 식량난에 빠져 백일이 지나지 않아 퇴각할 것입니다. 그때 적군의 후미를 추격하면 대승을 거둘 수 있습니다."

유장은 아들인 낙성성주 유순과 종사 정탁의 견벽청야 계책에 일견 긍정하면서도 단호하게 이를 거부한다.

성주 유순과 종사 정탁이 견벽청야 계책을 유장에게 건의하고 있다는 정보를 전해 듣고 유비는 심히 두려움을 느끼는데 이때, 법정은 유비에게 확신에 찬 어투로 자신의 의견을 피력한다.

"황숙께서는 결코 두려워 마십시오. 소신이 유장에 대해서는 너무도 잘 알고 있습니다. 소심한 유장은 결코 이 계책을 받아들이지 않을 것입니다."

과연 법정의 말대로 유장은 성주 유순과 종사 정탁의 견벽청야 계책에 일견 수긍하면서도, 단호하게 이를 거부하며 받아들이지 않는다.

"군주가 적군을 맞아 싸울 때, 백성을 편안케 하여야 승리한다는 말은 들어보았으나, 백성들을 궁지로 몰아넣고서 전쟁에서 승리한다는 말은 들어보지 못했도다."

유장이 유순의 계책을 받아들이지 않고 정공법으로 임하자, 유비는 안도의 한숨을 쉬고는 곧바로 낙성을 포위한다. 유비가 낙성을 지키는 유순, 유괴, 장임을 파상적으로 공략하지만, 성도의 길목을 지키는 낙성은 생각보다 견고하여, 유비는 낙성을 포위한 지 1년이 다 되도록 함락시키지 못하고 시간을 허비하기만 한다.

유비는 유장이 견벽청야 전략을 채택하지 않은 덕분에 낙성 주변의 식량과 수확물을 취하여 그런대로 식량의 위기는 모면하고 있었으나, 1년이라는 장기간에 걸친 야전전투로 인해 군수물자를 충당하는 일에 상당한 애로를 일으켜, 낙성 인근의 논밭에서 거두어들이는 수확물만으로는 근본적으로 군사들을 지탱하기에 한계를 보이기 시작한다.

결국 군량의 심한 압박을 받아 유비의 군사들이 지치기 시작하자, 유비는 신속히 낙성을 함락시키려고 직접 공성에 임할 결심을 굳힌다.

"유장과의 낙성전투로 1년이라는 시간을 허비하면서, 부족한 군량미를 주변 일대의 군민에게서 얻은 신뢰로 근근이 버티고 있었지만, 이제 시간이 흐를수록 군량의 조달은 점점 더 어려워지게 될 것이오. 아군이 서둘러 낙성을 함락시키지 못하면, 병사들의 사기가 땅으로 떨어져 낙성을 함락시키는 일은 더욱 힘들어질 것이오. 내가 앞장서서 공성에 나서 병사들을 독려해야 하겠소."

이때, 군사 방통이 앞으로 나서며 극렬히 유비를 만류한다.

"주군께서 직접 나선다면 물론 병사들의 사기진작에는 도움이 되겠지만, 만에 하나 주군께 불상사가 생긴다면 모든 대업이 수포로 돌아갑니다. 소장이 주군 대신 직접 공성에 나서 낙성을 함락시키도록 하겠습니다."

유비는 자신을 대신하여 직접 공성에 나서겠다는 방통에게 다소 우려 섞인 어조로 말한다.

"군사는 익주목 유장, 장남 유순을 무시해서는 결코 아니 될 것이오. 익주목 유장이 비록 우유부단하고 나약한 성품으로 인해, 위략(威略)과 권위를 세움이 부족하여 득인술(得人術)과 통치력이 미숙하고, 용인술(用人術)이 결여가 되어있는 듯하나, 백성들을 아끼는 온화한 마음이 있어 백성들이 진실한 마음으로 그를 따르는 듯하오. 유장이 득인술(得人術)과

정령(政令)이 갖추어지지 못한 관계로 관료들은 그를 탐탁하지 않게 생각할지라도, 종사 정탁과 황권, 유괴, 장임 등 아직도 많은 관료와 백성들은 충성으로 유장을 보위하고 있소이다. 유장은 자신의 부친 유언이 오두미 교도를 끌어들여 장로를 후원했음에도 장로가 그 공을 잊고 유언 자신을 배반하여, 이에 대한 응징으로 장로의 모친과 형제들을 주살하였던 연유로, 파동과 파서 그리고 한중에서 웅거하고 있는 장로가 유장과 반목하여 현재에 이르고 있소. 유장이 나를 촉으로 끌어들인 것은 자신과 반목하는 장로를 대적하기 의해서였으나, 이것은 유장의 주변에 사람이 없어서는 결코 아니외다. 이점을 깊이 인지하여 신중하게 용병에 임해주기 바라오. 군사에게 힘을 실어주기 위해 나의 휘장(徽章)과 백마를 군사에게 보낼 테니, 군사는 나를 대신한다는 생각으로 전투에 최선을 다해주시오."

유비가 일선의 야전전투 총책임을 방통에게 맡기고 며칠이 지난 213년(건안18년) 여름부터, 방통은 유비 대신 낙성 북방의 야산을 끼고 군영을 구축한 후 치열하게 공성전을 펼치지만, 방통은 정공법으로 낙성을 공략하는 것이 결코 쉽지 않자, 새로운 전술을 구상하기 위해 낙성의 성벽을 둘러본다. 이때 성주 유순과 함께 성루에서 방통의 움직임을 눈여겨본 종사 정탁이 성주 유순에게 긴히 고한다.

"근래 유비의 대리인 방통이 부쩍 낙성의 주변을 자주 둘러보는 것은 낙성의 허실을 찾기 위해서인 듯합니다. 성주께서는 만일의 경우를 대비해서 많은 화살을 마련하여 결정적 순간에 활용하도록 해야 할 것입니다."

유순이 정탁의 주문에 따라 다량의 화살을 준비하는 동안, 방통은 쉴틈 없이 성벽을 관찰하더니 불현듯이 부장들을 불러들여 전략회의를 개최한다.

"내가 낙성의 성벽을 수십 차례 둘러본 결과, 대체적인 공성의 그림이 그려지게 되었소. 낙성과 성도로 연결되는 남문 방향은 아군이 공성에 임하다가 최악의 경우에는 현군에 처하게 될 여지가 있는 관계로, 남문 방향은 가급적 공성을 피하기로 하고, 동시에 서문 방향의 성벽 또한 해자(垓子)가 깊어 접근이 쉽지가 않소이다. 아군은 동문과 북문 방향으로 공격의 초점을 맞추어 이곳에 집중하기로 합시다."

여기까지 말을 마친 방통은 황충에게 작전명령을 내린다.

황충은 유표의 중랑장으로 있다가 조조가 형주를 정벌했을 때, 잠시 장사태수 한현의 수하에서 비장군으로 활동하던 중, 유비가 형남 4군을 정벌했을 때 한현을 따라 유비에게 투항한 용장이다.

"비장군께서는 부장 태홍과 함께 공성기구를 총동원하여, 동문 방향을 책임지고 함락시키도록 하시오. 나는 북문 쪽 야산을 의지하여 누거를 설치하고 토산을 쌓아 북문 방향을 공략하겠소."

방통의 지시를 받은 황충이 군사 1만을 이끌고 동문 방향으로 이동하여, 병사들에게 전호거로 해자를 메우면서 충차와 당거를 동원하여 성문을 쉴새 없이 가격한다. 동시에 성 가까이에 접근한 특공대원들이 성벽을 기어오르도록 궁노수들이 성가퀴를 향해 무수히 많은 화살을 날리도록 명한다.

유순이 유괴, 등현을 보내 투석기까지 동원한 황충의 공성을 잘 막아내고 있을 때, 방통은 이엄을 대동하여 북문 방향의 야산에서 퍼낸 흙으로 토산을 쌓고, 누거를 설치하여 성안을 들여다보면서 성안으로 화살 공세를 펼친다. 방통이 토산전술을 펼치는 바람에 성안에서 성민과 군사들의 이동이 자유롭지 못하게 되자, 유순은 부장 영포와 장임에게 긴급히 명을 내린다.

"빨리 적장의 토산전술을 막아내지 않으면 우리의 군사전략이 속속들이 적병에게 노출될 것이오. 빨리 이에 대한 대책을 강구하시오."

종사 정탁은 유순이 우려하는 바를 불식시키며 말한다.

"북문을 공략하는 적장은 유비의 군사인 방통이라고 합니다. 그는 뛰어난 전략가입니다. 그는 유비가 아끼는 백마를 타고, 유비의 대리인 자격으로 공성전을 총괄한다고 합니다. 만일 그를 제거할 수만 있다면, 유비의 군사들이 벌이는 공격을 일거에 물리칠 수 있을 것입니다. 따라서 아군은 금적금왕(擒賊擒王)전략으로 임해야 할 것입니다."

"어떻게 방통을 제거할 수 있겠소?"

"그는 매일 유비가 아끼는 백마를 타고 현장 주위를 시찰합니다. 내일 날이 밝기 전에 성주께서는 성가퀴 위에 수십대의 누거를 세워, 각각의 누거 속에 궁노수 여러 명을 숨겨놓았다가, 방통이 토산으로 이동할 때 불시에 방통을 향해 줄화살을 날리도록 지시하십시오. 그동안 방통은 한번도 우리로부터 역격을 당하지 않았던 관계로 방심하고 있습니다. 이를 잘 활용하여 방통이 예기치 못하고 있을 때, 갑자기 화살 공세를 펼치면 그는 목숨을 부지하기 어려울 것입니다."

낙성성주 유순은 종사 정탁이 제시한 만천과해(瞞天過海: 눈에 익은 일에는 방심함) 전술대로 밤사이 성가퀴에 누거를 수십대 세우고 방통이 나타나기를 기다리다가 이튿날 아침, 동이 트기 무섭게 토산을 순찰하고 있는 방통을 발견하고, 장임과 함께 낙성의 군사들에게 큰소리로 명을 내린다.

"궁노수들은 일시에 방통에게 궁노를 날려라. 백마를 타고 있는 자가 바로 유비의 군사 방통이다."

장임의 명령이 떨어지기 무섭게 누거에 매복해 있던 궁노수들이 백마를 향해 줄화살을 날린다. 방통을 수행하던 병사들이 깜짝 놀라 화살이 쏟아지는 방향을 바라보다가 순식간에 화살을 맞고 쓰러지기 시작하고, 방통도 낙성에서 집중적으로 날아온 유시(流矢)에 맞아 그 자리에서 사망한다.

이엄이 즉시 방통을 거두어 유비가 있는 본영으로 돌아가려 하자, 낙성에서 장임과 영포가 군사를 이끌고 쿡문 방향에 있는 방통의 병사들을 공략하여, 수많은 방통의 병사들이 낙현에서 목숨을 잃고 포위진으로 퇴각한다.

장임은 유비 군사의 반격을 두려워하여 멀리까지 추격하지는 않고 군사를 거두어 성안으로 되돌아가고, 동문 방면을 공격하던 황충과 태흥도 군사 방통이 사망했다는 소식을 듣고는 병사들을 포위진으로 물린다.

유비는 본영에서 자신을 대신해서 직접 공성을 지휘하던 방통이 죽었다는 소식을 듣자, 몹시 비통해하며 통곡하더니 긴급히 대책회의를 개최한다.

"봉추선생이 나 대신 최일선에서 공성전을 펼치다가 목숨을 잃었소. 비록 나의 심정은 피를 토할 정도로 비통하지만, 여기서 슬픔에 잠겨 깨어나지 못하면 나를 믿고 일년 이상을 고생하고 있는 병사들에게 도리가 아닐 것이오. 나는 다시 마음을 강하게 먹고 기어코 낙성을 함락시켜 군사 봉추의 죽음이 헛되지 않도록 하겠소이다. 여러분들은 좋은 전략이나 전술이 있다면 기탄없이 알려주기 바라오."

유비는 멀리 낙현까지 원정을 와서 자신을 대신하여 죽은 군사 방통을 애도하며, 후히 장사를 지내 방통의 혼을 위로하도록 한다.

방통은 형주 남군 양양현 사람으로 자를 사원이라 했다. 별호를 봉추라고 했는데, 사람을 보고 인물에 대한 평을 예리하게 내릴 정도로 판단력이 뛰어난 왕기였다. 젊은 나이에 남군에서 공조로 일하다가, 유비가 남군을 다스리게 되면서 유비의 밑에서 일하게 되었는데, 처음에는 유비가 둔탁해 보이는 방통을 박대하여 계양군 뇌양현령으로 좌천시켰다. 그곳에서 방통은 현의 일에 전혀 신경을 쓰지 않는 바람에 면직을 당해 재야에 묻혀 있게 되는데, 이 사실을 알게 된 노숙과 제갈량이 방통은 촌구석에 처박아 놓기보다는 측근에서 활용하여야 그의 역량을 제대로 활용할 수 있다고 천거하여, 유비가 치중종사로 측근에 거두어 두었다. 그 후 유비가 가까이에서 방통의 재능을 알게 된 후, 비로소 제갈량과 동격의 군사 자리에 오르게 되었다. 방통은 낙성전투에서 화살을 맞아 36살의 젊은 나이에 낙현에서 요절함으로써 역사에 큰 종적을 남기지 못하고 사라지고 만다.

군사 방통의 죽음으로 분위기가 침울해지자, 황충이 어두운 분위기를 반전시키는 희망적인 전술을 제시한다.

"소장이 동문 방면을 굳세게 몰아붙여, 낙성은 성벽과 성문이 심히 파손되어있는 상태입니다. 군사 방통의 사망소식으로 병사들의 사기가 극히 저하되는 바람에 퇴각했지만, 소장이 조사한 바에 의하면 심히 손상된 동문을 쉴틈이 없이 공략하면 낙성을 점거할 수 있을 것입니다."

유비는 황충의 견해를 중시하여 이를 근간으로 이전에 낙성을 공성하던 전술을 대폭 수정한다.

"이번 전투는 성동격서(聲東擊西)전략을 활용한 정공법으로 계속 전개하고자 하오. 적장이 낙성 북문에 구축한 토산을 무너뜨리기 전에, 태수 이엄은 토산을 보존하면서 계속적으로 누거를 향한 공성을 펼칠 듯이 위장하시오. 나는 적병을 동쪽과 북쪽으로 분산시켜 놓고 실제적인 주력은 동쪽에 배치할 것이니, 황충장군은 부장 탁응과 함께 정공법으르 동문에 대한 공성을 감행하시오."

황충이 유비의 명을 받아 정공법으로 충차, 선풍포(투석기), 전호거, 당거를 총동원하여 맹렬하게 동문에 대한 공략을 감행한다. 연일 끊이지 않는 공성으로 인해 낙성이 함락 위기에 처하자, 유장이 익주 여러 군현의 장군들에게 통문을 보낸다.

"장군들은 연합하여 유비의 후방을 공격해서 앞뒤로 유비를 포위하여 협공하라."

이 정보를 습득한 유비는 자칫하면 현군(懸軍)으로 고립을 당할 우려가 있다고 여겨 형주에 급전을 보낸다.

"형주의 관리는 운장에게 맡기도록 하고, 형주에 남아 있던 군사 공명과 익덕, 자룡은 촉으로 출진하여 낙성에서 합류하도록 하라."

유비는 낙성과 성도 주변에서 동원되는 유장의 군사들에게 협공당할 것을 대비하여 제갈량, 장비, 조운을 불러들여 후방의 불안을 덜어내기로 결정한 후, 유손이 무너진 성곽을 보수할 시간적 여유를 주지 않고 총력을 다해서 공성에 임한다.

결국은 낙성을 공격하여 1년이 지난 시점에 이르러 낙성이 함락될 위기에 처하게 되는데 이때, 장임은 동문을 열어 군사를 이끌고 안교로 출병하여 전투를 청한다. 황충은 이들을 상대로 무서운 용력을 발휘하여 군대를 혁파하고 장임을 생포하자, 유비는 장임의 능력을 아끼는 마음에 그에게 투항을 권유한다.

"그대는 나의 군사 봉추선생을 저 세상으로 보냈으나, 익주목을 위해 참으로 충성스럽고 용맹하게 낙성을 지켜, 나는 그대를 죽이고 싶지 않으니 투항을 청하오."

이에 장임이 결연한 의지를 보이며 말한다.

"뜻은 고맙게 받아들이겠으나, 노신은 결코 두 주인을 섬길 수 없음을 양해하시기 바랍니다."

유비가 몹시 애석해하며 크게 탄식한다.

"참으로 아까운 인재이지만, 그대의 뜻을 따라 명예로이 떠나게 하겠소."

유비가 부성을 함락시키고 장임을 주살한 후, 승세를 몰아 부수관으로 이동하여 부수관을 탈취한 214년(건안19년) 3월 즈음, 형주를 출발한 제갈량, 장비, 조운이 낙현에서 합류한다. 제갈량, 조운, 장비가 영안 백제성, 강주, 강양을 차례로 함락시키고 유비의 3만 본군과 합류하면서, 유비는 이들과 새로이 성도로 진군하여 성도를 함락시킬 작전회의에 돌입한다. 이때 제갈량이 유비에게 정세에 대해 분석한 조언을 건넨다.

"서량 군벌들의 반란을 평정한 후, 중원의 민심을 수습한 조조는 순욱의 반대로 오르지 못했던 위공 책봉을 다시 추진하여, 동소의 추대를 받는 형식으로 지난 213년 위공의 자리에 올랐습니다. 이를 계기로 민심을 얻을 필요를 느낀 조조는 자신이 가지고 있는 대부분의 재산을 가난한 백성들에게 기부하고, 이 영향으로 조조 휘하의 고위급 관료들도 자신이 보유한 재산을 백성들에게 나누어주는 선행이 펼쳐졌다고 합니다. 이로써 중원의 민심이 안정되자, 이듬해 조조는 업성으로 돌아갔다고 하는데 이것이 의미하는 바는 지대합니다. 황숙께서 성도를 함락시키는 데 많은 시간을 허비하게 되면, 조조에 의해 황숙께서 구축한 형북의 기반이 일시에 무너질 수 있습니다. 성도를 공략하는 작전에 정공법 대신 외교를 택하시어 유장과 협상에 임하시기를 청합니다."

"성도에는 정예병이 3만에 이르고 비축된 식량이 1년분이 된다고 하는데 유장이 쉽게 응하겠소?"

유비가 다소 부정적으로 말하자, 제갈량이 다시 외교로 전투를 마무리 짓는 것이 최선이라는 의견을 피력한다.

"물론 유장이 버티려 하면 버틸 여건은 되어있으나, 최근의 정보에 의하면 유약한 유장은 익주의 백성들이 오랜 전란으로 고통을 받는 것을 매우 안쓰럽게 생각한다고 합니다."

유비는 제갈량의 조언을 긍정적으로 생각하면서도 일단 성도를 포위한 후, 구체적인 방침을 다시 세우기로 결정한다.

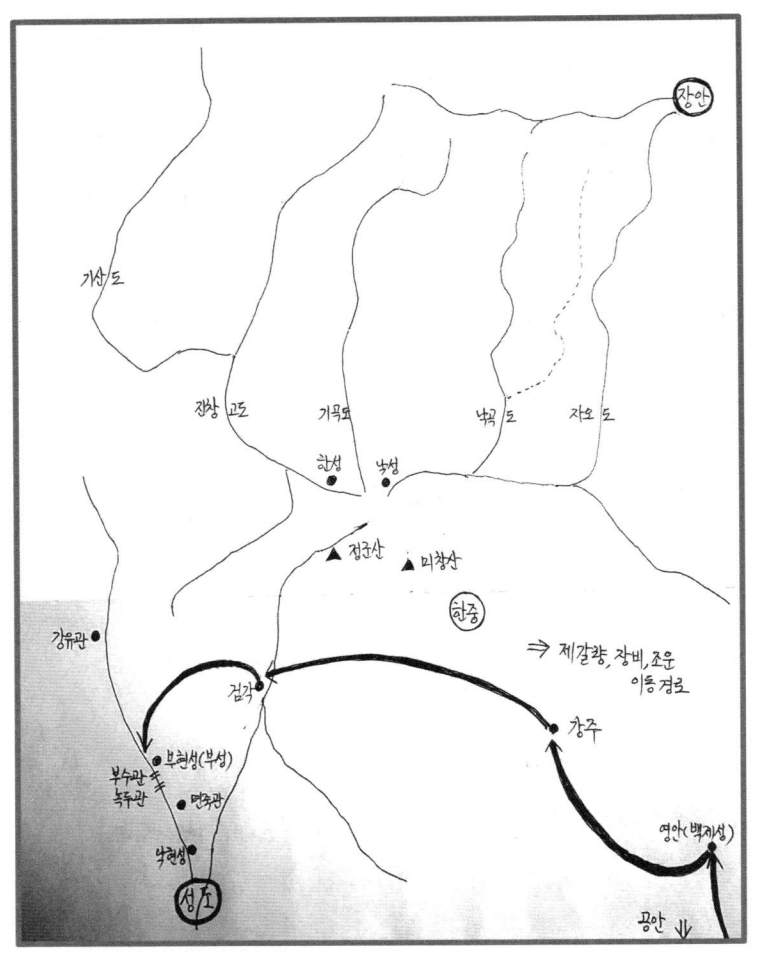

한편, 조조에게 패하여 간신히 안정으로 도주했던 마초는 강족 등 胡人을 충동하여 다시 농산(隴山)일대를 습격한다. 조조를 혐오하는 다수의 군현이 마초에게 호응하자, 한중의 장로도 조조를 혐오하여 애장(愛將) 양앙을 보내 마초를 지원한다. 이로 인해 서량의 대다수가 마초의 세력권으로 다시 들어가지만, 서량자사 위강과 한양태수, 그리고 서량별가 양부는 치소인 기현에서 1천명의 청장년을 양성하여 결사항전을 외치며, 수개월 동안 마초의 1만여 군사들이 펼치는 공성을 힘겹게 막아낸다.

마초가 기성을 여러 겹으로 포위하고 물샐틈없는 장벽을 둘러 세워, 서량자사 위강은 최후의 위기에 몰리게 되자, 황급히 장안을 진수하고 있는 하후연에게 급보를 전하려고, 서량별가 염온을 암문(暗門)을 통해 밀파한다. 무사히 암문을 빠져나온 염온이 기현을 벗어나 현친현에 도착하여 다소 긴장을 풀고 있을 때, 현친 주변을 정찰하던 마초의 척후병에게 포착되어 어이없이 사로잡힌다. 포승에 묶여 끌려온 염온을 심문하던 마초는 그를 통해 싸우지 않고 이기는 전술을 택하고자 염온의 포승을 풀어주며 말한다.

"그대가 기성을 향해 '하후연 장군이 구원병은 불가능하다고 하니, 모두 희망을 버리고 투항하라'라는 공포를 하면 그대의 목숨을 살려주겠다."

마초에 의해 성문 앞에 무릎 꿇린 염온은 결연한 자태로 소리를 지른다.

"자사 어른과 성민들은 힘을 내십시오. 3일 이내로 하후연 장군은 기성으로 원군을 파병한다고 했습니다."

염온은 기성의 성민들에게 용기를 불러일으키기 위해, 거짓으로 원군이 곧 당도할 것이라고 큰소리로 외친다.

"만세! 만세!"

염온의 공표를 들은 성민들은 성안에서 환호를 외치며, 수성에의 의지를 더욱 굳게 다지자, 염온을 활용하여 싸우지 않고 이기는 전략을 택했다가, 오히려 기성의 군민을 단합시키게 되어 당황한 마초는 염온을 달래며 다시 말을 바꿀 것을 주문한다. 마초의 온갖 회유에도 불구하고 염온은 자세를 흩뜨리지 않고 결연한 태도로 마초에게 대항한다.

"나는 오로지 성민들이 희망을 가지고 수성에 임하기를 바랄 뿐, 내게 다른 생각은 추호도 없다."

크게 노한 마초는 염온을 형장으로 끌어내 목을 친다.

염온의 의연한 죽음을 알게 된 서량자사 위강과 한양태수, 서량별가 양부 등은 총력을 다해 마초의 공략을 막아내지만, 성안에 식량이 떨어져 성안의 백성들이 굶주림에 시달리는 상황이 시작되자 크게 고심한다. 이런 기성의 내부사정을 상세히 알게 된 마초는 기성을 향해 최후의 통첩을 고한다.

"서량자사 위강과 한양태수는 들어라. 그대들이 투항하면 성안의 모든 성민의 목숨은 보장하겠노라. 기한은 3일간의 여유를 주겠다."

서량자사 위강은 백성들이 겪는 고통과 신음(呻吟)을 이기지 못하고 8개월간의 항쟁을 끝으로 결국은 투항을 결심하게 되는데 이때, 서량별가 양부와 장수 조앙은 통곡을 하면서까지 성을 지킬 것을 주장한다. 이들은 하후연의 구원병이 이미 기성을 구원하고자 출병했을 수 있으니, 끝까지 병사들을 독려해야 한다는 예언가 조앙의 아내 왕이의 예견을 전하며 끝까지 버틸 것을 간청하지만, 서량자사 위강은 성민의 생명과 재산을 보장받기로 하고, 마초와 강화를 맺어 성문을 열고 마초를 맞아들인다.

그러나 마초는 성을 접수하자마자 위강과 맺은 약조를 깨고, 서량자사 위강과 한양태수를 주살한다.

며칠 후, 뒤늦게 장안을 떠난 하후연이 대군을 이끌고 기현에 당도하는데, 마초는 하후연이 아직도 기성이 함락된 것을 모르고 행군하고 있음을 알고, 기성에서 2백여 리 떨어진 산계곡의 양쪽에 매복병을 포진시킨 후, 산계곡을 통과하여 벌판에 당도한 하후연을 정면으로 맞서 자신은 일자진을 세우고 대치한다.

하후연은 마초가 기병을 활용한 좌우 양면의 속공전으로 나설 것을 대비하여 궁노수를 전진 배치하고, 기병의 공격에 대비한 진형을 구축하기 시작하는데 이때, 하후연 군대의 진형이 변경되는 어수선한 틈을 포착한 마초가 산의 계곡에 매복해 있던 복병들에게 하후연의 후미를 기습하도록 신호를 보낸다. 일거에 마초의 매복병이 쏟아져 나와 하후연의 후군을 공략하자, 순식간에 하후연의 진형이 붕괴되면서 병사들이 대혼란에 빠진다.

자신이 기현에 당도하면 기성에서 양주자사 위강의 군사들이 성문을 열고 나와, 양 방면에서 마초를 협공하기를 기대했던 하후연은 기성이 이미 함락된 것을 알게 되고는 즉시 회군을 명한다.

손쉽게 하후연을 물리친 마초는 스스로 정서장군 겸 병주목, 督양주군사를 칭하며, 서량자사 위강의 일가족을 색출하여 참수한다. 서량별가 양부는 기성을 빠져나와 사촌형 강서와 함께 마초를 제거하여 서량자사 위강의 복수를 하기로 하고, 주변의 여러 호족들을 규합하여 노성에서 거병하자, 마초는 서량별가 양부와 강서가 노성에서 거병했다는 소식을 듣고, 성안의 군사를 모두 이끌고 노성으로 향한다.

마초가 직접 군사를 이끌고 출성하기를 기도했던 양부는 자신이 구도한 그대로 마초가 직접 군사를 휘동하여 성을 나서자, 때를 놓치지 않고 기현에 남아있던 조앙에게 자신과 호응할 것을 제안한다.

"마초는 초한 쟁패시절의 한신과 영포와 같은 지혜와 용맹을 갖추었고, 강족과 호족의 민심을 두루 얻고 있어, 소장이 직접 마초를 상대하기에는 버겁습니다. 이런 점 때문에 소장은 지난날 조조 위공께서 서량을 평정한 후, 마초를 제거하지 않으면 반드시 위공께 위해가 생길 것이라 조언했었습니다. 이런 위험한 마초이기에 태수가 기현에서 거병하여 함께 마초를 응징하지 않으면 어른의 복수를 이루기는 어렵습니다."

양부의 전서를 받은 조앙이 마초에게 인질로 잡혀 출전한

아들의 신변을 우려하여 깊은 고민에 빠지자, 조앙의 아내 왕이가 단호한 어조로 조앙의 결심을 촉구한다.

"지아비께서 충의를 세워 국가를 위해 자식의 목숨을 바치는 것은 결코 충의와 자식의 목숨에 비길 바가 아닙니다."

이에 조앙이 아들의 목숨을 담보로 기현에서 마초에게 반기를 들자, 위강의 측근 장수인 양광과 조구가 기성에서 마초의 처자식과 남은 세력을 몰아내고 기성을 장악한다. 야전에서 마초와 대적한 양부는 마초의 상대가 되지 못해, 마초와의 전투에서 다섯 군데에 심한 상처를 입고 목숨이 위태로워지는데, 이에 양부를 구하기 위해 출전한 양부의 7형제 모두가 마초에게 허무하게 목숨을 잃는다.

양부를 제압한 마초는 기성으로 군사를 돌려 성을 공략하여 투항을 청하지만, 강은과 요경, 공선, 이준, 왕령, 방공 등의 향리들은 이미 투항했던 양주자사와 한양태수 등의 관료를 무자비하게 주살한 전력이 있었던 마초에게 투항해 보았자 용서를 받을 수 없다고 생각하고 철저히 등을 돌린 채, 마초에게 완강히 저항하며 각처에서 협공에 돌입하자, 마초는 설 땅을 잃고 진퇴양난에 빠져 한중의 장로에게 의탁할 생각을 굳힌다. 그러면서도 자신을 궁지에 빠뜨린 강서에게 보복을 가하려고, 혼수모어(混水摸漁)전략을 펼치기로 하고 스스로 강서의 군사로 위장하여 역성으로 향한다.

역성의 수문장이 강서의 군사로 위장한 마초에게 속아 마초의 군사들을 성안으로 받아들이는 순간, 마초는 성안을 불바다로 만들고 강서의 모친과 처자식을 잡아들여 참살한다. 이 소식을 듣고 분노한 양부와 강서 등이 대군을 형성하고 역성으로 밀려오자, 군세에 밀린 마초는 급히 한중의 장로에게로 찾아가서 의탁을 청한다.

장로는 마초와 같은 명장을 기대하지도 않던 중 얻게 되자, 마초를 자신의 수족으로 부리기 위해 딸을 마초에게 시집보내려 한다. 이때 장로의 가신들이 극구 반대를 펼친다.

"자신의 입지를 위해서는 부모 형제와 같은 피붙이도 생각하지 않는 사람이 어찌 다른 여인을 사랑할 수 있겠습니까?"

주변의 반대로 마초와의 혼인동맹을 포기한 장로는 대신 마초를 도강제주(都講祭主)로 제수하여, 자신의 옆에서 보좌하도록 한다.

10.
제2차 유수구 전투와 유비의 익주 정복

10. 제2차 유수구 전투와 유비의 익주 정복

1) 조조는 마초의 침입을 받고 유수구에서 퇴각하다

 지난 213년의 제1차 유수구 전투에서 아무런 성과도 없이 물러선 조조는 국경지역의 경계를 강화하기 위해, 장강 북쪽의 여강, 구강, 기춘, 광릉의 백성들을 억지로 합비 이북의 자신의 관할지로 이주시키려 한다. 이에 반발한 군민 10만호가 장강을 넘어 동오로 도망친다.

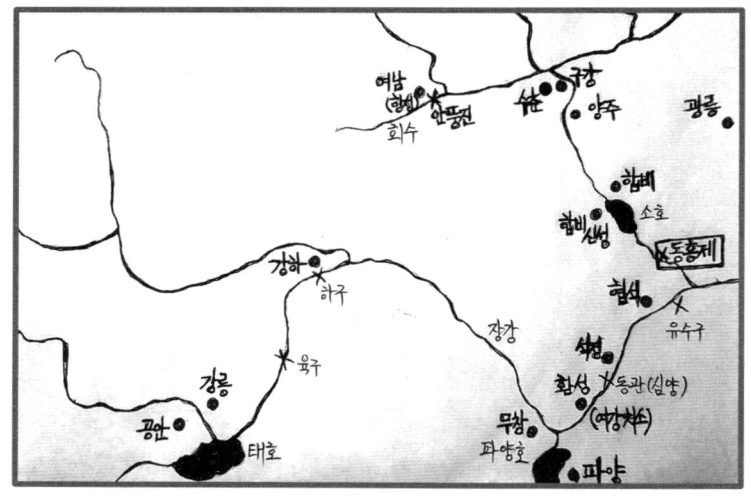

 장강 북방 군민 10만호의 탈주로 인해 합비 남쪽에는 심하게 과장을 하면, 환성의 백성만이 조조의 영향권에 남게 되었

다고 해도 과언이 아니었다. 조조는 합비 남쪽의 영향권에서 환성만이 그나마 백성들이 남게 되면서 장강 유역에서 식량을 생산하는 작업이 큰 차질을 빚게 되자, 즉각적으로 여강태수 주광을 파견하여 장강 이남의 파양과 교통하는 동시에 환성 주변에 있는 군현의 경지를 개간하도록 명한다.

여강태수 주광이 조조의 명을 받아 환현에 성을 증축하여 여강의 거소를 마련하고 농지를 크게 개량하여 풍족한 군량을 합비로 공급하기 시작하자, 장강 경계지역이 조조의 영향권에 들어갈 것을 우려한 여몽이 손권에게 이런 긴박한 사실을 급히 보고한다.

"환현은 형주와 남양주를 오가는 길목에 위치하여 있습니다. 그런데 최근에 조조가 환성에 거소를 두고 장강 북방의 군현에서 둔전을 행하고 있습니다. 장군께서 이를 이대로 방치하게 된다면, 환현은 장기적으로 유수구에 대한 큰 위협으로 등장하게 될 것입니다. 환성 주변지역의 토질이 매우 기름져서 한번의 수확으로 수천의 병력을 유지할 수 있으니, 환현의 확장을 저지할 수 있도록 이 일대에 대한 공략을 허락해 주시기 바랍니다."

손권이 여몽의 보고를 받고 답장을 보낸다.

"장군은 계속 주광의 추이를 살펴서 보고하시오. 이 문제는 장군 혼자 해결할 문제가 아니고, 동오 전체의 공론을 거쳐야 할 사안인 만큼 때를 기다리시오."

여몽에게 답서를 보낸 손권은 대군을 이끌고 여강에 도착하여, 책사들과 장수들을 불러들여 대책을 논의할 때, 장수들이 한가지 안을 제시한다.

"환성 주변에 토산을 쌓고 공성병기를 총동원하여 성벽과 성문을 붕괴시켜야 합니다."

이에 대해 여몽이 반대의견을 내어놓는다.

"그 방법은 공성에 시간이 너무 많이 소요되어, 아군이 성을 함락시키기도 전에 하후연의 지원병이 오게 됩니다. 그리되면 환성전투는 장기전으로 치닫게 되고, 그사이 가을이 되어 유수의 물이 말라버리면 다시 강으로 회군하기도 어려워집니다. 오히려 환성의 방비가 견고하지 않을 때, 환성을 포위하여 사방에서 급습하면 쉽게 함락시킬 수 있을 것입니다. 아군이 속전속결로 전투를 매듭지으면, 귀환할 때에도 여름의 물길을 이용하여 어렵지 않게 귀환을 꾀할 수 있을 것입니다. 내일 새벽 동틀 때를 시점으로 감녕장군을 승선독으로 삼아 선봉에 세우고, 소장이 선두에서 직접 북채를 들고 북을 울려 군사들의 사기를 북돋우겠습니다."

손권은 여몽의 안을 받아들여 속공을 벌이기로 한다.

이튿날 새벽 동이 틀 무렵을 기해, 여몽이 선두에서 북채를 들고 북을 치면서 군사들을 독려하자, 감녕이 솔선수범하여 직접 성벽을 기어오르는 등 지휘관이 죽음을 무릅쓰고 앞장을 서자, 병사들도 목숨을 아끼지 않고 사력을 다해 공성에 임한다. 지휘관부터 병사까지 죽음을 두려워하지 않고 전투에 임하자, 환성 안의 조조 군사들은 단단히 겁을 집어먹어 무기를 버리고 달아나는 사태가 일어난다. 결국은 여강태수 주광이 항복을 선언하면서 환성은 손권의 영향권에 속하게 된다.

조조는 손권의 기습으로 환성을 빼앗기자 214년(건안19년) 7월, 본인이 직접 유수구를 정벌하는 친정길에 나서려는 계획을 밝힌다.

이때 부간이 상소를 올려 조조의 계획을 극렬히 반대한다.

"지금 유비가 촉을 공략하여 낙성을 함락시키고 성도로 진격하여, 조만간 익주가 유비의 손에 들어갈 위기에 처해 있습니다. 위공께서는 유비를 경계해야 합니다. 손권은 유비에 비하면 아무기입니다. 유비는 관대하고 법도가 있어 사람들이 마음으로 따릅니다. 제갈량은 다스림에 통달하고 정국의 변화를 정확히 읽으며, 바르면서도 모략이 있으니 재상의 역할을 해내는 데 부족함이 없습니다. 관우, 장비는 용맹하면서도 의리가 있어 만인지적으로 손색이 없습니다. 이 세 사람이 모두 출중한 인걸인데, 유비의 용병과 세 사람의 장점이 합쳐진 지금, 위공께서는 손권에 대한 원정보다 내실을 충실히 기하여 유비에 대한 대책을 강구하심이 최우선이라고 생각합니다."

조조는 부간의 상소를 무시하고 조식에게 업성을 맡기고, 제2차 유수구 전투를 위한 친정길에 오른다.

조조의 원정에 대비하여 손권은 감녕을 전부독으로 임명하여 조조의 전방을 쳐부수도록 명하고, 감녕을 위로하는 의미로 특별히 빚은 술과 술안주, 고기를 제공한다.

감녕은 정예병 1백명을 선발하여 특공대를 구성하고 이들에게 손권의 하사품을 내어놓고 마음껏 먹인 후, 자신이 먼저 은잔에 술을 가득 따라 2잔을 마시고, 특공대에 선발된 수하들에게 마시도록 권하지만, 특공대에 선발된 수하들은 수만의 조조 선발대를 단지 1백명으로 붕괴시키겠다는 터무니없는 감녕의 구상에 모두가 선뜻 나서지 못하고 주춤거린다. 이때 감녕이 안색을 험히 하며 무릎 위에 칼을 올려놓고 일갈한다.

"그대들은 나라를 지키고 부모와 형제를 보호하기 위해 최전선에 서 있는데 무엇을 두려워하는가? 나는 그대들이 두려움을 버리고 합심한다면, 얼마든지 이 작전을 성공시킬 수 있다고 확신하노라. 나와 함께 힘을 합쳐 부모 형제를 보호하고 무너져 내려가는 황실을 구하도록 하자. 우리가 목숨을 담보로 싸운다면, 최악의 경우 일지라도 우리는 죽음으로써 부모와 형제를 위기에서 구할 수 있는 성과를 올릴 것이다. 내가 그대들을 대표해서 앞장서서 목숨을 걸고 솔선수범하겠노라. 만일 나의 뜻에 반대하고자 하는 자가 있다면, 먼저 이 칼로 스스로 자진하도록 하라."

특공대원들은 감히 감녕의 뜻을 거역하지 못하고 은잔을 받아든다. 이튿날 이경(二更)이 되자, 감녕은 온몸을 나뭇가지로 위장하여 직접 수하들을 이끌고, 지름길을 택해 조조의 전방에 있는 위영에 침투하여, 경비를 서고 있는 병사의 수급 수십을 벤다.

이를 신호로 특공대원들이 나각과 고동을 불어대며 군막에 뛰어들어 불을 지르자, 간담이 써늘해진 조조의 군사들은 초비상이 되어 비상을 울리며 위영에 횃불을 밝힌다.

조조 군사들의 사기를 꺾어 내리고자 하는 소기의 목표를 달성한 감녕이 특공대원들에게 퇴각명령을 내리고 진지로 되돌아오자, 감녕의 성공적 과업수행을 지켜본 손권은 만세 환호를 울리는 병사들을 향해 큰소리로 감녕을 칭찬한다.

"장군이 늙은 맹덕을 너무 놀라게 한 것이 아니오? 나는 오로지 장군의 담력만을 지켜보았소. 맹덕에게 장료가 있다면, 나에게는 흥패가 있으니, 이번 전쟁은 얼마든지 이길 수 있을 것이다."

손권은 감녕과 특공대원들을 크게 치하하여 성대한 연회를 베푼다. 감녕 특공대의 야간기습을 받고 크게 놀란 조조는 이후 군영의 경계를 더욱 철저히 하도록 명하고, 한달 동안이나 유수구에서 손권과 대치하던 중, 마초가 장로의 지원을 받아 기산을 공략한다는 보고를 받고는 퇴각을 결정한다.

2) 유비, 마초가 귀의한 이후 유장의 항복을 받아내다

마초는 장로에게 의탁해 재기를 노리고 장로에게 구걸하듯이 하여 군사를 지원받아 다시 기산(祁山)을 공격하나 곧바로 진퇴양난에 빠진다. 마초는 하후연이 조조로부터 군사작전을 재가받으려면 오랜 시간이 소요될 것으로 생각하고 속전속결로 기산을 정벌하기 위해 출병했으나, 하후연은 조조에게 재가를 받지 않은 상태에서 재빠르게 장합을 선발대장으로 삼아 기산으로 출병시킨다.

장합이 수만의 병사를 이끌고 출병하여 마초의 군대를 포위하자, 마초는 절대적인 군사적 열세를 극복하지 못하고 한중으로 되돌아간다. 이때부터 장로는 아무런 성과도 없이 한중으로 돌아온 마초를 경멸하기 시작하자, 마초는 양백 등 장로 주변의 사람들을 연회에 초대하고는 장로의 처사를 격렬히 비난한다.

"한녕태수 장로는 내가 1만의 병사를 요청했음에도 불과 수천의 병사를 주어 기산을 정벌하도록 청하더니, 장합이 수만의 병력을 이끌고 출병하여 내가 도저히 싸울 수 없어 회군한 것을 나의 무능으로 매도하며 나를 경멸하고 있다. 자신이 품은 '벼룩의 간'보다도 작은 배포는 돌아보지도 않고 나의 무능만을 탓하니, 그와는 큰일을 도모할 수가 없도다."

이때 양백이 앞으로 나서며 마초에게 질책을 가한다.

"그대는 어찌 궁지에 빠져있던 자신을 보호해준 주인을 비방하시는가?"

양백이 연회석을 박차고 나가버리자 연회는 자연히 흐지부지 끝나고, 그 이후 마초는 장로의 눈치를 보다가 생명의 위협을 느끼더니 저족(族)이 거주하는 무의군으로 피신한다. 그러다가 그곳에서 유비에게 투항을 청하고 익주로 들어가서 성도를 포위한 유비에게로 합류한다.

유비는 마초가 자신에게 의탁해 들어오자, 대대적으로 연회를 베풀어 축하하고 그다음 날, 마초를 평서장군으로 명하여 곧바로 성도의 북쪽 방면에 전략적으로 배치한다. 마초가 합류하기 이전에는 동문 앞에서 장비, 서의 황충, 남의 위연, 본대에서 유비를 호위하며 후방을 지원하는 조운이 20여 일 동안 성도를 포위하여 공략하였으나, 이들은 쉽게 성을 함락시키지 못하고 있었다.

마초가 이들을 도와 북문의 공성에 나서면서, 유장은 서량에서의 마초에 대한 명성을 익히 알고 두려워하던 와중에, 유비가 간옹을 유장에게 사자로 보내 투항을 권하는 외교술을 펼치자 이에 긍정적으로 응하여 답서를 보낸다.

며칠 후, 유비가 사자로 보낸 간옹이 진지하게 유장과 회견에 임하게 되고, 이때 유장은 깊이 한탄하며 말한다.

"부친은 한황실의 황족으로서 조정에서 태상이라는 9경의 고관직에 있다가, 이곳 익주자사로 부임한 이래, 마상 등 황건적이 일으킨 난을 평정하고 익주목으로 군권까지 장악한 20여 년 동안, 우리 부자는 제대로 백성들에게 은덕을 베풀어 보지 못했소. 그런데도 이들은 나를 도와 촉을 지키기를 3년간이나 함께하면서, 이번 전쟁에서 죽은 이들의 육신은 썩어 초야(草野)의 양분이 되었는데, 이는 모두 이 못난 유장의 탓으로 어찌 백성들을 마음 편히 대할 수 있겠소? 비록 내가 유비와 계속 자웅을 결할 수 있다고 하더라도, 더 이상은 백성들을 고난으로 몰아넣지 않는 것이 나의 도리라 생각하오."

유장은 간옹을 통해 유비에게 투항의 뜻을 전한다. 유비는 성문을 열고 투항하는 유장에게 진위장군이라는 벼슬을 내리는 동시에 형주의 관우에게 보내 공안으로 유폐시킨 후, 촉에서 황권, 유파 등의 반대세력을 회유하는데 전력을 기울이더니, 조조가 손권과의 유수구에서 전투를 벌여 유비에 대해 달리 생각할 겨를이 없는 때를 맞춘 214년(건안19년) 11월, 결국은 유비가 익주를 완전히 장악하기에 이른다.

유비는 스스로 익주목에 올라 제갈량을 재상 겸 군사장군으로 하고, 법정을 모주 겸 양무장군으로 삼는다. 관우, 장비, 마초를 조아장군으로 임명하며, 황충을 토로장군으로 조운을 익군장군으로 임명하고, 허정, 미축, 간옹, 손건을 빈우로 삼아 각각 좌장군장사, 안한장군, 소덕장군, 병충장군을 제수하고, 유장의 밑에 있던 관리들의 벼슬을 그대로 승계시키며,

유장에게 배척당했던 팽양과 유파 등을 중요요직에 앉혀 기량과 재능을 모두 발휘하도록 배려한다. 이로써 유비는 일주일도 지나지 않아 익주의 민심을 완전히 장악하여, 촉의 정국은 안정권에 접어들게 된다.

유비는 성도의 창고를 열어 공훈에 따라 수하에게 금은보석을 나누어 주고, 병사들과 아전들에게 양곡과 비단을 나누어 준주며, 백성들에게도 양곡을 나누어 주고, 조운의 조언을 받아들여 수탈당한 백성의 논과 밭, 과수원 등을 백성에게 되돌려주며 민심을 다독이기 시작한다.

이로 인해 민심이 완전히 유비에게 돌아오자, 유비는 백성의 협조를 얻어 성도에서 백수에 이르는 지역까지 역사를 만들어 국방을 든든히 구축하는 작업에 돌입한다.

한편, 익주에서 유비가 보낸 전령이 익주를 장악했다는 소식을 형주 강릉에 있는 관우에게 전하자, 관우는 크게 기뻐하면서도 여러 궁금증을 가지고 전령에게 묻는다.

"서량의 마초라는 장수의 명성이 이곳 형주까지 파다한데, 너는 마초라는 장수에 대해 잘 알고 있는가?"

"네, 서량의 마초에 대한 명성은 익주에서도 널리 알려져 있어, 익주자사 유장은 마초장군이 유황숙께 합류하자마자 곧바로 투항을 결정했다고 합니다. 항간에서는 그단큼 익주자사도 마초장군을 두려워했다고들 말하곤 합니다."

관우는 전령에게 특별한 지시를 내린다.

"너는 제갈 재상에게 가서 나의 뜻을 꼭 전하도록 하라. 내가 조만간 성도로 입성하여 마초를 직접 만나보려고는 하지만, 너는 그전에 먼저 제갈 재상에게 내가 마초에 대해 무척 궁금해하더라고 전하거라."

관우의 명을 받은 전령이 성도로 돌아가서 제갈량에게 관우의 말을 전하자, 제갈량은 관우의 심중을 헤아리고는 깊은 생각으로 빠져든다.

'관 장군은 자신이 천하의 제일이라는 자부심을 지니고 있는데, 마초에 대해 궁금증이 해결되지 않으면 반드시 형주를 수하에게 맡기고 성도로 올라올 것이다. 이렇게 되면 형주의 경비는 빈틈이 보이게 될 것이니, 관 장군이 딴생각을 하지 못하도록 빨리 전서를 보내야겠노라.'

제갈량은 곧바로 전서를 쓰더니 전령을 다시 관우에게 보낸다. 전령이 며칠을 내달려 관우에게 제갈량의 전서를 전하자, 관우는 이때를 기다렸다는 듯이 냉큼 전서를 받아들고 읽어 내려가더니 파안대소한다.

"장군께서 마초장군에 대해 많은 궁금증을 가지고 계신다는 말씀을 듣고 한 말씀을 올리고자 합니다. 마초장군이 문무를 겸비한 당대의 영걸이기는 하나, 미염공(美髥公)께는 결코 접근할 수 없을 것입니다."

관우는 제갈량의 전서를 다 읽고 나서는 주변의 장수들에게 전서를 보여주며 호탕하게 웃으며 말한다.

"제갈 재상이 마초는 결코 이 사람 미염공을 따를 수 없다고 하니 이것이 세간의 품평이리라."

관우는 크게 기뻐하여 성안의 군사들에게 성대한 연회를 베풀어 군사들의 사기를 북돋아 준다.

11.
조조의 복황후 폐위와 한중의 장로 정벌전

11. 조조의 복황후 폐위와 한중의 장로 정벌전

조조는 마초가 장로의 지원을 받아 기산을 공격한다는 보고를 받자마자 유수구 전투를 포기한 채 214년(건안19년) 12월 업성으로 돌아온 후, 업성에서 국정의 전반을 점검하던 중 대대적으로 국정을 정비할 필요성을 느끼고, 결국은 수년 전에 이미 드러난 복황후와 국구 복완의 밀서사건을 다시 꺼내 들어 복황후에 대한 처리문제를 마무리 짓기로 한다.

조조는 상서령 화흠에게 어사대부 치려를 부관으로 삼아 군사 5백명을 이끌고 복황후를 잡아 오도록 명하자, 두려움을 느낀 복황후는 문을 닫고 벽장 속에 숨었는데, 화흠이 이끌고 온 병사가 문을 부수고 벽장을 열어 황후를 끌어낸다. 황후는 병사에 의해 머리가 풀어헤쳐 진 채로 맨발로 끌려 나오다가, 어사대부 치려에 의해 꿇어 앉혀 있는 황제를 발견하고 황제의 손을 잡으며 말한다.

"폐하, 이 몸이 다시 살아날 수 없겠습니까?"

헌제가 고개를 푹 숙이며 답한다.

"짐 또한 언제 죽을지 모르는 운명이라오."

상서령 화흠이 복황후를 조조의 앞으로 끌어오자, 조조가 화흠과 치려에게 명한다.

"폐황후를 독실에 가두어 유폐시키고, 폐황후가 낳은 황자 둘은 짐독으로 자진하도록 하며 폐황후의 삼족을 멸하라. 그리고 폐황후의 모친 번영은 탁군으로 유배를 보냄으로써 사태를 완전히 매듭짓도록 하라."

조조는 복황후를 폐위시킨 후, 딸 조절을 헌제의 황후로 삼고, 다른 두딸 조월과 조화도 귀빈으로 삼아, 헌제를 섬기게 하면서 자신의 입지를 더욱 확고하게 다진다.

조조는 골치를 앓던 자신의 오랜 고민을 정리한 후 215년(건안20년) 1월, 한중의 장로를 토벌하기 위해 관서로 출정할 것을 결정한다. 조조는 하후연과 장합에게 선봉장을 맡기고, 조인과 하후돈은 후군에서 군량과 군수물자, 그리고 우마의 수송을 맡기고, 자신은 서황, 허저와 함께 중군을 직접 관장하기로 한다.

조조가 대군을 이끌고 한중으로 진격하자, 장로는 한수와 의기투합하여 이민족인 강족(族), 저족(族)을 끌어들여 연합군을 형성한다. 하후연이 약양에 당도했을 때, 한수는 이민족인 강,저족과 연대하여 약양에서 하후연과 20리 간격을 두고 대치한다. 하후연의 부장들은 한수의 연합군이 엄청난 규모에 달하여 이를 공략하는 방법을 찾기 위해 의견이 분분하게 갈린다. 이때 하후연은 자신이 지닌 확고한 소신을 발표한다.

"지금 한수의 연합군이 정예하고 흥국의 성은 견고하여 전면전으로는 반드시 이긴다는 보장을 할 수가 없소. 차라리 타초경사(打草驚蛇:중심인물의 주변을 두드려 주모자를 자극하여 두렵게 만듦) 전략을 펼칩시다. 아군이 장리의 이민족을 공략한다고 하면, 한수는 이민족과의 연합을 유지하기 위해서라도 장리로 돌아갈 것이오. 설혹 한수가 장리의 이민족을 구원하러 돌아가지 않더라도 한수는 이민족과 분리되어, 아군은 상대적으로 그를 쉽게 도모할 수 있게 될 것이오."

하후연이 장리를 공격하려 한다는 소문을 접한 한수는 이민족의 이반을 우려하여 연합군을 이끌고 장리로 회군하는데, 하후연의 부장들은 장리에 집결한 한수의 연합군이 하후연의 군사보다 월등히 많은 것을 보고 또다시 우려하며 말한다.

"장군, 적의 수가 아군보다 월등히 많으니, 군영을 굳게 세우고 참호를 파서 수비에 치중하다가 기회를 보는 것이 좋겠습니다."

하후연은 이번에도 부장들에게 확고하게 소신을 밝힌다.

"우리가 적병을 성에서 끌어내어 아군에게 유리한 전장으로 유도했는데, 이 기회를 놓쳐서는 아니 될 것이오. 적병은 수효는 많아도 연합체제의 군사일 뿐이외다. 아군은 험한 원정길을 따라 천리 이상을 내달려왔소. 이런 상태에서 참호를 파고 방책을 구축하여 포위망을 세우다가는 피로가 누적되어, 적병이 급습해오면 이들을 상대로 제대로 싸울 수가 없소. 야전에서의 전술적 우위는 일사불란하게 용병을 꾀하여 단숨에 적진을 붕괴시키는 데 있다는 점을 다들 명심하시오."

하후연은 즉시 병사들에게 공격형 일자진을 형성하도록 명하고 잠시 후 진형이 완료되자, 하후연은 부장들을 불러들여 각자에게 임무를 부여한다.

"일진 부장은 궁노수를 이끌고 전면에서 적진을 향해 무작위로 궁노를 날리시오. 그리고 기병이 적진을 향해 공격할 때 화살을 멈추시오. 2진 부장은 기병을 이끌고 적군의 궁노수가 화살 공세를 멈출 때, 신속히 적진 안으로 뛰어들어 적진의 대오를 붕괴시키시오. 3진 부장은 경보병을 이끌고 기병이 적진을 혼란하게 유린시킬 때, 신속히 유군 활동을 하면서 적군과 교전을 벌이도록 하시오. 적군은 아직 진형을 제대로 구축하지 않은 덕에 우리가 유리한 지형에서 싸우게 되므로, 비록 아군이 적군보다 군사는 적을지라도 쉽게 격파할 수 있을 것이오."

하후연의 일사불란한 용병을 따라 일진, 이진, 삼진이 적진을 맹렬히 공격해 들어가자, 단 한번의 교전으로 한수의 연합군은 어이없이 붕괴되고, 하후연의 유군은 한수의 대장기까지 탈취하기에 이른다. 한수는 저족의 수장 천만과 함께 장로에게로 도주하고, 하후연이 이민족을 평정했다는 보고를 받은 조조는 선봉장 하후연과 장합에게 한중으로 신속히 출병하도록 명한다. 장로는 하후연과 장합의 선봉대가 한중으로 집결하자, 수하들을 불러들여 대책을 세우고자 한다.

이때 장로의 종제 장위가 대안을 제시한다.

"군사를 둘로 나누어 형님은 한녕을 지키면서, 저에게 차질 없이 군수물자와 마초를 공급해 주십시오. 이 아우는 양평관의 험한 지세를 이용하여, 좌우 산기슭 10여 곳에 위영을 세우고 조조의 침입을 막겠습니다."

장로는 장위의 뜻에 따라 한녕을 지키기로 하고, 장위는 양앙과 양임을 부장으로 삼아 수만에 이르는 군사를 이끌고 양평관으로 향한다. 장위는 양앙에게 명해 앙평관 주위의 산을 가로질러 10리에 걸쳐 보(堡)를 쌓고, 보의 주위 10여 곳에 위영을 설치한다. 하후연과 장합이 양평관에 이르렀을 때는 이미 장위가 위영을 10여 군데 구축하고 관문을 지키고 있었다. 조조의 선봉대가 양평관에서 20리 떨어진 벌판에 군영을 세우고 장위와 대치하고 있을 때, 조조가 중군을 이끌고 양평관에 당도한다.

조조는 하후연과 장합의 선봉대에게 양평관을 공략하도록 명하나, 워낙 험한 지세에 세워진 견고한 관문이 쉽게 무너질 리가 없었다. 수차례의 공격에도 양평관은 견고함을 유지하면서 두달이 훌쩍 지나간다. 조조는 허저와 서황을 이끌고 양평관의 지세와 장위의 위영이 입지한 지형을 두루 살펴보더니 위계에 의한 작전명령을 내린다.

"양평관과 주변의 지세가 워낙 험악하여, 정공법으로는 함락시키는 일이 쉽지 않겠도다. 지금 아군은 식량난으로 어려움을 겪고 있다는 사실을 적장 장위가 알고 있는 점을 역으로 이용하여, 아군이 식량난으로 퇴각하려 한다는 헛소문을 퍼뜨리도록 하라. 헛소문을 퍼뜨린 다음, 적진이 나태해지는 틈을 타서 암도진창(暗渡陳倉)계책으로 이들이 방치하고 있는 험로를 돌아 기습을 한다면 필히 승리하게 될 것이다."

조조는 즉시 위공부 군막으로 돌아와서 책사와 장수들을 불러들인다.

"지금부터 병사들에게 조만간 퇴각할 것이라는 헛소문을 내게 하라. 적의 척후병이 이 소문을 장위에게 보고하기 전, 하후연장군과 장합장군은 각각 경보병 3천씩을 이끌고 양평관 후미의 험로를 은밀히 돌아 좌,우익에서 대기하도록 하라. 고(孤)는 위공 깃발을 거두어 퇴각하는 척할 것이다. 적군은 고(孤)가 퇴각한다고 하더라도 금선탈각(金蟬脫殼)전략을 쓸 것으로 우려하여, 쉽게 추적하지 않고 척후를 보내 확실히 퇴각하는지를 살필 것이다. 고(孤)는 적병의 시야에서 완전히 사라질 때까지 후퇴를 할 것이고, 이때 적병의 ７강이 나태해지는 징후가 보이면, 선봉장들은 양평관 후미의 적의 군영을 기습하라. 기습을 감행할 때는 불화살을 날리고 북소리를 울리고 고동과 나각을 불어대면, 고(孤)는 서황과 허저에게 경기병을 이끌고 양평관으로 신속히 이동하도록 경할 것이고, 고(孤)는 중군을 이끌고 곧바로 양평 관문의 앞으로 돌격하겠노라. 양평관의 앞뒤에서 장로의 10여 개 위영을 협공하게 되면, 어렵지 않게 양평관을 함락시킬 수 있을 것이다."

조조가 장수들에게 작전명령을 내리고 거짓으로 퇴각을 시작하자, 장위는 양앙, 양임을 불러 조조의 진위를 확인한다.

"조조가 식량난에 빠져있다는 것은 척후의 보고를 통해 확인한 바이지만, 아직까지는 퇴각을 감행할 정도로 다급한 지경은 아닌 것으로 알고 있소. 그대들은 조조의 진의가 무엇이라 생각하시오?"

양임이 신중한 자세를 견지하며 대답한다.

"조조가 소기의 목적을 이루지 않고 순순히 퇴각한다는 것이 결코 믿겨 지지 않습니다. 조조가 진정으로 퇴각을 하려고 했다면, 퇴각으로 인해 발생할 위험을 숨기기 위해서라도 병사들에게는 함구로 임했을 것입니다. 소장의 짧은 생각으로는 조조가 철저히 금선탈각에 입각한 후퇴를 취해, 아군을 양평관 밖으로 끌어내기 위한 계책으로 보입니다. 추격해서는 아니 될 것으로 생각합니다."

이때 양앙이 반대의 의견을 제기한다.

"그렇지 않을 수도 있습니다. 양평관은 천혜의 요새입니다. 조조는 벌써 2달이라는 시간을 허비하고 얻은 소득은 전혀 없이 군사만 크게 손상을 입고, 시간을 오래 끌게 되면서 동오의 손권을 의식하게 된 것입니다. 퇴각하는 조조의 후미를 공략하면, 예기치 않은 성과를 얻을 수 있을 것입니다."

두 장수의 의견이 서로 팽팽히 맞서자, 장위는 한녕에 있는 장로에게 전령을 보내 장로의 의향을 묻는다.

"내 생각에는 두 장수의 말이 모두 옳다고 보지만, 척후를 보내 조조의 움직임을 신중하게 관찰한 후에 처신하는 것이 좋겠다고 생각한다."

장위는 조조의 후미를 공격하는 대신 척후병을 보내, 조조의 동향을 예의주시하기로 한다. 조조는 장위의 척후병을 완전히 따돌리기 위해 양평관의 시야에서 1백여 리 떨어진 곳까지 물러난다. 장위와 양앙, 양임은 조조가 공격권에서 완전히 사라지자, 2달 이상 계속되던 긴장이 풀려 군사의 기강을 점검하지 않는다.

그날 밤, 축시를 기해 하후연과 장합이 양평관 후방 장위의 군영에 불화살을 날리며, 북과 징, 고동을 불며, 기습공격을 감행한다. 이를 신호로 조조는 하후돈과 허저를 양평관 주위의 험한 곳에 주둔한 장위의 위영을 공략하게 하고, 자신은 퇴각하던 대군을 이끌고 양평관 앞으로 되돌아온다.

장위가 양평관 앞에서 조조의 대군을 상대로 대적하는 사이, 하후돈은 부장 고조와 해표에게 양임의 위영을 기습하도록 명하는데, 양임은 야밤에 갑자기 들이닥친 고조와 해표의 기습을 막아내지 못하고 목숨을 잃는다.

양임의 위영이 무너지고, 곧이어 하후연과 장합의 부대가 양앙의 위영을 무너뜨리자, 장위는 더는 버티지 못하고 양평관을 버리고 장로가 있는 한녕으로 도주한다. 장위가 양평관을 빼앗기면서 천혜의 요새를 잃은 장로는 투항을 결심한다.

이때 염포가 장로의 투항을 극렬히 막는다.

"지금은 때가 아닙니다. 지금 장군께서 섣불리 투항하게 되면, 조조는 장군을 경시할 것입니다. 조금 더 버티다가 때를 살펴 투항 여부를 결정하십시오."

장로는 염포의 권유를 못이겨 일단 파중으로 피신하기로 하는데, 이때 장로는 서량의 한수가 서량장수 국연과 장석의 배신으로 인해 목숨을 잃고, 서량주가 조조에게 평정되었다는 소식을 듣는다. 장로가 심란해진 마음을 추스르며 파중으로 떠나려고 할 때, 주변의 측근들이 장로에게 강력하게 건의를 올린다.

"장군, 창고와 부고에 쌓인 보화가 조조의 수중으로 들어가면, 조조에게 힘을 실어주는 격이 되니 이를 하나도 남김없이 불태우고 떠나야 합니다."

장로는 한마디로 측근들의 건의를 묵살한다.

"재화와 보물은 국가의 소유이니, 어떤 누구도 함부로 손상해서는 아니 되오."

장로는 창고와 부고를 모두 봉하고 한녕을 떠나 파중 남정으로 대피한다. 얼마 후, 한녕에 당도한 조조는 창고와 부고에 쌓여있는 금은보화를 보고 의아해하며 주위에 있는 사람들에게 묻는다.

"장로가 어찌해서 금은보화를 불태우지 않고, 창고와 부고를 그대로 두고 파중으로 피신을 했을꼬?"

이때 조조의 수하장수 하나가 앞으로 나서며 조조의 의혹에 대해 해답을 준다.

"소장이 미처 피난을 떠나지 못한 창고지기를 잡아, 승상께서 지니신 의혹에 대해 직접 물어보았습니다. 그자가 말하기를 장로는 '승상께서 금은보화를 차지하더라도, 이것은 국가의 소유이어서 함부로 손상해서는 아니 된다'라고 했답니다."

조조는 장로가 그동안 투항할 의사를 간간이 드러냈으며, 특히 금은보화를 조조 자신이 차지하게 될 것을 뻔히 알면서도 국고라는 개념으로 손상시키지 않은 장로에 대해 애틋한 마음을 갖게 된다. 이때 조조는 손권이 '제2차 합비전쟁'을 일으켰다는 보고를 받고, 손권을 대비해야 할 필요성과 여러 문제를 겸사해서 속히 장로를 위무하여 투항시킬 결심을 하게 되고, 결국 파중에서 꼼짝없이 칩거하고 있는 장로를 설득하기 위한 전략을 세운다.

12.
제2차 합비 공방전

12. 제2차 합비 공방전

이즈음 강동에서는 손권이 조조의 명을 받고 농지를 크게 개량하여 풍족한 군량을 합비로 공급하던 여강태수 주광을 공략하여 환성을 빼앗은 후, 합비를 공략하기 위한 전초기지를 서서히 마련해 가고 있었다.

그런 와중에도 조조가 주력군을 이끌고 장로를 정벌하러 한중으로 원정을 나간 때를 틈타 215년(건안20년) 7월, 손권은 유수구로 돌아와서 10만 대군을 이끌고 합비로 출정함으로써 본격적인 '제2차 합비 공방전'이 펼쳐진다.

손권은 감녕, 여몽을 선봉장으로 하고, 능통과 장흠을 후군장으로 삼고, 자신은 중군장이 되어 진무, 반장, 서성, 동습 등 장수를 이끌고 합비성을 공략하기 시작한다.

합비는 서주와 중원으로 통하는 길목으로 조조가 합비를 잃게 되면, 조조의 심장부 허창이 위험에 빠지고 동시에 구강, 서주에 대한 지배권을 상실하게 된다. 그런 요충지를 손권이 대군을 이끌고 대대적으로 침공하지만, 조조는 한중에서 장로를 투항 직전까지 몰아넣고 있었던 관계로, 한중의 군사를 합비로 돌릴 수도 없는 처지가 되어 있었다.

손권에 의해 동쪽에서 벌어지는 합비전투에서 패할 경우에는 서쪽의 한중정벌에 나선 조조도 허도의 위기를 구하기 위해 군사를 돌려야 할 상황이었기에, 조조는 차선책으로 장료가 지키는 합비에 악진, 이전을 증원군으로 보내야 했다.

그러나 한중 정벌전에 절대다수의 군사가 동원되었던 관계로 7천에 이르는 소수의 병력만을 증원해 보낸 탓에, 장료는 절대적으로 군사력이 열악한 가운데 손권의 10만 대군을 방어해야 하는 상황이 되어, 조조가 한중을 완전히 정복할 때까지 합비를 지키는 것이 터무니없이 버거운 지경에 이른다.

마침내 손권의 10만 대군이 합비성으로 몰려오자, 장료와 장수들은 그동안 잊고 있었던 조조의 봉투가 생각나서 봉투를 꺼내든다. 한중정벌의 장도에 오르기 이미 오래전에 조조는 자신이 원정길에 오르면, 손권이 반드시 합비를 공략해올 것을 예측하고, 호군 설제에게 사전에 전략과 전술이 담긴 봉투를 건네주었었다.

봉투 겉에는 '적군이 오면 열어보라'라는 글이 쓰여 있었다. 장료가 이전, 악진과 함께 조조가 사전에 손권의 침략을 대비해서 건네준 서신을 뜯는다.

"손권이 공격해 오면 장료와 이전은 출성해서 힘을 합쳐 싸우고, 악진은 철저히 성을 지킬 것이며, 호군 설제는 절대로 이들의 분쟁에 관여하지 말라."

조조의 밀봉을 뜯어본 이전을 비롯한 장수들이 조조의 취지를 이해하지 못한다.

"주군께서 설마 손권이 10만이라는 대군으로 공략할 것은 예측하지 못하고, 전략을 내리신 것으로 현실적으로는 맞지 않는 교령이오. 성 밖으로 나가 싸우는 것은 중과부적으로써 계란으로 바위를 치는 격입니다."

이전, 악진 등이 조조의 편지에 회의적인 반응을 보이지만, 장료는 조조의 의중을 읽고 있다는 듯이 단호한 어조로 자신의 각오를 밝힌다.

"주군의 하명은 무중생유(無中生有:무에서 유를 창조함) 전략의 일종으로 허(虛)와 실(實)을 적절히 사용하라는 뜻일 것입니다. 아군이 주군의 구원병이 올 때까지 기다리면, 손권은 여유를 가지고 충분히 공성을 위한 준비를 갖출 것이므로, 이를 방해하기 위해 기습적으로 선제공격을 가하여, 손권이 아군을 쉽게 넘보지 못하게 하고, 방어에 대한 시간적 여유를 얻으라는 뜻일 것입니다. 적병이 미처 진용을 정비하기 전에 적의 허(虛)를 공략하여 적의 예기를 꺾고 동요하는 아군의 군심을 안심시킨 후, 아군이 철저한 방비에 나서면 손권도 함부로 군사를 움직이지 못할 것입니다. 이것은 아마도 승상께서 즐겨 사용하시는 허허실실(虛虛實實) 계책일 것입니다."

이전은 여포에게 죽은 숙부 이건의 사건으로 한때 여포의 애장이었던 장료와 평소에도 사이가 좋지 않아 오랜 세월을 반목하고 있었다. 장료의 주장에 이전이 아무런 대꾸도 하지 않자, 장료가 이전의 행태를 성토하며 언성을 높인다.

"이 전쟁의 승패는 승상의 교령을 어떻게 이행하느냐에 달려있습니다. 장군들이 지난날의 악감정으로 결심하지 못한다면, 나 혼자서라도 결행하겠소."

장료는 조조 수하의 최고 맹장다운 기개를 잃지 않고, 단독으로 수하들에게 출진명령을 내리고 자리에서 일어난다. 이때 이전이 동시에 자리에서 벌떡 일어나며 말한다.

"장군의 말이 맞습니다. 이는 국가의 대사입니다. 나는 장군의 계책이 어떤 것인지 알고 싶었을 뿐이오. 어찌 개인적 감정으로 공적인 대의를 잊을 수 있겠소. 나는 장군과 함께 출성하여 적진을 붕괴시키겠소."

"장군이 도와준다면 우리는 반드시 손권을 사로잡을 수 있을 것이오."

이전은 유가의 단아함을 숭상하고 예의를 갖춰, 재주와 덕이 있는 사대부를 존중하는 겸허한 명장이며, 장료는 조조에게 있어서 조인 다음으로 가장 용맹한 장수라는 평을 받을 만큼, 지략과 담력이 있어 과감하고도 결단력을 갖춘 장수로서 '위기를 보면 무리를 먼저 생각(견위난 무망기중:見危難無忘其衆)'하고 어떤 고난도 몸소 솔선수범하는 인걸이다.

조조는 이들의 성품을 너무도 잘 알고 있어, 위난에 빠지면 이들에 의한 조합이 최적의 용병임을 인지하여 최고도로 활용하고자 했던 것인데, 조조의 예측이 맞아 들어 결과적으로 조조의 용병은 성공적인 '신의 한수'가 된다.

장료는 이날 밤, 특공기병 8백기를 선발한 뒤, 닭과 소와 돼지를 잡고 진수성찬을 베풀어 군사들의 사기를 고무시키고 이튿날, 이전과 함께 8백의 돌격기병대를 이끌어 손권의 본진을 향해 진격한다.

손권은 이때 10만의 병력이 모두 집결한 후, 효율적인 군영을 구축하려고 구상 중이었는데, 이런 손권의 허(虛)를 찌르고 장료가 미처 정비되지 못한 손권의 영채를 무차별 휘젓고 다니자, 이런 사태가 오리라고는 미처 예기하지 못했던 동오의 군사들은 큰 혼란에 빠진다.

손권이 놀라 여몽과 감녕에게 구원을 요청하려고 하나, 이때는 이미 장료의 돌격기병들이 진형을 붕괴시킨 뒤였다. 당황한 손권이 황급히 퇴각하여 언덕으로 대피하자, 장료는 겨우 수십의 특공기병을 이끌고 손권을 향해 맹렬히 돌진한다.

손권은 언덕 위에서 몇몇 장수와 함께 긴 창을 휘두르며 장료의 돌격대를 접근하지 못하도록 견제할 때, 손권의 중군부장 서성은 불과 수십명의 호위장수에게 둘러싸인 손권이 어렵게 장료의 공격을 막아내는 것을 보고, 대열에서 흩어진 병사 수백명을 재빨리 수습하여, 장료와 특공기병 10여 명을 겹겹이 둘러싼다. 위기에 놓인 장료가 악전고투 끝에 겨우 포위를 뚫고 나가려는데, 손권의 병사에게 포위를 당한 특공 병사들이 큰소리로 외친다.

"장군께서는 우리를 버리시렵니까?"

장료는 다시 말머리를 돌려 적진으로 뛰어 들어가, 서성의 포위망 속에서 처절한 칼부림을 휘날린다. 장료가 자신의 수하를 구하기 위해 다시 포위망 속으로 되돌아오자, 특공기병들은 혼신을 다해서 수백에 이르는 서성의 병사들을 상대로 피로 얼룩진 혈투를 벌인다.
　장료가 온몸을 피로 물들이며 신들린 칼춤을 추자, 동오의 군사들은 넋을 잃고 장료의 신기에 혀를 내두른다.
　동오 군사들의 예기가 꺾여 서서히 붕괴하여 가는 포위망 사이를 이전이 2진의 특공기병을 이끌고 치고 들어와 합류하면서 동오 군사의 포위망은 완전히 무너지고, 이 틈에 몰살을 당할 위기에 처했던 돌격대원들이 장료와 함께 포위망을 빠져나온다. 장료와 이전이 특공기병을 이끌고 시작된 기습전이 해가 뜰 무렵부터 시작하여 정오까지 이어지면서, 조조 군사의 기세에 크게 놀란 손권의 군사들은 이후로는 급격히 사기가 꺾여 과감하게 공격을 감행하지 못한다.
　정오가 될 무렵, 포위망을 뚫고 성안으로 돌아온 장료와 이전은 성벽과 성문의 상태를 점검하고, 이후 병사들의 기강을 일깨우며 철저히 성의 방비를 강화시킨다.
　손권은 사기가 떨어질 대로 떨어진 병사를 이끌고는 공성이 여의치 않으리라는 생각을 하고, 합비성 앞에서 공성을 미룬 채 10여 일 동안을 포진하고 있을 때, 마침 장강 주변에서 심한 풍토병이 발생하여 동오의 군사들이 고통을 받기 시작하자, 풍토병을 빌미로 더 이상 싸울 수 없다는 변명을 세우고 철수를 결정한다. 손권은 병사들이 안전하게 철수할 수 있도록 금선탈각에 의한 퇴각을 취하려고, 회군하는 병력의 최후미에 감녕과 여몽을 배치하고 솔선수범하여 그들과 함께 최후미를 지킨다.

이때 능통, 장흠, 진무, 서성, 송겸 등의 장수와 정예호위병 1천명도 병력의 안전한 철군을 위해 스스로 호위대 역할을 자청한다. 얼마 후, 장료가 퇴각하는 손권을 놓치지 않으려고 돌격기병을 이끌고 추격하자, 손권의 신상을 우려한 감녕과 여몽이 손권을 향해 큰소리로 외친다.

"주군께서는 어서 소요진 다리로 가십시오. 저희는 장료의 추격을 막겠습니다."

감녕과 여몽이 사력을 다해 장료의 추격을 막으려고 달려들어 수천의 장료 돌격대와 피 튀기는 혈투를 벌이는 사이, 호위대를 이끌고 손권을 합비 동쪽의 소요진 다리로 피신시킨 능통은 호위대를 이끌고, 다시 장료의 돌격기병을 상대하기 위해 피로 얼룩진 전투현장으로 뛰어든다.

능통의 수하장수 진무가 장료와 맞닥쳐 일기토를 하던 중, 단 7합 만에 목숨을 잃는 등 능통의 부대가 거의 전멸하다시피 하고, 장료의 특공기병과 보병의 거센 기세에 눌려 서성과 송겸이 맥없이 퇴각하기 시작할 때, 후방에 있던 손권의 무맹교위 반장이 독군(督軍)의 자격으로 도주하는 서성과 송겸의 병사들에게 돌아서서 다시 싸울 것을 독려하며 도주하는 두 명을 본보기로 주살하자, 달아나던 병사들이 다시 돌아서서 장료의 보병들과 혈투에 돌입하면서 손권은 다소나마 도주할 시간을 벌게 된다. 감녕 또한 군악대원들에게 북을 치고, 나각을 불게 하면서 병사들을 다그치자, 동오의 군사들은 다시 정비되어 뒤이어 추적하는 이전의 병사들과 다시 전투에 임하기 시작한다.

장료가 손권을 좇아 소요진 다리로 전속력을 내어 말을 달리는데, 감녕이 군사를 이끌고 장료가 소요진으로 접근하는 것을 막아선다. 손권은 소요진에 당도하여 황급히 소요진 다리 위를 향해 달리는데, 소요진 다리의 남쪽 앞 나무판이 한 길 정도가 소실되어 없었다.

이때 손권을 호위하던 아장 곡리가 손권에게 청한다.

"소인이 장군님께서 무너진 다리를 뛰어넘도록 하겠습니다. 말을 뒤로 3길 물려선 다음, 고삐를 길게 늦춰 잡고 계십시오. 소인이 장군님의 말안장을 꽉 잡고 있다가 채찍질을 가하면, 장군께서는 고삐를 늦춰 잡고 박차를 가해 다리 위를 힘차게 달리십시오. 무난히 다리를 건널 수 있을 것입니다."

말을 마친 곡리는 손권에게 말안장을 꽉 쥐고 고삐를 늦춰 잡게 한 다음, 말에게 세차게 박차를 가해 손권이 무사히 다리를 건너뛰게 한다. 소요진 건너 남쪽에서는 하제가 3천의 군사를 이끌고 대기하고 있다가 손권을 호위함으로써, 손권은 겨우 위기에서 벗어날 수 있게 된다.

  이 전투의 결과로 손권은 막대한 전력상의 손실을 입게 되는데, 부장 진무가 사망하고, 부장 서성은 심한 부상을 당하여 하제의 도움으로 겨우 피신할 수 있었다. 능통은 자신의 친위병 3백을 모두 잃고, 자신도 온몸에 수십 군데 상처를 입고 겨우 자맥질하여 손권이 타고 있는 배로 합류한다.

  제2차 합비 공방전 이후, 동오에서는 '우는 아이에게 장료가 온다고 하면, 울던 아이도 울음을 멈춘다'라는 말이 나올 정도로 장료는 동오를 중심으로 천하에 맹위를 떨치게 된다.

  이 전투의 패배로 손권은 합비를 통해서는 중원으로의 진출이 어렵다는 생각을 굳히게 되고 이후, 손권은 다시 형주를 통한 중원진출을 모색하게 되면서, 향후 형주에서 관우와의 각축전, 유비와의 이릉전투를 촉발하는 등 동오와 촉 분쟁의 단초를 제공하게 된다.

13.
관우와 노숙, 익양에서 대치하다

13. 관우와 노숙, 익양에서 대치하다

합비 공방전에서 대패한 손권은 합비를 통한 중원진출을 포기하고, 유비가 익주를 손아귀에 넣은 것을 계기로, 형주 북방의 전략적 요새를 얻고자 제갈근을 유비에게 파견하여 지난날 자신이 대여한 형주 북방을 돌려주도록 요구한다.

"좌장군께서 익주를 수중에 넣은 것을 축하합니다. 이제 좌장군께서도 기반이 안정되었을 테니, 나에게서 빌려 갔던 형주 북방 3개군을 돌려주십시오. 나는 향후 형주를 통해 중원으로 진출하고자 하는 계획이 있어, 나에게 형주 북방의 입지는 절대적으로 필요한 지형입니다."

손권의 요청에 대해 유비는 냉소적으로 응대한다.

"지금 나는 서량을 탈취할 계획으로 있으니, 조금 기다려주면 서량을 평정한 이후, 형주 북방의 지배권을 내려놓겠소."

유비의 답변을 접한 손권의 수하들이 이구동성으로 유비를 비난하며 말한다.

"이는 유비가 형주를 돌려주지 않겠다는 의미이며, 공허한 말로 시간 끌기에 불과합니다."

손권은 유비에게 심한 배신감을 보이며, 유비가 독자적으로 차지한 장사, 영릉, 계양 3개군의 태수를 임의로 파견한다.

관우는 관우대로 손권의 처사에 분격하며 장사, 영릉, 계양 3개군의 태수를 곧바로 내쫓아 버리자, 손권은 다로하여 여몽을 선봉장으로 삼아, 선우단, 서충, 손규, 여대, 손무를 부장으로 2만 병사를 이끌고 3개군을 탈취하도록 지시한다.

이런 손권의 결단은 지난 두 차례에 걸친 유수구 전투에서 자신이 독자적으로 조조를 물리친 자신감에 넘쳐, 손유동맹을 파기할 때 발생할 수 있는 손실을 무릅쓰고라도 유비에게 빌려준 형북의 땅을 돌려받으려는 데에서 나온 결기였는데, 손권의 요구를 유비가 받아들이지 않자, 손권은 익양에 군사를 보내어 관우를 공격함으로써 역사적으로 저 유명한 '익양대치'가 발발하게 된다.

여몽은 관우가 관장하고 있는 장사, 영릉, 계양의 3개군 태수에게 강력한 힘의 논리를 앞세워 전서를 보내고 투항을 청하자, 장사와 계양의 태수는 여몽의 위압에 눌려 아무런 저항도 하지 못하고 투항하고 만다.

장사, 계양이 맥없이 무너지고 영릉까지 위기에 이르자, 유비가 직접 군사 5만을 휘동하여 공안의 유강구로 내려와서, 관우에게 군사 3만을 내어주며 익양으로 파견한다. 이에 손권은 노숙에게 1만의 군사를 내어주고, 익양에서 관우와 대치하게 하고, 동시에 영릉을 공략하던 여몽에게는 익양으로 가서 노숙을 도우라고 명한다.

여몽은 영릉을 향하는 길에 영현에서 영릉태수 학보의 친구 등현지를 만나자, 불현듯이 이를 활용해서 위계로 영릉을 손쉽게 탈취할 수 있으리라는 생각을 하기에 이른다.

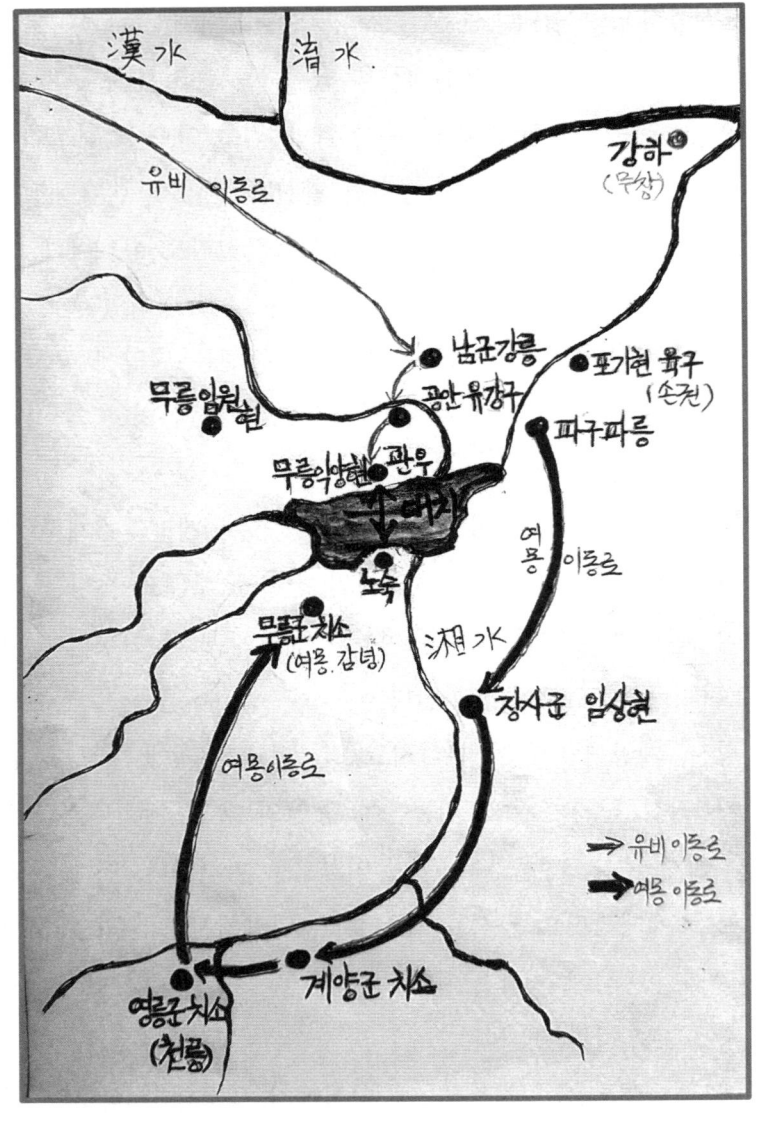

일단의 전략을 정리한 여몽이 등현지를 불러들여 청한다.

"그대는 영릉태수 학보의 친구로서 친구의 불행을 방치할 수는 없지 않은가? 영릉태수 학보가 저항하는 것은 자유이지만, 이미 관우와 유비는 격파되어 원군이 영릉에 파병될 가망은 전혀 없네. 이를 영릉태수에게 전하고 투항을 권유하라. 투항하면 태수와 성민들의 생명은 보장할 것이다."

여몽은 등현지를 속이기 위해 수상개화(樹上開花:실제보다 병력을 과대위장) 계책을 써서, 군영 주변의 곳곳에 위장된 손권의 깃발을 휘날리게 하며, 주변 숲속에 위장으로 병사를 보내 북, 쟁과리를 울리고 창칼이 숲속에서 번뜩이도록 위장 성세를 취한다.

이에 속은 등현지는 동향의 학보에게 찾아가서 학보에게 이런 사실을 전하고 투항을 권유하자, 학보는 곧바로 등현지에게 투항의사를 전하고, 등현지로부터 투항의사를 전달받은 여몽은 즉시 4명의 장수에게 명한다.

"그대들은 특공정예병 1백명을 성문의 근처에 숨겨두었다가 만일 학보가 성 밖으로 나오면, 학보의 마음이 변하기 전에 즉시 달려들어 학보를 포박하고 성문을 점거하도록 하라."

여몽은 동오의 특공정예병들이 성 밖으로 나온 학보를 순식간에 포박하고 성문을 점거한 것을 확인하고, 군사를 이끌고 성으로 입성하여 성을 완전히 점거한 후, 포박당한 학보의 손과 팔을 풀어준다. 여몽은 학보의 손을 잡아끌고 배에 승선시켜 유비가 공안에 있고, 관우가 익양에서 노숙과 대치하고 있다는 사실을 직접 보게 한다.

진실을 알게 된 학보는 태수로서 위계에 넘어가 쉽게 투항했다는 수치심으로 어찌할 바를 몰라 얼굴을 붉힌다. 장사, 계양, 영릉을 위력과 위계로 어렵지 않게 점거한 여몽은 손하에게 점령지를 맡기고, 익양에 있는 노숙을 찾아가서 함께 익양 대치전에 합류한다.

노숙이 익양에서 강을 사이에 두고 관우와 대치하며 강의 끄트머리에 성을 축조할 때, 손권은 감녕, 반장, 손교에게 군사를 이끌고 익양에서 노숙을 지원하도록 한다. 관우는 정예병 5천을 선발하여, 상류 10여 리의 얕은 여울에 배치하고 야밤에 도강시킬 준비를 시작하는데, 관우의 동태를 계속 주시하던 감녕이 이를 감지하고 노숙에게 요청한다.

"소장에게 군사 5백명을 증원해 주면, 관우가 도강하지 못하도록 할 수 있습니다. 소장의 객기로 치부하지 마시고 부디 청을 받아들여 주십시오."

감녕의 용맹을 알고 있는 노숙이 감녕의 청을 받아들여 격려하며 조심스럽게 말한다.

"어찌 감녕장군에게 5백이 아니라 1천명의 병사인들 지원하지 못하겠소? 장군은 병사를 이끌고 망루에서 관우의 움직임을 살펴 대응하도록 하시오."

감녕이 노숙의 명을 따라 망루를 세우고 관우의 움직임을 관찰하자, 관우는 수하들에게 도강작전이 변경되었음을 전하며 본진으로 돌아오도록 한다.

"내가 감녕의 용맹을 익히 알고 있는데, 다른 장수라면 몰라도 감녕이 도강을 방비한다면, 도강에서의 성공을 보장하기 어렵다. 도강을 준비 중인 특공대원들은 도강을 포기하고 군영으로 돌아오라."

관우는 도강을 포기하고 나무를 엮어 울타리를 만들고 군영의 경계 주변을 단단히 구축하는데, 대치가 길어지면서 협상을 통해 순조롭게 서로 간의 반목을 해결하고자, 노숙에게 사자를 보내어 1대1의 면담을 요청한다. 관우와 노숙은 서로 병사를 1백보 밖에 세우고, 오직 단둘이서 단도 한 자루만을 보유한 채로 만나 허심탄회하게 대화하기 시작하는데, 이 자리에서 관우가 답답하다는 듯이 서두를 꺼낸다.

"동오가 형주 4군을 공략하여 손유동맹은 파기되고 조조만이 좋아하게 되었소. 도대체 왜 형주 4군을 돌려달라는 말이오. 유황숙도 적벽대전에서부터 현재 이 순간까지 계속 동오와 함께 조조에 항거해 왔소이다."

노숙이 어이없다는 듯이 대답한다.

"거기장군께서는 장판에서 조조에게 대패하여 오갈 곳이 없는 좌장군 현덕을 받아들여, 여태까지 온갖 지원을 아끼지 않았소. 좌장군 현덕은 적벽에서 서로 동맹하여 조조를 격파하고 자신이 기반을 잡을 때까지만 형주 3군을 빌려달라고 하였고, 이 사람이 보증인이 되어 장사, 영릉, 계양의 형주 3군을 빌려줄 때, 현덕은 거기장군에게 약속하기를 '파촉을 얻으면 형주 땅을 반드시 돌려주리다'라고 맹약을 했었소. 이제 현덕이 촉을 얻어 기업을 일으킬 둥지를 틀었으니, 동오에서 빌려간 형주 3군의 땅을 되돌려달라는 말이오."

"오림(烏林)의 전투에서 황숙께서는 주무시면서도 갑옷을 벗지 않으시고, 비 오듯이 쏟아지는 화살 공세 속에서 죽음을 무릅쓰고 힘을 합쳐 함께 조조를 물리쳤는데, 진정 황숙의 지분이 형주에는 없다는 말이오?"

"군자는 자신이 가장 어려웠던 때를 잊지 말아야 한다고 합니다. 좌장군이 당양에서 수난을 당하고 오갈 데가 없을 때 거기장군이 거두어주지 않았다면, 오늘 과연 좌장군이 촉을 정복하여 기틀을 마련했을 수 있었겠소? 이를 천하의 사람들이 모두 잘 알고 있는데, 좌장군이 호의에 감사해하지 않고 거기장군의 당연한 요구를 거부하면, 천하의 이목이 좌장군을 멸시할 것입니다."

"그렇지 않소. 오히려 적벽과 오림의 전투에서 황숙이 거기장군을 돕지 않았다면, 동오는 자칫하면 조조의 수중으로 넘어가게 되었을 것이라는 게 천하의 세평이외다."

서로의 팽팽한 입장표명으로 분위기는 더욱 살벌해지고, 결국 양측은 얼굴만 붉힌 채 헤어진다.

14.
제3차 유수구 전투와 한중공방전

14. 제3차 유수구 전투와 한중공방전

1) 유비와 손권은 궁지에 몰려 다시 동맹을 맺다

한중에서는 215년(건안20년) 11월, 조조가 산관을 지나 한중으로 들어가기 위해 장합에게 보졸 5천을 주어 길을 뚫도록 명하고 마침내 한중의 남정에 당도한다. 이때 오래전부터 투항을 고려해왔던 장로가 파중에서 무리를 이끌고 조조에게 항복을 청한다. 조조는 장로가 애초부터 투항하기를 원했고, 전투에도 적극적으로 응하지 않은 것을 인정하는 동시에 보고의 금은보화를 불태우지 않은 것을 칭찬하며, 진남장군에 임명하고 빈객의 예로 대우해 주며, 그를 낭중후로 삼아 식읍 만호를 내려준다. 조조는 장로의 다섯 아들과 염포에게도 열후를 봉하고, 장로의 딸은 조우의 아내로 보내고, 장로는 마초가 내버린 마초의 아내를 염포에게 내어준다.

조조가 한중을 평정한 직후, 조조는 마초를 따라가지 않고 한중에 남아 장로를 보위하고 있던 방덕을 입의장군으로 임명하고, 관문정후에 봉하며 식읍 3백호를 하사하는데 이때, 승상동조속 사마의는 조조에게 한중의 장로를 항복시킨 여세를 몰아, 유비가 장악한 익주를 공략하도록 권한다.

"유비가 신의를 버리고 촉의 유장을 도모한 탓에, 익주에서는 많은 인사들이 유비를 내심 거부하고 있을 것입니다. 유비가 민심을 완전히 장악하지 못한 이때를 노려 촉을 정벌한다면, 어렵지 않게 익주를 차지할 수 있을 것으로 판단됩니다."

조조가 난감한 표정을 지으며 말한다.

"촉의 정벌은 결코 쉽지 않을 것이네. 만일 촉을 정벌하는 것이 지연된다면, 동오의 손권이 다시 침공해올 우려가 있네. 이점을 경시할 수는 없지."

주부 유엽이 사마의의 건의를 옹호하며 조조를 설득한다.

"동조속의 주장을 재삼 숙고해볼 필요가 있습니다. 그동안 유비는 한중의 땅이 길은 험하고 협소하여, 주군께서 쉽게 한중을 정복하지 못할 것으로 여겨 주군을 두려워하지 않았으나, 이제는 한중을 평정하셨으니, 유비는 몹시 두려워하고 있다고 합니다. 주군께서 한중을 평정한 그 여세를 몰아 촉을 취하시기를 권합니다. 어쩌면 유비는 싸우지 않고 형주로 도주할 수도 있습니다. 촉이 안정되어 유비가 제갈량을 재상으로 임명하고 관우와 장비를 군사령관으로 삼으면, 그때는 촉을 정벌하는 것이 이미 늦어 최적의 때를 놓친 것이 됩니다."

조조가 사마의와 유엽의 조언을 듣고 장고에 들어간 지 7일째 되는 날, 주부 유엽이 촉에서 투항해온 인사들을 면담할 기회가 생긴다.

"지금 촉의 사정은 어떠한가?"

"유비는 극렬한 반대세력을 정리하여 참하고, 나머지는 모두 회유하여 기존의 관직을 인정했으나, 촉의 인사들은 아직도 정국이 안정되지 않아 불안해합니다."

유엽은 투항한 인사들과 면담한 사실을 조조에게 고한다.

"그렇다면 지금은 촉을 도모하기에 적합하다는 뜻인가?"

조조가 유엽에게 익주의 사정을 묻는다.

"이제는 늦었다고 여겨집니다. 유비가 익주를 점령한 지 불과 일주일도 지나지 않아, 촉의 민심이 최악의 상태를 벗어나 안정의 단계에 들어서기 시작되었다면 이미 때를 놓친 것입니다. 위공께서 일부 부동층의 동조를 기대하고 유비를 공략한다면, 유비는 격안관화(隔岸觀火:적이 내분의 조짐을 보일 때 공격하면 내분을 미루고 단결함) 계책으로 촉을 단결시키고 장기전으로 돌입하게 될 공산이 매우 큽니다."

조조가 한참을 고민하다가 말한다.

"득롱망촉(得隴蜀望)이로다. 옛말에 '농 지방을 얻으니, 촉의 땅도 욕심이 난다'라고 했소. 너무 욕심을 내면, 향후를 도모하기 어려워지게 되오."

조조는 촉의 변화된 상황을 받아들여 하후연에게 정군산 요새를 지키게 하고, 장합에게 몽두암 요새를 지키도록 명하여 한중의 방비를 맡기고, 자신은 아무 미련도 남기지 않고 업성으로 되돌아간다.

조조로부터 한중을 방비할 막중한 책임을 부여받은 장합은 한중을 안정시키기 위해 병사를 이끌고, 파동과 파서로 진출하여 2개군을 정벌하고, 이곳의 백성들을 한중으로 이주시킨다. 이때 파서태수 장비는 파동에서 피난을 온 백성들로부터 상황을 보고 받고, 척후병들에게 명을 내린다.

"그대들은 장합이 군사를 움직이는 것을 면밀히 관찰하여 일거수일투족을 빠짐없이 나에게 보고하라."

며칠 후, 척후병의 보고가 장비에게 전해진다.

"장합이 군사를 이끌고 탕거를 경유하여 파서를 공략하려는 것 같습니다."

장비는 장합의 움직임을 예의주시하다가 장합이 탕거에 이르자, 탕거의 협로를 막고 장합의 진출을 봉쇄한다. 장비가 장합과 50여 일간을 탕거에서 대치하면서 군민들이 불편한 생활에 대해 끊임없이 불만을 호소하자, 장비는 부장들에게 만천과해(瞞天過海:정체된 상태에서는 경계심을 품지 않음) 계책을 제시한다.

"그대들은 지금 해온 그대로 장합과 별다른 충돌을 일으키지 말고, 태연히 장합과 대치하여 이들을 안심시키도록 하라. 나는 은밀히 장합이 오른 팔몽산 길의 반대로 돌아 장합을 요격하겠노라."

인간은 한동안 변화가 없이 정체된 상태를 오랫동안 접하게 되면, 정체된 현상에 안주하여 경계심을 풀게 되는 법이다. 장비는 이런 심리를 최대한 활용하여, 부장들에게 현재

상태 그대로 대치상태를 유지하게 하고, 자신은 은밀히 정병 1만을 이끌고 장합이 오른 팔몽산 길의 반대로 돌아간다. 장비는 팔몽산 협로의 기슭에 매복해 있다가, 우회로를 따라 팔몽산 좁은 길목을 행군하는 장합을 발견하고 군사들에게 큰 소리로 외친다.

"취타병은 연주포를 울리고, 북을 울리며 고동과 나각을 불어라. 궁노수는 무제한으로 화살과 쇠뇌를 날려라. 보병은 함성을 지르며 협로로 뛰어들어 적병을 닥치는 대로 주살하도록 하라."

장비가 연주포, 북, 고동을 울리고, 군사들이 함성을 지르며 공포의 심리전을 펼치자, 팔몽산 좁은 협로에 갇힌 장합의 군사들은 갑자기 천지를 뒤흔드는 연주포소리, 북소리, 고동소리, 나각소리에 깜짝 놀라다가, 기슭에서 쏟아지는 화살에 속수무책으로 쓰러지면서 팔몽산은 아비규환으로 빠져든다.

장합은 군사들에게 신속히 작전명령을 내리려고 하나, 좁은 산길을 따라 길게 늘어지게 된 장합의 군사들은 앞과 뒤의 소통이 제대로 되지 않아 명령체계가 원활하지 못한 채, 어떤 병사는 산의 계곡을 뛰어내리고, 일부는 가파른 숲속의 경사 속으로 숨어드는 등 정신을 차리지 못하고 도주한다.

장합은 산의 샛길을 따라 무작정 말을 몰아 겨우 익주 한중군 남정으로 되돌아가고, 장비가 파동과 파서의 땅을 되찾고서야 파(巴)땅은 비로소 안정을 되찾을 수 있게 된다.

팔몽산은 지세가 높고 낮은 봉우리가 8곳으로, 그 아래는 10여 리가 평평하고 넓어 강물이 이곳을 휘감아 도는데, 둘레가 1리밖에 되지 않고 정상에는 연기와 안개가 흐릿하게 깔려있어, 옛사람들이 팔몽산이라 이름을 지은 곳이다. 장비는 팔몽산 바위에 글을 새겨, 탕구전투에서의 승리를 기록하여 지금까지 역사로 전해진다.

漢將軍飛
한나라 장군 장비가
率精兵萬人
정병 만명을 이끌고
大破賊首長
적의 수장
合於八蒙
장합을 팔몽에서 대파하고
立馬刻銘
말을 세우고 글을 새기노라

장비가 파군을 평정하고 북방의 경계를 확고히 정립했으나, 장로가 조조에게 항복한 후, 조조가 파촉을 공략할지도 모른다는 소문이 끊임없이 퍼지자, 유비는 관료들을 불러들여 대책을 강구한다.
"지금 우리는 손권과 형주 3군을 두고 쟁탈전을 벌이고 있어, 양측이 일촉즉발의 위기까지 이른 상황에서 조조가 파촉을 공격한다면, 우리는 동시에 거대한 두 세력과 존망을 건 전쟁을 벌여야 할 것이오. 우리가 취해 나아가야 할 방향을 기탄없이 말해주시오."

제갈량이 깊은 사색에 잠기더니 입을 연다.

"주군께서는 손권과 다시 관계를 개선하는 것 외에는 다른 방법이 없습니다."

"손권이 형주 3군을 돌려달라고 하는데, 우리가 형주 3군을 돌려주면서까지 손권과 동맹을 유지해야 하겠소?"

"지금 주군뿐만 아니라, 손권도 조조의 한중정벌에 크게 긴장하며 조조의 침공을 두려워하고 있습니다. 손권도 동오와 촉은 순망치한의 관계라는 것을 잘 알고 있으니, 손권에게 친서를 보내 익양에서의 대치를 중단하게 하면, 주군께서 형주 서쪽의 남군(강릉), 영릉, 무릉 3개군을 소유하고, 손권이 형주 동쪽의 장사, 강하, 계양 3개군을 인계받기로 협상을 벌이겠다고 통보를 하십시오. 이런 조건이면, 손권도 협상에 임할 것입니다."

유비는 제갈량의 계책을 받아들여, 손권과 새로운 협상에 임한다. 손권 또한 조조의 한중정벌에 크게 긴장하고 있던 차에 유비가 협상을 청하자, 익양에서의 대치를 중단하고 유비와 영토협상에 나서기로 한다.

최종적으로 유비와 손권은 상수를 경계로, 유비가 형주의 서쪽인 남군(강릉), 영릉, 무릉을 소유하고, 손권이 형주의 동쪽인 장사, 강하, 계양을 인계받기로 하면서, 촉과 동오가 형주의 주도권을 놓고 벌이던 반목을 끝내고 새로이 협정을 맺으면서, 이들의 분쟁은 당분간 수면 아래로 사라진다.

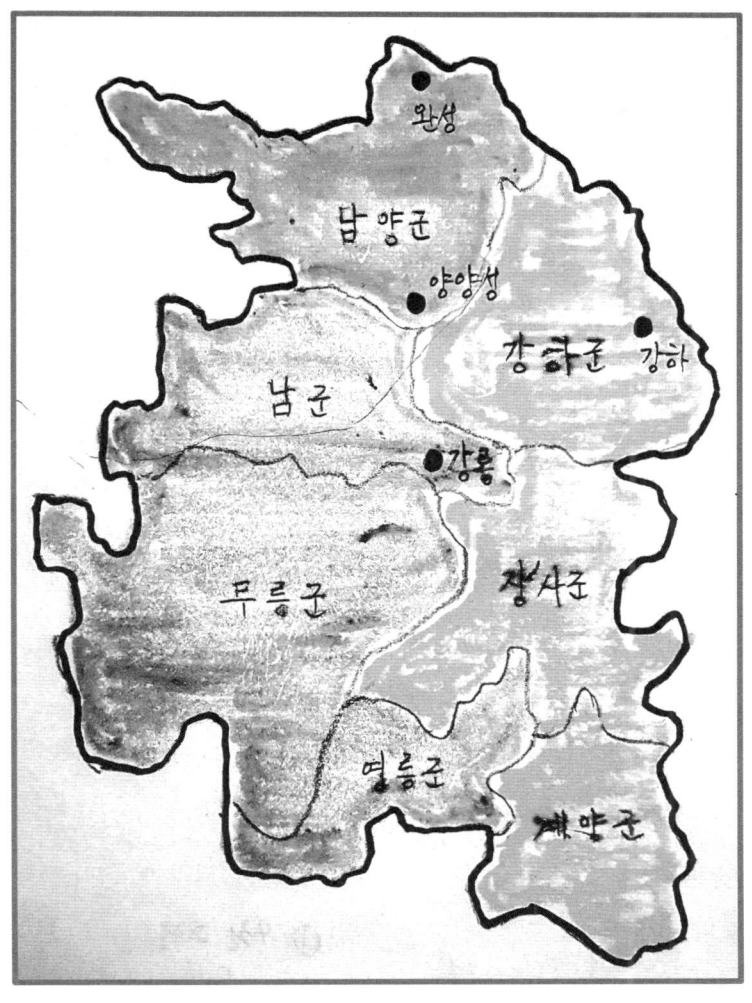

2) 위왕 조조, 강동을 정벌하고자 유수에서 혈전을 벌이다

유비와 손권이 다시 우호동맹을 맺고 조조에 대항하기로 하자, 중원에서는 조조가 당분간 중원의 내정에 치중하기로 방향을 정한다. 이 무렵 시중 왕찬을 위시한 대신들이 헌제에게 한중을 정벌한 조조의 위업을 기려 조조를 왕위에 제수할 것을 상주한다.

"지금 조 위공의 공덕이 천지사방에 널리 퍼져, 과거 상(商)왕조의 이윤과 주(周)왕조의 주공도 그 위업을 넘어서지 못할 정도입니다. 이제는 위공을 위왕으로 봉하시어 천하에 위엄을 세우심이 마땅하다고 여겨지기 때문에, 대신들은 연대하여 위공을 위왕으로 봉하시기를 황제 폐하께 상주합니다."

헌제는 종요에게 명해 조조를 위왕으로 책봉하는 조서를 내리지만, 조조는 헌제의 조서를 3번이나 사양한다.

그러나 헌제 또한 조조의 위왕 등극을 세 차례나 거듭 청하는 조서를 내리자, 조조는 216년(건안21년) 4월15일, 비로소 위왕으로 등극하는 제위식을 거행한다. 조조는 열두 줄의 백옥이 달린 면류관을 쓰고, 여섯 마리의 말이 이끄는 금근거(金根車)를 인정받고 황제와 같은 의장을 갖추게 된다.

위왕이 된 조조는 천하에 위엄을 과시할 필요성을 느끼게 되면서 217년(건안22년) 1월, '제3차 유수구전투'를 일으킬 결심을 하고 측근에게 사전에 철저한 전투준비를 당부한 후, 두 차례에 걸친 유수구전투를 통해 습득한 정보를 기반으로 전략과 전술 준비를 마치고, 장료를 선봉장으로 앞세워 업성을 떠나서 거소에 도착한 다음 군대의 기강을 점검한다.

한달에 걸쳐 군의 기강을 점검한 조조가 대군을 이끌고 학계에 당도하여 군영을 구축하자, 이에 손권도 대군을 이끌고 유수구에 당도하여, 조조와 손권은 장강을 경계로 대치하게 되면서, 손권은 여몽과 장흠에게 모든 군권을 넘기고, 주태에게는 유수지역을 총괄 지휘하게 한다.

여몽이 유수오에 주둔하여 강노수 1만을 배치하여, 조조의 선봉장 장료가 유수오에 접근하는 것을 철저히 대비한 얼마 후, 조조의 중군부장 장패가 유수구를 공략하자, 장흠은 군사를 이끌고 장패를 맞아 일진일퇴를 거듭하게 된다.

이후 쌍방 간에 팽팽히 대치하여 지리하게 일진일퇴를 거듭하게 되자, 손권의 사령관 장흠은 특단의 대책이 필요함을 인지하여 손권에게 청한다.

"조조의 중군을 무너뜨리기 위해서는 별동대의 운용이 절대적으로 필요합니다. 서성은 담력이 크고 강직하여, 돌파력이 필요한 장수를 선택하려고 할 때 최적의 장수입니다. 서성을 별동대장으로 추천하오니 허락하여 주시기 바랍니다."

"서성은 장군과 사이가 나쁜 장수로 알고 있는데, 장군은 어찌 서성을 그토록 중요한 자리에 천거하시오?"

"비록 소장이 개인적으로는 서성장군과 사이가 나쁘지만, 지금 유수구 전투에서 별동대를 이끌기에는 서성이 가장 적임자입니다. 어찌 개인적 사감 때문에 공적으로 필요한 인재를 버릴 수 있겠습니까?"

"과연 장군은 통이 큰 덕장이외다. 장군의 훌륭한 인품을 서성이 알고 반드시 큰일을 성취할 것이오."

장흠의 천거로 유수구 전투에 합류한 서성은 몽충선에 올라 장패의 군영을 정찰하는데, 이때 때아닌 강풍이 불어 몽충선이 조조가 주둔한 강의 연안 앞까지 떠내려간다.

몽충선에 타고 있던 수군들이 모두 두려움에 꼼짝하지 못하고 있자, 서성이 강 연안으로 뛰어올라 장패의 병사들을 상대로 맹렬히 혈투를 펼친다. 이에 서성의 수하병사들도 용기를 내어 장패의 군사들과 교전을 벌이는 국지전이 벌어진다. 적진에서 조금도 동요하지 않는 서성의 담력에 장패의 군사들이 주춤할 때 바람이 멈추고, 서성은 수군들에게 신속히 배에 올라 퇴각할 것을 지시한다. 장흠은 서성이 성공적으로 정찰을 끝내고 돌아오자 서성을 치하하여 연회를 베푼다.

장흠과 서성의 선전으로 유수구를 돌파하지 못하게 된 장패는 하후돈과 함께 거소에 주둔하게 되는데, 장강에서 창궐하던 역병이 거소에도 들이닥치면서 조조의 군사들이 크게 고통을 겪는다.

이런 환경이 지속되어 장기전으로 돌입하게 될 경우, 큰 피해를 피할 수 없음을 우려한 선봉장 장료와 부장 장패는 속전속결로 유수구의 고지를 점거하기 위해 병사를 이끌고 돌진하는데, 유수구로 진입하는 도중에 폭우와 거센 바람이 몰아친다.

장료와 장패가 목적지에 도착하여 주변을 살펴보니, 이미 손권의 대군이 먼저 도착하여 진지를 구축하고, 자신의 군사들이 공격할 것에 철저히 대비하고 있었다. 장료가 선봉대를 선발하여 동오의 육군과 전투를 펼치려는데, 손권의 수군이 불어난 강물을 이용하여 장료의 군사들 대열로 가까이 접근하기 시작하면서, 장료가 황급히 작전을 변경하고자 한다.

"적의 수군이 아군 진형에 다가와서 상륙을 감행하면, 아군은 적의 수군과 육군의 대군에게 포위될 것이오. 신속히 철수해야 할 것이오."

장패가 손사래를 치며 장료에게 말한다.

"위왕께서 조만간 반드시 철수명령을 내리실 것입니다. 그때까지 기다리는 것이 장수가 된 도리라 생각합니다."

장료가 부장 장패의 생각을 옳다고 여겨 방비태세를 굳히고 손권의 공격에 철저히 대비하는데, 얼마 후, 장패의 예측대로 조조는 장료와 장패에게 철수명령을 내리면서 하후돈과 조인이 주둔하고 있는 거소로 돌아오도록 명한다.

이때부터 시작하여 3월 늦봄까지 장기간 지속되는 폭풍우와 남방에서 창궐한 전염병으로 인해, 양측 진용이 전투다운 전투를 벌이지 못하고 소모적으로 군사적 대치를 지속하는 연유로 상호 간의 경제적 손실이 터무니없이 커져만 간다.

비록 역병으로 인해, 조조와 손권 측이 똑같이 고통을 당하는 입장이기는 해도 남방의 전염병이 더욱 거센 관계로 큰 피해를 우려한 동오의 호족장들이 불만을 크게 표출하자, 결국 217년(건안22년) 3월에는 손권이 조조에게 조공을 바치기로 하고 화의를 청하는 불평등협정이 맺어진다.

조조는 자신의 딸과 손권의 아들과의 전략적 혼인을 약속받고, 하후돈과 조인, 장료, 장패를 거소에 남겨둔 채 허도로 군사를 돌린다.

3) 조조는 한중을 계륵으로 여겨 유비에게 넘기다.

한중에서는 조조가 장합에게 명하여 파서의 백성들을 한중으로 이주시키도록 명하자, 장합은 3만의 대군을 이끌고 3갈래 길로 진입하여 탕거채, 몽두채, 탕석채의 3곳에 영채를 세우고 장비가 주둔하고 있는 파서를 공략하기 시작한다.

촉의 파서태수 장비는 곧바로 1만의 정예병을 이끌고 장합의 3만 대군을 맞이하여, 50여 일간의 장기전을 통해 가까스로 격파하고 한중 공방의 유리한 고지를 점거한다.

이에 사기가 고무된 유비는 법정의 진언을 받아들여 217년(건안23년) 12월, 결국에는 장비와 황충, 마초, 오란, 뇌동 등을 이끌고 한중을 향해 대대적으로 총공격을 감행한다. 한중에 본진을 설치하여 주둔한 유비는 오란, 뇌동에게 지대를 이끌고 서량 무도군 하변으로 이동하게 한다.

이에 조조는 조휴를 기도위로 임명하여 조홍에게 보내고, 조홍과 함께 전략을 세워 유비의 침략을 막아내도록 명한다. 이때 유비는 장비에게 복병전을 지시한다.

"아우는 적의 배후를 끊는 척 위계를 쓰면서 실제로는 빨리 고산(固山)으로 가서 영채를 세우고, 하변에 위영을 구축하고 있는 오란, 뇌동과 함께 기각지세를 형성하도록 하라. 아우가 적의 배후를 도는 척할 때 조홍이 아우를 공격하면,

나는 숨겨둔 복병으로 조홍을 기습하여 격파하겠노라."

유비의 명을 받은 장비가 군사를 이끌고 조홍의 후미로 돌아가자, 조홍이 유비의 전술에 의문을 가지고 기도위 조휴에게 묻는다.

"지금 장비가 아군의 후미로 이동하는 것은 아군의 후미를 끊고 협공을 하겠다는 뜻이 아니오?"

조휴가 골몰히 생각에 잠기더니 대답한다.

"적군이 아군의 후미를 끊고 협공을 하는 것도 적군의 전술 중의 하나이겠지만, 아군 후미의 가까운 곳에는 우리의 지대가 있습니다. 적장이 아군을 협공하려고 해도 적병들이 군을 정비하기 이전에 아군의 지대에서 선제공격하면, 적군들이 오히려 '독 안에 든 쥐 격'이 됩니다. 이는 위계일 것입니다. 또한, 적군이 실제로 배후를 끊고자 한다면, 비밀리 이동을 해야 하는데 지금 적군의 행보는 성세를 과장하니, 이는 분명 다른 계략이 있기 때문입니다. 장비의 행진에 관심을 버리고, 아직 군열이 제대로 정비가 되지 못한 촉의 지대장 오란과 뇌동을 선제공격하여 격파하면, 미처 진형을 정비하지 못한 장비는 기각지세를 이루지 못하고 퇴각할 것입니다."

조홍이 조휴의 건의를 따라 오란을 맹공하자, 정비되지 않은 오란의 군열은 속수무책으로 무너지고, 오란과 뇌동이 난전 중에 전사하면서 병사들은 풍비박산이 되어 사방으로 흩어진다. 오란과 뇌동의 군대가 붕괴되어 서로 기각지세를 유지할 곳이 없어진 장비는 한중에서 완전히 퇴각한다.

조조는 하후연, 장합을 한중에 남기고, 나머지 장수와 군사들을 장안으로 회군시킨다. 이때 유비는 양평관 앞으로 본진을 이끌고 이동하여, 양평관을 지키는 하후연, 장합과 장기간 대치하기 시작한다.

유비가 한중으로 출정하여 하후연, 장합과 장기간 대치하기 시작한 때를 맞춰 태의령 길본이 218년(건안23년) 정월 대보름날, 소부 경기, 사직 위황, 김의 등과 허도에서 조조를 몰아내려는 난을 일으킨다.

이때는 조조가 허도의 군무와 행정사무를 왕필에게 맡기고, 업성에서 동오 손권과 관우의 군사적 움직임을 대비하여 이들의 움직임을 예의주시하고 있었던 때이다.

난을 일으킨 길본은 그의 아들 길막, 길목 등에게 가노들과 시중잡배 1천여 명을 이끌고, 한밤중에 왕필의 집에 불을 지르고 가택을 습격하게 한다. 이때 김의가 길본의 난에 가담하여 허도의 행정책임자 왕필에게 화살을 날리고, 왕필은 어깨에 중상을 입는다. 왕필은 갑자기 당한 기습이라 몸을 피하려고 친분이 있는 김의에게로 피신하려는데, 이를 급히 말리는 장하독(帳下督)의 상황 보고를 받고 경악한다.

"오늘 반란의 주모자가 누구인지 아십니까? 바로 김의입니다. 빨리 남성으로 피신하여 상처를 치료하고 사태를 수습해야 합니다."

왕필이 급히 남성으로 피신하여 날이 새기를 기다리는 사이, 길본 등은 조정과 헌제의 신변을 접수한 후, 헌제에게 조칙을 발표하도록 청한다. 이에 헌제는 '조조가 역적이니 이를 도모하라'라는 조칙을 발표하고, 길본 등은 유비를 허도로 불러들이기로 한다.

남성으로 피신해 있던 왕필은 날이 밝자마자 치료받기를 뒤로 미루고, 곧바로 역모에 가담하지 않은 전농중랑장 엄광을 찾아가 사태의 전모를 알리고 대책을 논의한다.

"중랑장은 지금 즉시 하후돈장군에게 사실을 알려 사태수습을 위해 군사를 동원하게 하는 동시에, 중랑장 수하의 군사들을 인마 통행로에 배치하고 철저히 통제하여, 길본이 유비에게 보내는 사자를 잡아들이도록 하시오. 나는 위왕 전하께 길본의 난을 알려 만일의 사태에 대비하시게 하고, 허도의 군사를 이끌어 속히 길본의 무리를 잡아들이도록 주청하겠소."

왕필이 몸을 사리지 않고 신속히 대처하여, 왕필은 하후돈, 조휴가 사태수습을 위해 군사3만을 이끌고 허도에 당도하기도 전에 사태를 수습한다. 자력으로 사태를 수습한 왕필이 조조에게 보고를 올리자, 조조는 사태를 방치한 문무백관에게 분격하여 허도의 문무백관들을 모두 업성으로 불러들인 후, 이들을 쏘아보더니 큰소리로 질타하며 말한다.

"길본이 날뛸 때 궁궐의 불을 끈 자는 왼쪽에, 불을 끄지 않은 자는 오른쪽으로 서라."

수많은 백관들이 궁궐의 불을 끈 사람들이 죄의 사함을 받게 될 것이라 여겨 왼쪽으로 선다. 조조는 왼쪽에 몰려있던 셀 수 없이 많은 관료들을 한참 바라보더니, 도부수에게 기상천외한 명령을 내린다.

"불을 끄러 오지 않은 자는 반란을 돕지 않은 자들이고, 불을 끄러 나왔다는 자들이 실제로는 반란에 참여한 난군이다. 도부수들은 왼쪽에 선 자들을 모두 참하라."

이로써 문무백관의 절반에 해당하는 사람들이 죽거나 숙청을 당한다. 반란사태가 발생한 후 10여 일이 지나, 부상으로 치료를 받던 왕필은 화살의 상처가 도져 죽는다. 조조는 그의 업적을 기려 후손을 조정에 입조시키고 귀히 중용한다.

양평관에서는 하후연, 장합과 대치하고 있는 유비에게 법정과 황권이 본격적으로 한중을 공략할 것을 주장한다.

"조조가 한중을 평정하고도 그 기세를 몰아 파촉(巴,蜀)을 도모하지 않고 하후연, 장합을 남겨 둔수케 하면서, 원정길의 전 병력을 장안으로 집결시킨 것은 중원에 말하지 못할 사건이 일어났다는 암시입니다. 주군께서는 하후연과 장합 정도라면 손쉽게 도모할 수 있습니다. 이때를 놓쳐서는 아니 됩니다. 우리에게는 반드시 이길 수 있는 3가지 이유가 있습니다.

첫째, 아군은 익주를 정벌한 이래 장비장군이 탕거전투에서 대승을 이루고, 소장 황권이 파군의 일대를 점령하는 등으로 싸울 때마다 이겨서 군사들의 사기가 하늘을 찌를 정도로 드 높습니다.

둘째, 협천자를 외치던 조조가 무리하게 위왕으로 등극하면서, 허도에서 길본 등이 반란을 일으키는 등으로 유능한 관료의 대부분이 숙청되어, 민심이 조조에게서 극도로 멀어져 있습니다.

세째, 대군태수 배잠의 잔혹한 이민족통치에 반발하여, 오환과 선비족이 자주 변방에 침입하여 변방이 불안한데, 설상가상으로 동오의 손권이 조조에게 칼을 겨눠 조조는 다방면으로 전선이 형성된 관계로 국력이 극도로 소진되고 있습니다. 이같이 조조는 내우외환을 겪고 있는데 아군은 사기가 하늘을 찌르니, 이는 병법에서 말하는 필승의 요체입니다."

유비는 법정과 황권의 뜻을 따라 드디어 한중 정벌전을 결심하고, 제갈량에게 성도에 남아 익주를 총괄하면서 후방에서 차질없이 군수지원을 집행할 것을 명하는 동시에, 촉군태수 법정, 황권을 작전참모로 삼아 양평관으로 출정한다.

이와 동시에 유비는 양평관에서 하후연과 대치하던 진식 등 10여 명의 수하장수에게 각자의 위영(衛營)을 구축하도록 한 후, 조조 군대의 연락과 보급을 끊고 행군을 지연시키기 위해 마명각도(馬鳴閣道)를 끊도록 명한다.

이에 대응하여 하후연은 서황을 보내 유비의 부장 진식 등이 세운 10여 개의 위영(衛營)을 상대하게 하고, 동시에 장합을 광석에 주둔시켜, 유비의 군사작전을 지원하려고 마명각도로 급파된 유비의 10여 위영(衛營) 주력군을 막아내게 한다.

서황이 진식 등이 세운 10여 위영(衛營)을 공격하여 이들을 철저히 대파시키고, 장합 또한 10여 위영을 지원하려고 공세를 펼치는 유비의 주력군을 상대로 철저히 막아내자, 유비는 양평관을 돌파하지 못하고 양평관 앞에 진을 세운 채, 하후연과 지리하게 대치하면서 한해를 넘긴다.

예상치 못한 장기간의 원정으로 인해 군수품의 소진이 심해지자, 유비는 제갈량에게 군수물자와 더불어 대규모로 병력을 모집하여 파병할 것을 지시한다.

그런데 유비가 제갈량에게 병력지원을 요청할 당시는 익주에서 오두미적 마진과 고승이 수만의 무리를 이끌고 소란을 피우고, 남부에서는 이민족 고정이 난리를 일으켜 촉의 전역이 혼돈으로 빠져들어 가고 있었다.

제갈량은 이런 어지러운 시국에 원병을 모집함으로써 백성들이 당하게 될 고통을 우려하여 깊은 고민에 빠져있는데 이때, 양홍이 제갈량의 고민을 감지하고 소신껏 자신의 의견을 피력한다.

"한중은 익주의 인후(목구멍)로서 익주 존망의 근본이 되는 땅입니다. 만일 한중에서 패배한다면, 파촉의 미래는 불투명하게 될 것입니다. 남자는 농사일을 멈추고라도 당연히 전투에 참여해야 하고, 아녀자는 수송을 담당하는 일까지도 모색해야 합니다. 위기가 닥칠수록 사안의 선후(先後), 경중(輕重)을 따지고, 추진의 완급(緩急)을 신속히 해야 합니다."

제갈량은 양홍의 조언에 힘을 얻어 결단을 내리고, 곧바로 농사에 전념하고 있던 농민들을 차출하여 유비에게 증원병으로 파병한다. 동시에 이엄에게도 5천의 진압병력을 보내 불순분자를 제거하도록 하자, 병사를 지원받은 이엄은 오두미적과 고승의 난리를 순식간에 진압하게 된다. 이때부터 양홍의 재주를 알게 된 제갈량은 한중의 원정길에 올라 전투에 임하고 있는 법정을 대신하여 양홍을 촉군태수로 임명한다.

유비가 친히 원정에 나섰다는 사실과 제갈량이 대규모 병력을 유비에게 지원병으로 보냈다는 정보를 받은 조홍은 이 사실을 조조에게 급보로 알린다. 조조가 참모와 제장을 불러 모아 대비책을 논하는 자리에서 장사 유엽이 극단적인 처방을 제안한다.

"지금 이와 같은 상황에서는 대왕의 친정 외에는 크게 적을 두렵게 할 방안이 없을 것입니다."

장사 유엽이 조조에게 친정을 권하자, 조조가 크게 탄식하며 말한다.

"지난날, 행군장사와 사마 중달의 말을 들었더라면 이런 지경이 되지는 않았을 터인데, 그들의 말을 듣지 않아 이제 내가 그 대가를 받는가 보구려."

조조는 말을 마치고 병사 40만을 동원하여 친히 대규모 원정길에 나선다. 218년(건안23년) 7월이었다.

조조는 중군을 맡고, 하후돈을 선봉장으로 후군은 조휴가 이끌게 하여 병마를 3군으로 나누고 한중을 향해 출격한다. 조조는 위왕의 권위를 세워 옥대와 금포를 입은 채, 백마에 황금 안장을 얹고, 근위병들은 대홍라소금산개(大紅羅銷金傘蓋)의 붉은 햇빛가리개로 조조의 머리 위에 높이 받쳐 들었다. 좌우에는 조조를 중심으로 금, 은, 그리고 월, 모 등의 전비와 일월용봉(日月龍鳳)을 수놓은 화려한 깃발이 뒤따르니, 위왕의 위세는 하늘을 찌를 듯했다.

조조의 동서남북 4방에는 의장병이 각각 2만5천 씩 10만명이 호위하고, 용호관군이 2만5천으로 5개 지대로 나뉘어 각각 청황적백흑(靑黃白赤黑)의 오색기를 휘날리며. 조조의 행렬을 뒤따르는데 당장 천하를 뒤엎을 것 같은 기세였다. 조조가 위엄을 뽐내며 동관을 지나칠 때, 푸른 숲이 그림같이 아름답게 펼쳐지고 녹음이 무성한 곳을 지나게 된다.

"그림같이 아름다운 저 곡은 무엇이라 부르는가?"

"저 곡은 남전이라고 하며 시중으로 지내던 채옹의 장원이 있는 곳인데, 지금은 채옹의 딸 채염이 살고 있습니다."

채염은 대학자 채옹의 딸로서 위중도와 결혼해 살다가, 북방오랑캐가 침략하여 북방으로 끌려갔었다. 그곳에서 오랑캐 좌현왕 유표의 첩이 되어 자식 둘을 낳고 살았다.

그러나 채염은 매일 밤 고국을 그리워하며, 호가십팔박(胡笳十八拍)이라는 가사를 지어 고국에 대한 향수를 전파했다. 이 노래가 너무도 구슬퍼서 듣는 사람마다 감동을 받게 되었는데, 오랜 세월이 지나 결국에는 구전으로 전해지면서 중원까지 들어왔다. 조조는 이 노래를 듣고 감동하여 채염을 구하고자, 황금 1천량으로 오랑캐 좌현왕을 회유하고, 때로는 압박하기도 하면서 채염을 중원으로 구출해 와서 채염을 둔전도위 동사와 개가시켜 살게 해주고 있었다.

채염이 살고있는 장원이라는 말을 들은 조조는 채염의 근황이 궁금하여 그냥 지나칠 수가 없었다. 조조는 호위병 1백여 명을 이끌고 장원의 문 앞에 당도하여 채염을 부르니, 조조의 방문에 깜짝 놀란 채염이 맨발로 뛰어나와 조조를 맞이하며, 조조를 당상에 모시고 아비에게 올리는 큰절을 드린다.

"그동안 어찌 지냈는지 궁금하구나. 장원에서의 생활이 어떠하더냐? 그동안 조카의 근황이 적조했으나, 오늘 우연히 장원에 들려서 만나게 되니, 지난날 시중 채옹 어른과의 일들이 주마등같이 뇌리를 스쳐 만감이 한없이 교차하는 도다."

"위왕 전하께서 많은 은혜를 베풀어주시어 아무런 걱정 없이 잘 살아가고 있습니다."

조조는 채염과 통상적인 일상을 묻다가, 우연히 벽에 걸린 족자에 눈을 돌린다.

"저것은 무엇인고?"

"그것은 조아비문(曹娥碑文)입니다."

"저 족자에 쓰여 있는 '황견유부 외손제구(黃絹幼婦 外孫齊臼)'라는 글자가 무슨 의미인가?"

"조아비문에 새겨진 글로서, 옛 화제 시대, 상우에 조우라는 남자무당이 살았는데 신악(新樂)에 정통했다고 합니다. 어느 오월 단오에 술에 몹씨 취한 조우가 배 위에서 춤시위를 하다가 실족하여 물에 빠져 익사했답니다. 그때 열네살 된 딸 조아가 아비의 죽음을 슬퍼하여, 칠일 낮 칠일 밤을 울면서 강변을 거닐다가 강물에 뛰어들었다고 합니다. 조아가 익사한 닷새 되는 날에 아비 조우를 부둥켜안고 물 위로 떠오르자, 사람들이 감동하여 부녀를 정성껏 장사 치러주고, 상우현령 도상이 이 사실을 조정에 보고했다고 합니다. 이 사실을 접하게 된 조정에서는 그녀를 효녀로 표창하고, 한단순이란 열세살의 천재 소년에게 글을 짓게 하여 비문에 새기게 하였답니다. 이런 소문을 들은 소녀의 아비가 비문을 찾아가 보았는데, 이때는 이미 날이 저물어 비문을 판독하지 못하고 손끝으로 글 뜻을 대강 판독한 후, 비석 후면 빈자리에 여덟 글자를 써놓고 왔는데, 저 족자의 글은 후세 어떤 사람이 아비 채옹의 글을 새긴 것이라고 합니다."

조조는 채염의 말을 듣고 족자를 한참 동안 쳐다보았으나, 그 속뜻을 알 수가 없었는지 다시 채염에게 묻는다.

"조카는 그 뜻을 알고 있느냐?"

채염은 송구한 표정을 지으며 답변한다.

"비록 선친의 필체이나, 소첩은 아직 헤아리지 못하고 있습니다."

"아비의 글이라면, 대충 짐작이라도 가지 않겠는가?"

"............"

조조는 벽에 걸린 채옹의 친필족자 앞에서 깊은 사색에 빠지는데, 족자의 글이 너무 절묘하여 속뜻을 알 수 없자, 갑갑함을 참을 수가 없던 조조가 좌우 문사, 재사들에게 묻는다.

"누가 족자에 새겨진 글의 뜻을 말할 수 있겠는가?"

모두가 서로의 얼굴만 바라보고 있는데, 이때 주부 양수가 앞으로 나서며 대답한다.

"제가 뜻을 풀어 보겠습니다."

조조는 양수의 천재성을 익히 아는지라, 갑자기 지기 싫어하는 경쟁심이 생겨 제동을 건다.

"잠시 기다리게. 나도 잠시 생각한 후에 토론하세."

조조는 채옹의 장원을 떠나서 3리 즈음 지나고 나서, 뜻을 알았다는 듯 빙그레 웃으며 양수에게 말한다.

"족자에 쓰여 있는 '황견유부 외손제구(黃絹幼婦 外孫齊臼)'의 뜻을 밝혀 보게."

"예, 그것은 은어입니다. 황견(黃絹)의 황(黃)은 빛입니다. 실사(絲)변에 빛색(色)을 합치면 절(絶)자가 됩니다. 유부(幼

婦)는 어린 지어미 소녀(少女)가 됩니다. 소녀(少女)를 합쳐 쓰면 묘(妙)자가 됩니다. 외손(外孫)은 딸의 아들이니 계집 녀(女)에 아들 자(子)를 합쳐 호(好), 제구(齊臼)는 오신(五辛) 즉 맵고, 시고, 쓰고, 달고, 짠 것을 받아들이는 그릇입니다. 받을 수(受)자 옆에 신(辛)를 합치면 사(辭)가 됩니다. 그러면 다음과 같은 해답을 얻을 수 있습니다. 황견유부는 絶妙, 외손제구는 호사好辭를 의미합니다. 즉, 절묘호사(絶妙好辭)로서 절묘하고 좋은 글이란 뜻입니다."

"그렇지. 자네의 풀이와 내가 풀이한 뜻이 같구먼. 그대는 그런 은어를 즉석에서 풀어내다니 참으로 놀라운 재능이야."

조조가 속으로는 양수를 경계하면서도 속을 드러내지 않고 그를 극찬하자, 좌우의 사람들도 모두 양수의 재능에 감탄사를 연발한다.

채옹의 장원을 떠나서 관중을 향해 행군한 지 한참이 지난 당해 9월, 드디어 조조는 40만 대군과 함께 장안에 당도하는데, 조조가 한중을 정벌하는 친정 길에 나선 것을 기화로 10월에는 후음이 남양 완현에서 반란을 일으키고 완성을 점령한 후, 관우에게 협공하여 조조를 제거하자고 제안한다.

그때는 지난 '길본의 난'이 일어났을 당시 길본과 호응하려고 북진하던 관우의 침공을 막으려고, 조인이 형주의 번성에 주둔하고 있었던 시기여서 완성 일대는 조조의 경계가 다소 느슨한 시점이었다.

조인은 번성에서 군사를 이끌고 후음과 관우가 연합하지 못하도록 신속히 완현으로 출병한다. 후음은 조인이 조조의 승인을 받을 시간 동안, 완성을 수습하고 관우와 합류하려다가 신속히 들이닥친 조인의 공격을 받고 도주한다.

조인은 어렵지 않게 완성을 탈환하고 후음의 난을 진압한 후, 한수까지 군사를 이끌고 올라와서 세력을 확장하기 시작한 관우와 장기간 대치하게 된다.

조조는 업성에서 40만 대군을 이끌고 장안으로 안착한 후에도 조인이 '후음의 난'을 진압하여 완료할 때까지 후음의 반란에 대해 특별한 대책을 지시하지도 않을 뿐만 아니라, 유비와의 일전을 표방하면서도 현지 총사령관 정서장군 하후연에게만 전투를 맡긴 채, 정작 자신은 뒤로 빠지는 과거의 행위와는 전혀 다른 행각을 보인다.

이때부터 예전 조조의 신속한 정세판단, 왕성한 기력이나 전략과 전술 그리고, 두뇌회전이 서서히 시들어가고 있다는 징후가 보이기 시작한 것으로 추정된다. 조조가 전혀 움직이지 않고 장안에 칩거하고 있을 때, 제갈량이 익주에서 유비에게 보낸 증원군이 양평관에 도착한다.

유비는 병력을 증원받은 후, 양평관에서 남쪽으로 면수를 건너고 산을 따라 진군하여 정군산으로 주둔지를 옮기고 219년(건안24년) 정월, 조조에 앞서 한중을 공략하기 시작한다.

한중에는 천탕산, 미창산, 정군산이 솥발형세를 이루고 있었는데, 그중에 천탕산은 조조가 군량미를 저장해두는 한중에서 중요한 요충지이다.

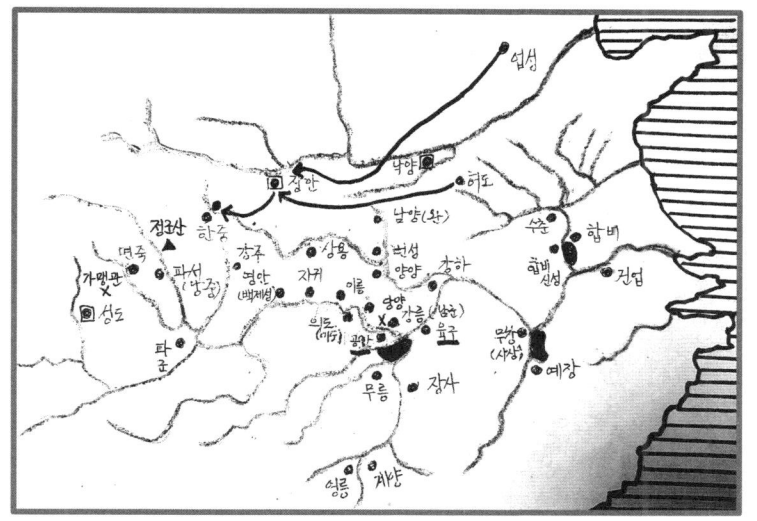

조조는 천탕산과 미창산을 하후상으로 하여금 1만의 병사로 지키게 하고, 미창산과 천탕산 옆의 정군산에는 둔병을 시켜 하후연으로 총사령관을 삼아 지키고 있었다.

조조는 유비가 정군산의 하후연을 도모하기 위해 출병했다는 정보를 듣고도 자신이 직접 나서지 않고, 하후연에게 전투를 책임지고 관장하도록 맡기는 대신, 자신은 하후연에게 주의사항만을 전달하는 미온적 작전으로 초지일관한다.

"한중 총사령관 하후연은 나의 조언을 참조하여 전투에 임하도록 하라. 장군의 용맹은 익히 알고 있지만, 장수는 경우에 따라서는 겁을 낼 줄도 알아야 하고, 어떤 때에는 자신감을 잃어야 할 때도 있는 법이니, 그대와 같이 항상 용맹해서는 일을 그르치는 경우가 있게 된다. 전장에 임하는 장수의 근본은 용맹이지만, 이를 실행함에는 지략과 계책을 함께 겸비해야 한다. 오직 용맹만을 믿고 그것에만 의지한다면, 총사령관이라기보다는 일개 일선의 지휘관에 필적할 뿐이다. 이점을 깊이 유념하기 바라노라."

조조가 하후연에게 전투에 임하는 자세를 재차 당부하는 그때, 유비는 법정, 황권과 전략과 전술을 수립하고 있었다.

"한중의 정벌을 위해서는 정군산을 점령하는 것이 최우선적으로 선행되어야 하오. 정군산을 지키는 하후연은 용맹에서는 둘째가라면 서러워할 장수인데, 패기가 넘쳐 작은 일을 경시하는 경향이 있으니, 아군은 이 점을 염두에 두고 공략할 방책을 세워야 할 것이외다."

이때, 성도에서 제갈량의 전서가 당도한다.

"총사령관 하후연은 장수로서의 역량도 출중하고, 용맹도 타의 추종을 불허할 정도로 뛰어나지만, 지략보다는 경험을 위주로 자신이 직접 솔선수범하여 전투를 이끌기 때문에, 아군은 실전 경험보다는 전투현장의 상황에 맞는 임기응변의 전략을 잘 구사하면, 어렵지 않게 제압할 수 있을 것입니다."

유비가 전략회의에 앞서 제갈량이 보낸 전반적인 전략이 담긴 전서를 공개하자, 양무장군 법정은 하후연을 공략할 구체적인 전술을 제시한다.

"아군이 정군산을 공략하기 전에 천탕산을 공격하려는 듯이 하면, 하후연은 정군산의 병력을 천탕산으로 분산시켜 식량창고를 지키려 할 것입니다. 이때 아군이 정군산으로 기존 군사와 증원된 군사 중에서 1만의 정예병을 뽑아, 10부로 지대를 나누어 야밤에 주마곡으로 잠입시켜 동쪽에 포진한 장합을 급습하는 전략을 펼친다면, 아군을 방어하는 장합은 어둠으로 인해 피아의 분별이 쉽지 않아 반드시 하후연에게 지원을 요청할 것입니다. 하후연이 병력을 장합에게로 증원시킬 때, 우리 군사들은 주마곡 주변을 방화하고 곧바로 은밀한 곳에 매복하도록 합니다. 하후연이 불을 끄기 위해 병력을 이끌고 진지를 나올 때, 신속히 맞서지 않고 조호이산(調虎離山: 호랑이를 산에서 평지로 끌어내 힘을 못쓰게 함) 계책으로 하후연을 진지에서 우리가 싸우기 유리한 지형으로 유도합니다. 즉, 아군이 하후연의 군사를 향해 일시에 공격하지 않고 중간중간 쉬면서 서서히 접근하여, 하후연이 신경을 곤두세우도록 유도하면 하후연은 아군의 움직임에 감질을 일으키게 되어, 자신이 입지한 곳이 불리한 지형인지 아는지 좌고우면 없이 아군에게 달려들 것입니다. 이를 신호로 미리 매복시킨 복병이 일시에 연주포를 울리고, 북과 징을 치고 나각을 불어대면, 하후연과 그의 군사들은 일대의 혼란에 빠질 것입니다. 이때 우리는 하후연의 최후를 지켜볼 수 있을 것입니다."

유비가 양무장군 법정의 계책을 따라 용병을 지시한다.

"평서장군 마초는 5천의 병력을 이끌고 천탕산으로 출병하고, 황충장군은 선봉장으로 정군산의 동쪽으로 나아가 장합을 상대하시오. 부장 진식은 병사들에게 마른풀을 주마곡 근처에 던져놓고, 녹각과 울타리에 불을 질러 이들이 불을 끄러 나오도록 유도하라. 부군중랑장 유봉은 녹각의 높은 지형에 위치하여 하후연이 병력을 이끌고 불을 끄러 나오면, 복병을 이끌어 함성을 지르며 연주포를 울리고, 북과 징, 나각을 불면서 적군을 심리전으로 유도하여 혼란에 빠뜨리라. 편장군 황권은 나와 함께 붕괴된 하후연의 군대를 공격하여 병사를 섬멸하도록 한다."

각 장수들이 유비의 명을 받아 각처로 출병할 때, 토로장군 황충 또한 지정된 장소로 출동하기 위해 돌아서는데, 법정이 유비에게 긴급히 제의를 청한다.

"한중 정군산의 주마곡은 남정의 요새이자, 양평으로 가는 길목으로 위군의 보루입니다. 그곳을 지키는 하후연과 장합은 만만한 장수가 아닙니다. 하후연은 용맹에서 결코 누구에게도 밀리지 않는 용장이며, 장합 또한 조조의 군대에서 가장 용맹스러운 장수로 결코 쉬운 상대가 아닙니다. 정군산의 주마곡은 양평관을 지키는 장비장군이나, 형주의 관우장군 정도를 불러야 점거할 수 있을 것으로 여겨집니다."

황충이 크게 반발하여 목청을 높인다.

"모주는 나이만을 보고 노장을 판단하지 마시오. 조나라 염파는 팔십의 나이에도 한말 밥과 고기 열근을 먹었습니다. 염파의 기력을 두려워하여 주변의 제후들이 감히 염파를 도모하지 못했다고 합니다. 이에 비하면 황충이 비록 노장이라 하나 아직 칠십이 넘지 않았습니다. 황숙께서 노장을 믿어 주신다면 기대에 부응하여, 하후연과 장합을 쳐부수고 수급을 바쳐 올리겠습니다."

유비는 황충의 기개를 높이 치하하며, 본래 계획대로 정군산을 탈취하는 가장 중요한 책무를 황충에게 맡긴다. 유비가 세운 위병계를 따라 마초는 천탕산으로 향하는데, 마초의 명성을 익히 알고 있는 하후연은 군량과 군수물자를 지키는 하후상이 못미더웠던지, 본진의 정예병 수천을 차출하여 하후상에게 지원병으로 보낸다.

자신이 펼친 위병계로 유인책이 성공한 것을 확인한 유비는 황권과 함께 기존군사와 익주에서 증파한 군사 중에서 1만의 정예병을 뽑아 10부로 지대를 나누어, 야밤에 장합을 기습하는 구체적 전술을 수립한다. 드디어 모두가 곤히 잠든 축시(丑時:새벽 2시경)를 기해, 황충의 병사들이 열 갈래로 장합의 군영을 기습하자, 깜짝 놀라 기상한 장합의 군사들은 잠결에 정신을 차리지 못하고 갈팡질팡한다.

장합이 혼란을 수습하여 군을 정비했을 때는 이미 황충 군사들이 주마곡의 요지 여러 곳을 차지한 뒤였다. 장합이 앞장서서 군사를 독려하며 치열하게 저항하지만, 황충이 이끄는 군사는 이미 승세를 타고있어 기세를 꺾기에는 역부족이었다.

유리한 지형을 빼앗긴 장합은 주마곡 남쪽을 지키는 하후연의 본진에 지원군을 요청한다. 하후연은 급히 자신의 병력 절반을 편장군 장합에게 지원하고, 자신은 경병(經兵)을 이끌고 주마곡 남쪽을 지키기로 한다. 이 상황을 세밀하게 지켜보고 있던 유비가 진식에게 명한다.

"주마곡 본진의 주변에서 녹각을 불사르고, 병사들이 소지한 마른 풀을 하후연의 본영으로 던져 화공을 펼쳐라."

진식이 공병을 이끌고 녹각을 불태우며 본진에 불화살을 날리자, 하후연 본영의 병사들이 화염에 휩싸여 우왕좌왕하기 시작하더니, 하후연은 불을 끄기 위해 황급히 병사들을 이끌고 본영 밖으로 나간다.

이때 유봉이 군사들을 이끌고 곳곳에서 함성을 지르며, 연주포를 울리고 북과 징을 치고, 나각과 소라를 불어댄다.

심리적으로 상대방을 두렵게 하는 어지러운 소리가 주마곡 천지를 뒤흔들자, 하후연의 군사들은 정신을 차리지 못하고 혼비백산하여 흩어진다. 군사들이 정신을 차리지 못하며 군열이 무너지면서 불끄기를 포기한 하후연이 경병을 이끌고 계곡을 돌아 동쪽 전선의 장합에게로 합류하려는 순간, 이에 대비해 숨어있던 유비의 복병들이 일시에 쏟아져 내려온다.

하후연이 이들의 기습을 피해 골짜기에 들어서는데, 장합을 주마곡에서 몰아낸 황충이 높은 지형을 의지하여 하후연 군사들에게 화살을 날리며 바위를 굴린다. 위기에 몰린 하후연이 병사들에게 긴급히 명령을 내린다.

"병사들은 퇴각하라. 각 병사들은 알아서 주마곡을 빠져나가 양평관 동편에 집결하라."

하후연이 퇴각하는 병사들 틈에서 혈전을 벌이면서 대피하는 것을 발견한 황충이 하후연을 향해 화살을 겨냥하여 날린다. 명궁 황충이 날린 화살은 어김없이 하후연의 심장을 꿰뚫고, 하후연은 외마디를 지르며 그 자리에서 쓰러진다.

전장의 최전선에서 군사를 지휘하던 총사령관이 전투에서 목숨을 잃었다는 전대미문의 사실을 직접 눈으로 접한 하후연의 군사들은 두려움에 떨며 너도나도 군영을 이탈하면서 위군 진용은 순식간에 붕괴된다.

총사령관 하후연의 죽음으로 군심이 크게 동요하자, 곽회가 급히 장수들을 불러들여 편장군 장합을 임시로 총사령관으로 위임시키고 군을 수습한다. 이때 유비가 한수를 건너 본영을 공격할 채비를 시작하자, 장합이 책사와 장수들을 불러들여 대책을 강구한다.

"유비의 대군이 한수를 넘어오게 되면, 우리는 곧바로 한중을 내어주게 될 것이오. 우리는 위공께서 한중으로 출정하실 때까지 어떻게든 유비를 저지해야 하오. 좋은 의견이 있으면 제시해 주시오."

장수들이 유비의 파상적 공세를 크게 우려하며 말한다.

"아군은 사기를 잃고 도망병이 속출하여 적군을 상대하기에는 중과부적입니다. 더구나, 적군은 승세를 탄 덕에 사기가 오를 대로 올라있어서 이들이 건너오면 아군은 저절로 붕괴되고 말 것입니다. 적군이 아예 건너오지 못하도록 물가에 의지하며 유비에게 저항해야 합니다."

승상병조의령사 곽회가 손사래를 치며 말한다.

"이 방법은 아군이 적군에게 겁을 먹고 전면전을 피하려는 유약함을 유비에게 보여주는 하책입니다. 유비는 아군이 입은 피해가 어느 정도인지 아직은 모릅니다. 총사령관께서 구상하신 전술은 한수에서 멀리 떨어진 곳에 군영을 설치하고, 강 주변에 복병을 숨겨 적이 반쯤 도하했을 때 적을 기습하느니만 못합니다. 적병이 반쯤 한수를 건넜을 때 적을 기습하는 계책은 경우에 따라서 아군에게는 적군이 완전히 도강한 후에 전면전을 펼칠 준비가 되었다는 강한 의지를 보여줄 수 있으며, 유비에게는 총사령관만 죽었을 뿐이지 장군을 중심으로 아군이 다시 재편되어 강대함을 지니고 있다는 것을 보여주는 전술입니다. 이 전술이 먹히면 아직 아군이 입은 피해가 어느 정도인지 모르는 유비는 장군을 두려워하여 매복의 의심을 품고 스스로 전략을 수정하게 될 것입니다."

이에 장합은 곽회의 계책이 최상의 계책임을 인정하고 곽회의 전술을 따르기로 한다. 이즈음 한수의 강가에 당도한 유비는 장합이 배치한 전투대형을 보고, 한수 강가의 주변에 복병이 배치된 것을 우려하여 도하를 포기한다. 장합은 곽회의 묘책에 의해 일시적으로 유비의 도강을 막았으나, 언제이든 전면전을 펼치게 되면 중과부적으로 유비와 대적하기 어려울 것을 우려하여 급히 조조에게 구원을 청한다.

총사령관이 사망했다는 전대미문의 긴급보고와 함께 조조가 직접 출정하기를 청하는 긴급 전서를 접한 조조는 219년 (건안24년) 2월, 비로소 대군을 이끌고 장안을 출발하기 시작해서, 3월에 이르러 사곡(斜谷)에 당도하여 군을 정비하고 제장에게 명한다.

"사곡의 길은 좁고 험하니, 장군들은 먼저 군사를 이끌고 요해(要害)지역을 차단하여, 유비가 협로를 끊으려 할 때를 대비해서 미리 방비책을 마련하도록 하라."

사곡에 몇개의 지대를 배치한 조조는 한중에 당도하여 양평관에 주둔한다. 조조가 양평에 주둔하고 있다는 소식에 잔뜩 긴장한 촉의 장수와 병사들이 동요하자, 유비는 그들의 앞에서 호언장담을 하며 군심을 안정시킨다.

"병법에 '천시를 얻은 자가 지리적 이점을 지닌 자를 이기지 못하고, 지리적 이점을 지닌 자가 인화를 꾀한 자를 이기지 못한다'라고 했다. 적군의 총사령관이 전사하여 적병의 사기가 땅에 떨어지고, 한중의 군사적 요충지는 이미 우리가 점령하여 지형적 이점과 인화의 강점을 차지하였는데, 설령 조조가 직접 온들 한천을 빼앗을 수 있겠는가?"

유비는 하후연에게 빼앗은 한중의 유리한 요새에 군사를 배치하여 조조의 공략에 대비하고, 조조는 유비가 차지해 버린 전략적 요충지를 앞에 놓고 긴급히 전략회의를 펼친다.

"유비가 차지한 유리한 요새에서 유비를 끌어내어 아군이 지형의 이점을 차지하려면, 유비에게 이대도강(李代桃僵:대를 위해 소를 희생시킴) 전략을 펼쳐 유비를 요새 밖으로 끌어내야 한다. 오관장 하후상은 노병(老兵)을 이끌고 약점을 보이면서 유비를 유혹하여 요새에서 끌어내리도록 유도하라."

하후상이 유비를 끌어내기 위해 노병(老兵)을 미끼로 삼고 스스로 약점을 드러내며 산발적인 공세를 취하지만, 유비는 조금도 흔들리지 않고 방어전에만 몰입한다.

"조조가 직접 나서지 않고, 피라미를 보내 나를 공략하는 것은 하후상이라는 미끼를 앞장세워 노병을 희생시키면서 나를 요새 밖으로 유인하려는 속임수일 뿐이다. 내가 유인책에 말려들지 않는다면, 조조는 결국 총력전으로 임할 것이고 그리되면, 요새를 공격하는 조조가 요새를 수비하는 나보다는 3-4배 이상의 피해가 생길 것이고, 결국 조조는 극심한 군사적 피해와 원정의 피로로 인해 스스로 물러나게 될 것이다."

유비가 예측한 대로 조조는 자신이 던진 이대도강 계책에 유비가 말려들지 않자, 점점 초조해지더니 전술을 바꾸어 격렬한 총력전으로 전환한다.

유비는 산 위의 유리한 요새를 의지하여 험난한 지세를 뚫지 못하도록 방어하며, 조조가 펼치는 파상적 공세를 침착하게 대응하자, 조조는 지형적으로 불리한 위치에서 공격의 우위권을 확보하려고 고군분투한다. 그러나 조조는 지형적으로 불리한 저지대에 있으며, 산 위의 유리한 요새에서 수비에만 임하는 유비를 공격해야 하는 탓에 유비보다 몇 곱절 이상의 피해가 생기면서, 급기야 극심한 정신적 피로감을 느끼기 시작하는데, 이때 설상가상으로 한중공방전이 장기화로 전개되면서 군량과 군수품까지 고갈되기 시작한다.

조조는 장안으로 긴급히 군량을 요청하여 수천만 포대의 식량을 북산 아래의 식량창고에 비축하도록 하는데, 이 정보를 취득한 유비는 조조의 식량창고를 탈취하기 위한 대책을 마련하려고 긴급히 회의를 개최한다.

"조조는 북산의 식량창고를 탈취당하면, 더 이상 한중에 머무르지 못하고 퇴각할 것이오. 그런데 어떤 방법으로 이를 실행할 수 있을지가 현재의 큰 과제라고 생각되오."

황충이 자신의 결연한 의지를 밝힌다.

"소장이 북산으로 침투하여 신속히 조조의 경계병을 무찌르고 식량창고를 불태우고 돌아오겠습니다."

유비가 우려를 표명하며 반문한다.

"장군의 의기는 좋으나, 조조는 군량 보급과 군량 방비를 가장 중요시하는 인물이오. 철저한 방비책이 있을 텐데, 쉽게 움직일 문제는 아닌 듯싶습니다."

이때 법정이 앞으로 나서며 계책을 내어놓는다.

"조조는 철저한 방비책을 반드시 세워놓았을 것입니다. 그러나 그 때문에 손을 놓고 있을 수도 없는 일입니다. 황충장군께서 식량창고 탈취를 장담하신 만큼, 장군께 한번쯤 시도하도록 하시는 것도 하나의 방법이라고 생각합니다. 황충장군의 구체적 실행에는 세밀한 전략이 강구되는 만큼, 성도의 제갈 재상에게 좋은 묘책이 있는지를 묻는 것도 하나의 방안이라 생각합니다."

유비는 법정의 의견이 옳다고 생각하여 제갈량에게 전서를 보내고 며칠 후, 성도에서는 다음과 같은 방책이 전달된다.

"일단은 황충장군의 의중대로 북산의 식량저장고를 공략하여 방화하는 것은 성공의 여부를 떠나 의미가 있는 전술입니다. 큰 전략은 모주 법정에게 맡기시고, 세부적인 전술은 황권에게 맡겨, 황충장군은 황권의 계책을 받아 선봉에 나서도록 하십시오. 조운장군은 기마기동대를 이끌게 하고, 후방경비를 장비장군에게 맡긴다면 좋은 결과를 얻을 수 있을 것입니다. 조조는 아군이 수비만을 취하고 있는 것은 아군이 조조의 대군을 겁내고 있기 때문이라고 생각할 것입니다. 이렇게 적군이 교만에 빠져있을 때, 적군의 교만을 역이용하는 교병계(驕兵計)로 북산의 식량창고를 도모한다면 성공할 수도 있습니다. 다만, 황충장군께서 식량창고 방화가 쉽지 않다면 무리하지 마시고, 적군에게 아군의 강한 전투의지만을 부각시킨 후, 퇴각하도록 엄명하시는 것이 최상책으로 여겨집니다."

유비가 제갈량의 전서를 법정에게 보이자, 법정이 수긍하는 뜻을 보이며 입을 연다.

"재상의 뜻이 이 사람과 똑같습니다. 황충장군이 대군을 이끌고 북산으로 향하는 것은 적군에게 행적이 금방 노출되기 때문에 정예병 1천을 특공대로 뽑아 은밀히 북산으로 침투시켜야 합니다. 다행히 정군산과 천태산 등의 유리한 고지는 아군이 점하고 있는바, 황충장군은 사흘 기간을 두고 계곡을 따라 야밤에만 은밀히 이동하여 북산의 고지에 당도해야 합니다. 그 후, 북산 고지에서 산 아래로 기습을 행하기 좋은 지형을 차지해야 할 것입니다. 상황이 여의치 않으면 늦어도 나흘까지는 아군 진지로 되돌아와야 할 것입니다. 만일 약속 날짜까지 돌아오지 않으면, 조운장군이 기병대를 이끌고 황충장군을 구하러 출병하도록 후발 대책을 강구하시기 바랍니다."

유비는 제갈량의 의중과 법정의 전략을 황충에게 전하고 특공대원의 선발을 명한다. 황충이 특공대를 이끌고 사흘 밤을 비밀히 이동하여 북산에 당도한 후, 유리한 고지를 모색하는데 북산의 고지는 이미 조조의 군사들이 점유하고 있어 쉽게 지형의 유리함을 얻기 어려운 형국이 되어 있었다. 한참을 고민하던 황충은 칼집에서 뽑은 칼을 아무런 의미도 없이 칼집에 다시 집어넣을 수는 없다고 생각하고, 산정에 있는 방어지대를 기습하여 점령할 생각을 굳힌다.

"대원들은 편히 휴식을 취한 후, 축시(丑時)에 산정의 지대를 기습한다. 지대를 점령하게 되면 군을 정비하여, 산정에서 산의 아래에 있는 식량창고로 마른풀과 짚단을 던져라. 그리고 곧바로 불화살을 날리며 그대로 식량창고로 돌진하여 불을 지른 후, 각자 알아서 지금 이곳 지형으로 되돌아오라. 만약 실패하였을 경우에는 퇴각명령이 떨어지는 즉시 각자 침투했던 길로 되돌아가라. 그 길에는 조운장군이 우리를 보호하기 위해 군사를 배치해 놓고 기다리고 있노라."

이윽고 축시(丑時)가 되어 황충의 군사들이 북산 고지의 경비지대를 침투하기 시작하지만, 조조로부터 철저히 식량창고를 수호하라는 엄명을 부여받은 경비병의 철통같은 경계를 뚫지 못하고 발각되어 교전을 벌이게 된다.

황충의 특공대원들은 산정에 있는 조조의 경비병들이 빈틈없이 산 아래를 경계하는 철저한 방비를 뚫고 어렵게 산정의 경비지대는 점령했으나, 깊은 밤 산정에서 발생하는 시끄러운 충돌소리에 깨어난 주변지대의 지원병이 구름같이 모여들기 시작하여 횃불을 밝히며 사방으로 황충의 특공대를 공략하자, 황충의 군사들은 사면초가에 빠져 어찌할 바를 몰라 우왕좌왕하던 중 황충으로부터 퇴각하라는 명을 받는다.

황충의 퇴각명령을 접한 특공대원들은 황충의 사전지시를 따라 침투 당시의 길로 신속히 퇴각한다.

한편, 약속한 나흘이 다 되도록 특공대원들이 본영으로 돌아오지 않자, 익군장군 조운은 돌격기병 수백기를 이끌고 상황을 살펴보기 위해 정군산 주위를 정찰한다.

이때 조운의 기병을 발견한 조조의 전봉(前鋒)이 조운의 기병을 향해 달려들어 조운의 돌격기병을 포위하면서 일대의 난투전이 벌어진다. 조운이 능수능란하게 돌격기병을 지휘하여 조조 전봉(前鋒)의 대열을 무너뜨리고, 전봉의 부장들이 군을 정비하면 다시 뛰어들어 대열을 휘저으며 기동작전을 펼치면서, 조조의 전봉 군사 수백의 목을 날리는 전과를 올리며 전광석화와 같이 이동한다.

조조의 군사들은 처절하게 목이 날아가면서도 끈질기게 조운의 돌격기병을 향해 떼를 지어 공격한다. 이들이 조운의 돌격기병을 포위하여 맹렬히 공격을 펼치자, 조운은 돌격장수 장저와 함께 때로는 말을 휘몰아 적진으로 달려들고, 때로는 뒤로 빠지면서 조조의 군사들과 피 튀기는 혈전을 벌인다.

양군이 격렬하게 교전하던 중, 장저가 조조 군사들의 창에 찔려 말에서 떨어진다. 조운이 장저를 구하기 위해 장저의 포위망으로 다시 달려들어 장저를 구출하여 말에 태울 때, 근방의 조조 군사들이 개미 떼같이 몰려들어 겹겹이 둘러싼다. 조운이 포위망을 뚫기 위해 고군분투하는 시기에 맞추어, 북산에서 퇴각 중이던 황충의 돌격대가 합류하면서, 조운의 군사들이 포위망으로 몰려와서 조조의 군사들과 격렬하게 혈전을 벌인다. 마침내 조조의 전봉이 깨지면서 사기가 떨어질 때로 떨어진 조조의 군사들이 도주하기 시작할 때, 하후상이 대군을 이끌고 조조의 군사들을 지원하러 나오자, 패주하던 전봉의 병사들이 방향을 돌려 하후상과 함께 합세하여 다시 조운의 군사들에게 맹공을 가한다.

이때는 이미 조운이 만족할 만한 성과를 얻었기에, 위기에서 벗어나고자 하후상 대군과의 교전을 피해서 군사들을 이끌고 위영으로 되돌아간다. 그러나 하후상이 대군을 이끌고 조운을 맹추격하여 조운의 위영에 당도하자, 위기를 맞이하게 된 면양장(沔陽長) 장익은 수문장에게 황급히 명을 내린다.

"신속히 위영의 문을 닫아라."

이때 조운이 손사래를 치며 장익의 명을 거두어들인다.

"수문장은 문을 활짝 펼쳐 놓아라. 위영 안의 깃발은 모두 내리고 북소리나, 징소리 등의 소음은 절대로 내지 말 것이며, 성안에서 쥐 죽은 듯이 정막을 유지하라. 지금과 같은 위기의 상황에서는 모든 것을 하늘의 뜻에 맡기고, 공성계(空城計)를 펼쳐 적장이 스스로 매복을 의심하게 만들어야, 만에 하나의 확률로 적병을 물리칠 수 있노라."

얼마 후, 조운의 위영으로 몰려온 하후상의 군사들은 위영 앞에서 한참을 머뭇거리다가, 너무도 조용한 위영의 적막에 오히려 두려움을 느낀다. 이때 갑자기 맑은 하늘에서 천둥번개가 내리치자, 복병전을 우려하며 깊은 생각에 잠겨 한참을 머뭇거리던 하후상이 깜짝 놀라더니 병사들에게 명을 내린다.

"아무래도 적병의 매복이 의심되니, 군사들은 방향을 돌려 급히 군영으로 되돌아가라."

하후상이 군사를 이끌고 회군하자, 조운은 기다렸다는 듯이 군사들에게 명한다.

"의장대는 일시에 북과 징을 울리고, 군사들은 동시에 함성을 울릴 것이며, 궁노수들은 일제히 융노를 쏘아대라. 이때를 놓치지 말고 돌격기병은 신속히 퇴각하는 적병의 후미를 도륙하라."

조운의 지시에 따라 군사들이 북과 징을 치면서 함성을 울리자, 퇴각하던 조조의 군사들이 깜짝 놀라 앞다투어 달아나면서 대열이 붕괴된다. 이 틈을 타고 조운이 하후상의 후미를 몰아치자, 조조의 군사들은 대패하여 '걸음아! 나 살려라' 한수(漢水)까지 황급히 도망치면서 이번 전투에서 하후상은 대부분의 수하병사를 잃게 된다.

이튿날, 유비는 친히 조운의 위영을 찾아와서 전날에 세운 조운의 공적을 치하하며 말한다.

"조운 자룡의 몸은 일신이 담덩어리로다. 세간에서 사람들이 그대를 호위(虎威)장군이라 부를 만하도다."

유비의 칭찬에 조운이 당시의 급박했던 심정을 토로한다.

"어제 일이 순간 뇌리를 스치며 지금 진땀이 흘러내립니다. 다시는 이런 공성계는 활용해서는 아니 되리라 여겨집니다."

하후연의 죽음과 함께 하후상이 유비에게 속수무책으로 대패하자, 조조는 직접 대군을 이끌고 유비의 본영을 공략하기로 한다.

"도호장군 조홍과 편장군 장합, 오관장 하후상은 군사를 삼진으로 나누어, 각 진이 교대로 유비의 본영을 공격하도록 하라. 유비는 지형적 이점을 살린 고지에 요충지를 구축한 만큼 이들은 엄폐와 은폐가 가능하여, 아군은 적군에 비해 세배 이상의 희생이 따를 것이다. 이를 감안하여 한번 공략할 때 집요하게 공격을 감행하라. 한번 공격을 취하다가 멈추게 되면, 새로이 공격을 취해야 함으로써 아군의 피해는 처음부터 다시 시작되는 것이다. 한번 몰아친 공격으로 이들이 부서진 요새를 수리할 시간이 없도록 세차게 몰아붙여라."

조조는 조홍이 일진 선봉으로 유비의 본영을 공략하는 동안, 장합은 황충의 요새지를 봉쇄하고, 하후상은 마초의 진지를 봉쇄하여, 이들이 유비의 본진에 지원병을 보내지 못하도록 각별히 유념시킨다. 유비가 조조의 공략에 대비하여 급히 대비책을 구하자, 법정은 차륜전법으로 몰아치는 파상적 공세에 대해 3단계 대책을 말한다.

"아군은 고지의 유리한 지형에 위치한 만큼, 지형의 이점을 살려 3단계로 적군의 공략을 막아야 할 것입니다. 적군이 멀리서 아군의 진지를 향해올 때는 하늘을 향해 무수한 화살을 날려, 기어오르는 적병이 화살 비를 맞게 되면 피해가 막대하여 쉽게 접근할 수 없을 것입니다. 이 화살 비를 뚫고 침투해온 적병들이 요새 가까이 접근할 경우에는 미리 요새의 주변에서 벌목한 통나무를 굴려 땅에 밀착해 접근하는 적병들을 격파합니다. 그래도 끈질기게 요새의 담벽까지 접근한 적병들에게는 본영의 군사들이 일시에 성 밖으로 출성하여 공격하면, 이들은 크게 패하여 물러날 것입니다."

유비는 법정의 전술대로 병사들에게 전술을 위한 만반의 준비를 갖추도록 한다. 이튿날, 조조는 조홍에게 일진을 이끌고 유비의 진지를 향해 돌진하게 하자, 하늘에서 화살 비가 쏟아지면서 조홍의 돌격병들이 일대 혼란에 빠져든다.

조홍이 조휴와 함께 이들을 독려하여 병사들이 간신히 요새 근처에 도달했을 때, 돌연 통나무가 물줄기같이 굴러 내려지면서 조홍의 돌격대는 통나무에 부딪혀 머리가 터지고 몸통이 박살나는 등 병사들이 아비규환의 수렁에 빠져든다. 병사의 절반 가까이를 잃은 조홍은 긴급히 퇴각명령을 내린다.

"전 병력은 신속히 산 아래로 퇴각하여 나무를 방책으로 삼아 엄폐하라. 그리고 적의 공격추세를 살펴보면서, 몸을 사려 본영으로 돌아가라!"

조홍의 퇴각명령에 따라 돌격대가 후퇴하자, 조운이 군사를 이끌고 후미를 들이친다. 돌풍같이 몰아치는 조운의 공략에 조홍은 대패하여, 돌격대의 절반 이상을 잃고 군영으로 되돌아간다.

조홍의 대패에 충격을 받은 조조는 중견장군 허저와 서황, 그리고 승상병조의령사 곽회, 시중 두습, 중령군 조휴 등의 참모와 제장을 불러들여 후속책을 구한다.

"조홍장군이 이끄는 일진이 허무하게 무너지고, 이제는 장합장군이 2진을 이끌고 유비의 본진을 공략할 텐데, 장합장군에게 전술에 참고가 될 만한 대책을 일러주시오."

곽회가 일진의 실패를 계기로 구상한 새로운 전술을 내어놓는다.

"유비는 지난 전투에서 벌목한 통나무를 거의 소진했다고 보아야 할 것입니다. 지금 위왕께서 행할 최우선 과제는 유비가 더 이상은 요새 부근의 나무를 벌목하지 못하도록 아군을 배치하여 벌목군을 격파하는 일입니다. 다음으로는 유비가 쏘아대는 화살 비를 피하기 위해서는 병사들에게 3겹으로 된 나무방패를 만들어 주어 각자 방패를 들고 하늘을 향해 쳐들게 하고, 등 포복으로 기어올라 벌목된 장소까지 당도하게 합니다. 벌목 지점에서는 적군이 굴려 내리는 통나무가 전부 소진될 때까지 기다렸다가 그 후, 최대한 유비의 요새 담벽의 가까이에 접근하여, 유비의 본영으로 쉴 틈이 없이 화살을 날리면서 요새를 쳐들어가면 얼마든지 승산이 있습니다."

장합이 곽회의 대책을 따라 용병함으로써 병사들의 손상을 최소화하고, 유비의 본영 가까이에 접근하여 물줄기 화살을 날리며 격전을 벌이는 데 성공한다. 장합의 궁노수들이 날리는 화살이 유비와 모주 법정의 군막 앞에까지 날아들자, 장수들이 유비에게 긴급히 고한다.

"주군, 형세가 매우 위급합니다. 일단 대피했다가 다시 군세를 재정비하여 군사를 모아 재공격을 해야 할 것입니다."

유비가 격노하여 소리를 지른다.

"감히 퇴각을 논하다니, 어떻게 차지한 한중인데 이대로 물러나란 말인가?"

유비가 워낙 완강하게 거부하여 아무도 퇴각을 간언하지 못할 때, 법정이 빗발치는 화살 공세를 마다하고 유비의 곁으로 다가와서 함께 자리한다.

"효직은 화살을 피해 대피하라."

법정이 유비에게 간언한다.

"주군께서 친히 화살과 돌팔매를 견뎌내는데, 어찌 소장이 이를 피하겠습니까?"

유비가 법정을 한동안 쳐다보더니 자신의 뜻을 접는다.

"내가 그대와 함께 대피하겠노라."

이에 법정이 힘을 내어 말한다.

"조운장군과 부장 유봉이 장합을 상대하는 동안, 소장이 이에 대비하여 마초와 황충장군에게 원병을 요청했습니다. 일단 주군께서 후방으로 잠시 물러서 있으면, 곧 마초장군과 황충장군의 구원병이 올 것입니다."

유비가 잠시 요새의 후방으로 대피해 있는 동안, 황충이 군사를 이끌고 장합을 향해 접근해 오자, 요새의 요지를 차지한 장합이 지형의 유리한 점을 이용하여 황충을 상대로 요새전을 펼치며, 고지대의 요새에서 황충을 상대로 무수한 화살을 날리지만 화살이 거의 소진될 위기에 처하게 되자, 장합은 부장들에게 긴급히 명을 내린다.

"아군은 유비가 차지한 요새를 공략하느라 많은 화살을 소모하고 요새를 점령했는데, 아군이 군열을 정비하기도 전에 황충의 군사들이 다시 몰려와서 얼마 남지 않은 화살까지 모두 소진했으니, 요새의 유리한 점은 이미 사라졌고 이제는 적병과 백병전을 펼칠 수밖에 없도다. 부장들은 신속히 병사들을 채찍질하여 백병전에 대비하도록 하라."

이에 부장들이 이구동성으로 말한다.

"적병이 예상보다 너무 일찍 반격을 가해 우리 병사들이 휴식도 취하지 못한 상태에서 적병을 대항하게 되었습니다. 더구나 요새를 점령할 때까지 식사를 보류시켰던 결과, 병사들이 피로와 허기로 지쳐있어 백병전은 결코 쉽지 않을 것입니다."

장합이 부장들을 꾸짖어 말한다.

"지금 이 상태에서 식사를 챙길 수도 휴식을 취할 수도 없는 노릇이 아닌가? 화살이 부족하여 적병의 접근을 막을 수 없는 상황인데, 적병은 잠시 후면 요새로 난입하여 혈투가 벌어질 것이고, 아군은 사기가 떨어져 있다면 어찌 전투를 벌일 수 있겠는가? 부장들은 각각 휘하의 병사들을 위무하여, 아군이 적병을 퇴치한 후 전공에 대한 충분한 보상과 편안한 휴식을 취하도록 하겠다고 독려하라."

부장들이 생각해도 이런 상황에서는 상대방을 굴리쳐야 자신들의 안전이 보장된다는 것은 자명한 일이어서, 부장들은 휘하의 병사들을 독려하여 백병전에 임한다.

잠시 후, 피로에 찌든 장합의 군사들이 요새에 난입한 황충의 군사들을 상대로 힘겨운 백병전을 벌이고 있을 때, 뒤이어 마초가 휘하의 군사를 이끌고 북과 징, 나각을 불면서 요새의 난투전에 끼어든다.

"장합의 오합지졸들은 즉시 창칼을 버리고 투항하라. 투항하지 않으면 천하의 마초가 너희들의 목을 황천길로 날려 보낼 것이다."

그렇지 않아도, 황충의 군사를 상대로 버겁게 요새전을 펼치던 장합의 군사들은 함성을 지르며 난전에 끼어드는 마초 군사들의 위세에 심리적으로 압도되어 창칼을 버리고 달아나기 시작한다. 장합은 더 이상의 저항은 무리라는 생각에 군사들에게 명한다.

"모든 병사들은 퇴각하여, 반대편에 있는 산 아래 위영으로 집결하라."

장합은 수많은 병사의 희생으로 얻은 절호의 기회를 마초와 황충의 개입으로 허무하게 날리며 급히 퇴각한다.

조홍의 일진과 장합의 2진이 실패하면서 수많은 병사들이 목숨을 잃는 것을 가까이에서 본 조조의 군사들은 야밤을 기해 탈영하는 사례가 속출한다.

전세가 급박해진 조조는 전세를 뒤집기에는 이미 너무도 큰 군사적 손실을 입고 있었기에, 자신이 점거하고 있는 한중의 민가 5만호를 상용으로 이주시키는 것으로 군사적 손실에 대한 보상을 받고자 한다. 이런 조조의 상황을 간파한 유비는 양아들 유봉을 시켜 조조를 자극한다.

"황제를 능멸하는 조조에게는 이제 종말이 다가왔도다. 조조는 어서 나와서 이 유봉에게 수급을 바쳐라."

유봉이 조조의 군영에 접근하여 갖은 모욕적인 언사로 조조의 감정을 건드리자, 조조는 분노가 하늘을 찌를 듯이 치솟아 큰소리로 외친다.

"유비, 이 돗자리나 짜던 상놈이 가짜 아들 유봉을 사주하여 나를 자극해? 내 진짜 아들 조창을 불러 이 상놈 부자를 일거에 격파하리라."

조조는 북방을 지키는 아들 조창을 한중으로 불러들이기 위해 전령을 보낸다. 그러나 조창이 원병을 이끌고 도착하기도 전에 워낙 수많은 병사들이 탈영하여 전투가 어려움을 겪게 되자, 조조는 군막 안에서 꼼짝도 하지 않고 깊은 사색에 빠져든다. 조조가 오랜 장고에 빠져들어 있을 때, 주부 양수가 조조의 군막으로 들어와서 묻는다.

"위왕 전하, 오늘 밤의 암호는 무엇인가요?"

조조는 마침 식탁 위에 놓여 있는 닭의 가슴에 붙어 있는 살점을 쳐다보더니 한참 동안 생각에 잠긴다.

'한중은 중원에서 가려면 험난한 진령산맥을 넘어야 하기에, 고가 정벌에 성공하더라도 한중을 지키려고 군량, 군수물자 등을 수송하는 것도 현실적으로 큰 난관에 봉착한다. 반면 유비는 익주에서 언제든지 쉽게 한중으로 접근할 수 있어 고보다는 훨씬 유리한 입장에 놓여 있도다. 그런 연유로 이번에 고가 한중을 차지하더라도, 조만간 유비가 다시 장난을 벌여 또다시 수난을 당하게 될 수 있으니, 그럴 바에야 아예 한중을 버리고 형주 북부로 진출하여 강화하는 것이 향후의 천하구도를 위해서도 도움이 될 것이다.'

이런 생각에 다다르더니, 조조는 비로소 입을 연다.

"계륵"

양수는 조조가 무심코 던진 암호를 장수들에게 전하면서, 따로 조홍에게 찾아와서 조조의 의중을 전한다.

"위왕께서는 조만간 회군하실 것이니, 군사들에게 미리 회군에 대한 만반의 준비를 시키십시오."

조홍이 의아해하며 묻는다.

"주부는 어찌 위왕의 의중을 알았기에 근거도 없이 함부로 말을 하는가?"

양수가 의기양양하게 대답한다.

"위왕께서 '계륵'이라는 암호를 내리신 것은 바로 한중에 있는 위왕의 입지를 말씀하시는 것입니다. 닭갈비는 가슴에 살이 없어 먹을 것은 없으나 버리기에는 아까운 것입니다. 위왕께서는 한중을 놓고 고민하시다가, 결국 한중은 크게 먹을 것이 없어 포기하실 것입니다."

이 말을 조홍으로부터 전해 들은 장합이 조조의 군막으로 찾아가서 조조의 의향을 묻는다.

"혹여 위왕 전하께서는 철군하실 의향이 있으신지요?"

조조가 장합의 말에 깜짝 놀라며 묻는다.

"철군이라는 말은 누구에게 들었는가?"

"양수에게서 들었습니다."

조조가 대로하여 양수를 불러들인다.

"그대는 어떤 생각으로 함부로 철군을 거명했는가?"

"위왕 전하께서 계륵을 말씀하시는 순간, 철군의 의중이 있으심을 알았습니다."

조조는 한참 동안 양수를 날카롭게 쏘아보더니 명한다.

"내일 날이 밝는 즉시 전군에게 철군에 따르는 준비를 하도록 명하라. 그리고 지금 즉시 조진장군에게 사자를 보내, 진창 방면으로 회군하여 그 지역을 사수하는 일에 전념하도록 전하라. 장합장군은 곽회, 두습과 함께 한중 북방의 수비에 만전을 기하도록 하라. 한중을 향해오고 있는 아들 조창에게는 다시 임지로 돌아가서 방비에 주력하도록 전하라."

219년(건안24년) 5월, 조조는 천하를 쟁패하는 과정에서 자신에게 결정적인 영향력이 미미한 한중에서 의미 없는 군사적 손상만을 입은 채, 역사적으로 큰 실점을 남기고 관중으로 군사를 돌린다.

한중공방전에서 패하고 철군하는 조조를 얕잡아본 관중의 허유(원소 휘하였던 모사 허유와는 동명이인)는 조조가 회군하는 길을 막으며 조조를 자극한다. 분노한 조조가 곧바로 허유를 징벌하려 할 때, 측근의 장수들이 조조에게 간언한다.

"허유는 큰 세력이 없지만 잘 설득하여 유비를 견제시키면, 위왕께 크게 도움이 될 수 있습니다. 그러나 허유를 무력으로 토벌하게 되면 일시적으로는 승복하더라도, 나중에는 위왕 전하를 상대로 관중에서 반드시 반기를 들게 될 것입니다."

장수들의 만류에도 조조는 뜻을 굽히지 않는다.

조조가 심하게 자존심을 상하여 뜻을 굽히지 않음을 간파한 두습이 앞으로 나서며 조조에게 간언한다.

"위왕 전하는 천하의 영웅이십니다. 천하의 영웅이 범인과 다툼을 한다는 것은 영웅의 면모를 손상하게 되는 것입니다. 전하께서 허유에게 사람을 보내어 영웅의 풍모를 보여주신다면, 허유는 자신과 전하를 비교하여 그릇의 용량을 알아차리고 자신의 허물을 깨닫게 되어 곧바로 귀순할 것입니다."

조조는 두습이 자신의 자존심을 치켜세우며 간언을 올리자 간드러지게 웃으며 말한다.

"그대의 말이 맞도다. 즉시 허유에게 사자를 보내, 나의 뜻을 전하라."

조조가 너그럽게 허유를 다독이며 자신의 전서를 전하자, 허유는 곧바로 조조에게 와서 용서를 구하고 변함없이 충성할 것을 맹세한다. 조조는 업으로 돌아가면서, 총명한 두습을 유부장수로 임명한 후 관중에 주둔하여 장안을 지키게 한다.

조조가 물러가면서 한중의 백성을 자신의 영지로 이주시킨 후의 한중이 유비에게 남긴 것은 황량한 벌판일 뿐이었다. 그러나 유비는 중원으로 진출할 배경을 만들었다는 성취감과 함께, 조조와 벌인 독자적 전투에서 승리했다는 자부심을 갖게 되면서 사기가 하늘을 찌르는 단계에 이른다.

이 여세를 몰아 유비는 향후 중원진출을 위한 교두보를 마련하려고, 유봉과 이엄에게 한중 주변의 서성, 상용, 방릉 등 군현을 추가로 확보하게 한다.

서성, 상용, 방릉은 한중에서 한수를 따라 내려가는 첩첩산중의 중간에 위치하여 이곳을 차지하면, 쉽게 형주의 양양, 남양을 진입하기 좋은 입지를 점하게 되는 요지이다.

유비는 조조와 한중을 놓고 공방전을 벌일 때, 형주 의도태수 맹달에게 명하여 자귀에서 북진하여 방릉태수 괴기를 정벌하고 한중공방전에 합류하도록 했는데, 맹달이 당도하기도 전에 유비가 한중을 손아귀에 넣게 되자, 유비는 맹달에게 유봉과 이엄에게 합류하여 서성, 상용, 방릉을 점거하는 작전에 힘이 되도록 다시 새로운 임무를 부여한다.

그러면서도 유비는 맹달을 크게 신뢰하지 않았던 관계로, 양아들 유봉에게 맹달을 통제하는 새로운 임무를 부여하여, 유봉은 한중에서 한수를 따라 내려가 상용에서 맹달과 합류하고 함께 상용태수 신탐을 협공하자, 신탐은 종제 신의와 함께 투항을 청함으로써, 유봉과 맹달은 신탐, 신의 형제의 충성맹약을 받은 후, 수하로 거두기로 하고 투항을 받아들인다.

상용에 이어 서성까지 점령한 이들은 신탐에게 상용태수 겸 원향후를, 그리고 종제 신의에게 서성태수 겸 건신장군으로 임명해 달라는 품의를 올린다.

유비는 이들의 품의대로 신탐 형제에게 벼슬을 내리는 동시에 유봉에게는 부군장군의 직위를 내려 상용, 서성, 방릉 등 3개군을 총괄적으로 지휘하게 한다.

유비는 자신의 총괄 지휘 아래, 전반적인 국정운영 및 군수지원에는 제갈량, 대전략에는 법정, 구체적 전략과 전술에는 황권, 선봉장으로 황충, 후방방어에는 장비, 수도방위 및 변방의 수비는 이엄과 형주목 관우로 역할을 분배한 용인술로써 최고의 전성기를 맞게 되어, 조조를 한중에서 몰아내고, 주변 상용과 서성, 방릉 등을 굴복시킨 후, 파촉에서 확고한 세력을 구축하는 데 성공한다.

4) 유비, 한중 공방전에서 승리하고 한중왕이 되다

　유비가 파촉(巴蜀)에서 확고한 세력을 구축하기 시작하면서, 파촉의 수많은 관료들과 백성들이 유비의 은덕과 인품을 추앙하는 분위기가 고조되자, 유비 측근의 황권 등이 유비를 조조에 상응하는 왕으로 추존하고자 한다.
　황권 등 측근들은 최고도의 정치력을 지닌 제갈량의 능력을 활용하고자 제갈량을 한중으로 불러들이고, 이에 부응하여 제갈량은 유비를 제위에 올리는 추대문을 작성하여 법정, 황권 등과 함께 유비를 찾아 간다.
　"작금 한황실의 현실은 조조가 황제를 능멸하여, 황제는 유명무실한 탓에 진정으로 백성의 아픔과 가려움을 치유해줄 주체가 없습니다. 주군께서는 인의가 천하에 두루 알려져 있고, 이미 형주 북방과 파촉의 땅을 평정하여 백성의 민심이 주군을 크게 의지하고 있습니다. 이제 천명을 따르고 민심에 순응하여 왕위에 오르실 때가 되었습니다. 부디 왕위에 오르시어 정의와 정도로써 백성들을 바르게 인도하시고, 나라를 혼란으로 몰아넣고 백성을 파탄으로 이끄는 역적을 물리치시기를 간구합니다."
　유비는 제갈량, 법정 등 측근들이 왕위에 오를 것을 건의하자 깜짝 놀라며 강력하게 반대의 뜻을 확고히 한다.

"내가 황실의 종친으로서 황제의 조서도 없이 왕위에 오른다는 것은 반역을 꾀하는 것에 진배없는 일이오."

유비의 반발을 받고 제갈량이 단호한 어조로 말한다.

"그렇지 않습니다. 지난 '황건적의 난'이 일어난 이후, 한실은 중앙집권적인 주군현(州郡縣)제도가 붕괴되어, 영웅마다 한 지역을 차지하고 패권을 다투는 군웅할거시대가 도래했습니다. 재능과 지혜를 갖춘 천하의 재사들이 참 영웅을 찾아 기꺼이 자신의 목숨을 던지고자 하는 것은 천하를 바로잡고 백성을 안정시키기 위해서입니다. 주군께서는 명분을 앞세우시어 소의(小義)를 취하려 하시지만, 천하를 두루 평정하고 백성을 안정시키는 일은 대의(大義)를 세우는 것입니다. 주군께서는 이 점을 깊이 고려해 주시기 바랍니다."

유비는 제갈량의 건의조차도 완강히 거부한다.

"공들은 이 문제를 더는 논의하지 마시오. 이는 나를 역적으로 매도하는 길이오."

주변의 대신들이 이구동성으로 건의한다.

"주군께서 저희의 뜻을 물리치시면, 저희를 묶는 구심점이 사라지게 되어 수도 없이 많은 사람들이 개인적인 이해를 따라 흩어지게 될 것입니다."

주변의 대신들이 포기하지 않고 권유하지만, 유비는 끝내 왕위에 오르기를 거절하고 그로부터 몇달이 지난 후, 제갈량과 대신들이 다시 유비에게 한중왕 위에 오를 것을 건의한다.

"주군께서는 이미 파촉과 형주의 요충지를 차지하여 조조의 폭정과 불충을 막을 수 있는 유일한 영웅 중 영웅입니다. 조조와 같은 동격이 되어야만 조조와 대응하여 천하의 이목을 집중시킬 수 있습니다. 무릇 명분에 치우친 정의(正義)보다는 현실에 맞는 권도(權道)를 따라 천하의 변화를 주도해야 할 때입니다."

"내가 황제의 조서를 받지 않고 어찌 왕위에 함부로 오를 수 있겠소?"

"황제의 조서를 받을 상황이 아닌 형편을 감안하여 일단은 주군께서 한중왕에 오른 다음, 형편을 맞추어 황제께 표문을 올려도 늦지 않습니다."

유비는 여러 차례 거부하다가 계속되는 문무대신의 끈질긴 간청을 못 이기자, 헌제에게 먼저 표문을 올린 후 한중왕의 위에 오르기로 한다.

이에 유비의 신료 120명은 한중왕 즉위에 대한 정당성을 부여받기 위해, 허도의 헌제에게 장문의 표문을 올린다.

"평서장군 도정후 마초, 좌장군장사 진군장군 허정, 영사마 방희, 의조종사중랑군의중랑장 사원, 군사장군 제갈량, 탐구장군 한수정후 관우, 징로장군 신정후 장비, 정서장군 황충, 진원장군 뇌공, 양무장군 법정, 흥업장군 이엄 등 일백이십 명은 다음과 같이 표문을 올립니다.

옛날 삼황오제의 제요도당(帝堯陶唐)은 성인이었지만 흉악한 네 명이 조정에서 발호했고, 주(周)의 성왕은 어질고 현명했지만 네 개의 제후국이 난을 일으켰습니다. 한고조의 여후(呂后)가 권력을 장악하자 여씨들이 한실을 찬탈하려고 했고, 어린 효소제가 등극하였을 때에는 상관(上官)씨가 역모를 꾸몄습니다. 이런 흉측한 자들은 누대에 황은을 받은 것을 기화로 정권을 장악하여 난리를 일으켜 사직을 위기로 몰아넣었습니다. 순임금과 주공, 주허후(朱虛侯) 유장, 박육후(博陸侯) 곽광 등이 없었다면, 불순한 의도를 품은 자를 제거하고 위기에 빠진 나라를 안정시키는 것이 불가능했을 것입니다.

(중략)

좌장군 겸 사례교위, 예주 형주 익주 3개주의 목인 의성정후 유비는 조정으로부터 봉록과 작위를 받아 혼신을 다하여 국난을 안정시키기 위해 목숨을 바치고자 합니다. 기회를 포착하여 거기장군 동승과 연명하여 조조를 주살해서 나라를 편히 하고 종묘사직을 바로 세우고자 했습니다.

(중략)

신 등은 한황실이 크게는 '염락의 화'를 당하고, 작게는 '정안의 변'을 접할 것을 두려워합니다. 옛 우서에 말하기를 '구족을 두텁게 대우하라' 했고, 주나라는 요순시대, 은의 두 왕조를 귀감으로 삼아 동성제후를 봉건함으로써 시경이 그 의를 고양시켰으며, 여러 대에 걸쳐 오래 유지될 수 있었습니다. 한황실이 출발한 초기에 황제의 자제들을 존중하여 '여씨의 난'을 진압하여 태종의 기초를 든든히 할 수 있었습니다. 신들은 의성정후 유비가 한황실의 일족이며 황실의 울타리로서, 국가를 보존하고 한황실를 다시 세우기 위해 각종 난을 평정하는 데 앞장 서 있음을 잘 알고 있습니다. 한중에서 조조를 격파한 이래 천하의 인걸들이 의성정후의 명망을 우러러 개미 떼처럼 몰려드는데, 작위와 지위가 높지 않아 역적 조조와 대항하기에 어려움을 겪고 있습니다.

(중략)

지금은 종묘사직의 위기가 지난 농, 촉의 당시보다 위태합니다. 조조가 밖으로는 천하를 병탄(倂呑)하고, 안으로는 천자를 능멸하여 조정은 파탄의 위기에 처해 있음에도 조조와 대적해야 할 외번(外藩)들이 천자를 받들지 않으니 가히 안타까운 일입니다. 이에 일백이십 신료들은 전적이 높은 의성정후 유비를 한중왕으로 봉하고 대사마에 임명하도록 천거합니다. 한중, 파, 촉, 광한, 건위 등 여섯 군으로 나라를 세워 한나라 초기의 제후왕의 전례를 따라 관서를 설치하도록 허락하여 주시기를 청합니다. 무릇 권도에 의해 의성정후를 한중왕으로 추대하고자 하니 이것이 죄가 된다면, 천하를 바로 잡고 황실을 바로 잡은 후에 신들은 죄를 달게 받겠나이다."

이로써 황권이 처음 유비에게 한중왕에 오르도록 청한 지 수개월이 지난 219년(건안24년) 7월이 되어서야 유비가 한중

왕위에 오를 결심을 굳히자, 유비의 측근들은 형식적 의례에 그칠 표문을 헌제에게 상주하고는 곧바로 한중왕 즉위식을 거행하기로 한다.

유비는 면양에 둘레가 9리에 이르는 단을 쌓고, 단을 중심으로 다섯 군데에 정기와 의장을 세우고 문무대신들이 단위에 늘어서게 한다. 제갈량이 면류관을 유비에게 씌우고, 허정이 유비에게 옥새를 바치면서, 유비가 남면하여 옥좌에 앉자, 단위에 늘어선 문무관료들이 차례로 북면하여 하례를 올린다.

유비는 유선을 왕세자로 세우고 허정을 태부로, 법정을 상서령 겸 호군장군으로 삼고, 제갈량을 군사로 삼아 군무와 행정을 관장하도록 하며, 황권을 치중종사로 명한다. 관우를 전장군 가절월로 삼고, 장비를 우장군에 가절로 명하고, 마초를 좌장군, 황충을 후장군으로 하여 이들 4인을 사방장군에 임명하고, 이후 이들 사방장군은 타계한 후, 각각 장무후, 환후, 위후, 강후로 시호를 받아, 순평후로 시호를 받은 조운과 함께 촉한에서 오호(五虎)대장군으로 인구에 회자하게 된다.

유비가 황충을 후장군으로 임명하려 할 당시, 제갈량은 관우의 동향을 우려하여 유비에게 조언을 올린다.

"황충장군의 명망이 관우, 장비, 마초장군과 다등하지 않았는데, 전하께서 한중왕 위에 오르자마자 동률에 두신다면 관우장군이 달가워하지 않을 것입니다. 관우장군은 장비, 마초장군이야 가까이에서 그들의 공적을 직접 보았으므로 동렬에 두심을 이해하겠지만, 황충장군에 대해서는 그의 공적을 보지 못해 인정하려 들지 않을 것입니다. 소신은 그 점이 크게 우려가 되옵니다."

유비는 제갈량의 우려를 불식시키려는 듯 자신있게 말한다.

"짐이 독군종사를 보내 짐의 뜻을 확실히 이해시키겠소."

유비는 자신의 뜻을 굽히지 않고, 독군종사 비시를 관우에게 사자로 보낸다.

"한중왕께서 장군에게 전장군 직위를 내리시고, 장비, 마초, 황충장군을 각각, 우장군, 좌장군, 후장군에 임명했습니다. 대왕의 칙서를 받으십시오."

유비의 특명을 받은 독군장사 비시가 형주의 관우에게 찾아가 유비의 뜻을 전하자, 관우는 황충이 후장군에 명해졌다는 사실에 격노하여 말한다.

"대장부 관우가 어찌 노병과 동렬에 서겠는가? 나는 전장군 관직을 받아들이지 않을 것이네."

관우의 반발이 있을 것을 미리 인지하고 있었던 비시는 유비의 뜻을 온전히 전하기 위해 정성을 다해 설득한다.

"왕업을 세우는 인물은 여러 가지를 고려하여 인사를 시행합니다. 한고조께서는 어릴 적부터 함께했던 소하와 조참을 제치고, 초패왕의 수하에 있다가 한고조께 투항한 한신과 진평에게 높은 지위를 제수하였어도 소하와 조참이 원한의 마음을 가졌다는 말은 전해지지 않고 있습니다. 지금 한중왕께서는 한중에서 기여한 황충의 공로를 인정하여 황충을 군후와 동등한 대열에 놓았지만, 어찌 마음속의 기준까지 군후와 동등하겠습니까? 한중왕께서는 군후와 한몸으로 생사고락을 함께 해왔습니다. 군후께서 관호의 높고 낮음이나 작위와 봉록의 많고 적음을 계산하여, 한중왕께서 내리는 관직을 받아들이지 않는다면, 이는 한중왕의 깊은 뜻을 감지하지 못하는 행위로서 한중왕께서 크게 실망하실 것입니다. 이 사람이야 일개 신하로서 이를 전하는 사람이지만, 군후께서 한중왕의 깊은 뜻을 받아들이지 못한다면, 영웅으로서의 기개를 지닌 군후와 같은 인물이 행할 덕은 결코 아니라고 생각합니다."

관우는 시비의 언변에서 유비의 깊은 뜻을 깨닫고 즉시 왕명을 받아들인다.

한편, 한중왕 겸 익주목을 겸하게 된 유비는 성도로 이어하면, 한중을 진수케 할 장수가 필요하여 시급히 이를 선정해야 했다. 유비는 성도로 돌아가기 전에 한중을 책임질 장수를 선발하려고 오랜 시간을 고민하다가, 아문장군 위연을 진원장군 겸 한중태수로 발표한다.

중론으로는 한중태수는 관우 다음의 최고 외번인 장비가 될 것이라고들 했으나, 유비는 위연을 督한중 진원장군으로 승진시키고 한중태수를 겸하게 하자, 측근의 신료와 장수들이 모두 깜짝 놀라며 의아해하는데 이때, 유비가 담담하게 대신들에게 말한다.

"우장군 익덕은 익주의 중심인 파군(巴郡)일대를 책임지고 있소. 익주 전역에 불의의 상황이 발생하거나 한중이 위태로워질 때, 성도에 위급사항이 생길 때 등 사태가 발생하면, 독자적인 군사작전권을 가진 우장군 만이 신속히 구원을 나설 수 있기 때문에, 우장군에게 한중 한 장소에만 방비를 책임지도록 할 수는 없는 일이오. 그렇다고 우장군에게 한중까지 관장하게 했을 때, 다른 지역에서 발생하는 변란을 신속히 대응할 수 없게 될 것이오. 그래서, 짐이 깊이 고심한 끝에 한중에는 새로운 중장(重將)이 필요하다고 생각하여, 진원장군 위연을 적임자라고 판단하고 그를 임명하기에 이른 것이오."

장비 또한 유비의 깊은 뜻을 알고 있어 아무런 이의를 제기하지 않고 있는데, 오히려 대신들의 뒷말이 계속되자, 유비는 문무관리들을 불러들여 연회를 베풀면서 그들에게 위연의 가치를 입증시킨다.

"그대는 한중태수를 맡아 어떻게 한중을 지키겠는가?"

"조조가 천하의 병력을 앞세워 침략한다면, 대왕을 지키기 위해 목숨을 바치겠습니다. 만일 조조의 편장이 십만 대군을 이끌고 쳐들어온다면, 대왕의 위엄을 지키기 위해 목숨을 담보로 저들을 집어삼키겠습니다."

"바로 이런 점이 진원장군의 진가이외다."

유비가 위연을 극도로 칭찬하자, 모든 신료가 위연의 능력과 충심을 인정하기에 이른다.

15.
위, 동오의 평화공존 동맹과 양,번 공방전

15. 위, 동오의 평화공존 동맹과 양,번 공방전

1) 관우, 후음의 난을 계기로 양성과 번성을 향해 북진하다

유비가 조조를 한중에서 몰아내고 한중왕으로 등극한 후, 조정의 대신을 임명하고 한중을 책임질 관할지역의 관리자를 정하는 등 후속 인사에 대한 조치를 끝마치며, 성도에서 백수관까지 곳곳에 관사와 역참(장거리의 이동에 필요한 중간 휴계소)를 세우고, 4백여 개의 정장(요새, 군사시설)을 새로이 세워 본격적인 북벌을 준비하기 시작할 때, 조조는 업성에서 정무를 관장하던 중, 유비가 허도의 헌제에게 독자적으로 표문을 올리고 한중왕으로 등극했다는 보고를 받고 격노한다.

"근본도 없는 짚신장사 촌놈이 자기 마음대로 왕에 등극한다니 가당치 않도다. 짐이 대군을 징발하여 당장 이 촌놈을 요절내겠노라."

조조가 격분을 이기지 못하고, 분별없이 대군을 일으키겠다는 발언을 쏟아내자, 깜짝 놀란 사마의가 차분히 조조를 설득하기 시작한다.

"전하께서 평소와 달리 평정심을 잃고 격노하심을 보면서 신 등이 몹시 놀라고 있습니다. 유비의 징벌은 대왕께서 직접

나서지 않으셔도 계략으로 얼마든지 가능하리라 생각합니다."

조조의 주위에 포진하여 있는 신료들이 동시에 눈을 똥그랗게 뜨고 사마의를 바라본다. 조조와 신료들의 시선을 한곳에 모은 사마의는 기발한 계책을 설파한다.

"지금 손권과 유비의 동맹 관계는 누란지기(累卵之機)에 놓여 있습니다. 유비는 손권이 여동생 손부인을 동오로 불러들이면서, 유선을 인질로 삼으려 했던 일에 격분하고 있고, 손권은 약속과 달리 유비가 파촉을 점령한 후에도 형주의 땅을 돌려주지 않아 크게 원망하고 있습니다. 이들 동맹의 빈틈을 노려 이들에게 반간계를 펼쳐 방휼지쟁(蚌鷸之爭)을 유도한 후, 전하께서 손권과 동맹을 결성하여 마치 유비를 공략할 듯이 하면서 실제로는 뒤로 빠지고, 손권을 부추겨 그로 하여금 유비를 공격하여 유비를 징벌하게 하는 차도살인지계(借刀殺人之計)를 펼치시는 것입니다."

조조가 반색하면서도 반신반의하는 표정으로 묻는다.

"아주 좋은 계책이기는 한데, 어떻게 둘 사이를 반목시키고, 손권을 나의 편으로 끌어들일 수 있겠는가?"

장제가 사마의와 눈을 마주치더니 조심스럽게 입을 연다.

"대왕께서 뛰어난 외교협상가를 손권에게 보내, 유비의 배은망덕을 크게 부각시켜 손권을 자극한 후, 평화공존을 취하자는 취지의 동맹을 결성하고, 만일 손권이 형주의 관우를 공략하면 대왕께서는 파촉의 유비를 공략하여 우비와 관우를 일시에 몰아내게 되면, 대왕께서는 유비의 영토를 손권과 반분(半分)하여 나누어 가질 의향이 있다고 제안하면 성공할 수 있으리라 봅니다."

조조는 사마의와 장제의 계책을 받아들여 만총을 사신으로 세워 손권에게 보낸다. 손권은 조조가 사신으로 보낸 만총을 만나 깊은 관심을 가지고 조조의 솔직한 의도를 듣고자 한다.

"위왕과 동오는 그동안 신의가 없는 유비에게 서로 이용만 당해 왔습니다. 결국은 유비가 양쪽의 틈바구니에서 자신의 이익만을 챙기고, 세력이 커지자 급기야는 한중왕을 참칭하기 시작했습니다. 이런 배은망덕한 유비를 방임했다가는 어느 때 이보다 더한 배신을 당할지 모르는 일입니다. 위왕 전하께서는 이번 기회에 동오와 연합하여 파촉의 유비를 응징하고, 유비의 영토를 장군과 반분하며 영구히 평화공존을 이룩하자는 뜻을 전하셨습니다."

이때 장소가 앞으로 나서며 말한다.

"위왕의 뜻은 충분히 알아들었으니, 이제 사신을 물리고 우리끼리 자유로운 토론을 벌였으면 합니다."

만총이 영빈관으로 물러나고 동오의 관료들이 조조의 제안을 놓고 깊이 논의에 들어갈 때, 장소가 논의의 서두를 주도한다.

"조조의 말대로 동오는 유비의 위계와 제갈량의 감언이설에 속아, 조조와 분별없는 전쟁을 벌임으로써 백성들을 10여

년 동안이나 도탄에 빠지게 했습니다. 이제 조조와 손을 잡고 유비에게 강탈당한 형주를 되찾아 동오의 국력을 키우고 백성들의 삶을 안정시키도록 해야 할 것으로 생각합니다."

후일 장온, 주환, 육손과 함께 오(吳)의 사성으로 추앙받게 되는 고옹이 뒤를 이어 자신의 의견을 피력한다.

"조조가 동오와 유비를 반목시키려는 계략이지만 일견 일리가 있습니다. 조조가 파촉으로 쳐들어가는 것과 동시에 장군께서 형주의 관우를 도모하겠다는 뜻을 만총에게 전하도록 하심이 어떻겠습니까?"

동오의 분위기가 유비와의 결별로 흐르자, 제갈근이 신중하게 반대의 의사를 토로하며 새로운 안을 제시한다.

"일단 조조에게 호의적으로 뜻을 전하되, 관우의 내심과 동태도 동시에 살펴 전략을 세웠으면 합니다. 관우는 형주에서 아내를 얻어 슬하에 관평, 관흥 형제와 딸 하나를 두었다고 합니다. 제가 관우의 딸과 장군 아들의 혼인동맹을 유도하여, 자연스럽게 관우가 형주를 장군께 물려주도록 유도하는 반객위주(反客爲主:처음에는 객으로 들어가서, 어느 순간 주인의 자리를 차지함) 계책을 펼쳐 보겠습니다."

손권은 중신들과 제갈근의 전략 사이에서 고심하다가, 양면유화정책(兩面宥和定策)을 펼쳐 자신의 이익을 극대화하는 실리주의를 채택한다.

손권은 만총을 조조에게 돌려보내 평화협정을 약속하고, 제갈근은 관우에게 보내 관우와의 관계개선의 여부를 살피도록 한다. 관우에게 사신으로 파견된 제갈근은 열과 성을 다해 손권의 뜻을 전한다.

"손권장군께서 전장군을 흠모하여, 전장군의 따님을 당신의 아드님과 혼인을 맺고자 하는 뜻을 전해달라고 하셨습니다. 두 영웅이 좋은 인연을 맺어 뜻을 함께하여 조조를 물리친다면, 천하의 사람들이 모두 반길 것입니다."

전장군 관우가 갑자기 호통을 치며 말한다.

"누가 영웅이라는 말인가? 나를 손권과 같은 조무래기에 비견하지 마시오. 그리고 동오로 돌아가서, 어찌 호랑이 새끼를 개의 자식에게 보낼 수 있겠느냐고 하더라고 전하시오."

관우는 손권의 반객위주(反客爲主:손님으로 들어가서 기회를 노려 주인이 됨) 계책을 간파하고, 미연에 손권의 접근을 방지하기 위해 험악한 언사를 토한다. 동오로 돌아간 제갈근은 손권에게 관우와의 협상 결과를 있던 그대로 보고하자, 보고를 받은 손권이 격분하여 군사를 일으킬 뜻을 표명한다.

"관우의 무례함을 결코 눈 뜨고 용납할 수가 없도다. 지금 즉시 군사를 일으켜 관우를 응징하고, 유비의 배은망덕을 징벌하고자 하오."

이때 대다수 관료들이 손권을 진정시키며 새로이 계책을 제시한다.

"장군께서 감정에 치우쳐 관우를 공략하시면, 조조의 꾀에 놀아나는 것이 됩니다. 조인이 양양과 번성을 지키고 있는데, 이곳은 마음만 먹으면 곧바로 관우를 도모할 수 있는 지형임에도 조조가 장군에게 떠넘기는 것을 보면 조조의 속심을 간파할 수 있지 않습니까? 장군께서 조조에게 밀서를 보내, '동오는 장강의 험한 지형을 끼고 있어 관우를 도모하기가 쉽지 않으니, 위에서 공략하기 쉬운 관우를 먼저 공격하면, 그때 협공하여 관우를 몰아내도록 하겠다'라고 제안을 하십시오."

손권은 수하들의 의견을 받아들여 조조에게 사신을 보내 밀서를 전달한다.

이 시기에 중원에서는 조조가 한중공방전에서 패배하여 권위가 한없이 추락한 때에 손랑 등이 반란을 일으켜, 중원이 혼란에 빠지는 역사적 대사건이 발생한다.

이를 기회로 관우가 조조의 허를 찔러 대군을 일으켜서, 양번(양양과 번성)을 선제공격하기 위해 북진하기 시작한다. 양양성과 번성은 아주 지척에서 양양과 번을 의각지세로 버티면서 상호를 보완하는 관계에 있었기 때문에, 한 곳만 따로 떼어내어 공략하기에는 정벌이 극히 어려운 요충지이다.

당시는 촉오동맹을 강력히 주장하던 노숙이 죽은 후, 유비에 대한 반감이 농후한 호위장군 여몽이 도독이 된 시점인데, 여몽은 한창태수를 겸임하여 노숙이 이끌던 1만여 명의 군사들과 식읍인 하전, 유양, 한창, 주릉의 4개현을 식읍으로 물려받고 육구에 주둔해 있었다.

이때 여몽은 손권에게 지난날 노숙이 이끌던 전략과는 전혀 다른 전략을 제시한다.

"지난날 노숙 도독께서는 관우와의 우호적 관계를 주장했으나, 소장은 그와 견해를 달리합니다. 관우는 장강의 중상류를 점거하고, 잠시도 형주와 동오에 대한 야심을 버리지 않고 있어, 언젠가는 동오와 반목하게 될 것입니다. 정로장군 손교가 남군을, 반장이 백제성을, 장흠이 유군(유격대) 1만명으로 장강을 지키게 하고, 소장이 양양을 틀어쥐고 상황의 변화에 따라 대응하면, 관우의 처신에 신경을 쓰지 않고도 조조를 얼마든지 요리할 수가 있습니다. 관우를 동오의 우방으로 여겼다가는 후일 크게 낭패를 당할 수 있습니다. 합비를 통해 중원으로 진출하는 것은 승산이 없다고 판단된 한편, 서주로 진출하고자 하는 방법은 강변의 협로를 지나 우여곡절 끝에 험로를 돌파하더라도 광활하게 펼쳐진 벌판을 만나게 되면, 기병전을 펼치게 되어 7-8만의 병사를 투입해도 승산이 높지 않습니다. 장군께서 중원으로 진출하려면 결국 관우가 장악하고 있는 형주의 북방을 통해야 무난할 것입니다."

진작부터 합비를 통한 중원으로의 진출은 승산이 없다고 생각해온 손권은 여몽의 계책이 옳다고 여겨 조조와 밀약을 맺고, 수시로 관우의 공안과 남군을 공략할 빈틈을 노리고 있었다. 그런 와중에 관우가 군사를 일으켜 조조의 양양과 번성을 향해 출정하자, 이때를 관우를 공략할 수 있는 최적의 시기로 판단한다. 그러나 관우는 양,번으로 출정하면서도 동오의 여몽을 의식하여, 남군과 공안에 수많은 경계병을 남겨둔 채 작전을 개시했다. 관우를 세심하게 관찰해온 여몽은 관우가 펼친 공안의 경계를 느슨하도록 유도하기 위해 무중생유(無中生有:허로써 실을 추구함) 전략을 구상한다.

"주군께서 관우를 도모하시려고 하면, 일단 소장을 육구에서 건업으로 불러들이십시오. 관우가 남군과 공안에 수많은 병사를 남긴 것은 그가 소장을 경계하여 소장이 배후에서 자신을 기습할 것이라 여기기 때문입니다. 마침 소장에게 사소한 질병이 있으니, 주군께서는 이를 크게 부각시켜 소장이 병환으로 건업으로 소환될 것이라는 소문을 퍼뜨리면, 관우는 안심하고 남군과 공안에 남겨둔 경계병을 양,번의 공략에 투입할 것입니다. 이때를 기다리다가 분위기가 무르익을 때, 기회를 놓치지 않고 남군과 공안을 기습하면 쉽게 차지할 수 있을 것입니다."

손권은 여몽의 무중생유(無中生有)계책을 받아들여 여몽을 건업으로 불러들인다.

"도독 여몽은 격무에 시달린 연유로 몸에 화가 생겼다고 하니, 일단 건업으로 돌아와서 간병에 힘을 쓰도록 하시오."

손권이 여몽을 간병하기 위해 건업으로 소환했다는 소문이 관우에게 전해지자, 관우는 밀정을 파견하여 사실의 진위를 파악하고자 한다.

결국 여몽은 관우가 경계를 풀도록 하려고 병을 핑계로 육구에서 건업으로 물러나 휴양을 취하는 척하면서, 은밀히 손권을 만나 후임에 대한 논의를 시작한다.

"소장의 후임을 빨리 선정해야 하지 않겠습니까?"

손권이 여몽에게 되묻는다.

"도독은 누가 후임으로 적격이라 생각하시오?"

"관우를 방심하게 하려면 기교와 재능은 있되, 아직 명성이 세간에 널리 알려지지 않은 인사를 등용해야 할 것입니다."

"그에 합당한 인사가 누구라고 생각하시오?"

"장하우부독 육손을 천거합니다."

"그는 아직은 큰 전장의 경험을 해본 적이 없는 백면서생이 아니오?"

"그렇기에 장하우부독이 적격입니다. 그는 경험은 부족하지만 재능이 뛰어나서, 얼마든지 철저하게 자신을 위장하여 도독의 역할을 잘 해낼 수 있을 것입니다."

여몽이 백면서생 육손을 후임으로 내세워 관우의 경계를 느슨하게 하는 기만술을 청하자, 손권은 육손을 편장군 겸 우부독으로 명하여 관우를 공략하는데 앞장세운다.

여몽의 추천이 헛되지 않았던지 위장으로 도독이 된 육손은 여몽의 뜻을 간파하고, 육구로 가자마자 관우의 경계를 풀려고 허위서신을 보내며 관우를 안심시킨다.

"관우 전장군께 삼가 인사를 올립니다. 소생은 백면서생으로서 감히 전장군께 정국에 대한 견해를 밝히기 송구하오나, 감히 한 말씀을 올리겠습니다. 동맹국의 승리는 우리의 승리인즉, 소장은 장군의 승리를 위해 기원하고 있습니다. 전장군께서 중원을 석권하는 대업을 이루시어, 동오와 함께 조정을 보좌하고 천하의 기강을 유지할 수 있기를 희망합니다. 동오도 조만간 조조의 합비를 공략할 예정으로 있습니다."

육손의 서신을 받고 동오에 대한 경계를 다소 풀게 된 관우는 상대적으로 부족한 양,번의 원정병력을 충당하기 위해, 남군 강릉과 공안에 주둔시켰던 군사들을 대거 원정군으로 돌려 양,번으로 투입한다.

때를 맞추어 손권은 관우를 더욱 완벽히 속이려고, 마치 관우의 출정에 동조하는 듯한 무중생유(無中生有)계책을 쓰면서, 대군을 이끌고 장료가 지키는 합비로 출정하는 척한다. 손권이 합비로 출정한다는 허위정보를 사실로 믿은 관우는 손권에 대한 경계를 완전히 풀고 원정군을 더욱 배가하여 양, 번으로 이동하도록 총동원령을 내린다.

손권이 합비로 출병했다는 소문을 들은 위나라 합비성의 성민들은 유비를 향할 줄 알았던 손권의 창칼이 거꾸로 합비로 향했다는 전언에 크게 동요하지만, 조조와 손권의 밀약을 감지하고 있던 남양주자사 온회는 아무런 걱정이 없다는 듯 태연히 말한다.

"손권의 공격은 전혀 우려할 바가 아니오. 우리는 오히려 양양에 있는 조인장군의 안위에 대해 크게 신경을 써야 할 것이오."

남양주자사 온회는 주변에게 아무런 걱정이 없다는 듯이 말하고, 연주자사 배잠과 예주자사 여공에게 전서를 보낸다.

"지금 손권이 합비로 군사를 이끌고 정벌을 온다고는 하나, 이는 기만술에 불과한 것입니다. 조만간 위왕께서 관우와의 양,번전투에 참전하라는 명령이 있을 것이니 이에 대비하시오. 나도 조만간 관우와의 전투에 참여하기 위해 출병준비를 갖출 것입니다."

관우가 배가된 원정군을 이끌고 양양성 앞 벌판에 들어서자, 조인 수하의 장수들이 나가 싸우기를 청한다. 이때 만총이 조인 대신 앞으로 나서며 장수들의 출성을 만류한다.

"운장은 만인지적(萬人之敵)입니다. 장수들이 함부로 나가 싸우는 것보다는 지원병이 당도할 때까지 성을 지키는 것이 최상책입니다."

"병법에 '물이 밀려오면 흙으로 막고, 장수가 도래하면 병사로 맞이하라(水來土揜 將至兵迎)'했습니다. 적병이 장거리 원정을 오면 피로에 지치게 됩니다. 아군은 충분히 휴식을 취하고 있었기 때문에 갑자기 적병을 기습하면 쉽게 적을 물리칠 수 있을 것입니다. 이일대로(以逸待勞)전략으로 관우를 물리치자는 것입니다."

장수들이 만총의 조언에도 불구하고 이구동성으로 출성을 청하자, 조인은 병사들의 사기를 고려하여 일부 부장들에게 나가 싸우도록 허락한다. 관우의 군사들이 급히 원정을 와서 곧바로 성 앞에 군영을 세우느라 피로에 몰려 정신없이 잠에 빠져들 인시(寅時)가 되자, 조인의 부장 동리건은 돌격대장이 되어 기병 수천명을 이끌고 관우의 군영을 기습한다.

동리건이 전속력으로 관우의 영문(營門)을 돌파하여 함성을 지르며 군막에 불을 지르나, 관우의 병사들은 아무도 군막 밖으로 튀어나와 동리건의 돌격대원들과 교전을 벌이지 않는다. 순간적으로 상황을 감지한 동리건이 돌격대원들에게 큰소리로 명한다.

"함정이다. 급히 영문으로 퇴각하여 성으로 돌아가라."

이미 백전노장 관우는 양양의 벌판에 당도하여 양양성의 동향을 살펴보던 중, 성루와 성곽을 지키는 병사들이 극히 소수인 것을 발견하고, 조인이 이일대로지계(以逸待勞之計)를 구상하고 있다는 것을 예상하여, 미리 관평과 요화에게 대비시키고 있었던 것이다.

동리건이 돌격대원들과 함께 영문으로 되돌아나가려는 순간, 돌연히 북과 징, 나각소리가 천지를 진동시키더니 관우 군사들의 함성이 하늘을 찌르고, 곧이어 관평이 이들의 퇴로를 봉쇄하고 동리건의 앞을 가로막는다. 간담이 서늘해진 동리건이 관평을 맞이하여 힘겹게 일기토를 벌이던 중, 주변에 매복해 있던 주부(主簿) 요화가 동리건 돌격대를 이중 포위하여 사정없이 화살을 쏘아댄다.

깜짝 놀라는 동리건에게 관평이 긴창으로 심장을 향하자, 동리건은 관평의 창을 피하려다가 말에서 떨어진다. 주변에 있던 부장들이 일제히 관평에게 달려들어 동리건을 구출한 후, 이들은 격전을 벌이는 군사들 사이로 숨어들어 사라진다.

결국 동리건은 대다수의 돌격대원을 잃고, 어둠을 배경으로 정신없이 말을 달려 성안으로 돌아가고, 조인에게 선공을 펼치기를 주장하던 부장들은 아연실색하여 이후 나가 싸우기를 청하지 않는다.

조인은 부장들에게 원병이 올 때까지 수성에만 몰입하도록 명령하고 성을 굳건히 지키는데, 관우가 수시로 성 앞으로 다가와서 조인을 조소하며 싸움을 돋군다. 그러나 조인이 끝까지 관우와 대적하는 것을 회피하자, 결국 관우는 감질이 나게 되어 각 부장들에게 적극적으로 공성에 임하도록 명한다.

"욕금고종(慾擒姑縱:쥐도 궁지에 몰리면 고양이에게 달려들게 됨) 전략을 펼치기로 할 것이다. 관평은 공성기를 총동원하여 동문의 성루를 집중공략하고, 요화는 서문의 성루를 집중적으로 공략하라. 북문은 적병들이 싸우다가 불리하면 도망갈 문을 열어주어야 성을 버릴 수 있지, 모든 성문을 막으면 이들은 죽기 살기로 대항할 것이다. 나는 남문에서 부장 조루와 습진을 이끌고 느슨하게 공성에 임하다가, 동문과 서문에서 승기가 보이면 신속히 그곳으로 지원을 나서겠노라."

관우가 수하들에게 공성 명령을 내리고 남문 주변의 성곽을 관찰할 때, 갑자기 성루와 성가퀴에 몸을 숨기고 있던 궁노수들이 관우를 향해 줄화살을 날린다. 관우는 다소 방심하고 있다가 당한 일이어서 미처 피하지 못하고 왼쪽 팔꿈치에 화살을 맞고, 이때 남문의 앞에서 공성에 임하던 쿠장 조루와 습진이 황급히 관우를 부축하여 말에 태우며 긴히 건의한다.

"장군, 빨리 군사를 돌려 퇴각을 해야 할 것 같습니다."

관우가 부장들의 부축을 받으며 위엄있게 자태를 다시 갖춘 후, 큰소리로 부장들을 꾸짖으며 강력하게 말한다.

"모든 병사들은 조금도 동요하지 말고 자기의 자리를 끝까지 사수하라. 만일 남문의 진형이 붕괴되면 동문과 서문의 아군들은 대책도 없이 사지에 몰리게 되느니라."

관우가 큰 부상에도 불구하고 자신을 돌보지 않고 남문의 진형을 꿋꿋이 지키고 있을 때, 성안에서는 남문 수문장이 조인에게 신속히 관우를 공략할 것을 청한다.

"남문의 궁노수들이 관우에게 기습적으로 화살 공세를 펼쳐 관우가 화살에 맞고 말에서 떨어지는 바람에 남문 앞의 관우 진형이 몹시 흔들리고 있습니다. 이때 관우를 공략하면 대승을 거둘 수 있을 것입니다."

조인이 남문의 성루에 올라 관우의 진형을 내려보면서 수하들에게 엄명을 내린다.

"그대들은 군사를 이끌고 절대로 성 밖으로 나가지 말라. 운장은 당대 최고의 명장이다. 그가 화살로 인한 부상에도 불구하고 꿋꿋이 진형을 지키는데, 어느 병사가 목숨을 걸고 사력을 다해 싸우지 않겠는가?"

명장은 명장을 알아본다고 조인은 관우의 투지를 읽고 경거망동을 하지 않는다. 시간이 흘러 동문과 서문의 관평과 요화가 군사를 체계적으로 물린 후, 관우도 환선탈각에 의한 퇴각으로 무리없이 군사를 물린다.

군영으로 돌아온 후 관우는 왼쪽 팔꿈치에 박힌 화살촉을 빼냈지만, 화살촉에 발린 독이 오랜 시간 방치되는 바람에 뼈 속까지 스며들어 군영의 군의로는 치료할 수 없는 상황이 된다. 전 장수들이 나서 명의를 수소문한 결과, 당대 최고의 명의 화타에게서 의술을 배운 의원이 관우의 상처를 살피더니 근심스런 표정으로 말한다.

"화살에 맞은 후 곧바로 치료를 받았더라면 후유증이 덜 했을 터인데, 시간이 많이 지나 치료받게 되어서 고통이 심할 것입니다. 오랜 시간을 경과하면서 화살촉에 묻힌 오독(烏毒)이 골수의 깊이까지 파고들었습니다. 이런 상태에서는 마취를 하고 시술을 할 수 없기에 고통이 극히 참기 심하실 것입니다."

"고통스러울 것이 무에 있겠소."

"예리한 칼로 살을 째고 뼈를 드러내어 상처를 치료한 후,

상처의 부위에 약을 바르고 다시 뼈를 감싸고 살을 꿰매는 과정에서 엄청난 통증이 수반되어 참기 어려울 것입니다."

"그까짓 고통쯤이야 천하를 종횡하며 이루 헤아릴 수도 없는 난관을 이겨낸 고통만큼은 되겠소? 아무런 걱정을 마시고 수술을 시작하시오."

"그러면 시술을 하겠습니다. 먼저 든든한 버팀목을 세우고 장군을 그곳에 꽁꽁 묶여 움직이지 못하게 한 후, 왼쪽 팔을 고리에 고정시키고 장군의 시야를 가릴 준비를 해 주십시오."

"무슨 시술을 그리도 번잡하게 하려 하시오?"

"살을 째고 뼈를 깎아내는 과정에서 참을 수 없는 고통이 생깁니다. 고통으로 인해 발버둥을 치게 되면 시술이 어려워질 수도 있기 때문입니다."

관우는 의원의 수술 방법에 매우 불쾌해하며 시종에게 자신의 의지를 보이기 위해 독특한 지시를 내린다.

"너희는 즉시 술과 안주를 내어 술상을 차린 후, 바둑판을 준비해 내고 마량을 들라 하거라."

관우는 시종들이 준비한 자리에 앉아 바둑판을 깔아놓고 마량과 마주하더니 술잔에 술을 가득 부어 마시며 바둑을 두기 시작한다.

"자! 백미(白眉:마량의 별호)는 어서 와서 나와 바둑이나 한판 두세. 그리고 의원께서는 지체하지 말고 시술을 시작하시오."

관우의 말에 깜짝 놀란 의원은 다소 당황하여 말한다.

"장군, 왼팔을 묶지 않고 시술을 하게 되면, 고통을 견디지 못하여 팔을 움직이게 되므로 시술이 절대적으로 불가능하게 됩니다."

"의원께서는 아무런 걱정을 말고 시술을 시작하시오."

관우가 태연히 의원에게 왼팔을 맡기자, 오히려 의원이 긴장한 상태에서 시술에 임한다. 의원은 살을 째고 뼈를 드러내는데, 오독(烏毒)이 뼈까지 스며들어 뼈와 주변의 살이 시퍼렇게 변해 있었다. 의원이 시술 칼로 뼈를 긁어내기 시작하자, 뼈를 긁어내는 사각사각 소리에 주위의 모든 사람들이 소름을 돋우며 눈과 귀를 막고 있는데, 정작 당사자인 관우는 얼굴에 진땀을 흘리며 고통을 참으려는 듯 인상을 찌푸릴 뿐 별다른 표정을 드러내지 않는다.

의원이 관우보다 더 긴장하여 시술 칼을 들고 떨면서 시술에 임하고 있을 뿐이었다. 어렵게 수술을 마친 의원이 온몸에 질퍽한 땀을 닦으며 관우를 우러르며 감탄사를 연발한다.

"군후는 실로 천신(天神)입니다. 이번에 본 의원은 여태까지 치료했던 사람과는 전혀 다른 천신을 수술한 것입니다."

"오직 의원께 고마울 뿐이오. 내가 어떻게 이 고마움에 대해 사례를 해야 하겠소?"

"저도 장군과 같은 천신을 시술한 것으로 큰 보람을 느낄 뿐입니다. 향후 군후께서는 백일이 지날 때까지는 절대로 왼팔을 함부로 쓰지 마시고, 어떠한 일이 있어도 노기를 띠어 상처가 덧나는 일이 없도록 조심하시기 바랍니다."

의원은 모든 사례를 뿌리치고 자신의 터전으로 돌아간다.

한편, 연주자사 배잠은 양주자사 온회의 권유를 받아 조인에게 원군을 보내고, 조조는 오대대장(五隊大將)중 한 사람인 우금에게 최정예 수엄7군을 맡겨 조인을 돕도록 명하는 한편, 서황을 남양 완성으로 파견한다.

우금이 수엄7군을 이끌고 양양에 당도하자, 조인은 좌장군 우금에게 작전명령을 하달한다.

"나의 군대는 현군(懸軍:적지 깊숙이 들어 고립되어 있는 부대)이어서, 관우는 번성을 둘러싸고 있는 면수를 통해서 번성을 포위할 수 있기 때문에, 번성의 북방벌판에 대한 방비를 강화하면 관우를 대적할 수 있을 것이오. 좌장군과 입의장군 방덕은 번성의 북쪽에 주둔하여 관우의 공격을 막아내시오."

정남장군 조인은 만총을 번성에 주둔시켜 성을 방비하도록 한 후, 우금과 방덕을 번성 북쪽의 군영에 주둔시킨다. 관우는 면수의 남쪽인 양양에 본영을 세우고, 녹각을 만들고 참호를 파며 대대적으로 포위망을 구축하기 시작한다. 조인은 번성으로 들어가서 만총과 함께 관우를 상대로 성을 지키고, 방덕은 번성을 포위하려는 관우를 상대로 번성의 북쪽 야전에서 치열한 혈전을 벌인다.

관우가 포위진을 펼치면서 번성을 향해 포위망을 좁혀 들어갈 때, 백마를 타고 나타난 방덕이 관우를 향해 화살을 날려 관우의 이마에 있는 관장을 맞춘다. 모두가 깜짝 놀라는데, 정작 관우는 대수롭지 않다는 듯이 병사들을 안심시킨다.

"병사들은 조금도 동요하지 마라. 이마의 관장에 맞았을 뿐이다. 병사들은 심기일전을 위해 잠시 퇴각하라."

관우는 군사들의 사기를 고려하여 퇴각을 명한다.

이후 관우의 군사들은 방덕을 백마장군이라 부르며 두려워하게 되고, 전투는 계속 소강상태를 보이더니 한 달포 가량을 서로 팽팽하게 대치하고 있던 8월, 가을장마가 10여 일 계속되고 한수(漢水)가 갑자기 범람하기 시작하면서 얼마 후, 번성에 홍수가 밀어닥쳐 번성의 평지 5,6장(丈)이 물에 잠긴다.

번성에서 북쪽으로 10여 리 떨어진 곳에 주둔해 있던 방덕의 부장과 병사들은 제방에 올라 겨우 수장(水葬)을 모면하지만, 가을장마 이후에 한수가 범람할 것을 예견했던 관우는 미리 병사들을 주변 구릉지에 대피시켰다가 조조의 군영들이 수몰되자, 면수(沔水)에 대기시킨 수백척의 큰배에 수군들을 태우고 사방으로 학익진(鶴翼陣)을 펼치면서, 수몰을 피해 제방에 올라있는 방덕의 군사들을 향해 화살을 쏘아댄다.

빗발치는 화살 공세에 두려움을 느낀 동형, 부곡장 동초 등이 항복하려고 하자, 방덕은 이들을 주살하고 관우를 향해 화살로 대응하면서 끈질기게 저항한다.

방덕은 해가 뜰 무렵부터 시작된 전투가 정오가 지나도록 끝이 나지 않고, 군수품도 조달되지 않아 화살이 고갈되는 상황이 되면서 크게 고심할 때, 이를 눈여겨 살펴보던 관우가 방덕에게 투항을 권유한다.

"장군은 무기를 버리고 투항하라. 투항하면 장군과 수하들의 생명을 보장하는 것은 물론 일신의 영달을 약속하겠노라."

"어찌 관우장군과 같은 영웅이 상대편 장수에게 굴욕적인 투항을 권유하시오?"

방덕은 투항권유를 거부하고 끝까지 버티다가 관우의 공격이 뜸해지자, 오장 두명과 함께 작은배에 올라타고 조인의 본영으로 달아나려 한다. 그러나 갑자기 휘몰아치는 물결에 배가 뒤집혀 물에 빠지면서 관우의 포로가 된다. 관우가 포박되어 불려온 방덕을 향해 말한다.

"나는 경을 나의 총애하는 장수로 삼으려고 여태 기다렸소. 어찌 일찍 투항하려 하지 않았소?"

"어찌 장군은 나에게 항복을 권하시오? 위왕 전하는 정병 백만에 위의를 천하에 떨치고 계시오. 위왕과 같은 천하의 영웅을 모시는 내가 어찌 유비 따위의 인사에게 투항을 할 수 있겠소? 나는 위왕을 위해 충성을 바치는 몸! 오직 죽음만을 바랄 뿐이오."

"과연 귀로 듣던 대로이구려. 명예롭게 보내 주리다."

관우는 방덕에게 투항권유를 포기하고 방덕을 참수한다.

한편, 방덕의 군영보다 더 북쪽에 있는 우금의 수엄7군 고지도 수몰되어, 우금의 수엄7군 3만5천여 명은 야산의 언덕에 갇혀 꼼짝달싹도 하지 못할 지경에 이르는데, 이때 관우가 수군을 이끌고 우금의 7군이 있는 수엄7군 고지로 돌입하더니 야산을 둘러싸고 우금에게 투항을 권유한다.

"우금장군은 군사들을 헛되이 죽음으로 내몰지 말고 속히 투항하라. 투항하면 목숨을 보장하고 병사들에게도 안락한 삶을 보장하겠노라."

우금은 관우의 투항 권유를 못 들은 척하지만, 곳곳에서 관우 병사의 화살 공세로 쓰러지는 병사들의 처절한 신음을 견디지 못한 형주자사 호수, 남향태수 부방이 눈물로 호소한다.

"장군, 더 이상의 전투는 만용입니다. 부상 당하고 처절하게 쓰러져가며 가족을 걱정하여 살려달라고 아우성치는 병사들의 고통을 외면해서는 아니 될 것입니다. 일부 병사들은 이미 전투를 포기한 상태입니다."

우금이 깊은 고민에 빠져들기 시작할 때, 관우는 수군을 이끌고 일자장사진(一子長蛇陣)을 펼치며 줄기차게 화살 공세를 퍼붓는다. 언덕에 고립되어 피할 곳이 없어 병사들이 속수무책으로 죽어 나가자, 우금은 형주자사 호수, 부방과 살아남은 3만의 수엄7군 군사들을 모두 이끌고 관우에게 투항한다. 관우는 우금의 항복을 받아내고 곧바로 조조가 남양군의 서쪽을 떼어 새로 만든 남향군으로 향한다.

관우는 남향태수로 곽목을 세우고, 남과 서에서 조조가 형주에서 점령한 지역을 공략하기 유리한 지역에 군사를 대대적으로 배치한다. 남향과 가까이 있는 천하의 요새 양양성과 번성은 서로 기각지세를 형성하여 어느 한쪽이 위험해지더라도 상대편이 도와줄 수 있는 형세를 이루고 있었다.

한수를 사이에 두고 있어, 배를 이용하여 서로 군수물자를 공급할 수 있으며, 강을 끼고 있으니 수비에 유리했고, 최악의 경우 두 곳이 모두 포위되더라도 수군을 통해 물자를 공급받을 수 있는 지형적 이점이 있는 요충지이다. 양양성과 번성을 성공적으로 공략하려면, 대규모 육군을 동원하여 2개의 성을 한꺼번에 포위하는 동시에 강력한 수군으로 하여금 한수(漢水)를 장악하여, 상대방 수군들이 수로를 이용하여 한수로 접근하는 것을 막아야만 한다.

이런 까다로운 조건을 극복하고 관우는 양양 성주가 지키는 양양, 그리고 조인과 만총이 주둔한 번성을 수륙양면으로 모두 포위하여, 위의 장수들은 모두 양양성과 번성에 고립된다. 이때를 같이하여 허도 인근에 있는 양주의 군현과 예주 영천군 겹현, 그리고 낙양 인근의 사례주 홍농군 육혼현에서 관우의 파죽지세에 놀라 투항하는 세력이 급격히 증가한다.

이들은 관우로부터 관인과 봉호를 받아 조조에게 등을 돌리고, 업성에서는 위풍이 반란을 꾀하다가 조비에게 진압되는 등 중원이 어수선해진다.

이와같이 동조하는 세력이 점점 늘어나며 크게 사기가 오른 관우는 물에 잠긴 번성을 숨 쉴틈도 없이 공략한다. 번성에 있는 관료들이 공포에 휩싸여 조인에게 대피를 요청한다.

"번성은 물이 5장(1丈:3미터)이나 수몰되어, 고지로 피신한 인마는 불과 수천에 불과하고, 살아남은 사람들은 생활을 영위하기가 도저히 불가능합니다. 게다가 식량까지 고갈될 위기에 처해 있어, 이제 더 이상은 성을 지키는 것이 무리입니다. 빨리 성을 버리고 대피해야 합니다."

조인이 큰 고민에 빠져있을 때, 만총이 강력하게 결사항전의 의사를 표명하며 말한다.

"절대로 성을 버려서는 아니 됩니다. 아군이 활동하기 어려우면, 적병 또한 주변이 물로 매몰되어 쉽게 공격해 올 수가 없습니다. 물이 빠지기를 기다릴 때쯤 되면 반드시 원병이 올 것입니다."

한동안 고민하던 조인은 부끄러운 마음이 들어 관료들을 불러 모아서 만총의 의기를 치하하며 말한다.

"우리가 잠시 부끄러운 생각을 했지만, 이제 우리 모두 태수의 기개를 받들어 결사항전의 각오를 다집시다."

이에 모든 관료와 장수들이 의기투합하여, 하나같이 죽음을 각오하고 성을 지킬 것을 결의한다.

2) 관우, 손권의 개입으로 힘겹게 조성한 승기를 놓치다

조조는 전황이 극히 불리하게 돌아가는 양,번성을 지키기 위해 서황을 총사령관으로 하고, 3남 조식을 남중랑장 겸 정로장군 대행으로 임명하여 219년(건안24년) 8월, 양,번으로 출정해서 번성을 지키는 조인을 지원하도록 명한다.

그런데 3남 조식이 출정식에 참석하기 바로 전날, 조조의 장남 조비가 오랫동안 간직해 두었던 담금주를 들고 조식에게 찾아와서는 양,번전투에 출정하는 것을 축하하는 환영 주연을 베풀며 말한다.

"아우가 정로장군 대행으로 양,번전투에 참여하게 된 것을 진심으로 축하하네. 내가 오랫동안 아껴온 매실주를 아우와 함께 시음하면서, 아우의 출정에 대한 내 축하의 뜻을 전하고자 하네."

조식은 조비의 뜻하지 않은 방문을 받고, 형에게 자신의 배포를 과시하고 싶은 마음에 통 크게 받아들인다.

조비와 조식은 술잔을 주거니 받거니 하면서 때로는 시문을 읊고, 때로는 전투에 임해서의 자세, 병법에 기인한 전략 전술을 논하면서 꼬박 날을 세운다. 새벽 자시(子時)가 지나고, 매실주에 흠뻑 취한 조비가 세자궁으로 돌아가고 조식은 그대로 쓰러져 꿈길로 깊이 빠져든다.

이튿날 아침, 출정식에 임하여 출정하는 장수와 군사들이 배열할 시간이 되었는데도 정로장군 대행 조식이 모습을 드러내지 않자, 조조는 말할 수 없이 초조해지는 자신을 느낀다. 출정식이 예정된 시간을 한참 지난 후에도 조식이 나타나지 않자, 조식이 나타나기를 학수고대하던 조조는 어쩔 수 없이 출정식을 거행하도록 명한다.

"치중종사는 즉시 출정식을 선포하여 출정에 임하는 전사들의 사기를 북돋우도록 하라."

모개가 출정 선언을 하고 뒤이어 조조가 군사들의 사기를 진작시키기 위한 일장연설(一場演說)을 행한다.

"오늘 우리의 자랑스러운 전사들은 천하를 안정시키는 절체절명(絶體絶命)의 자리에 섰노라. 천하를 분열시키고 통일을 저해하는 유비라는 촌부가 도도히 흐르는 역사의 물결을 거스리고 감히 우리 대한의 영지를 침범하여, 모든 백성들과 전사들이 일치단결하여 촌부의 침략에 저항했으나, 예기치 못한 천지지변으로 양,번에서 큰 어려움을 겪고 있노라. 짐은 천시의 흐름을 알고 있는바, 이번의 고비를 무사히 넘기면 대한은 천하의 패권을 쥐고 천하의 백성들이 평온하고 행복하게 태평성대를 누리게 될 것이다. 짐의 사랑하는 전사들은 전력을 다해서 불순한 분열주의자들을 몰아내고, 양양과 번성을 구해내어 천하에 대한의 위세를 드높이기를 바라노라. 짐은 이번 양,번의 전투에서 대승하여 천하가 안정의 기조로 들어서게 된다면, 짐의 사랑하는 전사들과 함께 모든 공적을 함께 하고 공과를 함께 나누겠노라."

조조가 일장연설을 마치자, 출정식에 참여한 장수와 군사들이 창칼을 두드리며 한껏 내지르는 고함소리로 천지가 진동한다. 출정을 마친 전사들이 전장으로 떠난 후, 조조는 궁으로 돌아와서 조식을 불러들인다.

"너는 천하의 대사를 결정짓는 중차대한 사업에 임하여 절제를 잃은 행동으로 아비를 망신시켰음은 말할 것 없고, 또한 아비에게 천하에 씻지 못할 오명을 남겼노라. 네가 일반 장수였다면 당연히 능지처참하겠지만, 그래도 부자라는 인연을 가지고 있어 천륜을 함부로 하지 못하는 탓에 목숨단은 살려주겠노라. 그러나 아비의 입장에서 확실히 말하건데, 너는 그런 자세를 가지고 어떤 중임을 수행할 수 있겠는가? 향후, 짐은 너에게 기대하는 바가 없으니 짐의 앞에 나타나지 말라."

조조는 조식을 크게 꾸짖고 시야에서 사라지도록 명한다.

한편, 서황이 2차 원병의 총사령관으로 파견되지만 삼엄한 관우의 포위망을 뚫지 못하자, 조조는 남양주자사 온회에게 다시 명령을 내려, 합비를 방치한 채로 서황의 뒤를 이어 양, 번으로 출병하도록 지시한다. 이즈음 번성에서 조조에게 또다시 긴급사항이 전해진다.

"위왕 전하, 지금 관우의 공세가 거세어 번성이 위급한 지경에 놓여 있습니다. 향후 이에 대한 구원책이 다방면으로 마련되지 않으면, 조만간 형양이 위기에 봉착할 것 같습니다."

조조는 관우의 강력한 공성에 번성이 함락될 지경에 이르자, 긴급히 책사들을 불러들여 대책을 논의한다.

"지금 번성이 누란지위(累卵之危)에 빠져있는데, 번성이 함락되면 완성까지 일사천리로 붕괴될 것은 자명한 일이오. 이렇게 되면 허도까지 위태롭게 될 것인즉, 이때를 틈타서 유비가 허도를 공격하면, 우리 위나라는 걷잡을 수 없는 위기를 맞게 될 것이니, 한 번쯤 천도를 고려해 보아야 할 것 같소."

이때 사마의와 호군 장제가 조조와는 전혀 다른 각도에서 조명한 정세를 제시하며 외교를 통한 대책을 고한다.

"우금장군과 방덕장군이 관우에게 대패한 것으로 아군의 사기가 급격히 저하되었지만, 이는 갑작스런 천재지변으로 당한 것일 뿐 아군이 약해서가 아닙니다. 관우와 손권이 반목하는 빈틈을 노려 반간계를 펼칠 때가 되었습니다. 즉, 밀약을 맺은 손권에게 관우의 오만함을 부각시키는 동시, 관우를 물리치고 관우가 차지한 형주 4개군을 분할하자는 밀약을 공고히 하시어, 손권이 관우의 배후를 공격하도록 적극적으로 충동질을 하십시오. 그리고 동남방면 총사령관 장료를 번성으로 배치하여 관우와 대항하도록 하시면, 관우는 기필코 패하여 퇴각하게 될 것입니다."

조조가 이들의 조언에 따라 손권에게 밀서를 보내자, 만반의 준비를 갖추고 명분을 찾기 위해 기다리고 있던 손권이 관우의 동태를 예의주시한다. 이 당시 관우는 투항한 우금의 3만명 포로와 군마까지 끌어안은 탓에 엄청난 양의 군량이 부족하여 시급히 군량을 조달해야 할 입장이었다. 이에 관우는 사인에게 급히 공문을 띄운다.

"지금 투항한 우금의 3만 군사를 수용하느라고 예정보다 일찍 군량이 떨어졌노라. 신속히 군량을 마련하여 운송하도록 하라."

관우가 급히 식량을 재촉하지만, 군수담당관 사인은 갑자기 불어난 포로 3만명까지 군량을 조달하는 계획은 애초에 예정되어 있지 않았기에 큰 어려움에 직면한다.

사인이 급격히 불어난 병사들에게 제대로 군량과 군수물자를 보급하지 못하게 되자, 관우는 전령을 보내 사인을 수시로 문책하고, 급한 대로 오와 촉의 경계에 있는 영릉군 상관의 군량을 탈취하기에 이른다. 이것이 결정적으로 관우를 공격하는 명분을 세워주게 되면서 219년(건안24년) 10월, 손권은 관우를 징벌하겠다는 밀지를 조조에게 보내며 위오동맹의 뜻을 확고히 밝힌다.

"위왕 전하, 소신이 군사를 일으켜 번성을 포위한 관우를 후방에서 기습하려고 합니다. 다만, 이 일은 비밀리에 붙여 관우가 사전에 방비하지 못하도록 해주십시오."

손권의 밀지를 받은 조조가 전서를 내보이며 수하들에게 의견을 묻는다.

"손권의 편지가 이와 같은데, 나도 신의를 위해 이를 비밀로 할까 하오."

동소가 강력히 반대의 의사를 표명한다.

"손권에게는 비밀로 호응한다고 말하고, 관우에게는 제3자를 통해 이 사실을 은밀히 흘려야 합니다. 그래야 이 사실을 알게 된 관우는 후미가 끊어질 것을 우려하여 포위를 풀게 되어 아군은 위기에서 벗어나게 될 것이고, 관우는 손권과 피 튀기는 혈전을 벌이게 될 것입니다."

조조가 동소의 의견이 옳다고 여겨 손권에게 자신의 속내를 숨기는 전서를 보낸다.

"장군과 뜻을 같이하겠으니, 장군은 조속히 번성으로 출정하기를 바라오."

이에 대해 손권이 다시 조조에게 답서를 보낸다.

"소장은 조만간 관우의 토벌에 나서겠습니다. 전하께서는 천하에 위엄을 갖추셨으니, 이번 기회에 황위에 오르셔도 천하의 사람들이 전하를 따르고 추앙할 것입니다."

조조는 손권의 답서를 받아들더니 자지러지게 웃는다. 대소 신료들이 놀라 모두 조조를 향해 시선을 돌리자, 조조는 갑자기 위엄을 갖추며 말한다.

"이 아이가 나를 불구덩이로 몰아넣으려 하는구나."

조조가 손권의 낮은 수를 개탄하지만, 시중 진군과 환계 등이 오히려 손권의 답서를 비호하며 말한다.

"작금에 이르러 한(漢)의 운수는 끝났습니다. 황위에 오르셔도 무리가 없을 것입니다."

"나는 주문왕으로 역사에 남을 것이다. 그대들은 더 이상 황위 문제를 거론하지 말라."

조조는 불필요한 논란을 잠재우려고 측근들을 함구시킨다.

한편, 번성의 조인을 구원하러 출병한 서황이 철벽같이 구축한 관우의 포위망을 뚫을 생각을 하지 않고, 장기간 관우와 대치 상태만을 유지하며 시간을 허비하자 장수들이 불만을 터뜨리기 시작한다.

"장군, 이대로 가다가는 번성의 조인장군이 항복할지도 모릅니다. 빨리 관우와 일전을 벌여 조인장군을 구해야 하지 않겠습니까?"

"조인장군은 결코 쉬이 투항할 사람이 아니오. 조금만 더 기다립시다. 지금은 때가 아닙니다."

"지금이 때가 아니라면, 언제가 때란 말입니까?"

장수들의 불만이 거세지자, 의랑 조엄이 서황의 입장에서 이들을 설득한다.

"우리 병사들은 정예병 수엄7군이 관우에게 항복하여, 궁여지책으로 급히 모집한 신병들이 대부분입니다. 전투력도 위약할 뿐만 아니라 병력도 어림없이 부족합니다. 더구나 조인장군은 적에게 포위된 채 너무 멀리 떨어져 있어, 지원군과 협공하자는 의사도 전하기 어렵습니다. 따라서 지금 아군이 택할 수 있는 최우선의 방책은 어떻게 하든 조인장군에게 원병이 왔다는 사실을 알리는 것입니다. 동남 방면의 원병이 열흘 안으로 당도할 것이라는 사실을 조인장군이 알게 되면, 조인장군 또한 그때까지는 어떤 일이 있어도 성을 굳게 사수할 것입니다."

의랑 조엄의 주장에 동조한 장수들은 일치단결하여 참호와 땅굴을 파고, 녹각 등 장애물을 세워 수비망을 완벽히 구축한 후, 성문 가까이에 힘센 궁수를 파견해서 번성 안으로 화살 전서를 날린다.

"조인장군, 조금만 더 버티십시오. 원병이 왔으니 조만간 번성의 포위가 풀리게 될 것입니다. 끝까지 버티시면 반드시 승리하게 됩니다."

번성의 장수와 성민들이 용기백배하여 강렬하게 관우에게 저항하고, 조조가 대군을 파병할 조짐을 보이자, 관우는 번성을 함락시키는 것이 결코 쉽지 않으리라고 생각하기에 이른다. 관우는 양양 가까이에 있는 상용에서 신속히 원군의 도움을 받지 않는다면, 양양성과 번성을 함락시키기는커녕 오히려 자신이 위기에 봉착하게 될 수도 있다는 판단에 이르자, 쉬지 않고 번성을 공략하는 동시에 상용의 유봉과 맹달에게 급히 원병을 청하는 전서를 보낸다.

"부군장군 유봉과 맹달장군은 속히 증원병을 양,번으로 파병하도록 하라. 나는 양,번을 포위하여 함락 직전까지 몰아붙였으나, 조만간 조조가 원군을 증파하여 나의 포위망 후미를 기습하려 한다는 정보가 있어, 군사들이 동요하고 있노라. 때를 놓치면 여태까지 쌓은 공든 탑이 일시에 무너지게 되니, 가급적이면 빠른 시일에 원군을 파병하도록 하라."

관우는 상용에 긴급히 원병을 요청한 후, 신속히 번성을 함락시키기 위해 잠시의 휴식도 없이 진두지휘에 나선다.

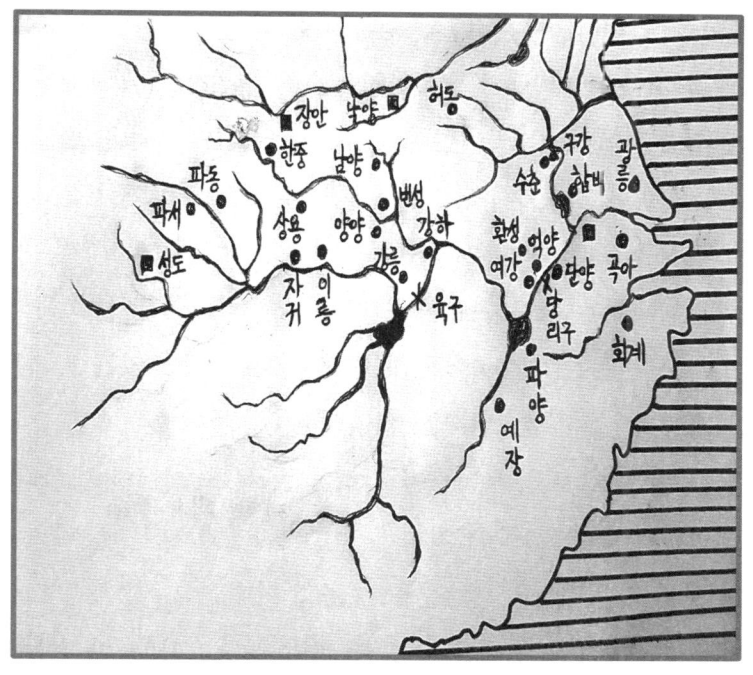

이때 설상가상(雪上加霜)으로 여몽이 공안과 남군의 강릉을 공략하기 위해 출병했다는 정보를 듣게 되고, 관우는 의조 종사 왕보를 사인과 미방에게 보내 급히 대비책을 강구하도록 한다.

"육구(陸口)에 주둔해 있는 동오의 여몽이 수군을 이끌고 공안과 강릉으로 향할 것이라는 소문이 무성하다. 성주들은 속히 성안의 질서를 바로 세우고 성벽, 성문, 성루 등을 철저히 점검할 것이며, 내가 세운 봉화소를 더욱 강화하여 각 봉화소마다 1백명의 병사를 주둔시켜 철저히 감시하도록 지시하라. 동오군이 강을 거슬러 올라오는 기미가 보이면, 즉시 봉화를 올려라. 나는 아직 양양성과 번성 중 어느 한 곳도 차지하지 못했지만, 철통같이 양,번을 포위하고 있으니 공안과 강릉만 철저히 방어한다면, 조만간 좋은 소식을 전할 수 있을 것이다. 나는 사사로이 공과를 탐하지 않고 장부의 기개로 전략을 제시하는 치중 반준을 보낼 테니, 그와 함께 중요한 지원대책을 강구하도록 하라."

"치중 반준은 제후 어른을 진심으로 따르지 않는데, 과연 믿고 보낼 수 있겠습니까?"

의조종사 왕보가 우려하여 말하자, 관우가 의연히 답한다.

"반준은 공과 사를 철저히 구별할 줄 알기 때문에, 나의 뜻을 알고 파,촉에 충성할 길을 찾을 것이네."

관우가 왕보와 반준을 사인과 미방에게 사자로 파견할 때, 이미 여몽은 관우의 봉화대를 속이기 위해 육구에서 상선으로 위장한 큰배에 정예병을 태워 관우가 세운 봉화소를 향하고 있었다.

여몽이 심양에 이르러 정예병들을 모두 상선 안에 숨겨두고, 백성들을 상인으로 위장하여 밤낮으로 배를 저어 둔영의 제1봉화대를 지날 때, 강변의 제1봉화대를 지키던 경비대장이 위장상선을 세우고 검문한다.

"지금같이 예민한 시기에 무슨 교역을 한다고 수많은 상선이 장강을 거슬러 올라가는가?"

"저희는 장강 하류의 식량과 토산품을 서량과 관서로 올리고, 서량과 관서로부터 비단을 구해 장강 하류에 내다 팔기 위해 이동 중입니다. 상인들을 위해 노고가 크신 대원들에게 조그만 선물을 상납하고자 합니다. 지금 풍랑이 심하니 잠시 봉화대에 정박하도록 허락해 주십시오."

경비대장은 순박한 백성들의 용모에서 풍기는 호의에 경계심을 풀고, 이들이 잠시 정박하는 것을 허용한다. 위장 상인들이 상선에서 진귀한 남방 토산품과 재화를 건네며 뇌물공세를 펼치자, 봉화대의 경비병들은 백성들에게 지나칠 정도의 호감을 보이기 시작한다.

"장강 하류를 떠난 지 오래 지난 것 같은데, 몸이 피곤하지는 않소?"

"달포를 선박 안에서만 생활하니, 육지의 냄새가 몹시 그리워집니다."

경비대장이 이들에게 크게 호의를 베푼다.

"밤도 깊었으니 배를 정박하고 하루 편히 쉬시오."

여몽이 펼친 포전인옥(抛磚引玉)계책이 성공하는 순간이다.

잠시 정박하기로 한 위장상선이 하루를 묵도록 허락을 받아, 선박 안에 숨어있는 정예병들이 봉화대를 점거할 충분한 시간을 벌어들이게 된다.

　그날 밤 3경(更)이 되어 선박에 숨어있던 정예병들이 일시에 경비대원들을 급습하여 한명도 남기지 않고 결박한다. 제1선이 무너지면 그 후, 제2선, 제3선이 무너지는 것은 자명한 사실이다. 여몽은 점차적으로 육구에서 강릉과 공안에 이르는 봉화소를 모두 점거하고, 한당, 장흠, 주연, 반장, 주태, 서성, 정봉을 7군의 지대장으로 삼아 군사를 이끌고 신속히 남군으로 진입하도록 한다.

　얼마 후, 여몽이 상선으로 위장하여 강변의 봉화대를 무력화시키고 남군 강릉에 당도했다는 보고를 듣고, 깜짝 놀란 관우는 손권에게 후미가 끊길 것을 우려하면서도, 여태까지의 노력이 헛수고가 되는 것이 억울해서 쉽게 군사를 물리지 못하고 주저주저한다. 당시 관우는 병력을 관우의 본영, 번성 북쪽의 언성, 사총과 위두 등 크게 네 갈래로 나누어 양양과 번성을 포위하고 있었다. 관우가 손권의 참전으로 심히 고심하기 시작한 당해 10월 말경, 서황이 원군을 다시 이끌고 관우의 포위망을 뚫기 위해, 번성 북쪽에 있는 언성의 근처에 참호를 파고 언성의 배후를 끊으려 시도한다.

　관우가 서황의 의도를 감지하고 부장들에게 명한다.

"관평과 요화는 부장들을 이끌고 속히 언성에 세운 영채를 불태우고, 번성으로 가서 번성의 포위진에 합류하도록 하라."

관우의 군사들이 언성의 둔영을 비우고 떠나자, 서황은 언성을 점령하고 위영을 연결시키면서, 관우의 포위망으로부터 1리 정도 떨어진 곳까지 진격한다. 이때 조조는 장료가 이끄는 회남의 주력부대를 양양으로 돌려, 하후돈, 서상, 여건, 배잠, 여공 등이 이끄는 회남 12영(營)의 병력을 번성으로 집결시켜 관우를 대적하도록 배치한다.

총지휘를 맡은 서황은 암도진창(暗渡陳倉:"가"를 공격하듯이 하여 상대를 "가"로 끌어들이고, "나"를 공격함) 전략을 펼치기로 하고, 군사들에게 위두의 둔영을 공격할 듯이 헛소문을 퍼뜨리게 한다.

이에 속은 관평이 위두를 방어하기 위해 떠나자, 서황은 방비가 허술해진 사총을 공격한다. 서황의 대대적인 공략으로 사총이 무너질 위기에 몰리는데, 관우는 정예병 보기 5천을 이끌고 친히 사총으로 향한다.

서황은 관우를 사총으로 끌어들여, 12영의 군사들이 관우를 사면에서 공격한다. 이 기세에 밀려 관우가 군사를 후방으로 물리자, 서황은 10겹으로 겹겹이 둘러싸인 관우의 포위망을 깊숙이 뚫고 들어가서, 10겹의 포위망 안까지 깊숙이 침입하여 포위망을 붕괴시킨다.

서황의 무서운 돌파에 놀란 관우의 군사들은 패주하여 면수까지 가는데, 그곳에서도 서황 병사들의 기습을 받아 수천의 병사들이 면수에 빠져 죽는 사태가 발생한다.

　이때 서황의 활약을 지켜보던 조인은 만총에게 번성 밖으로 출성하여 서황을 돕도록 명한다. 관우는 번성 안팎에서 협공을 당하자 포위망을 느슨하게 풀게 된다.

　관우는 철저히 구축했던 10겹의 포위망이 허무하게 무너져 내리면서, 양양과 번성의 포위망을 유지하는 작전이 쉽지 않자, 포위망을 풀고 우세한 지리적 여건을 차지하여 조조에게 대대적으로 대항할 필요성을 느끼고, 양양과 면수로 방향을 돌려 방어에만 집중하기로 결정한다.

　이때부터 한때 남부 총사령관 조인을 포위하여 목을 죄고, 지원군 총사령관 우금을 사로잡아 3만에 이르는 최정예 수엄 7군 장수와 군사들을 투항시키면서, 만인지적(萬人之敵)의 명성과 위엄을 중원의 천하에 뒤덮었던 관우의 위세는 서서히 무너지기 시작한다.

　서황이 관우가 형성한 사총, 언성, 위두의 포위망을 붕괴시키고 대승하여 돌아오자, 조조가 수하들과 함께 서황의 승리를 축하하는 대연회를 열어 서황을 격려한다.

　"서황이 관우의 10겹이나 되는 참호와 방책을 뚫고, 적진에 뛰어들어 적의 포위망을 붕괴시키고, 대다수 장수와 적병들을 참수했노라. 내가 30여 년 종군하며 고금(古今)장수들의 용병을 익히 들어왔지만, 장수가 곧바로 적의 포위망에 뛰어들어 포위망을 붕괴시킨 사례는 일찍이 들어본 적이 없노라.

번성과 양양의 포위는 거(渠)와 즉묵(卽墨)의 포위(전국시대 연나라 악의가 제나라의 대부분 성을 함락시켰을 때, 제나라가 마지막으로 남은 거, 즉묵을 지키기 위해 제나라 장군 전단(田單)이 극렬하게 싸워 이겨 제나라를 멸망의 위기에서 벗어나게 한 전투)보다도 더욱 격렬했는데, 이를 보면 서황은 손무나 사무 양저보다 훨씬 뛰어난 명장이라는 사실을 오늘 입증하였노라."

조조에게서 최고의 극찬을 들은 서황은 군영으로 돌아와서 수하장수와 병사들을 소집하여 훈계한다.

"나의 자랑스러운 제장과 군사들은 위왕 전하의 극찬에 평정심을 잃어 교만하지 말고 엄정한 기품을 보이기를 바란다. 제군들이 교만해지는 순간, 우리가 얻은 영광된 명예는 거품이 된다는 사실을 각인하기 바라노라."

서황의 공략으로 번성의 병력을 뒤로 빼돌린 관우는 면수를 이용해 양양의 수비를 굳히고, 양양성을 녹각과 참호로 겹겹이 둘러싸는 전략으로 전선을 고착화시키는 시드를 펼친다. 조조의 명으로 성주가 지키던 양양성이 위국 군사들과 완전히 고립되어 소통이 두절되자, 조조는 장수들을 불러들여 관우의 포위를 풀 묘수를 전한다.

"관우가 양양과 면수의 포위망을 고착화시키는 진짜 의도는 시간을 끌어, 유비와 제갈량이 한중을 통해 장안과 낙양, 허도까지 진군하려는 시도를 기다리기 때문일 것이다. 아군이 서둘러 양양과 면수의 포위망을 뚫어야 하는데, 이를 위해서는 우선적으로 면수에 포진한 관우의 수군기지를 격파하고, 다음으로는 면수를 성공적으로 도강하여 군사들을 양양에 포진시킨 채, 마지막으로 양양성을 포위하고 있는 관우의 주력군을 성안의 병사들과 협력하여 격파하는 3단계 전략을 활용하여 무너뜨려야 한다."

조조는 서황과 만총을 보내 관우가 형성한 양양의 포위망을 돌파하기 위한 과감한 전투를 지시한다.

조조의 명을 받은 서황과 만총이 총 10만이 넘는 대군을 이끌고, 4교대로 나누어 관우의 포위망을 공략하자, 관우는 병력의 절대적 부족으로 큰 어려움에 봉착하지만, 이런 상황에도 상용에서는 후속으로 지원병을 보내지 않아, 관우는 양양에서 완전히 고립되는 위기에 놓인다.

3) 만인지적 관우의 최후

　남군에 당도하여 숨을 고르던 여몽은 219년(건안24년) 11월, 육손과 함께 공안을 포위한다.
　여몽은 투석기, 운제, 충차, 소거소차, 벽력차 등을 총동원하여 공안을 향하여 여러 차례 맹공을 펼쳤으나, 사인이 새문도거와 낭아박을 활용하여 격렬하게 저항하면서 작전에 차질을 빚게 된다. 속전속결 전략에 차질이 빚어질 것을 우려한 여몽은 손권에게 긴급히 청을 올린다.
　"지나친 강직성과 직언으로 주변의 미움을 받아 장군께서 숙청한 우번을 다시 불러들여, 사인을 투항시킬 계책을 세우게 하셔야 쉽게 공안을 함락시킬 수 있을 것 같습니다."
　여몽은 사인의 옛친구 우번을 끌어들여 사인을 투항시키는 회유책을 펼치고자 손권에게 우번의 사면을 청한다. 손권이 우번에 대한 반감이 커서 선뜻 내켜 하지 않으면서도 전황을 뒤집기 위해 여몽의 건의를 받아들여, 재야에 있는 우번을 다시 불러들여 여몽에게 보내자, 여몽은 우번과 함께 사인을 만나려고 공안으로 이동한다. 공안에서 우번이 사인과 면담을 청하는 전갈을 보내지만, 사인은 공안의 성문을 굳게 닫은 채 우번과의 접견을 금한다. 접견을 금지당한 우번은 사인의 심정을 움직이는 편지를 써서 사인에게로 보낸다.

"관우장군이 봉화대를 만들어 동오의 공략을 대비했음에도 척후의 보고도 없고, 봉화도 울리지 않았다는 것은 관우에 대한 충성도가 생각보다는 낮아 공안과 강릉 내부에서 동오와 내응이 있었다는 의미가 아니겠는가? 어차피 여몽장군이 남군에서 육로를 끊으면 퇴로가 막혀, 그대와 가족의 생존을 보호할 수가 없게 된다네. 게다가 그대는 관우로부터 군수물자를 제대로 조달하지 못했다는 이유로 수없이 질책을 받아왔는데, 설혹 자네가 도주에 성공하더라도 관우가 자네의 안위를 보장한다고 누구도 장담할 수 없을 것이네. 여몽장군에게 투항하여 그대와 가족의 안위를 보장받으시게."

옛친구의 간절함이 담긴 편지를 받은 사인은 눈물을 흘리며 우번의 뜻을 받아들인다.

"친구의 애정이 서린 권유를 받아 투항은 하겠지만, 성안 백성들의 생명과 재산을 지켜준다는 확약을 받아야만 내가 투항할 수 있을 것이네."

여몽이 사인의 요청에 확실하게 약속한다.

"태수는 아무런 걱정하지 말고 투항하여, 백성의 안위를 보장받도록 하시오."

사인의 투항을 받아낸 우번이 이번에는 미방을 투항시킬 전략을 말한다.

"지난날, 남군태수 미방은 방심하다가 군사기밀을 실화를 일으켜, 불에 태워 먹은 일로 관우로부터 심한 질책을 받았고, 군수물자 조달에도 차질을 빚어 수시로 관우에게 무시를 당했다고 합니다. 공안태수 사인을 미방에게 보내 설득하면, 미방은 사인을 따라 투항할 것입니다."

여몽이 우번의 건의를 받아들여 사인을 미방에게 보내자, 미방은 기다렸다는 듯이 선뜻 성문을 열어 여몽의 일행을 맞이하고 환영연까지 베푼다. 환영연이 끝난 후, 여몽은 성안의 백성들을 위무하고, 관우와 수하장수들의 가족을 위로하고 보살피는 동시에 전군에 포고령을 내린다.

"모든 군사들은 민가를 돌아다니며 재물을 요구하거나 약탈하는 일을 절대로 하지 말라."

여몽의 포고령이 내려진 며칠 후, 여몽의 동향 사람이 관의 갑옷을 보호하기 위해, 민가에서 삿갓 하나를 얻어 갑옷을 덮는 사건이 발생한다. 여몽이 동향 사람을 잡아들여 수하의 장수와 병사들이 있는 곳에 꿇어 앉히고 신문한다.

"그대는 나와 동향 사람으로 나의 뜻을 어느 누구보다도 잘 따라주어야 함에도, 어찌하여 나의 뜻을 저버리고 포고령을 어겼는가?"

"갑옷이 햇빛에 노출되어 이를 덮어 보호하려고, 잠시 삿갓을 부탁했을 뿐입니다."

"그대의 심정은 익히 알겠지만, 백성에게 민폐를 끼친 죄는 추호도 용납할 수 없다고 공포했다. 도부수는 이 자를 끌어내어 목을 쳐라."

엄명을 내린 여몽은 눈물을 흘리며 뒤돌아선다. 주위의 장수들이 용서를 구하지만, 여몽은 단호한 어조로 말한다.

"죄지은 자에게 한번 내린 명령은 주워 담을 수 없노라."

여몽은 동향 사람도 용서없이 징벌함으로써 일벌백계의 효과를 거두어, 여몽의 단호함에 모든 병사들이 근신하고 조심하면서, 여몽의 군사들은 백성들로부터 신뢰를 얻게 된다. 여몽은 측근들에게 명하여 병에 걸린 사람을 찾아 그들에게는 약을 보내고, 춥고 배고픈 사람에게는 의복과 양식을 내어주게 하면서도, 관우의 관부에 있는 재화와 보물은 손도 대지 않고 봉해두었다. 관우는 뒤늦게 자신과 수하의 가족이 여몽의 수중에 있는 것을 알게 되어, 여러 차례에 걸쳐 사자를 보내 여몽의 처신을 살펴오도록 지시한다. 여몽은 사자가 올 때마다 후히 대접하고, 청탁받은 군사의 성안 가족들을 자유롭게 만나고 서신을 주고받게 하자, 사자는 돌아가서 여몽의 선행을 빠짐없이 전한다. 여몽의 선심계가 그대로 통하여 관우의 수하들은 여몽에 대한 적대감이 눈 녹듯이 사라지고, 관우에 대한 충성심 서서히 약화되기 시작한다.

여몽이 공안과 남군의 민심을 안정시키고 있는 동안, 육손은 독자적으로 별동대를 이끌고 의도를 포위하여 의도태수 번우에게 투항을 권유한다. 끈질기게 투항을 거부하던 번우가 야음을 틈타 도망치고 육손이 무혈입성하자, 의도 주변에 있는 성(城)의 장리와 만이 군장들이 모두 투항한다.

육손은 부장 이이에게 수군 3천을, 사정에게는 보병을 맡겨 파촉 변방의 험요지를 끊게 함으로써, 파촉의 원병이 접근하지 못하게 한 후, 촉의 장수 첨안과 진봉을 사로잡고, 곧이어 방릉태수 등보와 남향태수 곽목을 차례로 무너뜨린다.

　그 후, 자귀현의 호족인 문포와 등개 등이 이민족 수천명을 규합하여 촉한과 연계하고 공격해오자, 육손은 자귀현의 호족인 문포와 등개 등을 상대로 무중생유(無中生有)의 전략을 펼쳐, 이들에게 공성계(空城計)를 펼치면서 이들을 공성(空城:텅빈 성)으로 끌어들여 함정에 몰아넣고 간단히 제압한다.

　이후, 육손은 다시 이릉으로 돌아와서 주둔하면서, 관우를 구원하려는 촉의 군사가 진입할 것으로 예측되는 협구를 차단하고 철저히 봉쇄한다. 동시에 여몽은 제6지대장 장흠에게 명하여 수군을 이끌고 면수를 공략하게 하여, 관우가 수로를 따라 움직이지 못하도록 차단시킨다.

　이로 인해 관우가 그동안 수로를 장악하여 굳게 지킨 면수의 수로를 지키기 어려워지자, 관우는 어쩔 도리가 없어 수로 제공권을 손권에게 내어주게 된다.

　성도의 유비가 원병을 보낼 때까지 양,번의 포위망을 유지하고자 했던 관우의 의도는 수포로 돌아가고, 곤우는 자신에게 원병을 보내야 할 의도, 방릉, 남향이 모두 육손에게 격파를 당하는 바람에 위기에 처하자, 멀리 상용에 있는 유봉과 맹달에게 다시 한번 급보를 보낸다.

"지금 나는 조인의 육군병력과 손권의 수군이 합세하여 곤경에 처해 있는바, 군악대까지 전투에 임하는 최악의 형국이다. 태수는 속히 구원병을 보내도록 하라."

관우의 긴박한 급보에도 불구하고, 유봉과 맹달은 영혼이 없는 답서를 보낸다.

"상용을 점령한 지 얼마 되지 않아, 아직 군사를 파병할 여력이 없습니다."

관우는 크게 분노하면서도 끝까지 양양의 포위망만은 풀지 않으려고 혼신을 기울인다. 이때, 여몽이 강릉의 옛 성을 기습하여 공략하고 있다는 보고를 접한 관우는 더는 버틸 힘을 잃고, 양양성의 포위를 풀어 퇴각하기로 하는데, 관우의 움직임을 간파하고 있던 조인이 장수들을 소집하여 말한다.

"이제 관우가 퇴각할 시기가 온 것 같으니, 그 후미를 공략하여 관우를 대파해야 할 것이오."

의랑 조엄이 긴급히 나서며 조인의 전술에 제동을 건다.

"손권은 관우의 배후를 쳐서 동오의 안전을 도모하고자 한다는 명분으로 우리 위나라에 순종하는 듯하지만, 사실은 우리 위의 군사력을 관찰하고 있는 것입니다. 아군이 관우를 추격하여 이들의 영지를 점령하면, 손권의 태도가 순식간에 변하여 아군에게 대적할 여지가 있습니다. 이 점을 감안하여야 할 것입니다."

조인이 의랑 조엄의 말에 일리가 있다고 생각하고 심도있게 고심하던 중, 조조에게서 시급히 전서가 전해진다.

"장군은 절대로 관우를 추격하지 말고, 이후의 일은 손권에게 떠넘기시오."

조인이 관우의 후미를 추격하지 않음으로써 무사히 강릉의 옛 성에 당도한 관우는 이미 여몽이 강릉 옛 성을 점령했다는 보고를 접한다.

"강릉을 공략하여 다시 빼앗아야 합니다."

부장들이 이구동성으로 간언하자 관우가 말한다.

"강릉 옛 성은 내가 쌓은 성이어서 내가 누구보다도 잘 안다. 워낙 견고해서 지금의 아군 병력으로는 결코 함락시킬 수 없노라."

관우는 병사들을 이끌고 강릉 인근의 당양으로 돌아와 서쪽 맥성에 주둔한다. 관우가 맥성에서 군사를 정비하고 있을 때, 손권이 대군을 이끌고 와서 맥성을 겹겹이 포위한다.

관우는 끝까지 자신을 따라온 수천 명의 병사와 백성 등으로 성안에서 철저히 농성을 벌인다. 양방 간의 전투가 점점 더 치열해지면서 병력의 손실이 커지자, 손권은 오범을 사자로 보내 관우에게 투항을 권유하기에 이른다.

"이미 성안에는 양곡도 떨어져서 성민들이 동요하고 있다고 하니, 전장군은 더 이상 맥성을 지킬 수 없을 것이오. 투항하면 성민과 장군의 신변을 보장할 것이오."

관우는 오범에게 투항할 뜻을 밝히며 말한다.

"내가 투항을 하더라도 며칠의 말미를 주어야, 무리가 없이 성민을 설득하고 투항을 매듭지을 수 있을 것이오."

오범이 손권에게 관우의 말을 전한다.

"관우가 정말로 투항할 의사가 있는 듯하오?"

손권의 질문에 오범이 자신의 느낌을 전한다.

"관우가 투항하겠다는 말은 거짓일 것입니다. 그는 도주하기 위한 시간을 벌려고, 거짓으로 투항의사를 밝힌 것으로 여겨집니다. 관우의 사항계에 속아서는 아니 될 것입니다."

손권은 관우의 속내를 읽자, 여몽에게 관우가 도주할 것에 대비하여 대책을 세울 것을 지시한다. 손권의 지시를 받은 여몽은 주연과 반장을 불러 전술적 명령을 내린다.

"관우는 조조가 장악한 영안을 피해, 신성군 상용으로 도주할 것이다. 맥성 북문은 험한 산길을 따라 상용으로 통하는 길이 있어 관우는 북문으로 탈주할 것이 예상되는 만큼, 주연과 반장은 수하를 이끌고 임저에 미리 도착하여, 반장은 협석을 지키도록 하고, 주연은 상용으로 통하는 지름길을 지키도록 하라."

주연과 반장이 여몽의 명을 받아 임저를 향해 떠날 때, 맥성에서는 관우가 장수들을 불러들여 마지막으로 수성에 임하는 자세를 지시한다.

"나는 관평과 조루 및 기병 20여 기를 이끌고 북문을 빠져나가, 상용에서 군사를 이끌고 다시 맥성을 구하러 오겠노라.

내가 가는 길은 목숨을 걸고 떠나는 길이기에, 나의 수족과도 같은 병사들에게 동행하자고 권할 수 없음을 안타까이 생각할 뿐이다. 의조종사는 남은 병사들과 맥성에 남아 성을 지키다가 여의치 않으면, 백성들과 병사들을 구하는 방향을 취하라. 내가 떠난 후, 모든 지휘권은 의조종사가 임의로 판단하여 행해도 좋다."

곧이어 관우는 관평에게 도주할 채비를 갖추도록 한다.

"만천과해(瞞天過海)계책을 최대한 응용하여 상용으로 탈주할 방법을 찾도록 하자. 너는 지금 즉시 성벽 꼭대기에 사람의 형상과 깃발을 만들어 걸고, 여몽의 눈을 최대한 끌도록 하고, 오늘 밤 술시(戌時)의 야음을 틈타 맥성을 빠져나갈 준비를 끝내라."

관우는 술시(戌時)가 되자, 관평과 조루 및 기병 20여 기를 이끌고 몰래 맥성 북문을 빠져나간다. 관우의 일행이 북문의 험한 산길을 접어들어 밤새워 내달으면서 임저에 이르는데, 이르는 곳마다 동오의 경계병이 관우의 일행에게 달려든다.

관우의 일행들이 세차게 말을 달려 동오의 병사들을 물리치면서, 드디어 맥성에서 2백여 리 떨어진 협석에 당도한다. 관우는 협석에서 진을 치고 기다리고 있던 주연의 군사들이 일행을 둘러싸고 십중포위하여 공격해오자 큰소리로 외친다.

"모두들 여러 방면의 적병을 상대하지 말고, 포위망 중에서 가장 취약한 쪽을 찾아 그곳을 집중적으로 공략하여 말을 세차게 몰아붙이면 포위망을 뚫을 수 있을 것이다. 포위를 뚫고 나오면 결석(決石)에서 집결하라."

관우의 일행이 포위망을 뚫고 나오는 과정에서 수명의 기병이 목숨을 잃는다. 관우의 일행이 겨우 주연의 추격을 뿌리치고 결석 땅에 도달했을 때는 아직 어둠이 걷히지 않은 인시(寅時:새벽 5시)였다. 결석만 무사히 통과하면 상용에 무사히 당도할 수 있다는 희망이 생긴 관우의 일행은 마지막 남은 힘을 쏟아 붓는다.

상용으로 통하는 좁은 길 양편에는 험준한 바위산이 들어서 있었고, 산기슭에는 갈대와 관목이 빼곡히 늘어서 있어 매복하기에 좋은 지형이다. 관우 일행이 산길 협로를 들어서는데, 이곳에 엄폐해 있던 반장의 수하들이 갑자기 횃불을 밝히면서 함성을 지르며 쏟아져 내려온다.

관우와 관평, 조루 등이 무리를 지어 달려드는 반장의 군사들을 뿌리치고 급히 말을 달려 임저현 장향(漳鄕)에 당도했을 때, 길목을 지키고 있던 반장의 사마 마충이 군사 수백을 이끌고, 관우와 관평, 조루 등을 겹겹이 둘러싼다.

이들은 관우의 말에 쇠사슬을 던져 관우가 타고 있던 적토마의 다리를 휘감아 쓰러뜨린다. 관우가 말에서 떨어져 땅바닥에 뒹굴자, 나무 위에 있던 마충의 수하가 그물을 던져 관우와 관평 등을 사로잡는다.

새벽이 밝아오는 묘시(卯時:새벽 7시)가 되어 모든 상황은 종료가 되고, 천하의 만인지적이라 불리던 관우가 무명의 졸백에게 포승줄을 받는다. 여몽은 관우가 사로잡혔다는 소식을 듣고 마충에게 관우를 본영으로 데려오도록 한다. 관우가 여몽의 앞에 불려오자, 여몽은 손권에게 관우의 처리를 묻는 전서를 보낸다.

"관운장의 신변을 소장이 보호하고 있습니다. 향후 관운장의 처리를 어찌하면 되겠습니까?"

손권은 전령을 통해 여몽에게 관우에 대한 처리를 독자적으로 판단하도록 지시한다.

"운장에게 투항을 권유해 보고 투항을 받아들이지 않을 경우에는 도독의 뜻대로 처리하시오. 운장은 당대의 영웅입니다. 투항하든 아니든, 영웅에 걸맞는 예우로 대하시오."

손권의 뜻을 받은 여몽은 관우와 관평, 조루 등의 포박을 풀고, 예로써 대하며 묻는다.

"장군은 '만인지적'이라 불릴 만큼 당대의 명장인데, 어찌 오늘 이와 같은 변이 생겼습니까?"

"패장은 유구무언이라 했소. 도독의 말에 답하여 무엇이 달라지겠소?"

"표기장군께서 관우장군을 흠모하여 관우장군의 투항을 권유하셨는데, 장군께서는 투항할 의향이 있으십니까?"

관우는 여몽의 투항 권유에 대해 의연하게 대꾸한다.

"내 나이 곧 이순이 되오. 내가 살면 얼마를 더 살겠소?

나를 진정 흠모한다면, 무인의 명예를 살려 명예롭게 죽음을 내리는 것이 나를 흠모하는 길이오."

여몽은 관우의 말이 옳다고 여겨 좌우의 살수에게 명한다.

"지금 곧 전장군 관우와 수하를 참수하고, 수급을 주군께 보내도록 하라."

만인지적 관우는 임저에서 무명의 소졸에게 사로잡힌 후, 여몽에게 불려와서 최후도 명예롭고 당당하게 맞이한다. 관우와 관평, 조루를 참살한 여몽은 관우의 수급을 손권에게 보낸다. 219년(건안24년) 12월의 일이다.

관우는 지용을 겸비한 호걸로서 중국사를 통틀어 장비, 한세충과 함께 만인지적이라 칭해진 호장(虎將)이다. 군대의 지휘, 전술, 전략 등이 모두 뛰어나 용병에 능한 문무겸전 호걸이었다. 춘추좌씨전을 늘 가슴에 품고 다닐 정도로 통독하여 늘 가슴에 새기고 실천했다. 관우는 강직하고 자부심이 강하여 자신과 필적하려는 강한 인사에게는 오만했지만, 수하의 무장과 같은 약자들에게는 관대하여 이들의 존경을 받았다. 관우는 중국사에서 충의와 무용의 상징으로 아직도 민간신앙에서 각별히 추앙을 받고 있다.

한편, 여몽으로부터 관우의 수급을 받은 손권에게 동오의 책사들이 조언을 올린다.

"관운장은 유비, 장비와 함께 형제와도 같은 군신의 맹약을 맺은 각별한 친분입니다. 어쩔 수 없이 주군께서 관운장의 수급을 취했으나, 이를 분개한 유비가 명분을 버리고 실익을 취하기 위해, 조조와 손을 잡고 동오를 협공할 가능성도 배제할 수는 없습니다. 따라서 관우의 수급을 조조에게 보내어 조조와 주군과의 동맹관계를 더욱 공고히 하고, 동시에 관우의 죽음 배후에는 조조가 있다는 것을 은밀히 알려, 유비의 주적은 조조라는 것을 부각시켜야 합니다."

손권은 장소를 비롯한 책사들의 뜻을 따라 관으의 수급을 조조에게 보낸다. 관우의 수급을 받은 조조가 손권의 의도를 몰라 어리둥절할 때, 주부 사마의가 조조에게 손권의 의도를 분석하여 한마디 건넨다. 조조에게 관우의 수급이 보내질 당시, 조조는 사약을 받고 죽은 주부 양수의 후임으로 사마의를 주부로 삼아 조조의 수족 역할을 맡기고 있었다.

"이것은 손권이 전하를 유비의 주적으로 삼게 하고자 함입니다. 전하께서는 운장의 수급을 받는 즉시, 목각으로 관우의 몸체를 만들어 수급을 붙이고 제후의 예로써 장례를 치러주시면, 유비의 분노는 오로지 손권에게 집중될 것입니다."

조조는 사마의의 조언을 받아들여 관우의 장례를 제후의 예를 갖추어 성대히 치러준다.

사건의 전개는 지난날로 돌아가서, 조조는 주부 양수가 지나치게 머리 회전이 빨라 항상 그를 경계하던 중, 자신이 최종적으로 후계자를 조비로 결정하기로 한 순간, 조식에게 온갖 두뇌를 제공하고 있는 양수를 처단하여야 후계의 구도에 무리가 없으리라는 판단을 하게 됐다. 이런 판단을 행동으로 옮기게 된 결정적 계기는 "계륵"에 얽힌 일화에서 비롯한다.

조조는 한중공방전에서 유비와 일대 대결전을 벌이면서, 한중을 처리하는 문제를 놓고 고심하던 중, 우연히 "계륵"이라는 암구호를 내린 것이 양수에 의해 자신의 의중이 드러나게 되어 대군이 한중에서 퇴각한 이후, 조조는 양수의 지나치게 빠른 두뇌회전이 천하의 분열을 일으킬 것을 우려했었다.

조조는 자신의 건강이 쇠해지자, 빨리 후계문제를 안정시키기 위해 한중에서 낙양으로 돌아온 그해 가을, 지난날의 여러 가지 불경한 행위를 한꺼번에 몰아 양수에게 트집을 씌워 사약을 내리고, 사마의를 그의 후임 주부로 삼아 각종 수발을 들게 하고 있었다.

양수에게 얽힌 사연을 살펴보면, 수없이 많은 일화가 전해진다. 한번은 서량태수 마등이 조조에게 진귀한 과자 한상자를 선물로 보내왔다. 조조가 한입을 먹고 난 후, 합(合)위에 일합수(一合酥)라는 글자를 써놓고 책상에 올려놓았다. 얼마 후, 이것을 발견한 양수가 이 과자를 주변 사람에게 한입씩 먹도록 하자, 금방 상자가 비워진다. 조조가 돌아와서 빈 상자를 보고 양수에게 원인을 묻자, 양수가 '합(合)위에 한사람이 한입씩 먹어라 (一人一口)'라고 쓰여 있어 주변사람에게 한입씩 나누어 주었습니다. 조조가 웃으면서 양수의 지나침을 그대로 흘려보냈다. 또 한번은 조조가 하인들에게 화원을 만들도록 명하고 화원이 완성된 후, 화원을 구경하더니 아무 말도 하지 않고 문(門)에 활(活)자를 써 놓고 나가버린다.

모두 무슨 뜻인지 모르고 어리둥절해 있는데, 양수가 '문(門)에 활(活)자를 써 놓으니 활(闊), 곧 화원이 너무 넓어 휑해 보여서 마음에 들지 않는 것이오.'라고 말하자, 하인들이 화원을 아담하게 개조했다. 며칠 후, 조조가 다시 화원에 들어 어찌된 영문인지를 묻자, 하인들이 양수가 조언해 주어 화원을 다시 꾸몄다는 말을 듣고 혀를 내둘렀다.

또 한번은 조조가 양수와 수하들에게 업무를 맡기고 나가자, 잠시 후 양수 또한 일손을 놓고 마실을 나서려 하여 수하들이 걱정하기를 '승상께서 오시면 어찌하려고 마실을 나서려 하십니까'라고 물었다. 양수는 3개의 쪽지를 내밀며 '승상께서 물으시면, 순서대로 드리시오' 하고 나가는데, 조조가 돌아와서 맡긴 업무에 관해 묻고 수하들이 순서대로 답하여 추호의 차질도 빚어지지 않았다.

조조가 원소와 대전을 치를 때의 일이었다. 조조가 원소와 전투를 벌이려 행장을 갖춘 후, 죽편 수십 곡이 남아 태워버릴까 생각하다가, 버리기 아까운 마음에 방패를 만들 생각을 하면서, 주위 인사를 시험하고자 '이 죽편을 어떻게 할까?' 하고 주변에 물었다. 이에 대해 아무도 대답을 못하고 있는데, 양수가 앞으로 나서며 방패를 만들면 좋겠다고 하자,

조조가 자신의 의중을 제대로 읽은 양수에 대해 매우 흡족해 했던 일도 있었다.

한번은 조조가 조비와 조식의 왕기(王器)를 시험해보고자 하는 심기가 발동하여, 궁궐의 수문장에게 '어느 누구도 궁궐 문 안으로 들여보내지 말라'고 엄명을 내리고, 두 아들에게는 '궁문 안으로 들어오라'라고 지시했다. 조비는 궁문 안으로 들어서려다가 수문장이 막자 그대로 돌아갔다.

그러나 조식은 양수를 찾아가서 이런 경우에는 어떻게 해야 할지를 문의하자, 양수가 왕자가 왕명을 받고 나서려는데, 이를 막아서면 베어버려도 된다고 조언을 했다. 조식이 양수의 조언대로 앞을 막아서는 수문장을 베어버리자, 조조는 조식의 왕기를 흡족히 여겼다. 그러나 후일에 이 사태의 이면을 알게 된 조조는 양수를 극히 경계하기 시작했다.

조조는 평상시 자신에게 불만을 품은 측근이 자신의 목숨을 노릴 수도 있다는 생각에 이르러, '나는 몽유병이 있어 잠을 자다가, 나의 가까이에 있는 사람을 죽이는 수가 있으니, 어떤 누구도 내가 잠들어 있을 때는 가까이에 다가오지 말라'고 명을 내렸다. 그러던 어느 날, 조조는 장중(帳中)에서 낮잠을 자다가 일부로 침상에서 굴러떨어졌다.

근시(近侍)가 조조를 부축하려고 장막으로 들어서자, 조조는 벌떡 일어나 갑자기 칼로 근시를 베고는 아무 일도 없었다는 듯이 침상에 올라가 다시 잠에 빠져들었다.

한참이 지난 후 일어나서 자신의 침상 옆에 죽어있는 근시를 보고는 짐짓 놀라는 척하며, '누가 내 근시를 죽였느냐?'고 능청을 떨었다. 주변의 사람들이 사실대로 말해주자, 조조는 눈물을 흘리며 후히 장례를 치러주고 가족의 뒷바라지를 지시했다. 사람들은 조조가 진짜로 몽유병이 있는지 착각하여, 조조가 잠자리에 들어 있을 때는 모두 조조의 주변에 접근하기를 꺼려했지만, 양수만이 예외로서 조조로부터 죽임을 당한 근시의 시신 앞에서 '승상이 꿈을 꾼 것이 아니고, 그대가 꿈꾸고 있었다네'라며 애석해했다. 이 말을 즈변으로부터 전해들은 조조는 양수를 심히 불편하게 생각했다.

또 한번은 조조가 조비와 조식에게 측근의 모사들이 함부로 궁에 출입하여 분란을 일으키지 못하도록 단속하라고 지시했다. 이때 조비는 자신에게 계책을 건네는 오질이라는 자에게 비단을 실어 나르는 마차 속에 몸을 숨겨 대궐 안으로 잠입하게 하곤 했었다. 이 사실을 알게 된 양수가 조조에게 고해바치자, 조조는 조비를 불러들여 이를 엄하게 질책했다. 조비가 조조에게 모함이라는 거짓말을 하고 풀려났지만, 거짓말로 위기를 모면한 것이 들통날 것을 두려워하여 오질에게 자문을 구하자, 오질이 '다음에는 진짜로 비단만 실어 나르시면 됩니다'라고 말했다.

얼마 후 비단을 실은 마차가 궁궐로 들어갈 때, 조조는 마차를 검색하게 하였는데, 수문장으로부터 아무런 이상이 없다는 보고를 받자, 양수의 보고는 조비를 모함하는 것이라고 여겨, 조조는 양수를 불러들여 심히 질타하는 동시에 양수와 철저히 거리를 두기 시작했다.

또한, 조조는 때때로 조비와 조식을 자주 불러들여 왕기(王氣)를 시험하곤 했는데, 양수는 조식을 돕기 위해 조조가 질문할 10여 개의 모범답안을 만들어 주었다. 조식은 조조가 질문할 때마다 조조의 뜻을 간파한 답변을 하여 조조의 깊은 총애를 얻었다. 조조는 나중에야 이것이 양수의 작태인 것을 알고, 양수에 대해 엄청난 두려움을 갖기에 이른다.

이외에도 여러 가지로 조조의 심중을 꿰뚫고 있는 양수가 조비와 조식의 후계자 경합에 깊이 개입하기 시작하자, 조조는 양수를 처리하는 문제로 고민하고 있었다.

그러다가 조식은 완전히 조조의 눈에서 벗어나게 되는데, 조식이 후계자 경합에서 밀려나게 된 결정적 계기는 양,번전투 당시, 정로장군 대행으로 임명된 조식이 전날 술에 거나하게 취한 탓에 출정식에 참여하지 못하여 조조의 신뢰를 잃게 되면서부터였다.

조조가 조비를 후계자로 결심하면서, 조조는 천하의 안정을 위해서는 양수를 제거해야겠다는 생각을 굳히고 양수에게 억지로 죄를 씌어 사약을 내릴 결심을 하고 때를 기다리다가 '계륵'을 계기로 더욱 각오를 다지고 실행에 옮기게 된다.

결국 양수는 지나친 영특함으로 인해 주군에게 위협적인

존재로 인식이 되다가, 최종적으로는 끼어들지 말아야 할 후계문제에 깊게 개입한 탓에 조식의 퇴조와 함께 명을 재촉했으니, 이때는 천재 양수가 44세가 되는 해로 양수는 조조가 후계구조를 안정시키기 위한 희생양으로 한창의 나이에 억울하게 생을 마감하게 된다.

4) 한중왕 유비, 관우의 최후 소식을 듣고 혼절하다

한중왕 유비는 관우와 관평 부자가 여몽에 의해 참수되었다는 소식을 듣고 통곡하다가 혼절한다. 문무대신들이 유비를 부축하여 내전으로 들이자, 한참 만에 깨어난 유비가 피눈물을 흘리며 일갈한다.

"짐은 맹세코 동오의 손권과는 같은 하늘 아래에서 살지 않으리라! 전장군의 시신은 어찌 되었는가?"

제갈량이 침울한 표정을 지으며 아뢴다.

"손권은 관공의 수급을 전해 받아 조조에게 바쳤고, 조조는 관공의 수급에 향나무로 몸통을 붙여 제후의 예로 장례를 치러주었다고 합니다."

유비가 의아하다는 듯이 묻는다.

"제후의 예로 장례를……?"

"손권은 두 가지 이유로 조조에게 관공의 수급을 바쳤을 것으로 사료됩니다. 첫째는 대왕께서 관공의 복수를 위해 조조와 연맹하여 손권을 공격할 경우의 수를 미연에 방지하고자 함이고, 둘째는 조조와 동맹을 더욱 확고히 하는 동시에 자신이 관공과 전쟁을 벌이게 된 것은 조조의 사주로 인한 것이라는 암시를 은연중에 나타내려 함이라 여겨집니다. 동시에 조조는 이런 손권의 속내를 꿰뚫어 보고, 조조는 관공의 죽음과 무관하기에 관공의 극락왕생을 기원한다는 뜻을 천하에 알리기 위한 연기로 보입니다."

"짐은 결코 손권을 용서할 수 없노라. 즉시 군사를 일으켜 손권을 응징하고 운장의 한을 풀어주고 말리다."

"전하, 그리하시면 손권과 조조의 간특한 차도살인(借刀殺人)계책에 말려들게 되는 것입니다. 손권은 파촉의 칼날을 위국에 겨냥하게 하는 계략을 구사했고, 조조는 조조대로 파촉의 창칼을 동오로 향하게 하는 술수를 부리고 있습니다. 이를 뻔히 알면서도 조조와 손권의 장난에 놀아나는 것은 현명한 처사가 아니라고 여겨집니다. 위와 동오는 결코 오랫동안 함께할 수 없는 원교근공(遠交近攻)의 관계입니다. 대왕께서는 이 두 체제가 서로 반목할 때를 기다렸다가, 기회가 포착되었을 때 공략하여야 소기의 성과를 얻을 수 있게 될 것입니다."

제갈량이 간곡히 주청하자, 신료들이 모두 제갈량의 간언에 함께 동조한다. 유비는 대다수 신료들의 뜻을 물리치지 못하고 침울하게 공포한다.

"파촉의 모든 관료, 장수와 병사들은 모두 상복으로 갈아입고, 전장군의 죽음을 조상하도록 하라."

유비는 공포문을 발표하고 남문에 제단을 꾸리고 친히 문상한 이후, 파촉의 모든 관료와 장수들에게 문상을 올리도록 명한다.

문상이 끝나고 한참이 지난 후, 유비는 관우가 상용의 유봉과 맹달에게 원병을 요청했으나, 이들이 전혀 협조하지 않아 관우가 고립무원에 이르게 되었다는 보고를 받고 분격하며 대신들에게 격정을 토로한다.

"짐이 지금 당장 유봉과 맹달을 불러들여 징벌하겠노라."

이번에도 제갈량을 비롯한 신료들이 유비에게 때가 올 시기까지 기다리도록 간곡히 만류한다.

"지금은 때가 아니라고 여겨집니다. 지금 이들을 소환한다면 주변의 군현들까지 동요할 여지가 있습니다. 잠시만 분노를 참고 기다리시면 기회가 올 것입니다."

유비는 또다시 분노를 삭이며 인내심을 발휘해야만 했다.

16.
불세출 영웅 조조의 죽음과 한중왕 유비의 한

16. 불세출 영웅 조조의 죽음과 한중왕 유비의 한

1) 조조, 천하를 향한 야심을 위해 지은 죄값을 치르다

손권은 관우가 다스리던 남군 강릉, 공안을 점령한 후, 전쟁에 참여했던 장수들과 병사들에게 큰상을 내리고, 축하연을 열어 모든 책사들과 장수, 병사들이 함께 어우러지는 화합의 시간을 보내며 각자의 공로를 치하하던 중, 여몽을 치하하는 순서에 이르러 전에 없던 일대 찬사를 늘어놓는다.

"지난 적벽대전에서 주랑(周郞:주유)은 출중한 전략, 전술로 조조를 놀라게 했으며, 주랑의 뒤를 이은 노숙 자경은 나에게 제왕의 계략을 일러주었는데, 이것이 첫번째 쾌거였소. 조조가 동오를 침공할 때, 모두가 두려워했으나 오로지 자경만이 주랑을 불러들여 조조를 대적하여 물러나게 했으니 이것이 두번째 쾌거라고 생각하오. 이번에 여몽 도독이 뛰어난 계책으로 천하의 관우로부터 형주의 땅을 되찾은 것이 세번째 쾌거인데, 이는 공근이나 자경보다 훨씬 큰 공적을 이룬 것이오. 이에 나는 여몽 도독에게 남군태수 겸 잔릉후를 봉하고 1억전과 황금 5백근을 하사하겠노라."

손권이 여몽을 극찬하며 친히 술잔을 건네자, 축하연에 참석했던 사람들이 모두 여몽의 공적을 함께 칭송한다. 축하연이 끝난 후부터 남군의 재산과 군민의 생명을 책임지는 남군태수까지 겸하게 된 여몽은 정복지 남군의 백성들을 위무하기 위해 혼신을 다한다.

이때, 형주 일대에 대규모 역병이 창궐하여, 손권은 남군태수 여몽과 유수독 장흠으로 하여금 민심을 다독이도록 지시하고, 조세를 감면하는 동시에 백성들에게 구휼미를 배급하도록 배려한다. 여몽과 장흠은 형주 북방에 창궐한 역병에도 불구하고 백성들을 위해 몸을 아끼지 않다가, 과로로 역병에 걸려 이들은 이내 몸져눕게 된다. 손권은 여몽을 공안의 내전으로 들여 명의의 진료를 꾸준히 받게 하며, 만방으로 치료책을 찾아 명의들이 참고하게 한다.

손권은 여몽의 병색을 살펴보고 싶어도 심기를 건드리지 않으려고, 직접 만나려 하지 않고 벽에 구멍을 뚫어, 몰래 여몽의 안색을 살펴볼 정도로 여몽에 대한 깊은 사랑과 애정을 표출한다. 그러나 당대 동오의 최고 명장인 여몽은 손권의 이런 온갖 정성에도 불구하고 219년(건안24년) 12월 말경, 한갓 지역에서 창궐한 역병을 이기지 못하고 42세 한창의 나이에 세상을 떠난다.

손권은 여몽이 타계하자 며칠 밤잠을 이루지 못하고 슬퍼하다가, 유비에게 익주를 강탈당한 유장을 익주목으로 삼아 자귀에 치소를 차려준다. 여몽에게 호의를 받던 유장은 그 덕분에 손권에게서도 예우를 받다가 그 후, 얼마 지나지 않아 병환을 얻어 세상을 떠난다.

여몽은 예주 여남 출신으로 어린 시절 편모슬하에서 어렵게 지내다가 동오로 내려왔다. 여몽은 글을 배우지는 못했으나, 전장에서 공적을 세우면 부귀영화를 누릴 수 있다는 신념으로 손책 휘하의 매형 등당에게 의지하며, 어린 나이 때부터 전장에 뛰어들어 무용을 널리 떨쳤다. 세월이 흘러 여몽의 능력을 알아보고 아끼는 손권이 강력히 권유하여, 30 이립(而立)의 나이에 장흠과 함께 학문에 뜻을 두더니, 일취월장(日就月將)하여 동오에서 명망을 널리 알리게 되었다. 어느 날, 도독이 된 노숙이 여몽을 만나 천하의 일을 논하다가 늦게 학문을 접한 여몽이 하늘을 찌를 듯한 경지에 이른 것을 느끼자, '예전의 여몽이 아니로다(非復吳下阿蒙)'라고 말한다. 이에 여몽이 '선비는 사흘만 떨어져 있어도 눈을 비비고 상대를 살펴야 한다(刮目相對)'라는 말로 응대했다. 여기서 오하아몽(吳下阿蒙:발전이 없는 사람)과 괄목상대(刮目相待:재주나 학식이 눈에 띄게 발전한 사람)이라는 고사성어가 생겨나게 되었다. 이같이 여몽은 부귀를 누리고 명성을 천하에 날리면서도 교만하지 않고, 늦은 나이에도 더욱 자기수양에 힘써 괄목상대라는 고사성어를 만들어 낸 뚝심의 영걸이었다. 헛된 재물에 현혹되지 않고 의를 숭상한 용맹과 지략이 함께 갖추어진 명장으로 후일 동오 최고의 장수로 추앙받게 된다.

유비와의 한중공방전에서 패배한 후, 조조는 고질인 두통이 편두통으로 발전하더니, 손권으로부터 관우의 수급을 받은 이후로는 더욱 악화하여 심신이 쇠약해진다.

　편두통으로 크게 고통을 받던 어느 밤, 조조는 세 마리의 말이 한 마굿간에서 마초를 먹는 꿈을 꾸다가 깨어난다. 꿈이 너무도 기이하여 조조는 이튿날 아침 날이 밝기가 무섭게 가후를 불러내어, 지난밤의 기이한 꿈에 대한 해몽을 구한다.

　"짐이 일전에 세필의 말이 한 마굿간에서 마초를 먹는 꿈을 꾼 적이 있었는데, 그때는 마등과 마초의 부자가 변란을 꾀하는 것이 아닌가 하고 우려하여, 이들에 대한 조처를 철저히 하였던 덕에 아무런 탈이 없이 천하를 평정할 수 있었소. 그런데 어젯밤에도 똑같은 꿈을 꾸었으니, 지금 마등의 위협도 사라진 마당에 이것이 무슨 꿈인지 해몽을 부탁하오."

　가후가 조조를 위무하기 위해 대수롭지 않다는 듯이 조조의 꿈에 대해 해몽한다.

　"세 마리의 말은 위, 촉, 동오를 의미하는 것입니다. 세 마리의 말이 조(槽:마굿간 조로서 조조의 曹와는 같은 발음)로 돌아온 것인데, 이것은 길몽입니다."

　꿈보다 해몽이라고 하더니, 가후는 조조의 병환을 걱정하여 조조에게 좋은 방향으로 꿈을 해몽해 준다.

　"짐은 몸이 쇠약해지더니 이제와서는 쓸데없는 걱정을 많이 하는 모양이오."

조조는 그날 밤, 편한 마음으로 잠자리에 들려고 했으나, 머리가 쪼개지듯이 아파지고 눈앞이 깜깜해지며 현기증이 몰려와서 잠을 이루지 못한다. 밤잠을 설치다가 새벽녘에 잠시 눈을 붙였는데, 지난날 조조에게 수난을 당한 서주정벌 당시의 10만 양민, 관도대전 이후 땅에 생매장을 당한 7만여 명의 포로들이 내지르는 아비규환이 귓전을 때린다.

조조는 악몽을 이기지 못하고 잠자리에서 벌떡 일어나 날밤을 지새우다가, 날이 밝아오자마자 위왕 궁으로 급히 신료들을 불러들인다.

"짐은 요사이 악몽에 시달려 잠을 이루지 못하오. 짐이 어떻게 하면 잠을 편히 들 수 있겠소?"

몇몇 신료들이 조조에게 조심스럽게 권한다.

"천하의 이름난 도사들을 불러들여 제를 올리면 어떻겠습니까?"

조조가 깊이 한숨을 내쉬더니 입을 연다.

"그것 외에는 달리 방법이 없겠는가? 옛 성현이 이르기를 '하늘에 죄를 지으면 빌 곳이 없다(獲罪於天 無所禱也)'라고 하였소. 이미 짐은 천하를 구하기 위해 온갖 다양한 행위를 지었는데, 이제 지난날의 과오에 대해 구원을 기원한다고 무엇이 달라지겠소? 이제 천명이 다했다는 뜻으로 밖에는 달리 방법이 없는 듯하오."

그날 밤, 신료들의 조언을 받아들이지 않은 조조에게 복황후, 동귀인과 두명의 황자와 복완, 동승을 비롯한 수백명의 악령이 차례로 나타나서 조조를 괴롭힌다. 조조는 숨이 차오르고 기운이 떨어져, 몸을 가누지 못할 지경이 되더니 곧바로 정신을 잃고 까무러친다. 며칠 후, 혼절하여 사경에서 헤매다가 깨어난 조조는 죽음이 임박했음을 깨닫고, 다가올 임종을 대비하여 대신들을 낙양으로 불러들인다.

220년(건안25년) 1월의 일이다.

조조는 조홍, 진군, 가후, 사마의 등 대신들에게 왕세자 조비의 왕위승계를 당부하며 조용히 말한다.

"짐이 30여 년 동안을 천하의 군웅과 투쟁할 때, 천운을 받아서 그들을 멸하고 이제는 파촉의 유비와 동오의 손권만이 남아 있는데, 결국은 짐의 능력이 부족하여 이들을 정벌 직전에 풀어주게 되었도다. 짐이 기력을 잃고 다시 일어서지 못하게 된 지금, 경들에게 짐의 후사를 맡겨 천하통일의 대업을 이루도록 하려 하노라. 조강지처 유씨 소생으로 앙이 있었으나, 일찍이 완성에서 장수에 의해 잃고, 황후 변씨 소생으로 네 아들이 있으니 비, 창, 식, 웅이외다. 둘째 창은 용맹하지만 국정을 운영할 만한 왕재의 그릇됨이 모자라고, 셋째 식은 재능과 학문, 경륜 그리고 왕기가 있으나, 방종하고 성실하지 못하여 국정을 맡기기에는 한계가 있노라. 넷째 웅는 잔병이 심해 명을 오래 유지할지 확신이 없도다. 오직 장자 비가 인정이 두터워, 공손하며 성실하고 신중하니 천하통일의 대업을 이룰 만하도다. 경들은 짐을 보좌했듯이 성심으로 왕세자 조비를 보좌해 주기 바라노라."

신료들에게 유언을 남긴 조조는 다시 조비를 향해 유지를 전한다.

"아직 천하가 안정되지 못해, 지난 예법을 따라 장례를 지낼 수는 없도다. 나의 장례식이 끝나는 즉시 모두 상복을 벗도록 배려하라. 병사를 지휘하며 둔영을 지키는 장수들은 임지를 떠나지 말도록 하고, 관리들은 각자 속해 있는 위치에서 직무를 다하도록 명을 전하라. 나는 평상복을 입혀 염하고 금은보화, 옥, 그외 진기한 보물 따위는 절대로 묻지 말라."

조조가 죽은 후, 유언을 따라 장례를 행하는 과정에서, 각종 전쟁으로 인한 노역으로 고통을 받던 병사와 백성들이 소동을 일으키기 시작하고, 이때 역병까지 돌더니 이에 더하여 장패가 조조의 정예 청주병을 이끌고 청주로 돌아가는 사태가 발생한다.

조조의 사후 이런저런 혼란이 발생하자, 위의 대신들은 천하에 변란이 일어날 것을 우려하여 장례의식을 끝까지 이행하는 것을 꺼려함에도 불구하고, 장례의식을 총책임진 가규는 끝까지 장례를 치를 것을 공개적으로 발표하고, 조조의 유언을 밝히며 모든 대신과 관료들에게 문상하도록 청한다.

가규의 결단있는 처신으로 장례가 순탄하게 끝나자, 모든 대신과 관료들이 각기 평정을 찾아가고 있을 때, 일부 청주병들이 북과 징을 치고 나각을 불며 성안으로 진입한다. 깜짝 놀란 대신들이 모여 긴급히 대책을 논의한다.

"왕궁의 친위대를 소집하여 이들을 저지하고, 말을 듣지 않는 자는 토벌해야 합니다."

이때 가규가 대신들을 설득하여 말한다.

"지금 위왕의 시신은 관속에 있고, 아직 후계자가 될 왕은 옹립되지 않았습니다. 이런 위기의 시기에 이들을 강제로 진압한다면 감당할 수 없는 사태로 전개될 수 있습니다. 오히려 이들에게 선왕의 유언을 전하고, 양곡과 약품을 내어주며 위무해야 할 것입니다."

대신들이 가규의 뜻을 따라 장문의 격문을 띄우고 곡창의 문을 열어 식량을 배급하자, 소동을 일으킨 병사들의 소요가 가라앉는다. 이런 와중에도 일부 관료들은 국정의 혼란을 우려하여 긴급회의를 요청한다.

"선왕의 죽음으로 청주병들이 멋대로 군영을 이탈하고, 변방 장수들의 움직임은 예사롭지 않으니, 빨리 믿을 수 있는 선왕의 동향 초, 패현 출신으로 지휘관을 바꾸어야 하지 않을까 생각합니다."

가규가 이 제안을 조심스럽게 거절한다.

"이 문제는 신중히 처신해야 할 중대한 사안입니다."

가규의 신중한 주장에도 신료들 사이에서 반대의견이 분분하자, 위군태수 서선이 가규의 의견에 동조하며 말한다.

"지금 국가는 통일되었고, 일선의 장수들은 추호의 동요도 없이 충성스런 마음을 가지고 있는데, 어찌하여 초,패현의 사람만을 믿고 기용하는 우를 범하여 기존 장수들의 반발을 일으키려 하시오. 이런 발상은 각 요새를 지키는 장군들에게 반란을 사주하는 행위입니다."

이 말을 업성에서 전해 들은 조비는 서선을 사직지신(社稷之臣)이라 칭찬하며, 어사중승으로 승진시키고 관내후에 봉한다. 얼마 후, 월기장군의 직분을 대행하고 있던 조조의 차남 조창이 장안에 주둔하여 북방을 지키던 수만명의 북방 수비대를 이끌고 낙양으로 진입한다. 조창은 성안으로 들어와서 가규에게 단도직입적으로 묻는다.

"지금 부왕의 붕어로 아들들이 모두 슬퍼하는데, 어찌 자식들에게는 부왕의 붕어를 슬퍼할 기회를 주지 않으시오. 지금 당장, 부왕의 옥새가 어디 있는지 밝히시오."

가규가 정색을 하며 대답한다.

"선왕께서는 변방의 장수들은 현지를 철저히 지키라는 엄명을 내리셨습니다. 위에는 이미 왕위를 계승할 후계자가 있으며, 왕위를 이을 왕세자는 지금 업성에 있습니다. 선왕의 옥새는 군후에게 물어볼 수 있는 것이 아닙니다. 오로지 왕위를 이을 후계자만이 알 수 있는 것입니다."

조창은 가규에게 면박을 당하자, 동생 조식에게 찾아가서 꼬임수를 던진다.

"부왕께서 붕어하시기 전에 장안에 있는 나를 쿠르신 것은 아마도 너를 후계자를 삼고, 나를 너의 후원자로 세우려 하심이 아닌가 생각한다."

이에 조창의 꼼수를 읽은 조식이 조창에게 단호한 어조로 대답한다.

"형님은 원씨 형제의 말로를 직접 지켜보시지 않았습니까? 권력을 가진 형제간의 불화는 단순한 가정의 불화로 끝나는 것이 아니라, 국가적 재앙으로 이어지게 됩니다."

이에 조창은 크게 깨달은 바가 있어 군사를 이끌고 영지로 돌아가 선비족의 소요를 평정하는 데 치중한다. 후일, 조창은 이런 공을 인정받아 조비로부터 식읍 1만호를 받고 이후 임성왕에 오른다.

이같이 조비가 위왕을 승계하는 과정에서 중윌이 소란할 때, 손권이 양양과 번성을 차지하기 위해 군사를 일으키려 한다는 소문이 전해진다. 조비는 두려움 속에 긴급히 대책회의를 소집한다.

"선왕께서 붕어하신 지 불과 얼마 되지도 않아 동오가 우리 위를 침공하려 하는데, 어떻게 대처해야 할 것인지 경들의 의향을 듣고 싶습니다."

대부분의 신료들이 이구동성으로 말한다.

"아직 정국이 안정되지 않아 불안한 이때, 번성과 양양에는 지난 전란으로 인해 백성들의 삶이 피폐하고 양곡이 없어 적을 막을 수가 없습니다. 손권과의 전쟁은 피하는 것이 상책이라 생각됩니다."

이때 사마의가 극렬히 반대하여 말한다.

"지금 왕권이 안정되지 않아 정국이 불안한 것은 사실이지만, 손권은 이제 막 관우를 몰아내어 아직 군사가 정비되지 않은 관계로, 위국에게 등을 돌리려 하지 않을 것입니다. 국정과 군사를 분리하여 대처하면 얼마든지 적군을 물리칠 수 있습니다. 양양은 수륙의 요충이며 중원을 지키는 요새지입니다. 양양과 번을 버려서는 절대로 아니 됩니다."

조비가 잠시 고민에 빠지는 듯하더니 이내 뜻을 밝힌다.

"지금은 국정의 안정에 혼신을 기울여야 할 때라고 생각합니다. 일단 양양과 번성을 불태우고 주변을 초토화한 후, 조인장군을 완성으로 물러나서 중원을 지키도록 명을 전하십시오. 왕권이 안정된 후, 다시 양양과 번성을 찾아오도록 하겠습니다."

조비가 사마의의 반대에도 불구하고 자신의 뜻을 추진한다. 애초부터 위와 각을 세울 생각이 없었던 손권은 양양과 번성을 공격하는 대신, 양양 이남의 땅인 강릉, 공안, 이릉, 의도 등을 복속시키고 치소를 공안에서 악성으로 옮긴 후, 무창, 하치, 심양, 양신, 시상, 사이 여섯 현을 묶어 무창군으로 만들고, 치소(治所) 악성의 이름을 무창으로 변경한다.

6월이 되어 왕권을 어느 정도 안정시켰다고 생각한 조비는 조인과 서황을 선봉으로 삼고 친정 길에 오르고자 한다. 이때 손권은 조비가 동오를 정벌하기 위해 친정에 오르려 한다는 소문을 듣고, 곧바로 중신들을 불러들여 대책회의를 연다.

"우리가 예상했던 것보다 빨리 위국이 안정되었는지, 조비가 동오를 정벌할 계획을 세웠다고 하는바, 과연 우리가 취할 방향은 어떻게 정하는 것이 좋겠소?"

모두가 입을 다물고 있는 가운데 장소가 앞으로 나서며 주변의 정세를 설명한다.

"지금 위는 뛰어난 인재들의 내조를 받아 조비는 조조 당시의 영향력을 거의 회복했다고 여겨집니다. 따라서 조비가 친정에 임한다면 우리는 적벽대전이나 합비전투와 같은 대단위 전란에 휘말리게 될 것입니다. 이러한 때에 우비는 관우의 복수를 하겠다고 동오에 대한 칼을 갈고 있습니다. 거기장군께서 위의 침략에 대항하여서는 유비와 동맹을 맺어 조비의 친정을 막아야만 위기를 벗어날 수 있을 터인데, 유비는 조비의 왕권이 안정되었음을 인지하여 감히 위는 넘보지도 못하고, 그 대신 형주 북방을 되찾고 관우의 복수를 하겠다는 명분으로 조비의 친정을 틈타서 동오를 상대로 군사를 일으킬 것은 자명한 일입니다."

손권도 유비의 보복을 우려하여 말한다.

"나도 그 점을 우려하고 있었소? 무슨 대책이라도 생각해 보셨습니까?"

"이를 타개할 방법은 소리장도(笑裏臟刀)계책이 최적의 전략이라고 여겨집니다. 장군이 스스로 조비에게 신하가 되기를 청하여 귀한 물품을 공물로 바쳐 이들을 안심시킨 후, 내부적으로는 조비에게 대적할 기반을 구축하여 위를 역습할 기회를 포착하는 것이 현실적으로 가장 합당하다고 봅니다."

손권은 중진회의에서 논의된 전략을 채택하고자, 치소(治所)인 무창에 대규모로 성을 축성하며, 주변 남양군의 축양, 음, 찬, 산도, 중려 다섯개 현의 백성 5천호를 무창으로 이주시킨다.

2) 한중왕 유비, 가슴에 맺힌 통한으로 유봉을 처결하다

유비는 관우의 죽음에 대한 분노로 격노하여 즉각적으로 유봉과 맹달을 응징하려 했으나, 때가 아닌 만큼 유봉과 맹달을 징벌할 날을 기다리며 참고 있던 중, 조비가 동오로 친정을 나설 것이라는 소문을 듣고 분위기가 무르익는 듯하자, 유봉과 맹달을 성도로 불러들이려 한다.

이때 제갈량 등이 다시 진언을 올린다.

"유봉과 맹달을 성도로 불러들일 경우, 이들은 자신들이 저지른 과오가 있어 위로 투항할 수도 있습니다."

"그렇다면 이들을 이대로 용서해야 한다는 말이오?"

이에 제갈량이 신중하게 자신의 생각을 피력한다.

"이들이 눈치채지 못하도록 조금 더 시간적 여유를 두고 기다리다가, 조비가 확실히 친정을 택할 때 적당한 시점에 이들을 성도로 불러들이는 것이 최선책이라고 생각됩니다."

유비는 제갈량의 간언에 분노를 삼키고 다시 때가 오기를 기다린다. 이런 와중에 상용에서는 유봉과 맹달이 서로 불화하더니, 3개군의 총괄 지휘권을 지닌 유봉이 맹달의 질주를 경계하여 군악대까지 빼앗아서는 자신의 휘하에 편입하는 등으로 맹달을 경멸하고 하대한다.

맹달은 그동안 유비로부터 관우의 죽음에 대한 책임을 추

궁당할 것을 두려워하고 있었는데, 유봉으로부터 받는 인간적 모멸감이 함께 겹치자 치밀어 오르는 부아를 참지 못하고, 유봉에게서 벗어나 위나라로 투항할 것을 결심한 후, 유비에게 작별편지 1장만을 남긴 채, 자신을 따르는 부곡 4천여 가를 이끌고 위나라로 귀순한다.

맹달이 귀순을 청하자, 조비는 이미 맹달에 대한 명성을 듣고 있었던지라 그를 반기어 맞이한다.

"우리 대신 중에는 장군을 악의에 비견하는 사람도 있는만큼, 짐은 그대의 투항을 진심으로 축하하여 건무장군에 임명하고 평양정후에 봉하노라. 동시에 상용군, 방릉군, 서성군 3개군을 합병하여 신성군으로 만들겠으니, 그대는 상용을 탈환하고 신성태수가 되어 서남방의 방비를 맡아주시오."

이때 사마의와 유엽이 극렬히 반대한다.

"맹달은 결코 믿을 수 있는 장수가 아닙니다. 전하께서는 맹달을 경계해야 합니다."

조비는 오히려 맹달의 등을 어루만지며 자신있게 말한다.

"맹달장군은 결코 나를 해치려 유비가 보낸 자객은 아닐 것이오. 그대들은 맹달장군의 기풍과 인상을 잘 살펴보시오. 자도는 결코 배반할 사람이 아니오."

조비는 맹달의 뛰어난 풍모를 치켜세우며 사마의와 유엽을 설득한다. 얼마 후, 조비는 하후상을 불러 맹달을 소개시키고 하후상의 휘하에 두게 한다. 맹달을 만나 한동안 상용의 사정을 파악한 하후상은 이 자리에서 조비에게 건의한다.

"전하께서 서황장군과 맹달장군을 소장에게 딸려주신다면, 소장은 유봉에게 빼앗긴 상용을 되찾아올 수 있으리라 확신합니다."

조비는 하후상의 건의를 호의적으로 받아들이며 맹달에게 묻는다.

"장군은 유봉에 대해 골수 깊이까지 알고 있으리라 생각하오. 장군은 승리할 수 있는 비책이 있소?"

맹달이 자신이 있다는 듯이 대답한다.

"유봉은 유비의 양아들로 자신의 입장에서 어쩔 수 없이 상용을 지키고 있으나, 관우의 죽음에 대한 책임이 있어 언젠가는 추궁당할 것을 각오하고 있습니다. 이점을 겨냥하여 소장이 유봉을 회유하겠습니다. 설혹 이 회유책이 성공하지 못하여 유봉이 소장의 뜻을 따르지 않더라도, 그는 전력을 다해 아군에게 저항할 수는 없을 것입니다."

조비가 크게 기뻐하며 상용을 정벌하도록 명령을 내린다.

"짐이 정남장군 하후상을 총사령관으로 삼고, 우장군 서황과 건무장군 맹달에게 명하노니, 상용을 쳐서 한중을 도모할 기저를 구축하시오."

조비의 명을 받은 하후상이 상용에 당도하여 진형을 구축한 후, 하후상은 맹달이 유봉에게 작금의 정세와 개인의 신변에 관한 서신을 전하게 한다.

"나는 지난날 장군과 반목하여 상용을 떠나 위에 귀의하였으나, 위왕께서는 인재를 중시하여 나와 같은 사람도 중용하였소. 내가 감히 말하건대, 장군도 나와 같이 위에 귀의하여 일신의 안전을 구하기 바라오. 장군은 한중왕의 수양아들이라는 가느다란 연줄에 목이 매여 관우장군의 죽음에 대한 추궁이 없으리라 스스로 위로하겠지만, 이미 한중왕은 태자를 유선으로 세운 마당에 친자식도 아닌 장군을 관우장군보다 더욱 중시할 이유가 없소. 장군이 친부모를 따르지 않고 남의 양자가 된 것은 예의(禮)가 아니며, 화가 닥칠 것을 알면서도 대비하지 않는 것은 지혜(知)가 아니며, 바른길을 알고도 머뭇거리는 것은 의(義)가 아닙니다. 이 말의 뜻을 알아차린다면, 위왕께 투항하여 신상을 안전하게 보장받기 바라오."

맹달의 서신을 받은 유봉은 사자 앞에서 서신을 찢어버린다. 유봉은 즉시 성 밖으로 군사를 이끌고 나와 장사진(長蛇陣)을 형성하여 하후상의 군사들과 대치하자, 하후상은 서황과 맹달을 불러들여 전략을 세운다.

"나는 상용성을 포위하여 성을 점령하겠습니다. 맹달장군께서는 유봉과 일전을 벌여 유봉을 제압하십시오. 서황장군께서는 유군으로 대기하다가 내가 상용성에 대한 공격을 시작하면 나와 합류해주시고, 맹달장군께서 유봉과 격전이 벌어지게 되면 그때는 맹달장군을 도와 전투에 임해 주시기 바랍니다."

하후상의 지시를 받은 맹달이 병사들을 이끌고 일자진(一

字陣)을 이루어 유봉의 진형과 대치하자, 유봉은 기병으로 맹달의 보병 중앙을 치고 들어가 진형을 휘저으며 맹위를 떨친다. 맹달이 선봉을 막으면 장사진 후미의 병사들이 밀려들고, 맹달이 이를 피해 중간을 공략하면, 장사진 앞뒤의 병사들이 이들을 포위하여 맹달의 진형이 붕괴되자, 맹달은 짐짓 힘에 부친 듯 성의 서쪽으로 도주한다. 유봉이 신속히 군사를 몰아 도망치는 위군의 후미를 도륙하면서 맹추격을 벌인다.

이때 서황이 대기하고 있던 군사를 이끌고 달려들어 유봉의 퇴로를 막고 후미를 공격하자, 짐짓 퇴각하는 척하던 맹달이 군사들을 되돌려 유봉의 군사들을 협공하기 시작한다. 하후상의 본진은 상용성을 에워싸고 신의가 지키는 상용성을 공략하다가, 유봉과 맹달의 전투가 만만치 않음을 알게 된다. 하후상은 성을 공격하는 대신 싸우지 않고 전투를 빨리 매듭짓고자, 상용성을 지키는 신의에게 투항을 권유한다.

"상용태수 신의는 시간을 끌지 말고 속히 투항하라. 지금 즉시 투항을 한다면, 내가 취할 수 있는 최대한의 보답을 추호도 아끼지 않고 배려하겠다. 성안 백성들의 안위와 생명은 오직 태수의 초기 결단에 달려 있노라."

하후상이 획기적인 권유로 신의를 설득하자, 대초부터 힘에 굴복하여 유봉에게 항복했던 태수 신의는 성문을 열고, 이번에는 다시 위나라 하후상에게 순순히 투항을 청한다. 하후상까지 신의의 투항을 받아낸 후 유봉을 공격하는데 합류하자,

유봉은 세 방면에서 공략하는 위군의 협공을 견뎌내지 못하고, 신의가 배반했음을 알지도 못한 채 상용성을 향해 달아난다. 성문 앞에 당도한 유봉이 수문장을 향해 소리를 지른다.

"수문장은 속히 성문을 열라."

그러나 이미 하후상에게 항복을 한 신의가 성루에서 유봉에게 큰소리로 외친다.

"그대는 장수들의 건의를 묵살하고 독단적으로 군무를 전횡하더니, 오늘 이런 지경이 될지를 몰랐는가? 나는 이미 위에 투항하였으니, 그대는 속히 상용을 떠나 이 근처에는 얼씬도 하지 말라."

유봉은 분노가 치밀어 올라 신의를 공격하려 하나, 바로 뒤에서 위의 대군이 몰려오자 방릉을 향해 도피한다. 하지만, 방릉을 통하는 길목마다 서황의 군사들이 포진하여 있고, 신의까지 배반하여 오도가도 못하게 된 유봉은 할 수 없이 성도를 향해 말을 달린다. 며칠 밤낮을 쉬지 않고 말을 달려 한중에 당도한 후, 다시 힘을 비축하여 성도로 향한 유봉은 즉시 유비에게 불려간다.

"너는 어찌하여 맹달을 핍박하고 경멸하여, 맹달이 위로 투항하도록 만들었는가?"

"맹달은 상용을 정복하는데, 공이 크다는 이유로 교만하여 상하로 불화를 일으켰습니다. 소자가 이를 여러 차례 지적하였으나, 자신의 고집을 굽히지 않아 어쩔 도리 없었습니다."

"그렇다면 지난날 전장군이 그렇게도 애타게 원병을 청할 때, 너는 어찌하여 지원병을 보내지 않고 방치하여 전장군이 죽음에 이르도록 하였느냐?"

"그 당시에는 상용이 정비되지 않아 위병의 공격을 대비하는 데도 힘이 벅찼을 뿐만 아니라, 맹달의 움직임 또한 수상하여 운장 군후께 원병을 지원할만한 상황이 아니었습니다."

유비는 격노하여 목청을 높이며 말한다.

"너는 일의 선후(先後), 경중(輕重), 완급(緩急)을 모르느냐? 이를 판단하지 못한다는 것은 장군의 5대 덕목으로 지, 신, 인, 용, 엄(知,信,仁,勇,嚴)의 어느 것도 갖추지 못한 필부일 뿐이다. 짐은 너를 도저히 용서할 수가 없구나."

유비의 분노가 상상할 수 없을 정도라는 것을 느낀 유봉이 눈물을 흘리며 용서를 빈다.

"소자, 큰 죄를 저질렀습니다. 부왕께 용서를 구합니다."

유비가 잠시 분을 삭이며 허공을 쳐다보자, 제갈량이 유비에게 접근하여 귓속말로 자신의 뜻을 전한다.

"전하, 유봉은 성정이 강직하고 용맹하여 이번 기회에 정리하지 않으면, 향후 후계문제로 큰 화가 미칠 수 있습니다. 마음이 아프시겠지만 용단을 내리셔야 합니다."

유비는 제갈량의 말에 혼돈된 마음을 정리하고 유봉에게 명령한다.

"유봉은 스스로 자진하라."

유비가 눈물을 흘리며 냉정하게 돌아서자, 유봉은 하늘을 쳐다보고 탄식하여 말한다.

"맹달 자도의 말이 옳았도다. 그의 말을 받아들이지 않은 것이 한스럽구나."

유봉은 탄식과 함께 할복으로 생을 마감한다.

17.
황위를 선양받는 조비, 황제로 등극하는 유비

17. 황위를 선양받는 조비, 황제로 등극하는 유비

1) 후한 황제 헌제가 황위를 조비에게 선양하다

하후상이 서황과 맹달을 이끌고 상용, 서성, 방릉 등 3개군 9현을 회복하여 서남방면의 국방이 안정을 이루면서, 위의 신료들은 조비가 황위를 선양해야 한다는 여론을 지피기 시작할 때, 가을이 되어서부터 세간에서 조정으로 기이한 보고가 계속적으로 들어오기 시작한다.

"최근 석읍현에 봉황이 출현했으며, 임치성에는 기린이 나타나고, 업에서는 황룡이 하늘을 뚫고 하늘로 올라가는 기이한 현상이 계속 일어나고 있습니다."

경향 각처에서 상서로운 보고가 잇달아 들어오자, 조정에서는 태사승 허지, 중랑장 이복 등이 모여 상의를 한다.

"이런 상서로운 징조들이 나타나게 된 것은 모두 위(魏)에 천명이 서린 것을 의미합니다. 천자께 이를 고하여 '천명이 한(漢)을 떠났으니, 위왕(魏王)에게 황위를 넘기는 제위선양(帝位禪讓)의식을 행하라'라고 주청해야 할 것입니다."

태사승 허지, 이복은 어사대부 왕랑과 상국 화흠에게 찾아가서 천하의 분위기를 전하고 제위선양을 행할 시기임을 알린다. 이에 어사대부 왕랑과 상국 화흠은 문무대신들을 청하여 함께 헌제를 알현하고 제위선양을 청한다.

"황제 폐하. 위왕이 왕위에 오른 이후, 공덕이 천하에 두루 퍼지고 인자한 품성이 백성들에게 고루 미치어, 고금을 통틀어 이보다 태평한 시절이 없었다고 합니다. 천명도 위왕에게 운세를 전하는지, 지난 8월에는 석읍현에서 봉황이 나타나고 임치성에는 기린이 출현했으며, 업에서는 황룡이 하늘을 오르는 신기한 현상이 일어나고 있습니다. 이는 새로운 황조의 출현을 예고하는 하늘의 뜻입니다. 바라옵건대 폐하께서는 요순의 순리를 본받으셔서 종묘와 사직을 위왕에게 선양하시옵소서. 이 길이 하늘의 뜻을 받드는 것이고, 백성의 안위를 위하는 일이며, 폐하께는 천수를 누리는 홍복이 될 것입니다."

헌제는 하루하루를 불안 속에서 지내다가 드디어 올 것이 왔다는 심정으로 소회를 토로한다.

"한고조께서 삼척검(三尺劍)으로 백사(白蛇)를 베어 의를 세운 후 진을 멸하고, 초패왕을 해하(垓下)에서 크게 무찔러 한황조를 세우신 이래 4백년이라는 세월이 흘렀소이다. 짐이 비록 덕은 없으나 특별한 과오도 없이 짐의 시대에 종묘사직을 파한다면, 죽어서 어찌 선황들을 뵐 수 있겠소?"

태사승 허지가 헌제에게 아뢴다.

"소신이 천문을 살피는 소임을 맡고 있는바, 지난밤에 건상(乾象:하늘의 현상과 해와 달, 별이 돌아가는 이치)을 보았습니다. 한의 기운이 쇠하고 폐하의 제성(帝星)도 빛을 잃었습니다. 반면에 위의 기운은 건곤과 함께하여 무궁무진하기를 일반 도참에서 떠도는 예언과도 같았습니다. 도참에 이르기를 '귀(鬼)가 위(委)의 곁에 있으니 한을 대신할 것이고, 언(言)은 동쪽에 있고 오(午)는 서쪽에 있어, 2개의 해(日)가 서로 빛을 발하며 위아래로 옮겨 다닌다'라고 했습니다. '귀가 위의 곁에 있다'라고 함은 바로 위(魏)를 뜻하는 것이고, '언이 동쪽에, 오가 서쪽에 있다'라 함은 허(許)를 나타내며, '2개의 해가 빛을 아울러 위아래로 옮겨 다닌다'라고 함은 창(昌)을 일컫는 것입니다. 이것이 의미하는 것은 위(魏)가 허창(許昌)에서 한(漢)을 계승한다는 뜻입니다."

헌제가 아무런 대꾸도 하지 못하고 묵묵부답으로 있자, 어사대부 왕랑이 간곡히 청하여 말한다.

"황제 폐하, 천하의 이치는 성(盛)하면 언젠가는 쇠(衰)하게 되고, 꽉 차면 언젠가는 이지러지게 마련입니다. 한실이 4백여 년을 이어왔으나, 이제 폐하의 대에 운수가 다한 것이니, 천명이 다했을 때 자연스럽게 제위를 선양하게 되면, 주변 어떤 누구도 피해를 당하지 않을 것이며, 폐하와 가족의 천수는 세세대대로 보장이 될 것입니다."

헌제는 자신에 이르러 한실의 종묘사직이 무너지는 것은 억장이 무너지는 굴욕이기는 하나, 대신들이 진심으로 황제의 안위를 걱정하는 모습을 보고 마침내 선양할 뜻을 굳힌다.

"짐이 위왕에게 제위를 선양할 테니, 짐의 주변 인물들의 생명과 재산, 안위는 반드시 보존해 주도록 위왕에게 간곡히 청하여 주기 바라오."

헌제의 제위선양 의사를 받은 왕랑과 화흠이 조비에게 헌제의 뜻을 전하자, 조비는 극구 제위선양을 거부한다.

"천하가 아직 안정이 안 되었는데 지금, 짐이 한실을 선양 받으면 천하의 이목이 순수하지 않을 것이오."

왕랑이 조심스럽게 입을 연다.

"평화적 제위선양을 탓하는 자가 있다면, 이는 천하의 혼란을 틈타 자신들의 이익을 추구하고자 하는 무리일 것입니다. 위왕 전하께서는 황위를 받아들이고 이후, 황제 폐하를 순리로 보호한다면 어느 누구도 전하를 탓하지 않을 것입니다."

왕랑과 화흠의 간곡한 청에도 조비는 헌제의 제위선양을 받아들이지 않는다. 이에 왕랑과 화흠은 조정으로 문무대신을 모두 불러들여 조비의 의중을 알린다.

"황제께서 천하의 변혁과 안정을 위해 위왕 전하께 선양의 뜻을 전하셨으나, 위왕께서 이를 거절하고 있습니다. 이에 대해 대신들의 깊은 뜻을 묻고자 합니다."

자리에 참석한 문무대신들이 이구동성으로 말한다.

"위왕 전하께서 제위선양을 통해 일어날지도 모르는 천하의 비난을 우려하여 이를 거부한다면, 후일 천하는 이보다 더욱 큰 혼란에 휩싸이게 될 것입니다. 황제 폐하의 안위를 보장하기만 한다면 어떤 누구도 반대할 사람이 없으며, 반대하는 자가 있더라도 이는 천하의 분열을 바라는 자의 소행으로 매도될 것입니다. 위왕께서 평화적 선양을 받아들이실 때까지 계속 간청해야 할 것입니다."

화흠과 왕랑이 대신의 총의를 다시 조비에게 청하자, 조비는 세번째 청을 받은 후에야 헌제의 제위선양을 받아들인다. 헌제는 번양에 터를 마련하여 3단의 높은 대를 쌓아 수선대(受禪臺)라 이름을 짓고, 문무백관을 소집하여 제위를 선양하기로 결정한다.

220년(황초 원년) 10월28일, 후한의 마지막 황제인 헌제는 위왕 조비와 함께 수선대에 올라, 문무대신들과 어림호분 금군이 삼엄하게 경비를 서는 자리에서 친히 조비에게 옥새를 건네고, 곧이어 헌제가 제위를 선양하는 칙서를 낭독하기 시작한다.

"옛 요임금은 순임금에게 제위를 선양하고, 순임금은 다시 우임금에게 선위하였던바, 천명은 한곳에 머물지 않고 항상 권위와 덕이 있는 자에게 순환되었다. 작금 한황실의 권위가 쇠하여 천하가 혼란을 겪더니, 급기야 짐의 대에 이르러서는 전란이 끊이지 않았고, 흉악한 무리들이 벌떼처럼 들고일어나 천하 백성들의 삶이 도탄에 빠지게 되었도다. 다행히 위왕의 뛰어난 공적에 힘을 입어 천하의 난이 평정되고 백성을 안전하게 보전하게 되었으니, 이것이 어찌 한 사람만의 복이라고 하겠는가. 온 천하가 위왕으로부터 그 홍복을 입었으나, 짐은 선대의 공을 계승하여 그 공덕을 기리며 문무의 대업을 다시 새기고 선조의 공적을 밝히려고 여태까지 한황조를 이끌어 왔도다. 그러나 짐이 부덕하여 그 뜻을 헤아리지 못하고 일찍이 양위하려 했으나, 모두들 '요순의 조화로움을 본받으라' 하여 오늘에 이르렀노라. 이제 때가 되었으니 짐은 옛 요임금과 순임금을 좇아 위의 무왕에게 제위를 선양하고자 하노라.

아아! 천명이 그대에게 있으니, 무왕은 삼가 대례를 받들어 천하를 이어받고 엄숙히 천명을 따르라."

헌제의 칙서 낭독이 끝난 후, 위무왕 조비는 선위의 대례를 치루고 황위에 오른다. 뒤이어 문무백관들이 수선대 아래에서 조례를 드림으로써 제위선양 의식이 끝나자, 조비는 연호를 황초 원년으로 고치고 국호를 대위라고 한 후, 조조에게 태조 무황제라는 시호를 추존하고 온 천하에 대사면령을 내린다.

조비가 헌제에게 평화적 양위형식을 통하여 황위를 선양받음으로써, 한나라는 4백년 사직이 일거에 무너진다.

황제로 즉위한 조비는 헌제를 산양공에 봉하여, 선황에 대한 예로 대우하고, 황제가 된 조비 자신에게도 예를 갖추지 않아도 되는 특전을 내리는 동시에 하내군 산양현에 식읍 1만호를 하사한다. 그러나 이런 사실은 조비를 폄훼하려는 무리들에 의해 왜곡이 되어, 촉한에 이르러서는 헌제가 살해되었다는 헛소문으로 널리 퍼지게 된다.

"조비가 헌제를 시해하고, 낙양에 새로이 궁궐을 짓고 이어 하려고 한답니다."

이런 사태가 일어나자 유비는 재빨리 대응할 태세를 마련하게 하고, 즉시 파촉 전역에 헌제가 조조에게 시해를 당했다고 공포하며, 상복을 입고 발상하여 낙양을 향해 제를 올리고, 헌제에게 효민황제라는 시호를 올리는 예식을 행한다.

2) 유비, 대위 조비에 대척하여 촉한 황제로 등극하다

헌제가 조비에게 황위를 선양했다는 소문을 들은 의랑 양천후 유표, 청의후 상거, 편장군 장예, 황권 등 주로 익주 출신 관료들이 유비에게 상서로운 조참을 거론하며 황위에 오를 것을 권한다.

"낙선견요도에 이르길 '적가의 세 태양은 덕이 창성해서, 9世에 비를 만나니 황제가 되는 때로 삼기에 조합하다'라고 합니다. 이때 세 태양이라 함은 한고조, 광무제, 한중왕을 의미합니다. 지금 황위에 오르시어 위에 대항한 정통성을 차지하셔야 합니다."

"경들은 나를 불충한 사람으로 만들려 하오?"

유비는 아직 때가 되지 않았다고 생각하여 이를 허락하지 않는다. 이듬해 봄에도 태부 허정, 군사장군 제갈량, 안한장군 미축 등 문무백관 8백여 명이 유비에게 황위에 오르도록 간청하는 상주문을 올린다.

"조비가 황위를 찬탈하고 황제를 시해하며 한실을 붕괴시켜, 천하의 사람이나 귀신 모두가 조씨를 경멸하고 유씨를 그리워합니다. 지금 위로는 정통의 천자가 없어 천하가 놀라고 두려워하나 우러러볼 곳이 없습니다. 이제 황위에 오르시어 천하를 구하시기를 바랍니다."

유비는 또다시 허락하지 않고 청을 물리치자 며칠 후, 제갈량이 유비와 독대하여 진언한다.

"후한 초, 경순이 광무제 유수에게 권유하기를, '천하의 영웅이 따르는데 제위에 오르지 않으면, 종국에는 아무도 따를 자가 없을 것이라' 하여, 마침내 광무제가 황위에 올랐습니다. 대왕께서 유씨 일족으로 황위에 오르지 않는다면, 대왕을 따라 부지런히 힘쓴 자들이 종국에는 공과가 없어짐을 우려할 것입니다."

결국 유비는 제갈량의 제안을 받아들여 221년(장무 원년) 4월6일 황위에 오르게 된다. 유비는 오씨를 황후로 봉하고 연호를 장무라 했으며, 유선을 황태자로, 차남 유영을 노왕으로, 삼남 유리를 양왕으로 봉하고, 제갈량을 승상으로, 허정을 사도로, 진복을 학사로 임명하고, 문무백관에게 그 공과에 따라 관직을 제수한다.

황제가 된 유비는 첫 조회에서 관우의 죽음을 복수하기 위해, 동오의 손권과의 일대 대결전을 불사할 것을 밝힌다. 이때 종사좨주 겸 장수교위 진밀이 간언하여 말한다.

"지금 손권과 일전을 벌이는 것은 천시(天時)로 보아 아무런 이득이 없을 것입니다. 지금 전쟁을 벌인다면 패배할 것입니다. 재고해 주시기 바랍니다."

유비가 정색을 하며 말한다.

"촉한이 출범하여 천하의 민심이 우리에게 쏠려있는 지금,

관우의 복수를 하고 손권을 복속시키지 않으면 다시는 관우의 복수를 할 기회가 없을 것이다. 불경한 입을 함부로 놀린 이 자를 옥에 가두어라."

옥에 끌려가는 진밀을 바라보던 조운이 진밀의 말에 의미를 두며 힘을 실어 준다.

"폐하, 우리 촉한의 적은 위나라이지, 동오의 손권이 아닙니다. 먼저 위를 멸망시키면, 동오는 자연히 굴복할 것입니다. 지금 손권과 일생일대의 대전을 벌이게 되면, 위의 조비는 어부지리를 노리려고 할 것입니다."

제갈량이 조운의 말에 고개를 끄떡이며 동조한다.

유비는 첫 조회에서의 분위기로 보아 대신들이 쉽게 손권에 대한 전쟁을 용인할 것 같지 않자, 전령을 보내 파서 낭중에 있는 장비를 성도로 불러들인다. 유비는 장비를 거기장군으로 임명하여 단순한 무장이 아닌 정치적 군인으로 삼고, 사례교위 겸 서향후, 낭중목에 봉한 후, 장비와 함께 관우의 복수에 대한 문제를 논의하기 시작한다.

"아우는 운장의 복수에 대해 어찌 생각하느냐?"

공적인 신분을 떠나, 사적인 친분을 바탕으로 허심탄회하게 말하는 유비의 말에 장비가 당연하다는 듯이 말한다.

"만시지탄(晚時之歎)입니다. 형님께서는 진작에 관우형님의 복수를 감행하셨어야 했습니다. 지금이라도 늦지 않았으니, 빨리 거병하여 관우형님의 원을 풀어주십시오."

장비의 간곡한 청에 힘을 얻은 유비는 장비에게 긴급히 명을 하달한다.

"닷새 후, 상서(湘西:서쪽의 남군, 무릉, 영릉)의 정벌에 나설 예정이니, 아우는 대도독이 되어 선봉에 설 만반의 채비를 갖추고, 채비가 끝나면 병사 1만을 이끌고 강주에서 합류하도록 하게. 그에 더하여 짐이 개인적으로 형의 입장에서 아우에게 부탁하건데, 최근 아우가 분노를 조절하지 못하고, 장수나 군사들에게 너무 가혹하게 군령을 집행하여, 수하들이 두려움에 떨고 있다는 소문이 있네. 물론 운장의 죽음이 아우에게 참을 수 없는 고통이겠지만, 분노를 조절하지 못하면 이는 아우 스스로 화를 부르는 길이니 항상 근신하시게"

유비의 당부를 받고 파서군 낭중(閬中)으로 되돌아온 장비는 곧바로 군수담당관 범강과 장달을 불러 명령을 하달한다.

"그대들은 사흘 이내로 장수와 병사들이 입을 흰 깃발과 흰 갑옷을 준비하라."

장비의 엄명을 받은 범강과 장달은 갑옷과 가죽신을 만드는 갖바치를 수배하여 물품의 공급 여부를 물어보지만, 이들은 한결같이 공급날짜를 맞추기가 어렵다는 말을 듣고, 장군부를 찾아와서 장비에게 현실을 고한다.

"갖바치들이 1만에 이르는 병사의 흰 갑옷을 사흘 내에 만들기는 어렵다고 합니다. 조금 더 시간적 여유를 주십시오."

장비가 버럭 화를 내며 말한다.

"사흘 후에 군후의 보복을 위해 출정할 예정인데 그때까지 흰 갑옷을 만들지 못한다면, 어떻게 군후를 추도하는 전쟁을 펼칠 수 있겠는가? 이유 여하를 불문하고 사흘 내로 흰 깃발과 흰 갑옷을 만들어, 천하에 촉한이 군후를 추모하는 전쟁에 나서고 있음을 부각시키도록 하라. 너희가 군령을 어기면 그때는 가차없이 목을 벨 것이다."

범강과 장달은 냉정하고 가혹한 장비의 성품을 아는지라 크게 겁을 먹고 자리에서 물러난다. 이들은 전 지역에 퍼져있는 갓바치를 총동원하여, 장비의 지시를 이행하기 위해 노심초사한 덕에 흰 깃발은 명령대로 완성이 되었다. 그러나 흰 갑옷은 도저히 주문 일정을 마치기 어려워짐을 재확인하고 다시 장비를 찾아가서 무릎을 꿇고 사죄하며 청한다.

"장군, 전 지역의 갓바치를 총동원하여 흰 깃발을 주문 완료했으나, 흰 갑옷은 명하신 날에는 도저히 완료하기가 어렵습니다. 조금 더 시간적 여유를 주십시오."

"이놈들이 평소에도 근무를 태만하더니, 결국에는 결정적인 순간에 나를 곤혹스럽게 하는구나."

장비는 다짜고짜 지휘봉으로 이들을 마구 후려치면서 고함을 지른다.

"내일 아침 진시(辰時) 출정식 때까지 흰 깃발과 흰 갑옷을 준비하지 못하면, 군령을 어긴 죄로 네놈들의 목을 먼저 베겠노라."

코피 터지게 얻어맞은 두 사람은 군막으로 돌아와서 함께 신세를 타령하기 시작한다.

"오늘 장비에게 인격적으로 개망신을 당하는 매질을 당했는데, 이보다도 내일 벌어질 일이 끔찍하오. 냉혹한 장비는 군령을 핑계로 삼아 시범적으로 우리를 처단하여, 병사들에게 일벌백계로 군령을 세우려 할 것이오."

장달의 하소연에 범강이 마지막 희망의 끈이라도 잡으려는 심정으로 말한다.

"아무리 그래도 사흘 동안에 1만에 달하는 갑옷을 만드는 일이 어렵다는 것을 거기장군 장비뿐만 아니라, 성안의 모든 사람들이 다 알고 있는데 목숨까지 빼앗겠소?"

장달이 독기를 품고 대답한다.

"그대는 장비의 냉정하고 가혹한 성품을 잘 알지 않소? 얼마 전에도 자기의 분노를 참지 못해, 사소한 실수를 저지른 장수를 참수형에 처한 적이 있지 않소?"

"그럼 우리가 어찌해야 이 위기를 벗어날 수 있겠소?"

"그자가 깊은 잠이 들었을 때, 그자의 수급을 베어 동오로 달아납시다. 마침 평소에는 술을 극도로 절제하던 인간이 오늘은 무슨 연유인지 낮부터 술을 마시면서 고뇌에 빠져들었다 하오. 이는 하늘이 우리를 구원하심이오."

서로의 의중이 합치한 두 사람은 축시(丑時)가 되자, 장군부에 들어 경호병에게 일정을 위한 장비와의 면담을 청한다.

"장군께서 내일 출정식에 관해 긴히 상의하실 일이 있다고 하여 장군을 뵈러 왔네."

"이 깊은 밤에 장군을 깨우면 우리가 크게 질책을 받게 될 텐데, 해가 밝아서 다시 뵈면 어떨까요?"

"그 점은 우려하지 말게. 거기장군께서 우리를 긴히 부르신 만큼, 우리가 안에 들어가서 장군께서 깨어나실 때까지 기다리다가, 장군께서 깨어나시면 그때 상의하도록 하겠네."

경호병이 두 사람의 입실을 묵인하자, 이들은 장비가 잠들어 있는 방 안으로 들어간다. 이들은 조심스럽게 장비의 침상 앞으로 다가가다가 깜짝 놀라 제자리에서 몸이 굳어버린다. 장비가 눈을 부릅뜨고 이들을 쳐다보고 있는 것이 아닌가.

장달과 범강이 몸을 부들부들 떨고 있는데, 돌연히 장비가 드르렁거리며 코를 골기 시작한다. 그때에야 두 사람은 장비가 눈을 뜨고 잠이 든 것을 확인하고, 가슴에 품고 왔던 단검으로 장비의 심장을 찔러 살해한다. 이들은 장비의 수급을 벤 후, 피투성이가 된 옷을 갈아입고 경호병에게 다가가서 흥분을 가라앉히며 차분히 말한다.

"여보게, 지금 우리가 장비의 냉정한 성품 때문에 얼마나 많은 가슴앓이를 했는가? 이에 장비를 암살하여 수급을 동오로 가져가려고 하네. 자네들도 우리를 따라나서게. 그렇지 않으면 자네들은 경호를 소홀히 하여 장비를 죽게 한 죄목으로 형장의 이슬로 사라지게 될 것이네."

구구절절 옳은 장달의 말에 동조하여, 경호병 여럿이 이들을 따라 동오로 달아난다.

인시(寅時) 즈음이 되어, 경호병이 교대를 하려고 장비의 장군부를 왔다가 터무니없는 사건이 벌어진 것을 발견하고, 즉시 성도로 급보를 올리는 한편, 파서 낭중의 모든 지역에 경계령을 내린다.

장비는 지용(智勇)을 겸비한 호걸로서, 중국사를 통틀어 관우, 한세충과 함께 만인지적이라 칭해지는 호장(虎將)이다. 군대의 지휘, 전술, 전략 등이 모두 뛰어났는데, 한번 전장에 나서면 인간흉기라 불릴 정도로 적병들을 잔혹하게 주살했으며, 이런 성품은 자신의 병사들에게도 냉정하게 대하여 인간적인 정이 무미건조했다. 술에 대한 절제가 확실했으며, 자기 주장이 강해서 부하나 동료의 의사를 경시하여 엄하고 냉혹하게 수하를 함부로 하는 경향이 있었다. 그러나 장비는 가문이 있는 군자와 명사는 경애하여 이들에게는 예와 범절로 예우한 반면, 소인은 함부로 무시하여 돌보지 않고 함부로 대해 왔다. 유비로부터 이런 성품에 대해 자주 경고를 받았으나, 끝내 간과하다가 결국에는 허무하게 삶을 마치게 된다.

221년(장무 원년) 6월의 대사건이었다.

18.
천하 패권의 3대 전장- 이릉대전

18. 천하 패권의 3대 전장- 이릉대전

　동오를 정벌하기 위해 대대적으로 거병했다가 범강과 장달이 취침 중이던 장비를 살해하여 수급을 오나라에 바치고 투항하자, 모든 작전은 원점으로 되돌아가고, 유비는 도원에서 군신의 결의, 형제의 결의를 맺은 혈육보다도 더 진한 가족을 잃은 슬픔으로 식음을 전폐하고 큰 시름에 빠진다.
　군사 1만을 이끌고 강주로 출병하여 선봉장이 되기로 했던 거기장군 장비의 죽음은 지지난해 양,번전투에서 패하여 숨진 관우와 지난해 병으로 사망한 법정의 공백과 함께 이릉대전의 대패를 전조하는 것이나 다름없는 대변혁이었다.
　유비는 식음을 전폐하고 슬픔에 잠기다가, 동오 원정길에 오르는 거병 날짜를 1달가량 늦추어 장비의 장례를 치른 후 결행하기로 하고, 221년(장무 원년) 7월 병인일, 유비는 백제성에서 다시 거병하여 대대적으로 상서(湘西)정벌에 나설 것을 선포한다. 이때, 조운이 다시 유비에게 간곡히 청한다.
　"폐하, 촉한(蜀漢)의 주적은 대위(大魏)의 조비 뿐이지 동오의 손권이 결코 아닙니다. 폐하께서 총력을 집결하시어 관서와 관중을 차지하시고 역적 조씨 가문을 몰아낸다면, 천하의 뜻있는 영걸들이 앞다투어 폐하를 위해 죽음을 불사할 것입니다. 이러함에도 국력을 분산하여 동오와 척을 지게 되면, 촉한은 2개의 큰 무리와 싸워야 하는 부담을 안게 되는 것입니다. 폐하께서는 통촉하여 주시옵소서."

"짐은 운장, 익덕과 함께 도원에서 결의를 맺은 이후 수많은 전장을 함께 누비면서 오늘 이 자리까지 이르렀네. 짐은 한시도 지난 시절을 잊은 적이 없네. 동오의 손권과 여몽, 사인, 미방, 반장, 마충 그리고, 이번에 아우 익덕을 살해한 장달과 범강을 생각하면 피가 거꾸로 솟아 잠시도 숨을 쉴 수가 없을 지경이네."

유비는 조운의 간청을 냉정히 뿌리치며 말한다.

유비의 반발이 너무도 강경해서 조운은 아무런 말도 하지 못하고 비틀거리며 뒤로 물러선다.

유비는 승상 제갈량을 성도에 남겨, 군수품과 군수물자를 보급하는 중책을 맡기고, 상서에 대한 정벌을 반대한 조운은 원정군에서 제외하고 강주에 주둔하게 하여 1만의 병사로 후방을 지키게 한다.

표기장군 마초와 마대로 하여금 진북장군 위연을 도와 한중을 지키게 하고, 마량과 진진에게 문서를 맡아 처리하게 하며, 유비 자신이 친히 총사령관이 되어 치중종사 황권과 정기를 책사로 삼고, 마량을 시중으로, 풍습에게 육군 선봉을 맡기고, 오반과 진식을 수군 선봉으로 삼는다. 유비는 곧바로 장남에게 전군호위를, 장익과 보광과 부융을 중근호위로, 조융과 요순에게 후군호위를 맡기고, 상총과 마충, 왕보, 이조, 습진 등에게 각 50여 지대를 맡기고 출정을 강행하려 한다. 이때 학사 진복이 유비의 앞으로 나서며 긴히 주청을 올린다.

"폐하, 황제의 몸으로 만승(萬乘)을 돌보지 않으시고, 사적 친분에 얽힌 정리로 친히 원정을 떠나심은 옛 성인들도 취하지 않은 일입니다. 게다가 최근 거기장군까지 비명횡사를 당하게 된 것은 천시(天時)가 폐하께 힘을 보태지 않은 것입니다. 통촉해 주시옵소서."

유비는 격노하여 주위에 명한다.

"출정에 앞서 요괴한 말로 군심을 현혹시키는 저자를 당장 하옥하라."

제갈공명은 진복이 유비의 분노를 사는 바람에 투옥되었다는 소식을 듣고 표문을 올려 유비에게 주청한다.

"폐하, 동오의 손권이 신의를 버리고 위와 야합하여 형주의 관우장군을 살해한 행위는 용서할 수 없으나, 그 사태의 중심에는 위의 조조가 있었습니다. 장군의 큰 별이 두우(斗牛:24宿 가운데 斗星과 牛星)에 떨어지고, 천하의 기운이 초지(楚地)에서 꺾였으니, 그 애통함은 이루 다 말로 표현할 수는 없지만, 이를 감내하여 새로운 계기를 마련하는 것이 향후의 천하를 평정하는 데에도 큰 힘이 될 것입니다. 학사 진복은 그런 뜻에서 폐하께 주청을 드린 것이오니 통촉하여 주시기를 바랍니다."

유비는 제갈량의 표문에는 일언반구의 언급도 없이 원정길에 오른다.

한편, 동오에서는 촉한의 대군이 상서로 침략해 들어오고 있다는 보고를 받고, 손권이 신료들을 소집하여 긴급책을 강구한다. 이때 중대부 조자가 앞으로 나서며 당당하게 소신을 밝힌다.

"지금 이 난국을 타개하기 위해서는 위국과 우호의 관계를 돈독히 강화하는 것이 최상책입니다. 주공께서 조비에게 번국을 청하는 표문을 써서 소신에게 주신다면, 소신이 조비를 설득시켜 위오동맹을 원점으로 다시 되돌리고 오겠습니다."

"그대의 뜻은 좋지만 조비가 순순히 우리의 뜻을 받아들여 다시 동맹을 맺겠소?"

손권의 의문에 조자가 결연한 의지를 표명한다.

"소신이 동맹을 성사시키지 못한다면, 주공께 목숨을 내어 놓겠습니다."

손권은 조자의 결연한 의지에 매우 흡족해하며, 스스로 조비에게 번국을 청하고 대위의 신하가 되겠다는 표문을 조자에게 주어 위국으로 파견하면서 지시를 내린다.

"지난 형주 공방전에서 우금과 함께 포로가 되었던 동리곤과 호주를 번국을 요청하는 사신으로 떠나는 조자에게 동행하도록 하겠으니, 그대는 이들을 잘 관리하여 나의 뜻이 조비에게 잘 전달되도록 힘쓰시오."

손권은 조자에게 동리곤과 호주를 딸려 보내, 자신이 위의 번국이 되고자 하는 의중을 성공적으로 전하게 한다.

조비는 손권이 보낸 사신이 허도에 당도했다는 보고를 받고, 문무대신이 즐비한 자리에 조자를 불러들인다.

"동오의 손중모는 신의를 저버리고 짐을 한참 우롱하더니, 이제는 어떤 꿍꿍이를 가졌기에 뻔뻔한 낯짝을 들고 또다시 짐을 우롱하려고 사신을 보냈는가?"

"폐하, 소신은 번국을 주청하는 거기장군의 표문을 가지고 왔습니다."

조자는 말을 마치자마자 조비에게 손권이 보낸 표문을 올리자, 아무런 표정도 없이 표문을 읽던 조비가 조자에게 질문을 던진다. 이때 조자가 조비와 역사적으로 유명한 문답을 벌이면서, 여기에서 유명한 거재두량(車載斗量:인재나 물량이 아주 많음)의 유래가 전해지게 된다.

"그대는 동오의 손권을 어떤 인물이라고 보는가?"

"오후는 총명과 지혜와 어짊을 겸비했으며, 뛰어난 계책을 가진 인물입니다."

조비가 가당치 않다는 듯이 비웃으며 말한다.

"경이 지나치게 오후를 치하하는 것 같네. 구체적으로 사례를 들어 밝혀 보시게."

"절대 지나친 치하가 아닙니다. 오후께서는 보통사람들 속에 있던 노숙을 받아들여 등용했으니, 이는 오후의 총명함을 증명합니다. 또한 일반병사들 속에 숨겨져 있던 여몽을 찾아내어 발탁했으니, 이는 오후의 현명함을 보여주는 것입니다. 위의 명장 우금을 잡고도 죽이지 않았으니, 이것이 오후의 어짊을 보여주는 것입니다. 형주를 차지할 때는 병기에 피를 묻히지 않았으니, 이는 오후의 지혜로움을 나타내는 것입니다. 삼강(三江)에 의지해 3개 주를 점거해서 호랑이처럼 천하를 날카롭게 살피고 있으니, 이는 영웅의 웅대함을 지닌 것입니다. 때가 아님을 알고 폐하께 몸을 굽혀 번국을 청했으니, 이는 지략이 뛰어남을 이르는 것이 아니겠습니까?"

조비는 조자가 손권을 지나치게 경대하자 조자에게 손권의 무지를 들먹이며 비꼬듯이 묻는다.

"손중모는 어린 시절 정상적인 수업을 받지 못한 것으로 알고 있는데, 과연 그는 학문이라는 것에 대해 제대로 이해하고 있는가?"

조자가 손사래를 치며 손권을 치하하여 대답한다.

"오후께서는 1만척의 군선을 강에 띄우고 무장병 1백만을 거느리시면서도, 현명한 인재를 발탁해 일을 맡기시고 항상 경략(經略)에 뜻을 두고 계십니다. 잠시라도 여가가 나면 경전과 서적을 섭렵해 큰 뜻을 터득하시니, 서생들처럼 문장이나 찾고 구절이나 외우는 일 따위는 하지도 않습니다."

조비는 조자가 손권에 대해 영웅의 기개를 씌우자, 비웃듯이 얼굴에 쓴웃음을 지으며 위협적인 어투로 묻는다.

"만일 짐이 동오를 정벌하고자 한다면, 손권이 어떻게 대처할 것 같소?"

조자가 태연스럽게 대꾸한다.

"대국에는 소국을 정벌할 무력이 있고, 소국은 대국을 막아낼 비책이 있는 법입니다."

이때 조비가 마치 동오를 당장이라도 공략할 듯이 다그치며 경멸하듯이 묻는다.

"동오가 대위를 두려워하지 않는다는 말인가?"

"동오에는 백만의 용사들이 충의로 뭉쳐 늘 사방을 경계하여 있으며, 지형적으로는 장강과 삼강의 천연적 요새를 끼고 있어, 무엇으로든 다른 나라를 두렵게 할 수도 있습니다."

조비는 조자가 자신의 예봉을 요리조리 피하면서도 소신껏 대답해나가자, 조자의 재능을 높이 평가하고 조자에게 친숙함을 느끼기 시작한다. 조비는 갑자기 위압적인 자세를 낮추며 친절하게 묻기 시작한다.

"동오에는 그대와 같은 인물이 얼마나 되는가?"

조자는 겸손을 가장하여 대답한다.

"특별히 총명하고 뛰어난 인재를 들라고 한다면, 80-90명은 될 것이고, 소신과 같은 사람은 어찌나 많은지, 거재두량(車載斗量)이라고 수레에 싣고 말로 대어도 그 수를 헤아릴 수 없습니다."

조비가 감탄하여 말한다.

"논어 자로편에서 언급한 대로 '타국에 사신으로 파견되어 왕을 욕되게 하지 않는다(使於四方 不辱君命)'라는 말은 바로 경과 같은 사람을 두고 하는 말 같소!"

조비가 조자에게 혹해서 손권이 신청한 번국을 받아들이면서, 손권과의 군사동맹을 허락하기로 약속하고 조자를 역관으로 물러가게 한다. 이때 대부 유엽이 조비에게 은밀히 찾아가서 직언을 올린다.

"손권은 유비의 침략으로 방어가 무너지자, 우리 위가 자신의 영토를 공격할 것을 우려하여 번국을 신청하는 것입니다. 지금 촉의 국력은 위약하여, 우리 대위가 동오와 화의를 맺는다고 하면, 유비는 다시 군사를 되돌릴 수도 있어 촉과 동오 양측은 싸움으로 진행이 되지 않을 수도 있습니다. 이렇게 되면 우리 대위는 이들이 전쟁을 벌였을 때 얻을 수 있는 어부지리를 잃게 될 것입니다. 폐하께서는 손권의 칭신을 받아들이시지 마시고, 촉과 동오가 전쟁을 벌이도록 만든 후, 이들이 싸울 때 동오를 공략하십시오. 병서에 원교근공(遠交近攻)이라 했습니다. 대위의 입장에서는 대위와 가까이에 있는 동오를 공략하기가 쉬운 만큼, 두 나라가 싸우고 있을 때 촉의 편에 서서 동오를 공략하면, 동오는 동,서,북에서 협공을 당하는 형국이 되어 열흘 안에 멸망하게 될 것입니다. 동오를 멸한 후에는 위약한 촉을 쉽게 정복할 수 있습니다. 이같이 유리한 형국인데 사항계(詐降計:거짓항복)를 펼치는 손권을 도모하지 않고, 오히려 번국 신청을 받아들이려 하심은 손권에게 날개를 달아주는 격이 됩니다. 지금 손권은 촉과 교전이 벌어졌을 때, 우리 대위가 전쟁에 개입하여 남하하는 것을 두려워하여, 번국을 자청하고 칭신하며 동맹을 구걸하는 것일 뿐입니다. 만일 손권이 전쟁에서 승리한다면, 손권은 반드시 대위를 배반할 것입니다."

조비는 유엽의 간청을 묵살하여 말한다.

"항복하겠다는 자를 받아들이지 않는 것이 천자가 행할 도리가 되겠소? 차라리 손권의 항복을 받아들이고 촉을 치는 것이 낫소."

"폐하께서 촉을 친다면, 유비는 그냥 군사를 돌리면 끝납니다. 그리되면, 우리 위국은 양쪽의 전쟁에서 이익을 얻을 수 없습니다. 지금 유비는 관우의 복수와 상서 땅의 회복에 눈이 어두워 우리가 조금만 격려의 뜻을 보이면, 뒷일을 생각하지 않고 동오와 일전을 벌일 것입니다. 이때를 놓치지 않고 천하를 도모해야 합니다."

조비는 답답하다는 듯이 유엽의 주장에 답한다.

"짐은 동오도 돕지 않고, 촉도 돕지 않고 둘이서 피 튀기게 싸우는 것을 본 후, 하나가 멸망하면 그때 살아남은 하나를 정벌하려고 함이오. 짐은 이호경식(二虎競食)계책을 펼치려 하는 것이니, 경은 더 이상 짐을 설득하려 하지 마시오."

유엽이 안타깝다는 듯이 간청한다.

"둘 중에서 한 곳이 승리한다면, 그때는 승리한 쪽의 힘이 배가 되어 정벌하기가 더욱 어렵게 됩니다. 지금이 원교근공 전략으로 동오를 멸망시킬 좋은 기회입니다."

"짐의 뜻은 이미 정해졌으니, 더 이상은 짐을 설득하려 하지 말라."

이때 동오의 포로로 있다가 귀환한 호주가 조비를 배알하러 왔다가 두 사람이 펼치는 설전을 우연히 듣고 대화에 끼어든다.

"손권장군은 진심으로 항복할 의향을 가지고 있습니다. 손권장군은 인질로 아들도 대위에 볼모로 보내올 뜻도 밝혔습니다. 소장이 저의 가족 1백명의 목숨을 걸고 맹세할 수 있을 정도로 손권의 빈국 요청을 확신합니다."

조비는 지금까지 동오에서 손권의 근황을 지켜본 호주가 자신을 가지고 말하자, 손권의 사신 조자를 다시 궁으로 불러들여 손권에게 지나치게 큰 답례를 약속한다.

"손권에게 오왕을 제수하고 구석을 인정할 테니. 그대는 대위 사신의 자격으로 동오의 사신 조자와 함께 손권에게 가서 짐의 뜻을 전하라."

조비가 손권을 견제하기는커녕 오히려 손권에게 지나친 답례를 건네자, 유엽은 깜짝 놀라며 조비에게 다시 강력하게 진언한다.

"손권을 전장군으로 올려주거나, 10만호의 후로 봉하는 것은 몰라도, 오왕으로 책봉하는 것은 무리입니다. 손권은 촉을 물리치면 바로 신의를 버리는 행동으로 돌입할 것입니다."

"짐이 여러 가지 경우의 수를 고려해도, 손권은 분명 짐에게 항복하려는 의도를 지니고 있는 것이 확실하다고 여겨지오. 경은 더 이상 이 문제를 거론하지 마시오."

조비는 태상 형정에게 '손권을 오왕으로 책봉하고 구석을 내린다'라는 칙서를 가지고 동오로 가도록 명한다.

위국의 태상 형정이 호주 등을 이끌고 사신으로 동오에 당도했다는 소식을 들은 손권이 조비의 칙서를 받으려 할 때, 고옹은 오히려 이를 극렬히 반대하여 말한다.

"주공께서는 표기장군을 드러내면서 구주(九州)의 백을 자칭하시되, 조비가 봉하는 오왕의 자리를 받아들여서는 아니 됩니다. 이는 조비에게 스스로 굴복하는 것입니다."

손권은 고옹의 우려를 기우로 여기며 자신감을 가지고 자신의 의중을 피력한다.

"한고조도 초패왕 항우가 하사하는 한왕을 수락했소이다. 천하의 대사는 순간순간 여건에 따라 변하는 것인데, 지금같이 조비의 협조가 필요한 때에 굳이 조비의 뜻을 거역하여 반목할 일이 없지 않겠소?"

손권은 자신의 번국(藩國)요청을 받아들인 조비가 요청한 작두향, 대합, 맑은 구슬, 상아, 물소 뿔, 대모, 공작, 비취, 싸움 오리, 장명계 등 희귀품을 허도로 보내도록 지시한다.

이에 대해 동오의 관료들이 또다시 격렬히 반대한다.

"조비가 무례하게도 전례가 없는 지나친 요구를 하고 있습니다. 이를 받아들여서는 절대로 아니 됩니다."

손권이 손사래를 치며 말한다.

"여러분은 이를 예상하지 못했소? 조비는 근본적으로 예의를 모르는 인간이니, 조비에게 예를 따지는 것은 의미가 없소. 우리는 오로지 우리에게 놓여 있는 현재의 위기만 넘기면 되는 것이외다. 지금 백성들의 목숨은 오직 나 한사람의 결단에 딸려 있소."

손권은 조비가 하사하는 오왕의 작위를 받고 문무관리들의 하례를 받은 후, 화의의 뜻으로 조비가 요청한 희귀품을 조비의 사신을 통해 허도로 전달한다.

이때, 유비는 자귀에 당도하여 주력군 5만과 기병 3천을 집결시키고, 부장 풍습과 오반에게 명하여 동오의 육손과 유아, 이이가 지키는 무현과 자귀현을 공략하게 하여 성을 함락시킨다. 이후, 유비는 자귀를 기점으로 출병하여, 후에 합류한 무릉만이족(武陵蠻夷族)의 오계, 북형주의 호족이 이끄는 사병 등을 합쳐 도합 10만의 대군을 이끌고 본격적으로 동오를 공략하기 시작한다.

유비는 자귀에서 군대를 둘로 나누어, 수군은 육군보다 먼저 출발하여 건평에 주둔시켜 이릉에 이르기까지 군영을 구축하게 하고, 자신은 본대를 이끌고 자귀에서 출발하여 효정에 군영을 세움으로써, 촉군은 수군과 본대가 장강의 동, 서에 길게 포진하게 된다.

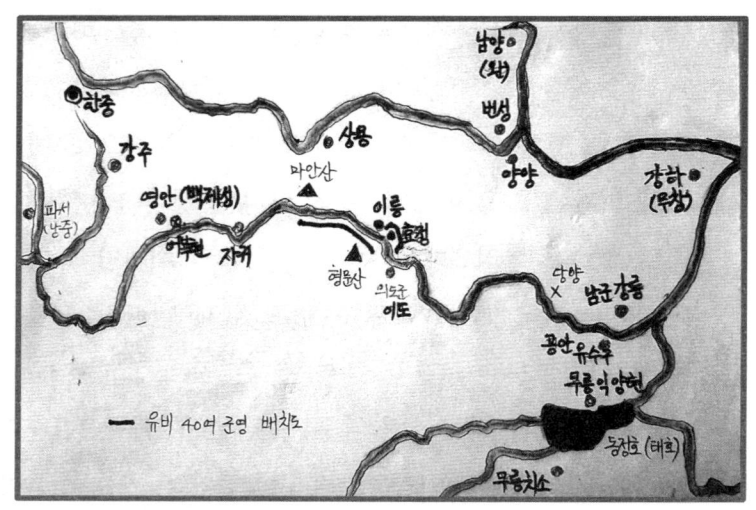

유비의 군사적 배치에 대항하여, 손권은 자신이 2만의 병사를 후방에서 지휘하고, 주연에게 유군 별동대를 맡기고, 분무장군 주태를 대도독으로, 육손을 진서장군으로 삼아 5만의 병사를 지휘하게 하며, 반장과 주연, 한당, 서성, 선우단, 손환, 이이, 낙통, 사정, 보즐, 반준, 장일 등을 지대장으로 삼아 유비가 세운 본영과 50여 지대를 대항하여 영을 구축하게 하고, 모든 준비를 마친 후 조비가 합류하여 함께 유비를 협공할 시기를 기다린다.

그러나 손권이 한참을 기다려도 동맹을 체결하고 굳건한 공조를 약속한 조비가 끝까지 전쟁에 참여할 조짐이 보이지 않자, 촉군의 강대한 기세에 눌린 동오의 군신들은 221년 8

월에 이르러, 애절하게 손권을 설득하여 범강과 장달의 수급을 유비에게 보내고 화의를 구하도록 한다.

하지만, 유비는 손권의 화의를 일언지하에 거절하고 당장에라도 이릉성을 집어삼킬 기세로 진격하자, 손권은 부리나케 대책 마련에 돌입한다.

"지금과 같이 어려운 시국에 대도독으로 임명된 주태가 병으로 죽고, 이제 새로이 오국의 미래를 책임질 대도독도 마땅치 않은 상황에서, 유비가 우리의 화의 요청도 거부하고 당장이라도 우리 오국을 집어삼킬 듯한 기세로 몰아치고 있소. 이런 위급한 형국에서 짐가 취할 수 있는 묘책이 있으면 상정해 주시기 바라오."

감택이 앞으로 나서며 자신의 소견을 밝힌다.

"일단은 진서장군 육손을 대도독으로 임명하여 이릉을 지키게 하면, 얼마든지 유비를 막아낼 수 있습니다. 동시에 지난 번성전투에서 사로잡은 우금을 위국으로 돌려보내고, 위나라 조비에게 혼인동맹을 청한 후 조비의 도움을 받아내야 합니다."

이에 한당, 반장 등 장수들이 반발한다.

"조비의 도움을 받는 것은 동의하지만, 진서장군 육손의 대도독 임명은 반대합니다. 진서장군 육손은 일개 서생에 불과합니다. 바로 앞선 자귀에서의 전투도 대패하여 성을 빼앗기고 지금의 수난을 받게 한 핵심적 인물입니다."

한당 등의 반발에 맞서 감택이 다시 결연한 의지를 밝힌다.

"진서장군 육손은 지난 양,번전투에서 벌어진 관우와의 전쟁도 여몽 대도독과 합심하여 대승을 거둔 지장입니다. 이번 전쟁도 진서장군에게 맡긴다면, 진서장군은 반드시 기대에 부응할 것입니다. 소신은 전 가족의 목숨을 담보로 육손을 대도독으로 천거합니다."

손권은 감택의 결연한 의지를 가상히 여겨, 육손에게 총사령관의 막중한 임무를 맡긴다. 육손은 감택에 의해 대도독에 천거가 되지만 완곡히 거절의 뜻을 전한다.

"오의 장수 가운데에서는 오랜 세월을 오왕 전하와 함께한 백전노장들이 대부분입니다. 그런 분들에 비하면 소장은 아직 용렬하여 대도독을 맡기에는 어려움이 있습니다."

육손의 의도를 알아차린 손권이 허리에 차고 있던 패검을 육손에게 내어주며 단호하게 말한다.

"노장들이 장군을 우습게 보아 군령이 서지 않을 것을 우려하는 것이오? 짐이 이 패검을 하사할 테니, 장군의 말을 거역하는 장수가 있다면, 선참(先斬)하고 후보고(後報告)하도록 하시오."

손권이 육손에게 확고한 신임을 보이자, 육손은 정색을 하며 손권에게 주청을 올린다.

"전하의 뜻이 그러하시다면 내일 제장이 집결한 자리에서 소장에게 대임을 엄숙히 표명해 주시기를 청합니다."

손권은 육손의 청이 옳다고 여겨 이튿날 아침, 제장을 한 곳에 소집하고 육손을 단위에 오르게 한 후, 육손에게 패검을 하사하고 엄숙히 공표한다.

"짐은 육손을 대도독 겸 우호군, 진서장군으로 삼고 누후에 봉하노니, 6군 81현의 모든 군사를 다스리며 현재 위기에 처한 오의 국난을 극복하도록 하라."

대도독이 된 육손은 무성과 자귀성에서의 패배를 교훈 삼아, 이들 성에서 벌어진 전투를 다시 복기하여 패인을 분석한 후 전군에게 영을 내린다.

"모든 장수들은 절대로 공격에 나서지 말고 수비에만 철저히 임하도록 하라."

육손은 수비령을 내린 채 유비가 파상적으로 도발하는 공격에 대해서도 무대응으로 일관한다.

222년(황초3년) 정월, 육손이 철저히 수비에만 치중하며 지구전으로 임하자, 시간이 흐를수록 초조해진 유비는 선봉장 풍습에게 육군을 이끌게 하고, 수군 선봉장 오반, 진식에게 수군을 이끌어 수륙양면으로 이릉을 향해 진격할 계획을 세우도록 명하자, 오반과 진식은 의도 이릉현에서 장강을 끼고 동서의 연안에 주둔하여 무현에서 동오의 최전선 이릉의 요새에까지 수십개의 위영을 세우고, 이때 유비는 자귀의 본대를 이끌고 육로로 진군하여 이릉에서 효정으로 이동하고 추가로 수십개의 위영을 세운다.

유비가 배치하는 군영을 눈여겨 지켜본 육손은 유비의 한계를 간파하고, 동오의 장수들에게 승리를 확신하듯이 호언장담을 한다.

"전쟁의 초기에 나는 유비가 육군과 수군을 이끌고 2갈래의 공격로를 택해 수륙 양면작전을 취할 것을 우려했습니다. 즉, 유비의 육군이 이릉에 주둔하여 장강 삼협의 주변을 공략할 때, 수군은 장강을 따라 강릉으로 진격하여 강릉성에서 공방전을 벌일 것을 우려했던 것입니다. 이들이 수륙양면으로 공략해 들어오면, 우리는 주력군을 둘로 나누어 대적해야 하므로 큰 위기에 빠질 수 있었습니다. 그러나 유비는 수군을 수로를 활용하여 이릉까지만 이동시켰고, 이릉에 이르러서는 이릉의 동서 연안을 따라 길게 수군을 주둔시키면서, 육군과 함께 합류하여 육로를 통한 지상전에서 결판을 낼 의도를 드러냈습니다. 이것이 바로 유비의 패착입니다. 우리가 이도의 협곡을 굳게 지키기만 하면, 유비의 대군은 강릉으로 진입할 방법이 없습니다. 조만간 유비의 진용에 큰 변화가 일어날 것입니다. 이때 우리는 유비를 단숨에 격파할 방법을 찾아야 할 것입니다."

육손이 유비를 물리칠 전반적인 전략을 구상할 때, 이릉성주 손환은 이릉성에서 장수들을 소집하여 긴급히 공격에 나설 전술을 펼친다.

"유비의 선봉대가 진지를 구축하여 방심하고 취침에 들 때,

이일대로 전략으로 적의 허를 노려 공격하도록 합시다."

장수들이 손환에게 조심스럽게 말한다.

"대도독이 수비에만 치중하라고 엄명을 내렸습니다."

"물론 대도독이 전투를 벌이지 말라고 했지만, 병법에 '전장에서는 현지의 특수한 상황에 맞추어 대처해야 한다'고 했습니다. 적병은 교만에 빠져 아군을 우습게 보고 있습니다. 따라서 이들이 위영을 세우느라 피곤하여 깊은 잠에 빠져들었을 야밤에 기습한다면, 우리는 힘을 들이지 않고도 적병의 사기를 최대한 꺾을 수 있을 것입니다."

손환은 부장들의 반대를 무릅쓰고 축시가 되자, 스스로 돌격대를 이끌고 촉군의 선봉대 진지를 공격한다. 그러나 풍습은 동오의 기습에 대비하여 위영의 외곽에 복병을 배치하고 있다가, 손환이 돌격대를 이끌고 위영에 들이닥치자 텅텅 비워둔 위영에 손환의 돌격대를 몰아넣고 맹공을 펼치니, 손환의 돌격대는 대패하여 허겁지겁 이릉성으로 퇴각하고 만다.

이를 신호로 이릉성 주위에 은폐한 상태로 대기하고 있던 촉군 선봉대는 도주하는 손환을 공략하여 이릉성 안으로 몰아넣고 성을 겹겹이 포위하자, 손환은 급히 육손에게 구원을 요청한다. 이때 육손의 본영에 있는 장수들이 이구동성으로 육손에게 청한다.

"안동중랑장 손환은 오왕의 종질로 오왕께서 매우 총애하는 장수입니다. 빨리 군사를 보내어 구원해야 할 것입니다."

육손이 대수롭지 않게 대답한다.

"이릉의 성은 튼튼한데다가 식량이 풍부하고, 군사들이 일심동체로 성주 손환과 뜻을 같이하고 있습니다. 지금은 우리가 이릉성을 우려할 때가 아닙니다. 조금 지나면 나의 계책이 실현되어, 유비는 자연히 이릉성의 포위를 풀고 달아나게 될 것입니다."

동오의 장수들은 육손이 위기에 처한 성주도 구원하지 않는 등 총체적으로 전투를 회피하고 방어에만 치중하자 대대적으로 항의하기 시작한다.

"대도독은 도대체 적병이 얼마나 무섭기에 싸울 생각은 전혀 하지 못하고, 성 안에 처박혀 있기만 하는 것입니까?"

장수들이 대대적으로 반발하여 군사들에게까지도 도독의 군령이 서지 않자, 육손은 손권이 하사한 패검을 꺼내 들고 책상을 내리치면서 말한다.

"오왕께서 내게 하사한 패검이 있습니다. 누구든지 항명을 하면, 이 검으로 목을 치겠소. 장수들은 어찌 되었든 나의 명에 따르시오."

육손은 장수들이 자신을 불신하여 군대의 통솔이 어려워지면서, 손권의 권위를 빌려야 겨우 군령이 세워지는 와중에도 수비의 틀을 결단코 풀지 않는다. 선발대를 뒤이어 후발로 이릉에 당도한 유비는 풍습을 대도독으로 임명하고, 장남을 선봉으로 보광, 조융, 요순, 부융 등을 별독으로 임명한다.

육손의 방어전에 묶여 장기간을 대치하게 된 유비는 장수들에게 새로이 전략을 지시한다.

"동오군과 대치가 길어져 더 이상 기다리다가는 원정의 피로로 아군들의 사기가 떨어지게 될 것이오. 이런 상황을 타개하기 위해서는 이도를 기습적으로 공격하여 점령시켜야 하오. 짐은 풍습을 대도독으로 삼아 육로를 따라 험로를 넘어 남하해서 효정에 주둔할 것이다. 진북장군 황권은 일단의 수군을 이끌고 장강 이북으로 가서, 장강 북안에 주둔하여 언제 개입할지 모르는 위의 군사적 행동에 대비하라."

이때 황권이 깊은 우려를 표명하며 말한다.

"폐하께서 너무 깊이 쳐들어가시면, 최악의 경우에는 후방으로 돌아가기 어려울 수 있으니, 전선의 지휘를 소신에게 맡기시고 후방에서 군사를 감독하심이 옳다고 여겨집니다."

유비가 황권의 권유를 단호히 거부한다.

"이번 전투는 촉의 존속이 걸린 중대한 일전이오. 사방장군 중 관우, 장비, 황충장군이 이미 전투가 벌어지기 전에 타계했고, 최근 마초장군도 병환으로 와병의 상태에 있소. 오호장군 중 오직 조운만이 후방 강주를 지키고 있는 이때, 내가 직접 나서지 않으면, 전쟁을 유리하게 이끌 수 없소이다. 그대는 짐의 걱정을 하지 말고 주어진 임무에 치중하시오."

유비는 사방장군이 모두 이릉전투에 참여하지 못하게 되고, 제갈량은 유비가 친정을 나가면 본진을 총괄하는 역할을 맡아야 하므로, 전투경험이 많은 자신이 혼자서 전방을 총괄해야 한다는 중압감에 놓여 있었다. 이로 인해 유비는 전투경험이 많은 장수가 부족하여 본대와 지대를 나누어 효율적으로 전투하던 과거와 같은 고도의 전술을 쓸 수가 없게 되었다.

유비는 황권을 진북장군으로 삼아 방통의 종제 방림과 함께 수로를 지키며, 장강 북쪽에 있는 여러 군을 감독하여, 동오의 수군이 장강을 거슬러 촉군의 배후를 끊는 것을 막는 동시에 예기치 못한 위국 조비의 개입에 대비하도록 명한다.

이릉전투 초기, 촉군이 지형적으로 유리한 요새를 차지하고, 무협과 건평에서 이도의 경계에 이르는 7백리에 걸쳐 50여 개의 위영을 잇달아 세우자, 그 성세가 천지를 뒤덮는 듯 했다. 촉군의 위세에 눌려있던 동오의 주연, 반장 등의 장수들이 육손에게 긴급히 청한다.

"유비가 산악지대를 끼고 지형의 이점을 살려 요새화하기 전에 공격하여야 합니다."

육손이 손사래를 치며 말한다.

"촉군이 산악에 요새를 형성하더라도, 우리가 공격하지 않고 수비만 한다면, 지형의 이점을 지니고 있어도 아무런 효과가 없는 것입니다."

장수들은 육손이 세운 전술에 대해 크게 반발한다.

"언제까지 방어만 한다는 말입니까? 대도독은 적병의 기세를 두려워하는 것입니까? 이렇게 해서는 적군을 우리 땅에서 몰아낼 수 없습니다. 지금 공격을 감행하면 얼마든지 적을 물리칠 수 있습니다."

"지금은 때가 아닙니다. 적군이 우리에게 허점이 보일 때까지 기다려야 합니다. 대군이 이동하여 오랫동안 시간이 지체되면, 반드시 빈틈이 보이게 되어 있습니다."

육손의 소극적 전투태세에 장수들의 불만이 팽배해질 즈음, 유비는 하늘을 찌르는 기세를 앞세우고 효정에 당도한다.

유비는 마량을 무릉만이족(武陵蠻夷族)의 사마가에게 보내 이들을 회유하여 촉의 원정군에 합류하기를 청하자, 동오의 통치에 불만을 품었던 만이족의 호족들이 호응하여 병력을 이끌고 유비의 본대에 합류한다. 시간이 지날수록 유비의 군세가 강력해지는데도, 육손은 정면으로 싸울 생각을 않고 수비에만 전념한다. 그런 연유로 유비는 육손이 이도를 통하는 협로를 꼭 틀어쥐고 방어를 철저히 행하자, 방어벽에 막혀 더 이상 전진하지 못하고 협로에서 군사들이 길게 늘어져 잠자리가 불편한 곳에 주둔하게 된다.

유비는 깊은 고민 끝에 수군선봉장 오반에게 이대도강(李代桃僵:大를 위해 小를 희생)과 포전인옥(抛磚引玉:미끼를 던져 상대를 현혹)을 펼쳐 동오군을 유인하도록 지시한다.

"장군은 군사 4천을 이끌어 적이 공격하기 쉬운 평지에 진을 세우고, 경계에 허점을 보여 적군이 아군을 공격하도록 유도하라."

수군선봉장 오반에게 명을 내린 유비는 선봉장 풍습에게도 새로이 명을 내린다.

"장군은 8천의 병사를 이끌고, 오반장군의 위영이 있는 부근의 산골짜기에 병사를 매복시켜라. 육손이 군사를 이끌고 오반장군의 위영을 공격하면, 매복병을 이끌고 오반장군과 함께 적병을 협공하라. 전투가 치열하게 벌어지면, 진식장군이 지원병을 이끌고 적병을 포위하여 섬멸시키도록 하겠노라."

수군선봉장 오반이 육손의 본대에서 빤히 내려다보이는 평지에 진형을 세우고 동오의 장수들을 폄훼하면서 싸움을 돋우자, 자존심을 상한 동오의 장수들이 육손에게 요청한다.

"대도독, 지금 적을 격파할 때가 온 듯합니다. 적장은 소수의 병사들이 우리의 밥이 되는 것도 모르고 평지에 영채를 펼쳐 놓았습니다. 이때를 놓치지 말고 병사를 이끌고 나가 적병을 물리칩시다."

육손이 적의 위영을 한참 동안 뚫어지게 쳐다보더니 비로소 입을 연다.

"이는 포전인옥(拋磚引玉)을 활용한 의병계입니다. 적의 위영을 자세히 보십시오. 적들이 평지에 진을 세웠는데, 진의 중간은 양쪽 산맥의 골짜기를 향해 있습니다. 전면에는 녹각과 장애물, 목책, 그 외의 방책을 세웠으나, 그 방책이 너무도 허술합니다. 후위는 정예병이 포진되어 있는지, 적병의 예기가 보통 날카로운 것이 아닙니다. 이는 아군이 허술한 적군의 전면을 돌파하여 중앙을 붕괴시키고 후방군과 접전을 벌일 때, 중간의 산골짜기에서 매복병이 튀어나와 아군을 협공하려는 매복전술입니다. 지금 산기슭을 타고 내려가 싸우게 되면 반드시 매복에 당하게 됩니다."

육손이 출정을 거부하자, 군막으로 돌아온 장수들이 육손을 비방하며 뒷담화를 깐다.

"육손은 백면서생이어서 병법만을 되뇔 뿐이지 실전을 두려워하여 의식적으로 전투를 회피한다."

육손은 장수들의 험담에도 자신의 소신을 거두지 않는다. 며칠이 지나도 동오의 군사들이 싸우러 나오지 않자, 지쳐버린 유비는 이대도강과 포전인옥 계책으로 손권의 군사들을 유인하려던 전략을 수정하고, 오반의 군사와 풍습, 진식의 매복병을 본영으로 불러들인다. 이를 지켜본 동오의 장수들은 육손의 예리한 지략에 탄복한다.

유비는 대규모전투를 피하는 육손을 상대로 소규모전투를 통해 장강의 주변을 차츰차츰 점령해 들어간다. 유비가 장강의 삼협 주변에 있는 대부분의 거점을 점거해 들어가자, 육손은 강릉에서 불과 50여 리 떨어져 있는 이도의 요충지에 새로이 방어진을 구축한다.

육손은 요새화한 이도에서도 유비의 공세에 대해 방어로 일관하여 전황은 교착상태로 진전이 없고, 이로 인해 촉의 군사들은 장거리 원정으로 인한 피로감을 느끼기 시작한다.

비로소 육손의 이일대로(以逸待勞)계책이 성공적으로 무르익어가는 조짐이 보이기 시작한 것이다.

며칠 후, 육손이 촉군 위영의 장단점을 살피려는 의도로 선우단을 불러 지시한다.

"정찰병 1천을 이끌고 장강의 연변 남쪽 4번째 위영을 침투하여, 촉군 위영의 허실을 살펴오도록 하시오."

선우단이 육손의 명을 받고 떠나자, 육손은 곧바로 서성을 불러 명한다.

"그대는 정병 3천을 이끌고 부융 영채의 5리 즈음 밖에 대기하고 있다가, 선우단이 패주하거든 그를 구원하여 본영으로 돌아오시오. 적병이 도주하더라도 절대로 추격하지 마시오."

육손의 명을 받은 선우단이 정찰병을 이끌고, 장강의 연안을 따라 동서로 길게 늘어선 촉군 부융의 부대를 기습한다. 선우단이 제4지대 부융의 위영 전방을 치고 들어가자, 한동안 우왕좌왕하던 부융의 군사들이 한참 시간이 지나고 나서야 후방군에게 연락되어, 부대장 부융은 많은 병사를 집결시켜 선우단을 반격하기 시작한다. 선우단이 영문을 빠져나와 본영으로 퇴각하려는데 갑자기 한무리의 군사들이 함성을 지르며 퇴로를 막아선다.

제5지대의 조융이 군사들을 이끌고 선우단의 특공대원들을 이중포위하여 매몰차게 공격한다. 선우단은 포위망이 허술한 곳을 집중적으로 공략하여 겨우 빠져나오는데, 주변에 주둔하고 있던 제7지대장 별독 보광이 기병을 이끌고 선우단의 패잔병을 추격하여 일대격전이 벌어진다.

사기가 땅에 떨어진 특공대원들은 전투다운 전투도 벌이지 못하고 쫓기는데 이때, 선우단을 보호하려고 대기하던 서성의 군사들이 보광의 기병에게 화살을 날리며 공격해오자, 보광의 기병들은 추격을 멈추고 지대로 물러난다.

선우단은 정찰병을 거의 잃고 대패하여 서성의 보호를 받으며 육손의 본영으로 돌아온다. 정찰병을 맞이하러 나온 육손에게 선우단은 고개를 숙여 용서를 청한다.

"대도독께 면목이 없습니다."

육손은 이미 예상했던 일이었기에 대수롭지 않다는 듯이 대답한다.

"지단장은 절대로 자책하지 마시오. 기습전에서 대패했다고 자책을 할지 모르나, 사실은 추호의 차질도 없이 역할을 제대로 수행했소이다. 작전을 수행하는 과정에서 벌어진 일을 소상하게 말해보시오."

선우단이 부용의 위영에서 벌어진 사실을 소상히 밝히자, 육손은 자신이 세운 이대도강(李代桃僵:大를 위해 小를 희생) 전략이 성공했다는 확신을 가지고 흐뭇하다는 표정을 지으며 말한다.

"지단장의 희생을 통해 나는 적의 위영에 대한 허실을 정확히 인지했소이다. 내가 예측했던 그대로, 대군이 7백여 리의 협도를 따라 길게 위영을 세웠다는 것은 전방, 후방의 명령전달 체계가 신속하지 못하다는 것을 의미합니다. 수고했소, 선우단 지대장!"

육손은 선우단의 정찰병을 통해 촉군의 지휘체계를 확인해 본 동시에, 적은 병력을 손상하면서 촉군을 교만해지도록 유도하는 교병계를 시행한 것이 성과를 이루자, 촉군의 위영을 효과적으로 공략할 방향을 찾기 위해 깊은 장고에 들어간다.

3) 유비, 육손의 계책에 빠져 화공을 당하고 대패하다

성도에서 군수보급과 정무 행정을 총괄하던 제갈량은 유비가 한(漢)일자(一)로 길게 배치한 50여 개의 위영설치에 대한 보고를 듣고 깊은 우려를 표명하여 유비에게 급전을 보낸다.

"신이 사지팔도도본(四至八道圖本)을 살펴본바, 폐하께서 구축하신 지금의 군영 배치는 상당히 위험한 듯합니다. 어복현에서 자귀에 이르는 보급로는 외길이며, 장강의 흐름 때문에 형성된 골짜기여서 길이 좁고 오르막과 내리막이 많아, 대군이 이동하기에 불편하다고 여겨집니다. 새로이 군영을 구축하심이 어떻겠습니까?"

유비가 제갈량의 우려를 불식시키려고 답서를 전한다.

"승상은 크게 걱정하지 마시게. 짐은 동오군이 자귀 북쪽이나 장강 남쪽을 돌아서 산길을 타고 어복에서 자귀에 이르는 외길을 막아 군수품 보급로를 끊을 것을 우려한 동시에, 동오군이 장강을 거슬러 올라 기습을 취하면 위험에 빠질 것을 우려하고, 있소. 그래서 위영을 동, 서로 분리하고 일자(一)로 길게 연결하여, 군수 보급로를 보호하고 적병의 기습을 대비하기 위해 이렇게 영채를 구축한 것이오."

유비는 제갈량의 우려를 대단치 않게 받아들인다.

그로부터 몇달이 지나고 222년(황초3년) 6월에 이르러 한

여름의 폭염이 기승을 벌이자, 군사들이 크게 지치면서 촉군의 군영에서는 장기원정에 대한 불만이 쏟아지기 시작한다.

각 지대의 지대장들이 병사들의 불만을 본영에 전하자, 유비는 본영에서 병사들의 불만을 잠재우는 방안을 강구하려고 각 지대장들에게 명을 전한다.

"병사들을 가까운 숲속으로 들어가게 해서, 숲속에 영채를 세워 무더위를 피하도록 하라. 곧 무더위가 그칠 테니, 무더위가 그치면 그때 다시 영채를 옮기도록 할 것이다. 며칠만 더 견디면 무더위가 사라지게 될 것이다."

며칠 후, 이 사실이 유비의 본영에서 군수물자를 요청하러 보내진 전령장을 통해 제갈량에게 전해진다. 성도에서 군량과 군수품을 수송하는 등 총체적 전략을 점검하던 제갈량은 자지러지게 놀라며 전령을 다그친다.

"도대체 어느 누가 이런 군영의 배치를 주장했느냐?"

"폐하께서 직접 명령하신 것으로 알고 있습니다."

"한여름의 뙤약볕을 피해 숲속으로 영채를 옮겼다면, 참모들은 적병이 화공을 취할 때 어떤 일이 벌어질지를 생각하지 못했다는 말이냐?"

"참모들이 폐하께 말씀을 올렸으나, 폐하께서는 '육손이 반 년 이상을 꼼짝없이 방어에만 치중하는데, 갑자기 전투를 벌이려고 나설 리 없다' 하시면서, 무더위가 며칠 내로 사라지면 영채를 이동시킬 테니 크게 우려하지 말라고 하셨답니다."

제갈량이 크게 탄식하여 말한다.

"여기에서 촉한의 운세가 끝나는가? 폐하께서는 육손의 만천과해, 무중생유, 진화타겁, 이일대로의 총체적 계략에 빠져 이와 같은 무리수를 두셨도다. 여태까지 육손이 꼼짝하지 않고 수비에만 치중하고 기다린 것은 바로 이런 기회를 노렸던 것이리라. 그대는 한시도 지체하지 말고 역참을 이용하여 전령들이 나의 전서를 이어받아 교대로 말을 달려 폐하께 상신하도록 하라. 빨리 숲속에서 빠져나오지 않으면, 육손이 이 짧은 시간을 이용하여 대대적으로 화공을 펼치게 될 것이고, 그리되면 아군이 전멸할 수도 있노라."

말을 마친 제갈량은 한숨을 내쉬며 길게 탄식한다.

"법정이 살아있었다면 폐하를 이렇게까지 보필하지는 않았을 터인데....."

제갈량은 전령장에게 급히 전서를 써서 유비에게 전하도록 지시한다.

한편, 의도군 치소가 있는 이도현 주변의 요충지를 틀어막고 꼼짝도 하지 않던 육손은 유비가 전군을 숲속으로 이동시켰다는 정보를 듣자마자, 곧바로 장수와 병사들에게 긴급히 명을 하달한다.

"이제 촉군을 격멸시킬 기회가 다가왔노라. 수풀과 잡초가 무성한 곳이나, 지세가 평평한 곳, 웅덩이에 둘이 찬 습지, 험하고 장애물이 있는 곳에 병영을 세우는 것은 군사들의 신속한 이동과 유기적 소통이 어려워 병법에서 가장 회피하는 방법이오. 그런데, 유비는 7백여 리에 이르는 협로에 50여 개의 위영을 길게 늘려 세워서 전방과 후방의 명령체계도 원활하지 않은 마당에 병법에서 가장 기피하는 장소에 병영을 세웠노라. 이제 나는 무중생유(無中生有)계책을 펼칠 것이오. 모든 장수와 병사들은 이틀간 꼼짝하지 말고 오랜 전쟁에 지친 듯이 위장하고 방어에만 치중하시오. 적병이 더욱 나태해져서 경계를 완전히 풀게 되면 그때 대대적인 공격에 돌입하게 될 것이오. 3일째 되는 날, 화공을 펼칠 예정이니 모든 장수와 병사들은 배에 건초와 마른 풀을 잔뜩 싣고, 유황과 염초를 준비하여 명령이 떨어질 때를 기다리시오. 내가 명령을 내리면 즉시 마른 갈대와 풀에 화염물질을 넣어서 촉의 병영으로 잠입하여 병영에 내던지고, 부장들은 궁노수를 통해 집중적으로 불화살을 날리도록 지시하시오. 수군장은 장강을 따라 자귀까지 이동하여 적군이 패하여 도주하거든, 이들의 퇴로를 끊고 맹공을 펼치도록 하시오."

"대도독이 여태까지 수비만을 의지해서 촉군이 이미 유리한 지형에 주둔해 있고, 아군병사들도 수세에만 몰려 무기력해져 있는데, 지금 출격명령을 내리는 것은 순리가 아닙니다. 이제는 상황이 바뀌었습니다."

이때는 동오의 많은 장수들이 육손의 출동계획에 오히려 제동을 걸자, 육손이 장수들에게 자신있게 대답한다.

"제장은 나의 명을 따라 각자 맡은 바 임무를 수행하시오. 만일 이 전투에서 내가 패한다면, 나는 대도독 자리를 내던지고 나의 수급을 여러분에게 바치겠소."

육손은 장수들에게 자신의 각오를 밝히는 동시에 손권에게 표문을 올린다.

"신 육손은 유비가 수로, 육로를 통한 두 갈래로 대군을 분리하여 이릉과 강릉의 두 지역으로 진격할 것을 우려했으나, 다행히도 유비는 이릉에 이르러 전선을 정박시키고, 수군을 육군과 함께 육지로 올려 육전에 총력을 기울였습니다. 이로써 촉군은 장강의 상류를 활용한 수전의 장점을 잃었습니다. 수군이 육군과 같이 숲에 위영을 세우고 곳곳에 위영을 길게 벌여놓고 있으니, 육로만 격파하면 수로를 송두리째 잃은 이들은 달리 방법이 없어 대패하여 도주할 것입니다."

육손은 전투를 시작하기도 전에 손권에게 승전보와 같은 표문을 올리고 승리의 자신감을 내보인다.

이로부터 3일째 되고 해가 저물 무렵, 육손은 장수들에게 작전을 개시하도록 명한다. 육손의 명을 따라 육군의 각 지대장들이 특공대를 선발하여 산기슭을 타고 유비의 위영 인근까지 은밀히 잠행한다. 이와 때를 맞추어 수군들이 배에 건초를 잔뜩 싣고, 육군 총병력을 태워 자귀에서 10여 리 떨어진 곳까지 실어 나른다.

밤이 되어 특공대원들이 이릉과 효정의 숲속에 길게 늘어선 20여 개 영채를 기습하여 각 위영에서 혼란이 일어나기 시작하자, 배에 타고 있던 동오의 육군 전 병력이 상륙하여 일진이 유비의 위영을 공격하여 일진 위영에서 전투가 벌어진다. 이때 동오의 2진이 쳐들어가서 숲속의 영채에 마른 갈대와 건초를 던지고, 빠져나오는 동시에 육군 3진이 불화살을 날리면서 화공이 시작된다. 동오군이 펼친 화공을 시작으로 유비가 주둔하고 있는 효정 등 20여 병영에 동오군이 던진 마른 갈대와 풀은 궁수들이 쏘아대는 불화살을 받아 주변의 숲속에 산불을 일으킨다. 촉군의 20여 개 병영이 불바다에 휩싸여 병영끼리 서로 연락이 단절되고, 각 위영은 서로 유기적으로 협조를 취할 수 없는 상황이 된다.

촉군의 20여 위영에서 불붙은 불길이 숲의 나무와 풀을 태우면서 거세게 부는 강바람을 따라 주변 40여 위영으로 지속적으로 번지자, 불길에 휩싸인 촉군은 갑자기 당한 기습에 속수무책으로 무너져 내린다. 유비가 혼란에 빠진 병사들을 수습하여 대항하려고 하나, 7백여 리에 걸친 군사들에게 명령체계를 전할 수가 없었다.

이때 육손은 수군을 장강을 따라 길게 늘어선 촉의 위영으로 이동시켜 효정을 비롯한 50여 개의 위영을 공격하게 한다. 육군과 수군이 합세하여 함께 유비의 위영을 향해 총공세를 펼치면서, 극도로 혼란에 빠진 촉군은 더 이상 싸울 수 없게 되자, 유비가 황급히 퇴각을 명한다.

"제장은 병사들에게 퇴각을 명하고 마안산에서 다시 집결하도록 하라. 마안산에서 군을 수습하여 동오군에게 대항하도록 할 것이다."

유비는 효정에서 마안산으로 퇴각하기로 하면서, 이릉성을 포위한 군사들도 마안산으로 퇴각하도록 명령한다. 유비가 명을 내리고 마안산으로 퇴각하려 하지만, 길게 늘어선 군영에 명령이 제대로 전달되지 않아 일률적으로 군을 통솔할 수 없는 지경이 된다.

이때 육손이 군사를 이끌고 최전방 효정을 들이치자, 유비는 이들에게 겹겹이 포위당한다. 유비는 포위망을 뚫기 위해 분전하지만, 철통같이 둘러싼 육손의 포위를 뚫지 못하고 고군분투하는 중, 극적으로 포위망을 빠져나온 풍습과 장남이 목숨을 걸고 유비의 포위망으로 뛰어들어 처절한 혈투를 벌이며 겨우 유비를 구해낸다.

유비가 포위망에서 벗어나 마안산으로 도주하는 사이, 포위망에 갇힌 대도독 풍습이 동오의 제2지단장 반장의 수하들에게 집중공격을 받아 몸이 난도질을 당하면서 쓰러진다. 이때 유비가 구축했던 이릉성의 포위망에서 풀려난 손환은 주연과 함께 합류하여, 촉한의 선봉장 장남을 주살하고 유비의 퇴로를 가로 막아선다.

유비의 목숨이 한순간의 경각에 달려 있을 때, 시중 마량이 이끌고 온 병사들이 손환의 군사들에게 죽을힘을 다해 달려

들어 유비 앞에 놓여 있는 퇴로를 뚫어낸다. 마량의 도움으로 퇴로를 뚫고 마안산으로 달아난 유비가 마량을 향해 외친다.

"시중은 전투를 피하고, 짐과 함께 마안산으로 후퇴하여 짐을 보좌하라."

"폐하, 소신이 폐하의 뒤를 따르기에는 이미 시간이 늦었습니다. 폐하께서 무사히 마안산에 당도하시어, 빨리 군사를 재정비하고 동오군을 반격하십시오."

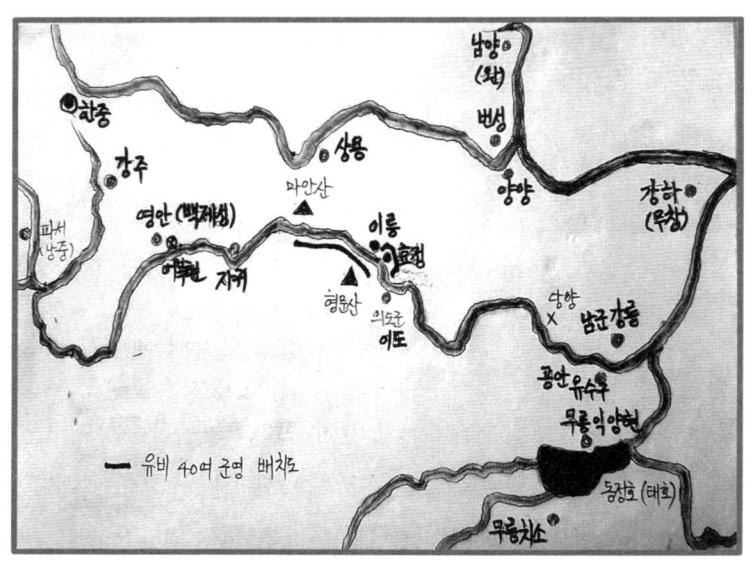

유비의 퇴로를 뚫기 위해 자신의 안위를 돌보지 않고 싸우던 마량은 벌떼같이 달려드는 손환의 병사들에게 포위되어, 온몸에 수십 군데 창칼을 맞고 숨을 거둔다.

유비가 자귀와 이릉의 중간 지점인 마안산 중턱에 도착하여 군을 정비했을 때, 한밤중인데도 산불로 인해 마안산 전역이 대낮처럼 훤했다. 그러나 마안산에 집결한 4만여 명의 촉군은 병기도 제대로 갖추지 못한 채 도주한 상태여서, 제대로 된 전투를 도저히 벌이지 못할 상황이었는데, 설상가상으로 미리 마안산에서 대기하고 마안산의 요새를 차지한 동오군은 촉군이 마안산에 도착하는 족족 공격을 감행하여, 촉군은 아무런 저항도 하지 못한 채 가리가리 흩어진다.

수만의 병사들이 동오군의 집중공격을 받아 아침이슬처럼 사라지고, 유비는 상관의 명으로 유비를 구하러 합류한 마충의 안내를 받으면서 산악길에 놓여 있는 잔도를 타고 마안산에서 간신히 빠져나와 자귀의 인근에 당도하는데, 이때 이르러서야 겨우 간밤의 광풍은 사라지고 새벽의 여명이 서서히 밝아온다.

유비는 자귀에 당도하여 군사를 재정비하고 백제성으로 돌아가려는데, 끝까지 추격해온 순환과 주연이 유비의 패잔병을 향해 거센 공격을 퍼붓는다. 유비의 패잔병은 반수 이상이 부상을 입고 있었고 그나마 대다수의 병사들은 무기를 잃어버린 탓에, 미리 자귀에서 유리한 지형을 차지하여 화살을 날리고 쇠뇌를 퍼붓는 동오군의 격렬한 공격을 막아내지 못한다.

촉군은 또다시 궤멸하고 유비는 곧바로 파군 어복현을 향해 도주한다. 끈질기게 유비의 뒤를 추격해온 손환이 어복현 가까이에 이르러 유비의 퇴주로를 막아서자, 마침내 유비는 모든 것을 내려놓고 체념하기에 이른다.

'여기에서 모든 것이 끝장나는구나.'

이때 촉한의 제4지대장 부융이 패잔병을 이끌고 도주하다가, 동오의 이릉태수 손환을 만나 그의 앞을 가로막고 교전을 벌이기 시작한다. 숫적으로 우세한 순환의 군사들이 부융의 수하들을 포위하여 이들에게 줄화살을 날리자, 부융의 수하들은 속수무책으로 쓰러지고, 이 틈에 유비는 손환의 호구에서 겨우 탈출하게 된다. 이때 손환은 홀로 살아남은 부융이 수십 명의 동오 병사들에게 포위된 상황에서도 조금도 기죽지 않고 혈전을 벌이는 광경에 반하여 부융에게 투항을 권유한다.

"그대는 이제 싸움을 멈추고 투항하여, 오왕을 섬기는 것이 어떻겠는가?"

"오나라 야만인들아! 촉한 장수로 투항한 사람이 있다는 말을 들어 본 적이 있느냐? 나는 마지막 최후까지 싸우다가 죽겠노라."

부융이 사자후를 토할 때, 손환의 수십명 병사들이 부융을 향해 일시에 창을 찌르자, 부융은 그 자리에서 고꾸라진다. 그 사이 후방에 주둔해 있어 큰 피해가 없이 존속해 있던 상총의 부대와 수군선봉장 오반과 진식이 이끌던 일부 수군들이 유비에게 모여든다. 유비는 수많은 장수의 희생으로 목숨이 경각에 달려 있던 위기를 벗어나 파군 어복현을 향해 이동하기 시작한다.

강가에 당도한 유비가 배를 찾으려 하지만, 이미 손환이 동오의 수군을 이끌고 자귀를 스쳐 지나간 후, 강 상류에 있는 촉한의 위영을 공격하여 치열한 전투가 벌어지고 있어서 어복으로 가는 수로가 끊겨 있었다. 유비는 황급히 수로를 버리고 패잔병을 이끌고, 산기슭의 협로를 타고 어복으로 향한다. 유비가 패잔병들과 함께 5백리의 길을 며칠 밤낮을 쉬지 않고 걸어 어복으로 이동하는데, 육손이 부장 이이와 유아를 보내 끈질기게 유비의 후미를 추격하게 한다.

마침내 유비가 이들의 공격가시권에 들게 되었을 때, 역참을 지키던 관리가 역참에 있는 투구, 갑옷 등 인화 물질을 모두 끌어내어, 길을 막고 불을 질러 육손의 추격을 저지한다. 이 틈에 유비는 간신히 백제성에 입성하게 된다. 역참 관리자가 구축한 화염 장애물을 모두 거두어 내고 뒤늦게 백제성의 지척인 남산에 당도한 육손은 장수들과 향후의 계획에 대해 논의한다.

"이제 아군이 유비를 성에 몰아넣어, 유비는 독 안에 든 쥐 신세가 되었소. 이제 유비를 어떻게 처리했으면 좋겠소?"

백제성까지 끈질기게 추적해온 서성, 반장, 송겸이 고생에 대한 보답을 얻으려는 듯이 이구동성으로 말한다.

"유비를 잡아들여 항복을 받아내야 합니다."

육손이 백제성을 공략하려고 성을 포위하기 시작하자, 다급해진 유비가 황급히 측근들에게 대책을 구한다. 이때 마충이 유비에게 현재의 정세와 향후 전개될 정황에 대해 분석한다.

"폐하, 조만간 육손은 백제성을 포기하고 동오로 돌아갈 것입니다. 크게 근심하시지 마옵소서."

"그대는 어찌 그리 단언하느냐?"

"폐하께서 패주하신 지 이미 오래되어, 이 소식은 벌써 강주에 계신 후군방위 총사령관 조운장군께서도 익히 알고 계십니다. 수일 내로 조운장군께서 폐하를 구하러 오실 것입니다. 조비는 조비대로 손권이 촉한을 정벌하는 것을 진실로 원치 않기 때문에, 동오의 손권에게 무언의 압력을 넣게 될 것으로 생각합니다."

이때 마침 조운이 강주에서 후방방위군을 이끌고 백제성을 향해 출병했다는 소식이 전해진다. 동시에 위에서는 조비가 손권에게 아들 손등의 볼모를 요청하고, 이를 거부할 경우 동오를 공격하겠다는 위협이 계속되고 있다는 정보가 전해지자, 소식을 전해 들은 주연, 낙통 등이 육손에게 회군할 것을 건의하고, 잠시 깊은 생각에 잠기던 육손이 뜻을 밝힌다.

"지금 조운이 유비를 구출하기 위해, 강주에서 출발하여 곧 백제성에 도착할 것이라 하오. 아울러 조비는 당장이라도 동오를 공격하겠다고 으름장을 놓는 모양이외다. 이런 상황에서 우리가 백제성을 공격한다면 장기전을 각오해야 합니다. 백제성은 남산의 유리한 지형을 끼고 있어, 수천의 병력으로 수만의 군사를 막아낼 수 있는 요새지입니다. 잘못 시작하면 지구전으로 돌입하게 되어, 아군의 입지가 위험해지고 동오도 위기에 처할 수 있소. 나는 감히 군사를 거두어 본국으로 돌아가려 하오."

222년(황초3년) 8월 가을 무렵, 육손은 군사를 거두어 무현으로 돌아간다. 육손이 백제성에서 퇴각하자, 위기에서 벗어나 한숨을 돌린 유비는 유파에게 마충을 치하하며 말한다.

"짐이 이번 전쟁에서 비록 황권을 잃었으나, 그 대신 마충을 얻어 다소 위안이 되오."

유비의 칭찬을 들은 마충은 충성을 다해 유비에게 보좌할 것을 맹세한다.

한편, 황권이 이끈 촉한의 수군은 육군이 대패하여 40여 위영이 불바다가 되고, 육손의 수군이 장강을 거슬러 몰려오자, 퇴로가 끊긴 상태에서 동오의 수군에게 겹겹이 포위된다. 유비의 패배로 현군(懸軍:본영을 떠나 적진에 깊이 갇힌 군대)이 되어 꼼짝달싹도 할 수 없는 상황이 되어있던 황권과 領남군태수 사합, 방림은 318명의 관료들과 함께 손권을 피해 조비에게 투항하기에 이른다.

이릉대전의 결과로 유비는 풍습, 장남, 부융, 정기 등의 많은 장수를 잃고, 왕보와 마량 등의 문관과 수만의 병사들이 목숨을 잃는 바람에 촉의 운명이 풍전등화의 위기에 직면한다. 무릉만이족(武陵蠻夷族)의 호왕 사마가 또한 이릉대전에서 목숨을 잃고 만다.

19.
대위 황제 조비의 제1차 남정

19. 대위 황제 조비의 제1차 남정

손권이 이릉대전에서 대승을 거두고도 아들 손등을 조비에게 볼모로 보내지 않자, 조비는 신비와 환계를 사신으로 보내 손권에게 최후통첩을 날린다.

"짐은 지난해 그대에게 오왕의 봉호까지 내리면서 각별히 대우해 왔노라. 이제 오왕은 짐의 성은을 얻어 이릉대전에서 대승을 거두었으니, 속히 약조한 그대로 세자 손등을 낙양으로 보내도록 하라."

"폐하의 성은을 입어 대승을 하였으나, 세자가 아직 어려 아비의 곁을 떠날 수 없습니다. 장차 철이 든 후에 폐하에게 보내겠습니다."

손권은 진실로 조비에게 항복할 의향이 없었고, 촉한의 공격을 막기 위해 궁여지책으로 손등을 볼모로 보내기로 약조했던 연유로 조비의 청을 우회적으로 거절한다. 이에 분격한 조비는 남양 완성에 머물면서 10만의 대군을 일으켜, 정동대장군 조휴와 장료, 장패에게 무창 동구를 공격하도록 하고, 대사마 조인에게 유수구를 공략하도록 지시하며, 상군대장군 겸 도독중외제군사 조진은 서황, 장합, 하후상을 이끌고 강릉을 공략하도록 명함으로써, 조비의 제1차 남정이 발발한다.

조비의 남정에 대항하여 손권은 전장군 여범에게 하제, 서성, 손소, 전종 등 장수를 이끌고 5개 부대를 인솔하여 수군을 통솔하고, 동구 방면에서 공격하는 조휴를 상대하게 하며, 주환을 유수독으로 임명하여 조인을 유수구에서 대적하게 하고, 남군태수 주연에게는 제갈근, 반장, 양찬을 보내 강릉을 지키도록 명한다.

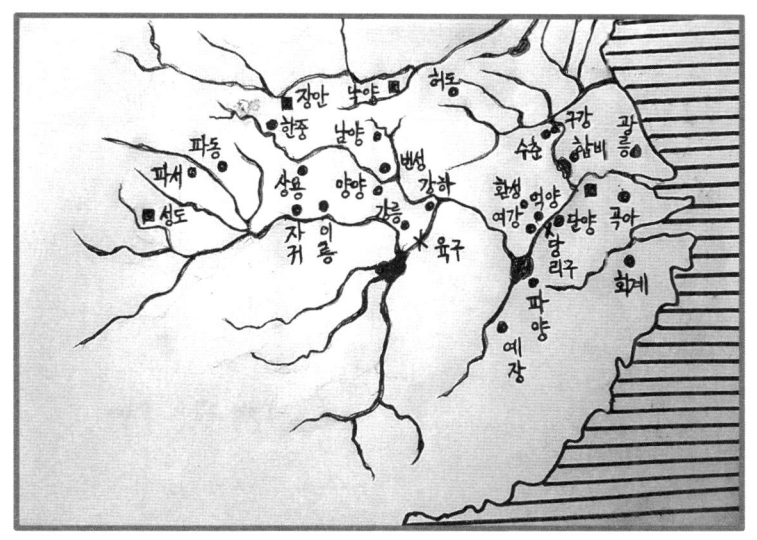

당시 손권은 조비의 남정에 신속히 대응하도록 지시하면서도 내부적으로 큰 고민에 빠져있었다. 비록 손군이 유비와의 이릉대전에서 대승을 거두었으나, 손권 또한 이 전쟁으로 인해 입은 피해도 막대했는데, 동시에 동오의 양, 월 땅의 이민족이 조비의 남정을 기화로 동오에 반발하면서 크게 혼란을 겪게 되었고, 그것뿐만 아니라 조비가 남정에 오르면 유비가

지 반격을 가할 것이라는 풍문이 나돌자, 삼중고(三重苦)로 큰 위기가 한꺼번에 몰리면서 두려움을 느끼게 된 손권은 조비에게 친서를 올려 다시 화의를 시도한다.

"지난번 무례에 대해 용서를 청합니다. 만일 신의 죄를 사면할 수 없다면, 응당 신은 토지와 백성들을 황제께 봉환하고 교주에 의탁하여 여생을 조용히 끝마치기를 간청합니다."

손권이 서신을 보내 땅바닥에 납작 엎드리면서 사죄를 청하게 하자, 이를 가상히 여긴 조비는 흡족한 마음에 손권을 살살 달래서 자신의 울타리 안에 가두려는 의도로 다시 조서를 내린다.

"삼공이 모두 그대의 과실을 용서하지 못한다고 하지만, 짐은 그대를 용서하려고 하니, 내일 아침까지 세자를 낙양으로 보내시오. 그리하면, 짐은 저녁에 군대를 철수시켜 각 임지로 돌아갈 것이니, 이 말의 진실은 드넓은 장강과도 같도다."

손권은 자신이 굴욕적 자세를 보이면서까지 사죄했음에도 불구하고, 조비가 손권 자신의 아들을 볼모에서 철회할 조짐을 보이지 않자, 조비에게 대대적으로 저항하겠다는 의지의 표시로 아예 황무(黃武)라는 연호까지 스스로 정하고, 오로지 조비에 대항하기 위해서는 유비와 다시 화친을 청하는 것이 최선책이라는 생각을 굳힌다.

이때는 이릉대전의 패배로 큰 타격을 입은 유비도 국정을 안정시킬 필요가 있었기에, 태중대부 종위를 오국으로 보내

두말하지 않고 손권의 화친 요청에 답례를 표하기로 한다.

당시 조비는 위기에 처한 손권이 그의 아들 손등을 입조시키리라 기대하고 있었으나, 손권이 아들을 자신에게 입조시키는 대신 유비와 다시 화친을 맺기로 하고, 촉으로 사신을 보냈다는 소식을 듣고 격노한다.

"이 능구렁이 같은 중모가 짐을 능멸하여, 뒤에서 엉뚱한 짓을 벌이다니 도저히 용서할 수 없도다. 일진 조휴장군과 2진 조인장군, 3진 조진장군은 곧바로 군사작전을 전개하여, 세 갈래 길로 군사를 이끌고 강릉성을 포위하도록 하고, 문빙장군은 따로 면구에 주둔하여 다음 명령을 기다리도록 하라."

조비는 삼로(三路)의 전투를 지시하고, 자신은 동소 등과 함께 완성으로 가서 총괄적으로 작전을 지휘한다.

조비의 명령을 받고 각자 원정길에서 명령을 기다리고 있던 정동대장군 조휴, 대사마 조인, 상군대장군 조진은 명이 떨어지자 일제히 군사작전을 개시한다. 손권 또한 조비가 동오에 대한 공격을 개시하자, 여범과 주환, 주연에게 각각 조비의 3군 대장을 상대하도록 명한다.

손권의 명을 받은 전장군 여범은 조휴를 상대로 무창 동구를 향해 나아가다가, 큰 폭풍우를 만나 배가 뒤집혀 지면서 수천명이 익사한다. 이 틈에 위군이 총공격을 가해, 여범은 대패하고 장강 남쪽으로 대피한다.

동오 전장군 여범을 대파하고 승세를 잡은 조휴는 동구에 주둔하여 작은 배를 타고 맹공을 퍼붓지만, 여범의 제5지대장 전종은 잠잘 때도 갑주를 풀지 않고 위국 수군의 동향을 살피다가, 교만해진 위군이 허점을 보이자, 이를 놓치지 않고 반격을 가해 위의 수문장 윤로를 효수한다.

여범의 제4지대장 서성이 소수의 병력으로 다수의 위 수군의 공격을 막아내자, 조휴는 어려움 속에서도 좌절하지 않는 동오의 용맹에 혀를 내두른다.

장강 남쪽으로 피신한 여범은 아직 도착하지 않은 하제의 수군이 합류하기를 기다리던 중, 멀리 환 지역에서 오는 바람에 전투에 늦어지게 된 제3지대장 하제의 수군이 이튿날 대낮에 무창 동구에 당도한다. 워낙 화려하고 사치한 것을 즐기는 하제가 군사들도 화려한 복장과 장식으로 치장한 복식을 입히고 전장에 나타나자, 이들 수천 병사들의 화려한 갑옷이 햇빛에 반사되어 강 위에서 휘황찬란한 빛을 발한다.

조휴와 위국 수군들은 햇빛에 반사되어 번쩍이는 갑옷을 보고, 이들의 기세에 눌려 기겁을 하고 서둘러 서릉(이릉)으로 이동한다. 이때 조휴는 장패에게 서릉을 공격하도록 명하여, 수천의 동오군을 사상시키거나 포로로 사로잡고 서성을 집요하게 공략하지만, 서성은 조휴의 대군을 상대로 그럭저럭 선전을 펼친다. 이런 와중에 위국 정동대장군 조휴 산하의 명장인 전장군 장료가 병환으로 쓰러져 눕게 되자, 조비는 크나큰 전력상 약세를 맞게 되면서 깊은 수심에 빠진다.

위국 좌장군 장합이 수군을 이끌고 강릉지역을 공략하며 직접 강을 건너 남저를 공격하여 수천의 동오 군사들이 물에 빠져 죽는 큰 타격을 입힌다. 손권은 다시 손성에게 1만의 병사를 주어 강릉을 방비하게 하는 동시에 강릉성 주위에 보루를 쌓아 주연을 지원하도록 명한다.

이즈음 장합은 손성이 보루를 쌓느라고 어수선한 빈틈을 노려 손성을 격파하고, 손성이 강릉성을 둘러싸고 구축하던 보루를 차지하는 동시에, 동오의 군사들이 반격할 것에 대비하여 보루를 더욱 확충하고, 하후연의 조카 하후상에게 주연이 지키는 강릉성을 포위하도록 청한다.

223년(황초4년) 정월 봄에 이르러, 조진은 강릉 중앙의 사주를 점거하고, 강하산에 임시로 토산을 쌓아 올리고 강릉성을 공략하기 위해 안간힘을 쓰지만, 주연은 뛰어난 용병술로 이를 철저히 막아낸다.

그러나 주연이 강릉성에 갇혀 꼼짝을 못하는 상황이 되자, 손권은 제갈근, 반장과 양찬을 보내 강릉의 포위망을 뚫고 주연을 구하도록 명하고, 제갈근은 장강을 사이에 두고 강릉성을 포위한 하후상과 대치하다가, 전술을 바꾸어 장강 안으로 들어가 강 가운데에 있는 섬에 주둔하고 수군을 둘로 나눈다.

이때 제갈근의 용병을 유심히 살펴보던 하후상은 야밤의 어둠을 이용하여 유선에 보,기병 1만여 명을 태우고 몰래 제갈근의 군영으로 잠입하며 수하들에게 말한다.

"적장은 병법에서 꺼리는 전략을 취하는 무리수를 두어 스스로 함정에 빠지는 길을 택했다. 아군이 섬을 포위하여 화공을 펼치면 적병은 섬을 빠져나오지 못하고 모두 불귀의 객이 될 것이다."

하후상은 유선에 실어온 기름을 제갈근의 배에 퍼부어 불을 지르고, 장강의 양쪽 물과 뭍에서 제갈근의 수군을 기습하여 퇴로가 없는 동오군을 섬멸시키지만, 하후상에게 크게 패한 후 겨우 뭍으로 돌아온 제갈근, 반장 등은 대패에도 포기하지 않고, 강릉성의 외곽에서 포위망을 뚫을 방법을 꾸준히 구상한다. 강릉의 동오 군사들은 조진과 하후상에 의해 6개월째 포위되면서, 철저히 고립된 상태에서 종창과 전염병에 시달리며 전투를 할 수 있는 병사는 겨우 5천도 되지 못한다.

위국 상군대장군 조진의 일진 병사들이 흙산을 오르고 땅굴을 파면서 공성에 전력을 기울이고, 2진의 궁수들이 성벽의 가까이에 누대를 세우고 화살을 비 오듯이 쏟아내며, 3진의 경보병이 누거를 통해 성벽을 기어오르고, 4진의 중보병이 충차와 당거로 성문을 세차게 압박하자, 동오의 군사들은 낙성의 위기에 접하면서 모두가 두려움 속으로 빠져든다.

이런 상황에서도 주연은 전혀 두려워하는 기색이 없이 병사들을 독려하여 말한다.

"지금과 같은 상황에서는 극단의 선택이 없으면, 모두가 자멸하는 길만이 있을 뿐 다른 방법은 없다. 모두가 죽고자 하는 의지로 적병을 막아내면, 적병에게 빈틈이 생겨 아군은 살아날 수 있노라. 병사들은 철저히 수성에 임하면서도 수시로 적의 허점을 발견하게 되면 곧바로 본부로 알리도록 하라."

주연은 병사들에게 사기를 북돋우어 전투력을 다시 일깨우는 동시에, 위군의 약점을 파악하기 위해 혼신의 노력을 경주한다. 강릉성에서는 동오 군사의 저항이 더욱 격렬해지면서 성은 함락되지 않은 채 지구전으로 돌입하자, 하후상은 장수들을 불러들여 여태까지의 전술과는 전혀 다른 대책을 마련하고자 한다.

"지금 강릉성을 둘러싼 삼각주는 물길이 얕고 좁아, 작은배를 이용하여 보병과 기병을 성 앞의 삼각주에 들여보내 군영을 세우면, 장거리를 이동하지 않고도 쉽게 성에 접근하여 공성에 임할 수 있을 것이오."

하후상이 이를 조비에게 알리고 실행을 하려 할 때, 동소가 급히 조비에게 상소를 올려 이 작전을 저지한다.

"지금은 봄물이 적어 삼각주에 물이 얕으나, 홍수 때가 되어 물이 불어나면 깊은 계곡에 들어가는 것과 다름이 없습니다. 부교를 만들어 건너려는 작전은 강물이 넘치면 매우 위험한 일이 됩니다. 갑자기 강물이 불면 부교가 끊겨 아무런 대책도 없이 전멸당하기 쉽습니다."

조비는 동소의 상소를 옳게 여겨 급히 하후상에게 칙서를 내려보낸다.

"장군은 즉시 삼각주에서 빠져나오도록 하라. 시간이 지체되면 스스로가 적병의 호구에 갇히는 형국이 되노라."

하후상이 급히 삼각주에 배치한 병사를 밖으로 이동시키자, 이것을 기회로 전세를 역전시키려던 주연은 작전이 무위로 돌아가는 바람에 깊이 탄식을 한다.

"아! 오랫동안 참고 견디며 기회를 포착했던 것이 무위로 끝나다니 참으로 안타깝도다. 과연 위국에는 조조가 양성해 놓았던 인재가 넘치고도 넘치는구나!"

이때 반장이 위군의 포위망을 풀기 위한 묘책을 제시한다.

"위의 군세가 강하여 이대로는 적의 예기를 끊을 수가 없습니다. 소장이 군사를 이끌고 위의 진영 50리 위에 둔영을 세우고, 갈대 수백만 묶음으로 큰 뗏목을 만들어 강변을 따라 적의 부교를 불태우고 이들의 진입로를 끊어내겠습니다."

주연의 허락을 받은 반장이 큰 뗏목을 만들어 강물이 차오르기를 기다렸다가 때에 이르러 부교를 불태우기 시작할 때, 제갈근은 새로이 가교를 띄어 위군을 공격하기 시작한다.

방심하다가 급작스레 동오군이 기습작전에 임하면서 조진이 당황하여 퇴각하자, 의지할 곳이 사라진 하후상도 현군이 될 것을 우려하여 포위망을 풀고 퇴각한다. 동오의 반장은 곧바로 하류로 내려가 육구를 수비하는데, 이 당시, 조인은 기병과 보병 수만을 이끌고 유수구를 향하고 있었다.

조인은 암도진창 계책으로 군사들이 마치 유수 동쪽의 선계(羨溪)로 갈듯이 헛소문을 내어, 동오의 유수독 주환의 병력을 선계로 분산시키고는 곧바로 유수로 진군한다. 이때 조인의 암도진창 계책에 속은 주환은 병사를 나누어 선계로 1만의 병사를 보내고, 유수에는 남아있는 5천의 병력으로 조인의 수만 병사를 상대해야 했다.

조인의 위계에 속아 소수의 병력으로 유수구를 지키게 된 주환의 군사들이 몰려오는 위의 대군을 보고 두려움에 떨기 시작하자, 주환이 급히 군사들을 독려하여 말한다.

"양측 군대가 교전을 함에 있어 승패는 장수의 전략에 있지, 병력의 다소에 있는 것이 아니다. 제군은 항간에서 나와 조인의 용병술에 대해 평가하는 것을 들어 보지 않았는가? 병법에 평지에서도 공격하는 쪽은 수비하는 쪽보다 3-4배 이상이 되어야 한다고 했는데, 적군은 평지에 있지만 우리는 오(塢)에 있다. 아군은 높은 오(塢)에서 남으로 장강을 끼고 북으로는 험산을 의지하고 있어, 적병이 우리보다는 최소한 10배 이상이 되어야 우리에게 위협이 되노라. 게다가 적병은 천리의 원정길을 걸어온 탓에 병마가 모두 지친 상태이다. 아군은 높은 지형을 점거하여 남,북으로 큰강과 산, 구릉을 등지는 등 지형적으로 유리한 데다가, 충분한 휴식을 취했고 장수와 병사 간의 인화에 있어도 적병을 앞서고 있으니, 우리 병사들이 천리 길을 내달려온 적병들을 이겨내지 못할 이유가 있겠는가? 지금 우리에게 가장 중요한 것은 적을 이겨내겠다는 불타는 의지 이외에 다른 것은 아무것도 필요하지 않다. 내가 조인이 펼친 암도진창(暗途陳倉)위계에 당했듯이, 나도 전략을 펼쳐 조인을 교병계로 격파하겠노라."

주환은 중주(中州)로 조인의 군사를 유도하기 위해, 일부러 중주의 깃발을 어지러이 세우고 군사들이 겁먹은 듯 침묵을 지키도록 위장하여 함정을 만든다. 이윽고 유수오에 당도한 조인은 주환의 교병계 전략은 까마득히 모른 채, 멀리에서 보이는 기강이 무너진 듯한 주환의 부대를 살펴보더니 흡족한 표정을 지으며 말한다.

"적병이 나의 암도진창(暗渡陳倉)계책에 속아 선계(羨溪)로 군사를 분리하는 바람에 중주(中州)는 방비가 형편없이 허술하도다. 게다가 적장은 무명소졸로서 주태가 사망한 이후, 새로 부임해 왔으니 군의 기강이 제대로 서 있지도 못하고, 장수들에게도 명이 제대로 먹히지 않는 것 같도다. 나는 상주와 하주로 공격할 듯이 위장을 하고 중주를 총공격하도록 할 것이다. 나의 아들 조태는 일부의 군사를 이끌어 유수로 가서 진형을 구축하여 대기하고, 장군 상조는 내일 새벽이 되면, 부장 제갈건, 왕쌍과 병사 5천명을 이끌고 강을 건너 중주(中州)를 공략하라."

이때 상서 장제가 유수오를 한참 쳐다보더니 신중하게 처신할 것을 주문한다.

"아무리 살펴보아도 위계인 것 같습니다. 아무리 병력이 적어도 대위국의 대사마께서 친히 원정을 오셨는데, 적장이 이렇게까지 허술하게 방비할 리가 없습니다. 적군은 서쪽 강 언덕을 점거하고 배를 상류에 늘어놓았는데, 아군병사들이 중주로 들어간다는 것은 스스로 지옥으로 들어가는 길입니다."

"상서는 크게 우려하지 마시오. 주환은 나의 계책에 속아 선계에 군사를 파병하느라 중주의 군사를 빼돌린 것이오. 이들이 나의 계책을 눈치채기 전에 재빨리 중주를 공격하여 중심을 무너뜨려야 하오. 병사들이 원정길에 피곤하겠지만, 빨리 움직여 유수를 점령한 후에 군사들을 쉬게 하겠소."

조인이 묘시(卯時)를 기해 상조에게 공격명령을 내리고, 자신은 군사 1만을 거느리고 탁고에 주둔하면서 조태를 후원하기로 한다. 상조는 일전에 주환을 대파한 경험이 있어 교만해진 마음을 가진 탓에 동오군을 무시하고 막무가내로 중주를 향해 공격해 들어간다.

이때 갑자기 중주의 영채에서 무질서하게 늘어져 있던 깃발들이 일제히 하늘을 향해 치솟더니, 군사들의 함성과 함께 연주포가 울려 퍼지면서, 동오의 편장군 낙통과 부장 엄규가 엄폐된 지형에서 위군의 지휘관 상조를 향해 화살을 비 오듯이 쏟아붓자, 주장 상조와 부장 제갈건은 그 자리에서 고슴도치가 되어 말에서 떨어져 죽는다.

지휘관들이 죽으면서 명령체계가 무너져 병사들이 우왕좌왕하는 사이, 중주의 은폐된 지형에 있던 동오의 복병들이 쏟아져 나오자, 위군들은 무기를 버리고 도주하고 부장 왕쌍이 동오군에게 사로잡힌다.

그동안 동오의 주환은 이일대로 전략을 펼쳐 경기병을 이끌고 위국의 병사들이 접근하기를 기다리다가, 유수오 앞에서 긴장을 풀어 제치고 무방비하게 군영을 구축하고 있는 조태를 기습적으로 공격한다. 기습에 놀란 조태가 황급히 군사를 수습하려고 하나, 안이하게 대처하고 있던 군사들의 정신상태를 일순간에 재무장하는 것은 쉬운 일이 아니었다.

비록 조태가 대군을 이끌고 있었으나, 주환의 기습에 속수무책으로 밀리기 시작하는데, 상조를 물리친 동오의 편장군 낙통이 수천의 병사를 이끌고 전투에 합류하여 위군을 협공하자, 조태는 유수오에서 수십리 떨어진 강변으로 군사들을 퇴각시킨다.

삼로전투(三路戰鬪)가 조비의 예상을 뒤엎고 6개월 이상을 끄는 장기전으로 치달으며 공방전으로 이어지던 중, 장강 이남에 또다시 전염병이 돌면서 위국 제일의 장수 장료가 장강의 북안인 강도(江都)에서 병으로 사망하고, 곧이어 대사마 조인이 역병에 노정되어 발작증상을 보이기 시작하자, 조비는 계속 전투를 벌이는 것은 무모한 일이라 생각을 하고, 223년 (황초4년) 3월 8일, 완성에서 낙양으로 돌아가면서 철군하라는 조칙을 내린다. 철군이 완료된 며칠 후, 남방에서 역병을 얻어 와병 중이던 명장 대사마 조인이 또한 세상을 떠난다.

20.
촉한 황제 유비의 죽음과 조비의 동오 남정

20. 촉한 황제 유비의 죽음과 조비의 동오 남정

1) 촉한 황제 유비의 죽음

조비와 삼로전투(三路戰鬪)를 벌이고 있는 손권에게 유비가 화의를 담은 조서를 보내자, 손권은 유비가 보낸 화의조서를 받고 화친의 뜻을 주변에 표명한다.

"현덕의 조서를 읽어보니 대단히 깊이가 있더라. 현덕은 지난날 오국을 주적으로 삼았던 자신의 과오를 탓하며, 오국과 예전의 사이가 좋았던 시절로 되돌아가기를 바라노라. 한실의 역사 속에서 서쪽 익주를 촉이라 하던 것은 한나라 황제가 중원에 있었기 때문이고, 지금은 한나라가 이미 멸망하였으니 유비는 스스로를 한중왕이라 할 만 하구나."

손권은 유비의 화의조서에 대한 응답으로 태중대부 정천을 사신으로 삼아 백제성에 있는 유비에게 보낸다.

태중대부 정천이 백제성의 유비를 만나 황제에 대한 예를 올리자, 유비는 그동안 자신이 품었던 불만을 정천에게 집중적으로 토로한다.

"오왕은 어찌하여 이미 오래전에 짐이 황위에 오른 것을 알리는 칙서에 응답하지 않고 있다가 지금에 와서야 다급해

지니까 화의에 화답하는 것이오? 그동안은 짐이 황제가 된 것을 고깝지 않게 생각하고 있었던 것이오?"

정천은 유비의 말에 대해 당치도 않다는 듯이 대답한다.

"조조의 부자가 한황실을 능멸하다가 마침내 천자의 자리를 탈취하기에 이르렀습니다. 그런 암울한 시기에 폐하께서는 한의 종친으로서 종실을 이어받아 적통을 세우고자, 창과 칼을 들어 하내에서 조비를 상대로 솔선수범하여 맞서 싸우지 않고 스스로 참칭하였으니, 천하의 순리가 매듭지어지지 않았던 관계로 오왕께서 답신을 드리지 못했을 뿐입니다. 그러다가 이번에 폐하의 조서가 오국에 당도하여 화답을 하기에 이른 것일 뿐입니다. 그동안 촉한에 대한 예는 올리지 않았으나, 그 대신 오국의 대신 앞에서 한중왕의 위상은 높이 세우고 계셨습니다."

유비가 정천의 말에 다소 언짢아하면서도 오와의 동맹을 확고히 하기 위해 감정을 누르고 함께할 것을 약속한다. 이때 손권은 유비와 화친을 맺으면서도 조비와도 아무런 일이 없다는 듯이 서신을 왕래하는 능구렁이와도 같은 이중적 외교를 펼친다.

촉한의 유비는 손권과 화의를 맺고 국방의 위협을 벗어나 안도의 한숨을 쉬는 듯했지만, 이릉대전 당시 이릉, 효정, 장강 3협에서 대패한 이후 고질인 설사병이 멎지 않아 크게 고생한다. 처음에는 단순한 설사병으로 여겼으나, 병의 차도는 생기지 않고 점점 더 심해지더니 합병증까지 생겨 급기야 큰 고통을 겪기에 이른다.

밤잠을 제대로 이루지 못하고 어쩌다가 잠이 들면, 관우와 장비의 환상이 나타나서 밤마다 꿈결에서 울부짖다가 깨어나기를 수없이 하더니, 문득 자신의 임종이 다가왔음을 인지하여 시종에게 명한다.

"승상 제갈량과 상서령 이엄에게 연락하여 급히 백제성 영안궁으로 입궐하도록 전하라."

유비의 전령을 맞은 제갈량은 태자 유선을 성도에 남겨 국정을 살피도록 하고, 둘째 노왕 유영, 셋째 양왕 유리와 대신을 이끌고 백제성으로 향한다. 이들이 영안궁에 들어서자, 유비는 공명에게 당부의 말을 전한다.

"승상의 재능은 조비를 10배 앞서니, 승상은 반드시 천하를 안정시키고 대업을 이룰 것이오. 짐은 태자 유선을 후계로 정할 것이니, 태자를 성군으로 만들기 위해 잘 보필하여 주시오. 태자를 보필하다가 태자가 그릇됨이 모자라거든, 승상이 스스로 촉의 주인이 되어도 좋소."

제갈량은 유비의 간곡한 당부를 듣자, 땅바닥에 엎드려 눈물을 흘리며 고한다.

"신이 어찌 다른 마음을 먹겠습니까? 죽기로 맹세하건데, 신은 대를 이어 고굉지신으로 충성을 다 바치겠습니다."

제갈량에게 당부의 말을 전한 유비는 곧이어 상서령 이엄에게도 함께 당부의 말을 전한다.

"상서령은 승상과 함께 탁고대신이 되어, 승상과 함께 태자 유선을 잘 보필해 주기 바라오."

유비는 노왕과 양왕에게도 당부의 말을 전한다.

"너희는 태자의 명을 잘 따라서 백성들이 평안하도록 애써 힘쓰거라. 너희는 제갈 승상을 때로는 아버지, 때로는 스승으로 섬기며 승상의 뜻을 잘 따르도록 하거라. 그래야 나라가 태평함을 한시도 잊지 말거라."

유비가 공적인 직책에는 없지만 사적으로 용맹한 장수에게 명명해준 오호장군(五虎將軍) 중 유일한 생존자인 조운에게도 회한의 뜻을 전한다.

"장군과 짐은 오랜 전장을 통해 함께 동거동락을 하였는데, 이제 사방장군 운장(관우), 익덕(장비), 맹기(마초), 한숙(황충)이 모두 타계하고, 지금에 이르러서는 오호장군(五虎將軍) 중 자룡(조운) 그대만이 남았으나, 짐이 먼저 붕어하게 되어 이승에서 다시는 함께할 수가 없게 되었으니, 지난날 태자에게 했듯이 앞으로도 태자를 위해 총력을 다하기를 바라노라."

유비는 이어 각 대신들에게도 이별의 아쉬움을 전하고, 결국 223년(건흥 원년) 4월, 많은 회한을 품으며 영안 백제성에서 최후를 맞이한다.

2) 조비, 제2, 제3차 강동 정벌전을 보람없이 끝내다

　국정을 책임지게 된 제갈량과 이엄은 유비가 사망한 혼란을 틈타서 위제 조비가 촉한을 침범할 것을 우려하여 만반의 대책을 세운다. 제갈량과 이엄 등 대신들은 촉한과 동오가 화의를 맺었다고는 하나, 손권이 실제로는 위제 조비의 눈치를 보면서 이중적 외교를 벌이는 냉랭한 우호동맹 관계 속에서, 조비의 침략을 사전에 막기 위해서는 촉한과 동오 양국의 동맹이 명실상부할 정도로 완벽하게 매듭지어야 한다고 생각하기에 이른다.

　그러던 중, 동오에서는 손권이 조비의 제1차 남정을 성공적으로 막아내어 천하에 위상을 드높이게 되면서, 측근들은 손권을 황위에 올리려는 움직임을 시작한다.

　그러나 동오를 둘러싼 주변의 정세가 녹록하지 않은 것을 알고 있는 손권은 '짐이 오왕의 작위에 있는데 스스로 참칭을 하게 되면, 천하의 민심을 잃게 될 수 있다'라면서 측근의 권유를 완강히 거부한다.

　이런 동오의 움직임을 감지한 제갈량은 이른 시간에 동오와의 확고한 화친을 맺어야만 안전하리라는 생각을 하고, 서둘러 이엄을 비롯한 대신을 불러들여 동오와 관계를 개선하기 위해 대책회의를 개최한다.

"지금 촉한은 대내외적으로 큰 위기에 봉착해 있습니다. 선주께서 동오의 손권에게 대패하여, 국방을 지킬 군사와 군비, 군량, 군수물자가 어림없이 부족한 실정입니다. 이런 와중에 선주께서 붕어하시어 조비는 주변의 선비족 선우인 가비능, 남만의 맹획, 한중의 맹달, 위 대장군 조진과 동오의 손권을 포함한 5로의 대군을 선동하여 촉한을 공략해올 우려가 있소이다. 다른 곳은 문제가 되지 않으나, 문제가 되는 것은 위국 본영의 조진과 동오의 손권인데, 우리가 손권과의 우호관계를 확고히 할 수만 있다면 자연히 위국의 대장군 조진을 우려하던 문제는 해결이 될 것이고, 위의 조비도 함부르 군사를 일으킬 수 없을 것이라 사료되오. 촉한에서 언변이 뛰어난 외교가가 동오로 건너가서 손권을 설득할 수만 있다면, 촉한의 현안은 깨끗이 정리될 수 있을 것으로 생각되는데, 대신들은 마땅한 인물이 있으면 천거해주시기 바라오."

여러 대신들이 서로의 얼굴을 쳐다보고 있을 때, 호부상서 등지가 자진하여 앞으로 나서며 동오와의 외교를 성공적으로 성취하겠다고 자청한다.

"신이 동오의 손권을 만나 서로의 입장을 충분히 교감한 후, 그를 설득하여 위와의 관계를 끊고, 촉한과 돈독한 우호의 관계를 구축하도록 하겠습니다."

제갈량이 매우 흡족해하며 등지에게 묻는다.

"어떤 방법으로 손권을 설득하려 하시오?"

"촉한과 동오는 순망치한의 관계에 있음을 주지시키고자 합니다. 지금 당장은 동오가 촉한의 국력이 약해 위의 눈치를 보고 있으나, 지난 삼로전투에서 위국은 동오가 위의 속국이 되는 조건으로 동오와 함께 할 것이라는 야심을 분명히 드러냈습니다. 손권도 이를 분명히 인지하고 있으나, 위와의 관계를 완전히 적대로 돌리기에는 부담을 느끼고 있습니다. 그렇기에 촉한이 이릉대전에서의 패배를 딛고 과연 동오와 함께 할 만큼의 국력이 뒷받침되어 있는지, 또한 동오와의 동맹이 과연 서면상으로만 흐르지 않고 명실상부한 동맹의 관계로 유지할 확고한 의지를 가지고 있는 여부를 간파하려고 할 것입니다. 반면에 위의 조비는 결코 손권이 속국이 되려고 하지 않는다는 사실을 확인했을 것입니다. 소신은 이들의 현실을 정확히 간파하고 있기에 유리한 입장에서 외교적 협상에 임할 수 있습니다."

"부디 호부상서의 뛰어난 외교협상력으로, 위기에 빠진 촉한을 구해 주시기 바라오."

제갈량은 흡족해하며 등지의 손을 잡고 신신당부를 하고 드디어 223년(황초4년) 10월에 이르러, 제갈량은 등지에게 양국 간의 관계개선을 책임질 중요한 외교협상의 임무를 맡기자, 등지는 군마 2백필과 비단 1천필 및 촉의 특산물을 지니고 동오의 건업에 도착한다.

그러나 등지가 도착한 지 여러 날이 지나도 손권이 위국과의 관계를 고려하여 이런저런 핑계를 대며 만나주지를 않자, 등지는 고심 끝에 육손을 통해 손권에게 표문을 올리고서 겨우 만날 수 있게 된다.

손권은 장소가 건의한 대로 대전 앞뜰에 큰 기름 가마솥을 걸어놓고 팔팔 끓인 후, 주변에 건장한 무사 수백경을 좌우로 도열시키고 등지를 궁으로 불러들인다. 등지가 궁문을 들어서자, 건장한 무장들이 위압적인 자세로 등지를 날카롭게 쏘아본다. 순간적으로 등지가 움찔했으나 침착하게 대전 앞으로 나아가는데, 대전 앞뜰에 이르자, 펄펄 끓는 기름 가마솥이 있고 그 옆에는 건장한 무장들이 등지를 위협하듯이 째려보다가 등지의 시선을 기름 가마솥 쪽으로 유도한다.

등지는 번개같이 지난 한 유방 당시의 역이기(酈食其)에 대한 고사를 떠올린다.

'아! 손권은 한고조 유방이 제왕(齊王) 전광에게 이름난 외교협상가 역이기를 파견하여, 자신에게 복속시키려고 설득할 때 활용한 고사를 인용하면서, 나에게 기름 가마솥으로 공포심을 유발하며 촉한의 확고한 의지를 확인하려 하는구나.'

등지는 손권의 의도를 미리 알아차리고 조금도 흔들리지 않는다. 손권을 만난 등지는 손권의 온갖 위압과 하대를 받으면서도 인내심을 가지고 끈기있게 손권을 설득한다.

"촉이 오와 동맹을 맺으려 하는 것은 촉한뿐만 아니라, 오에도 절실한 과업이니, 전하는 촉과 화친을 맺어야 합니다."

"짐도 촉한과 동맹을 맺고 싶으나, 촉한과 오국의 정서가 호의적인 것만은 아니오. 황제가 바뀌면서 촉한의 정국도 어지럽고, 국력 또한 심하게 약화한 것으로 알고 있소. 그에 더하여 새 황제는 나이도 어리지만, 군주의 틀도 갖추지 못했다고 하오. 이런 촉한을 믿고 우리가 어떻게 위의 반발을 감수하면서까지 동맹을 맺을 수 있겠소?"

"오와 촉, 두 나라는 4개 주에 걸쳐 영토를 갖고 있고, 오국의 폐하는 한 시대의 영웅이며, 촉의 제갈 승상 또한 오국의 폐하에 못지않게 한 시대의 영걸입니다. 게다가 오와 촉은 지형의 이점을 지니고 있습니다. 병서에 이르기를 '장수 한명이 제대로 관(關)을 지키면, 만명의 군사를 막아낼 수 있다(一將守關 萬夫莫開)'고 합니다. 촉에는 험한 지세를 지니고 도처에 요충지가 있고, 오국은 삼강이 자연적으로 형성된 지형적으로 유리한 요새를 지니고 있습니다. 두 나라가 이런 장점을 가지고 순망치한의 관계를 형성한다면, 진(進)하여 천하를 겸병할 것이고, 퇴(退)하여 삼국의 정립이 가능할 것입니다. 이것은 자명한 이치입니다. 만일 대왕께서 위에 번국을 청한다면, 위의 조비는 반드시 대왕의 입조를 요구하고, 아래로는 태자를 볼모로 요구할 것입니다. 명에 따르지 않으면 황명을 거부했다는 이유로 정벌에 나설 것입니다. 천하의 역사를 보더라도 원교근공(遠交近攻)의 전략으로 패권국은 약소국을 정벌했습니다. 위는 천하 국력의 6할을 차지하고 있고,

나머지 4할을 가지고 오가 2.5할 정도를 촉한이 1.5할 정도의 국력을 차지하고 있으나, 위는 먼 곳에 있는 촉보다는 가까이에 접한 오를 먼저 복속시키려고 할 것입니다. 이런 상황까지 이르게 되면, 오국의 땅은 더 이상 대왕의 소유가 되지 못합니다."

촉한의 호부상서 등지는 예리한 정세분석으로 외교의 정수를 날린다. 상대의 현실적 입장을 정확히 파악하여, 때로는 상대를 치켜세우고, 때로는 상대를 위협하면서도 상대가 현실적 문제로 고민하는 핵심을 기분이 상하지 않게 유도하면서 정확히 상대방에게 인식시키는 협상의 정수를 보이자 손권도 생각을 돌리기 시작한다.

"경의 뜻을 충분히 알았으니, 편히 쉬다가 촉으로 돌아가시오. 짐은 신료들과 이 문제를 신중히 토론하겠소."

손권은 일단 등지를 촉으로 돌려보낸다. 얼마 후, 손권은 대신들과 깊은 토론을 거쳐, 촉과의 동맹을 공식적으로 표명하고 위와의 화의를 깨려고 하자, 224년(황초5년) 7월, 조비는 대대적으로 군사를 일으켜 손권을 공략할 계획을 밝힌다. 이때 시중 신비가 민생의 문제를 이유로 강력한 반대의 의사를 표명한다.

"몇해 전의 메뚜기 피해가 아직도 가시지 않은 상태에서 제1차 남정을 시도하여 백성의 삶이 아직도 어려운데, 곧이어 전쟁을 벌인다는 것은 스스로 천하의 민심을 저버리는 일입니다. 지금은 10년 동안 논밭을 일구어 민심을 도닥이고, 그 사이 군사를 정예병으로 양성하다가 동오와 촉과의 사이에 균열이 생겼을 때, 이들을 도모하는 것이 최상책입니다."

시중 신비가 극렬히 반대하지만, 이를 무시하고 조비는 남정 계획을 실행에 옮기려 한다.

"전쟁으로 인해 피해를 입기는 동오도 마찬가지외다. 어떻게 10년을 기다리라는 말이오."

이때 사마의가 조비에게 절충안을 제시한다.

"동오는 장강의 거센 물결을 끼고 있어, 병사들이 전투에 임하기 위해서는 배가 있어야 합니다. 그러니 무엇보다도 우선적으로 크고 작은 배를 만들고, 채하(蔡河)와 영수(潁水)에서 회수(淮水)로 들어가서, 광릉을 통해 장강을 건너서 남서를 취하는 것이 순서입니다."

조비는 사마의의 건의를 받아들여 수군을 대대적으로 훈련시키는 한편, 선박을 건조하기 위하여 많은 백성을 징발한다. 어좌선 수천척을 건조하는 와중에 사고가 발생해서 건조를 주도하던 두기가 죽고, 제갈탄이 큰 부상을 당하는 불상사가 일어나지만, 조비는 포기하지 않고 수천척의 선박을 건조하여 남정을 강행한다.

조비는 길이 20여 장(丈)에 1천여 명을 태울 수 있는 용주선을 10여 척 건조하고 작은배 1천척을 만들고, 224년(황초5년) 9월, 사마의에게 허도에서 군수물자를 차질없이 보급하도록 명한 후, 서선, 유엽, 조휴, 조엄, 위진 등을 이끌고 영수(潁水)에 당도한다. 조비는 영수에서 배를 띄워 회수를 건너 수춘까지 간 다음, 회수 남강을 건너 광릉 방향으로 이동하여 장강을 건너려고 장강 건너를 쳐다보고는 깜짝 놀란다.

광릉 앞의 강 건너에는 장엄한 울타리로 둘려 있는데, 성벽은 수백리까지 뻗쳐있고, 성벽 위에는 무수히 많은 병사들이 무장하여 포진해 있고, 앞의 장강 위에는 배가 수를 셀 수 없이 꽉 들어차 있어, 강물 줄기인지 배의 선착장인지 모를 정도로 장관이었다.

"저렇게 강성한 수군이 있는데, 어찌 우리가 쉽게 정복할 수 있겠는가? 이와같이 성대한 곳에는 인재도 넘치는 법이리라. 짐이 수만의 수군 이끌고 왔어도, 동오의 수군을 상대하여 승리로 이끌어내기 쉽지 않고, 비록 뛰어난 정예기병이 있어도 이들 기병으로 결코 장병(將兵)을 기할 수 없으리라."

조비가 탄식하듯이 말한다.

사실 이것은 동오의 안동장군 서성이 펼친 수상개화(樹上開花:실제보다 병세를 크게 과시함) 계책의 일환이었다. 그는 이날을 대비하여 일찍부터 수상개화(樹上開花)계책을 세워 건업을 중심으로 장엄한 울타리를 쌓고, 부락을 지어 임시누각을 설치하고, 울타리 위에는 무수히 많은 허수아비에게 푸른 갑옷을 입혀 병사로 위장하였으며, 수만의 우장선(僞裝船)을 건조하고 강에 띄워 오늘의 사태에 대비했던 것이다.

시행 초기에는 대다수의 관료들이 의미가 없는 일이라고 폄하하여 손권도 그들과 동조했으나, 결과적으로는 멀리 앞을 내다본 서성의 큰 배포와 긴 안목이 성공을 보여준 사례로 기록된다.

조비는 크나큰 용주에 올라타고 이동하던 중, 거대한 폭풍을 만나 배가 전복 직전까지 이르지만, 위국의 어사중승 서선은 이런 위험한 폭우 속에서 파도를 타면서도 위험을 무릅쓰고, 조비보다 먼저 목적지에 도착하여 조비의 안전망을 구축한다. 조비는 사구에 도착하여 병사를 정비하고 공격을 회피하면서도 마치 공격할 것처럼 허허실실의 전략을 구사하며, 지금이라도 손권이 자신의 위세에 스스로 굴복하기를 바라는 조바심으로 입을 연다.

"아직도 손권이 항복하러 오지 않았느냐?"

조비는 공격도 적극적으로 펼치지 못하고, 손권이 자신의 위세에 눌려 스스로 굴복하기를 기다리는 요행을 바라면서, 이렇게 무의미하게 3달을 보내고 10월에 이르러서야, 장강을 하염없이 바라보며 탄식하듯이 말한다.

"짐이 제대로 준비하지 않으면, 동오의 정벌은 어렵노라."

이즈음 촉한 유선이 손권과 연통하여 장안으로 공격하려 한다는 소문이 퍼지자, 조비는 조엄을 정동군사로 남기고 퇴각하면서, 조비의 남정은 아무런 의미도 없이 끝나게 된다.

그 후, 해가 바뀌어 225년(황초6년) 윤 3월24일이 되자, 두 차례에 걸친 남정에서의 실패를 복기하면서 실패의 원인을 찾던 조비는 만반의 준비를 갖추었다는 생각이 들자, 다시 동오를 공략할 계획을 세운다.

조비는 수개월 동안을 수군과 기병에 대해 철저한 훈련을 시켰고, 동시에 수천척의 배를 건조하게 하는 등 군비를 확충하고 원활한 보급이 이루어질 수 있는 체제를 완벽히 구축했다고 생각하자, 최종적으로 각자의 임무를 수행하기에 적합한 인사를 추천받고, 모든 것이 완벽하다고 생각하게 된 당년 8월, 사마의에게 안으로는 백성을 진무하여 국정을 바로 세우게 하고, 밖으로는 군수물자를 원활히 보급하는 중대한 임무를 맡기며 말한다.

"짐이 동(東)에 있을 때는 그대가 서(西)를 맡고, 짐이 서에 있으면 그대는 동을 맡아, 나의 수족이 되어 도와주시니 짐이 한결 편하오."

조비는 촉한의 유비가 친정길에 오를 때마다 제갈량에게 맡겼던 임무와 똑같은 임무를 사마의에게 맡기고 '제3차 남정길'에 올라 수천척의 배에 수군을 태우고 와수를 돌아 장강에 이른다. 이때 장제가 조비에게 표문을 올려 긴히 청한다.

"가을이 끝나갈 무렵이 되어 물길이 통행하기 어려운 지경에 이르렀으니, 폐하께서는 남정에 대해 다시 한번 재고해 주시기를 청합니다."

조비는 단호한 어조로 거절하며 말한다.

"짐이 애초에 이 정도의 난관을 생각하지 않고, 이같이 어려운 남정을 강행했겠소?"

장제의 간청을 무시하고 진군한 조비는 초겨울인 10월에야 광릉에 당도하여, 중무장한 10만의 병력을 수백리에 걸쳐 세우고 광릉을 마주 보며 동오군과 대치하게 된다. 조비는 동오군이 위군의 위세에 두려움을 느낄 줄 알았으나, 동오군은 전혀 두려워하는 기색이 없이 당당히 장강나루를 지키자 오히려 의기가 소침해진다.

광릉 앞바다는 초겨울 날씨인데도 강변이 얼어붙어 배를 띄우기가 어려운 지경이 되자, 조비는 강물을 쳐다보며 한탄하듯이 말한다.

"하늘이 남북을 갈라놓았도다. 배들이 움직이기 어려우니 병사들은 속히 회군할 준비를 취하라."

조비가 퇴각을 명했지만 퇴각을 준비하는 시간이 지체되어 강물이 꽁꽁 얼면서 배를 이동시키기가 어려워진다.

"병사들은 현지에 남아서 둔전을 시행하여, 내년 봄에 강물이 해빙될 때 다시 이동하도록 하라."

이때 장제가 황급히 앞으로 나서며 건의한다.

"폐하, 병사들이 이 추운 겨울에 이곳에 남아 둔전을 하려면, 양곡이 겨울을 넘길 때까지 넉넉해야 합니다. 그러나 가져온 양곡으로는 1달도 버티기 어려울 뿐만 아니라, 적병이 아군의 둔영을 기습적으로 공격하면 병사들이 제대로 대적하기도 어렵고, 이로써 정착하기가 불가능할 정도로 상황이 악화되는 관계로 최악의 경우에는 전 병사들이 탈영하는 사태가 발생할 수도 있습니다."

조비는 장제의 주장을 옳다고 여겨 다시 명령을 번복한다.

"경의 말이 백번 옳으나, 배가 움직이지를 않으니 이를 어찌해야 하오."

장제가 조심스럽게 말한다.

"병사들을 동원하여 배를 끌어 호수의 물길을 막았다가, 일시에 물길을 열어 물이 흐르도록 만들어 이동시키는 수단 외에는 달리 방법이 없습니다."

조비는 장제가 제안한 방법을 따라 간신히 배를 띄우고서야 낙양으로 되돌아갈 수 있게 된다.

3) 손권, 조비의 죽음을 계기로 위국의 강하를 공략하다

226년(황초7년) 5월17일, 3차례에 걸친 남정에서 실패한 조비는 허탈함을 이기지 못하고, 주색에 빠져 방탕하게 지내다가 죽음을 맞이하게 되는데 이때, 조비는 조예를 황태자로 책봉한 후, 고명대신 조진, 조휴, 사마의, 진군에게 후사를 부탁하고 붕어한다.

조예는 종요를 태부로, 조진을 대장군으로, 조휴를 장평후로, 화흠을 태위로, 왕랑을 사도로, 진군을 사공으로, 사마의를 표기장군으로 임명한다. 애초부터 조예는 조조 가문의 씨가 분명하게 밝혀지지 않은 채, 아들이 없는 조비의 후사를 잇게 되는 바람에 처음부터 정통성 시비에 시달린다.

조예는 어린 시절 이러한 석연치 않은 이유로 은둔에 준하는 비슷한 생활을 하였기에, 신하들에게 조예 자신의 능력의 여부는 장막에 가려져 있었다.

이런 이유로 손권은 위의 황제가 된 조예가 아직 어리기에, 조예의 능력을 가늠해 보고자 친히 군사 5만을 이끌고 강하를 공략하기에 이른다. 이에 위의 조정에서는 대신들이 모여 긴급히 대책을 강구한다.

"손권이 대군을 이끌고 강하를 포위하면 문빙장군이 위험하게 되니, 빨리 병사를 보내 장군을 구해내야 합니다."

조예가 이를 거부하며 자신이 있다는 어조로 응답한다.

"오나라는 수전이 능할 뿐 육전에는 미숙합니다. 그런데도 손권이 감히 육전을 펼치는 것은 우리 위를 얕보고, 대비책이 없을 것이라 여겨 함부로 기습을 감행한 것일 뿐이니 두려워할 것이 없습니다. 짐은 이에 대비하여 이미 손권의 의중을 간파하고 파견해 놓은 치서시어사 순우로 하여금 강하의 각 현을 돌아다니며 병사를 징발하게 하였고, 동시에 짐이 지원한 1천의 기병과 보병을 강하 주변에 대비시켜 두었습니다. 동오의 군사들이 강하에서 도하하여 석양(石陽)을 포위하고 있으나, 공격에는 수비보다 세배 이상의 힘이 있어야 합니다. 그러나 강하는 문빙장군이 이미 장악하고 있고, 동오의 군사들이 결코 강하의 군사들보다 우위에 있지 못하기 때문에, 동오 군사들은 공격을 감행하지 못하고 장기간 대치하여 전선은 교착상태에 빠져있을 것입니다. 이런 상황이라면, 치서시어사 순우는 지략이 있어 임기응변으로 동오의 군사를 농락할 수 있을 것이고, 순우의 지략에 방향을 잃은 손권은 오래지 않아 퇴각할 것입니다. 조용히 기다리면 좋은 소식이 전해올 것입니다."

조예의 말에 대신들이 의아해하면서도 황제의 뜻을 따르지 않을 수 없었던 탓에 조용히 기다리기로 한다.

조예의 뜻을 따라 위의 조정에서 강하의 방비에 큰 비중을 두지 않고 있을 때, 손권은 강하현에 진입하여 강하성을 바로 앞에 두고 군영을 세운다. 이때 강하에 큰 폭우가 쏟아지며 천둥 번개가 내리치는 바람에 불행히도 문빙이 지키는 강하성 북쪽의 일부 성책이 붕괴되는 사태가 발생한다.

문빙은 강하성의 백성들이 강하현의 들녘에서 추수하러 나가 있느라 성안에 사람이 없어, 성벽을 보수할 인력을 구하지 못하고 있었다. 문빙은 손권이 강하성 앞에 당도했다는 소식을 들었으나, 잘못 서두르면 손권에게 약점만을 드러내게 될 것을 우려하여 공성계(空城計)를 펼치기로 하고, 성의 문을 모두 열어놓고 성루의 군사들을 모두 은폐시킨 후, 성안의 백성들은 성안에서 모습을 드러내지 않고 숨을 죽이고 숨어있도록 지시한 동시에 자신은 관사에 드러누워 조용히 상황의 흐름에 대한 보고만을 받기로 한다.

손권은 문빙의 병사들이 성안에서 보이지 않고, 문빙의 족적은 그림자도 찾아볼 수 없자, 어떤 계략이 있을 것을 우려하여 조심스럽게 군사를 이끌고 성문 앞으로 다가간다.

손권이 군사를 이끌고 조심스럽게 성문 앞에 이르렀는데도 강하의 성주와 병사들의 움직임이 전혀 감지되지 않자, 손권은 매복을 의심하기 시작하는데 이때, 미리 치서시어사 순우가 성의 양쪽 산에 배치한 군사들이 양손에 횃불을 들어 산을 훤히 밝히자, 그렇지 않아도 매복을 우려하고 있던 손권은 수많은 횃불이 일시에 밝혀질 때, 복병이 기습하는 것으로 생각하고 깜짝 놀라 퇴각을 명한다.

손권이 문빙의 공성계에 놀라 아무런 성과도 없이 퇴각한 후, 문빙은 추수를 끝내고 온 백성들과 병사들을 총동원하여 신속히 성책을 보수하고 손권의 이어질 공격에 철저히 대비하기 시작한다.

발 행 일	2021년 10월 30일
저 자	강영원
발 행 처	도서출판 생각하는 사람
발 행 인	강영원
출 판 등 록	2007년 3월 19일
주 소	서울시 서대문구 홍연8길 32-15(연희동)
전 화	010-5873-9139

값 12,000원

ISBN 979-11-976209-4-2
ISBN 979-11-976209-0-4 (세트)

ⓒ 강영원 2021

본 책 내용의 전부 또는 일부를 재사용하려면
반드시 저작권자의 동의를 받으셔야 합니다.